HENRI LOEVENBRUCK

Das Geheimnis der
weißen Wölfin 1

*Buch*

Unruhige Zeiten stehen den Bewohnern von Gaelia bevor: Zeiten des Krieges zwischen den Völkern der Inselwelt und ihren widerstreitenden Religionen.
Als Alea, eine 13-jährige Waise aus einem kleinen Dorf, einen Toten findet, dem sie einen Ring vom Finger zieht, ahnt sie noch nicht, dass sie in diesen Konflikten eine entscheidende Rolle spielen wird. Denn mit dem Ring erbt das Mädchen große magische Kräfte, die sehr schnell die Aufmerksamkeit des finsteren Herrschers Maolmòrdha auf sich ziehen. In ihrer Not wendet sich Alea an den Rat der Druiden. Doch gerade noch rechtzeitig erkennt sie, dass auch diese weisen alten Männer vor allem an politischem Einfluss und der eigenen Macht interessiert sind. Und so muss Alea erneut fliehen und findet schließlich Zuflucht im Wald von Oberon, dem geheimnisvollen König der Sylphen...

*Autor*

Henri Loevenbruck wurde 1972 in Paris geboren. Er studierte an der Sorbonne englische und amerikanische Literatur und lebte danach einige Zeit im englischen Canterbury, bevor er nach Paris zurückkehrte. Er arbeitete einige Jahre als Journalist, gründete das *Science Fiction Magazine* und begann selbst Romane zu schreiben. Schnell avancierte er mit seinen bisherigen zwei Fantasy-Serien zu einem der erfolgreichsten Autoren Frankreichs. Er lebt mit seiner Frau und seinen beiden Kindern in einem Vorort von Paris.

*Das Geheimnis der weißen Wölfin bei Blanvalet:*

Band 1: Der Ring (24383)
Band 2: Die Schrift (2390)
*erscheint im Februar 2007*
Band 3: Die Prophezeiung (24393)
*erscheint im April 2007*

# Henri Loevenbruck

# Der Ring

## Das Geheimnis der weißen Wölfin 1

Roman

Ins Deutsche übertragen
von Michael von Killisch-Horn

blanvalet

Die Originalausgabe erschien unter dem Titel
»La Moïra 1: La louve et l'enfant«
bei Bragelonne, Montreuil sous Bois.

*Umwelthinweis:*
Alle bedrucken Materialien dieses Taschenbuches
sind chlorfrei und umweltschonend.

1. Auflage
Deutsche Erstveröffentlichung Dezember 2006
bei Blanvalet, einem Unternehmen der Verlagsgruppe
Random House GmbH, München
Copyright © der Originalausgabe 2000 by Bragelonne
Copyright © der deutschsprachigen Ausgabe 2006
by Verlagsgruppe Random House GmbH
Umschlaggestaltung: Design Team München
Umschlagillustration: Tertia Ebert
Redaktion: Gerhard Seidl/text in form
UH · Herstellung: Heidrun Nawrot
Satz: Uhl+Massopust, Aalen
Druck und Einband: GGP Media GmbH, Pößneck
Printed in Germany
ISBN-10: 3-442-24383-1
ISBN-13: 978-3-442-24383-9

www.blanvalet-verlag.de

Ein herzliches Dankeschön an Anne Ménatory
und ihre 109 Wölfe.
Dieses Buch ist der kleinen Sarah gewidmet,
die soeben das Licht der Welt erblickte.

# 1

# Eine Hand in der Heide

*Das Gedächtnis der Erde ist ein anderes als das der Menschen. Man glaubt, alles über die Geschichte und die Welt zu wissen, aber es gibt vergessene Zeitalter, in denen sich tausend Wunder begegneten, die heute verschwunden sind. Nur die Bäume erinnern sich, und der Himmel und der Wind. Und wenn ihr euch eines Sommerabends mit aufgeschlossener Seele ins Gras legt und ihnen zuhört, werdet ihr vielleicht diese Geschichte aus einer anderen Zeit im Lande Gaelia vernehmen, die Geschichte von der weißen Wölfin und dem Mädchen, das Alea genannt wurde.*

An jenem Abend, in der Grafschaft Sarrland, zu jener Zeit, die das Dritte Zeitalter genannt wurde, weinte ein Mädchen im Sand der Heide.

So weit das Auge reichte, war nichts zu sehen als dieses in Lumpen gehüllte Mädchen, das da im Licht der letzten Sonnenstrahlen kauerte, dort, wo die Spur seiner Fußabdrücke endete. Der Wind pfiff um sie herum. Ein trockener, heißer Wind, der die Fuchsschwanzbüsche mit sich riss und Wolken weißen Sandes aufwirbelte. Der Geruch fernen Dunstes erfüllte bereits die Luft des sich neigenden Tages.

Sie saß mitten im Nirgendwo, verloren im Hin und Her des schwankenden Lufthauchs. Strähnen ihres wirren Haars peitschten ihr Gesicht, das kaum zu erkennen war. Sie hatte den Kopf tief zwischen die Schultern gezogen, und ihre tiefblauen Schlitzaugen wurden immer nur für kurze Augenblicke hinter dem flatternden Schleier ihres Haars sichtbar. Ihre kindliche Gestalt zeichnete sich unter ihrem Hemd ab, das von launischen Windböen knatternd bewegt wurde.

Sie tauchte ihre Hände in den Boden und füllte sie mit Sand, den sie langsam durch ihre Finger gleiten ließ. Die Sandkörner glitten nacheinander zwischen ihnen hindurch, als wollten sie die Zeit messen, die in Zeitlupe zu verstreichen schien, solange das Blasen des Windes die Geräusche des Lebens übertönte. Das Gor-Draka-Gebirge im Süden war so alt, dass einem die Jahre zu seinen Füßen wie Sekunden vorkamen. Und es war so hoch, dass die Menschen in seiner Nähe nichts als Staubkörnchen waren, die eine Frühlingsbrise hätte fortwehen können, nichts als kleine, im großen Spiel des Schicksals, der Moïra, herumgeschubste Stückchen Leben.

Alea fragte sich, ob die Moïra sie nicht im Stich gelassen hatte, und zwar für immer diesmal. Sie fühlte sich so allein!

Sie hob das Kinn, um ihr dreizehnjähriges Gesicht, das zugleich so fein und so dunkel, so hart und so zart war, dem Wind auszusetzen. Dunkle Spuren zogen sich über ihre Wangen, das Andenken getrockneter Tränen. Sie war anders, und das hatte man ihr tausendmal zu verstehen gegeben. Sie sah nicht wie die Sarrländer aus. Alles an ihr unterschied sie von den anderen Dorfbewohnern: ihr schlanker Körper, ihre dunkle Haut, ihre

Schlitzaugen und ihr wildes, langes, widerspenstiges schwarzes Haar.

Die Sandkörner rieselten wie eine goldene Dusche in ihr Haar und über ihren Körper. Sie ließ die Hände zwischen ihre Knie fallen und fing erneut zu graben an, um ihre Wut, ihre Tränen und den Schmerz zu vergessen, der in ihrem Unterleib tobte. Einen solchen Schmerz hatte sie noch nie verspürt. Es war, als würde man ihr mit der Faust in den Bauch und die Nierengegend schlagen. Sie verstand es nicht. Und wie immer, wenn sie traurig war, war sie zum Weinen in die Heide gegangen, zur Erde, allein mit einer Natur, die ihr zuzuhören schien.

Dies war kein Tag wie die anderen, sie hatte es gleich morgens begriffen. Die Dorfbewohner hatten sie wieder mal fortgejagt, und das war einmal zu viel. Und der Schmerz, der sich von ihren Hüften bis in ihren Bauch ausbreitete, hatte die Sache auch nicht besser gemacht. Aber noch wusste sie nicht, dass sie drauf und dran war, eine phantastische Geschichte zu erleben, so phantastisch, dass sie es verdiente, auch viel später noch, bis heute, auf diesen Seiten, erzählt zu werden.

Denn plötzlich stieß ihre Hand gegen etwas im Sand.

Die Legende erzählt, dass etwas früher, mitten im Frühling, eine Wölfin ebenso einsam war. Die Erzähler vergangener Zeiten nannten diese Wölfin Imala, was in unserer Sprache weiß bedeutet. So wurde sie genannt, weil ihr Fell im Gegensatz zu dem aller anderen Wölfe schneeweiß war.

An jenem Abend machte sie sich auf den Weg, um am Fuß eines Hügels zu trinken, bevor sie sich in ihrer Höhle ausruhen wollte, wo sie in Kürze ihre Jungen zur Welt bringen würde.

Sobald sie das eigenartige Verhalten der Weibchen gespürt hatten, die jaulten und auf der Suche nach besonderer Behaglichkeit im Kreis liefen, hatten die Rüden die Höhle vergrößert, die sie unter der dunklen Vorderseite eines schrägen Felsens oben auf dem Hügel gegraben hatten. Es war eine prachtvolle Höhle: sonnendurchflutet am Tag, aber windgeschützt, nur ein paar Schritte von einem kleinen Weiher entfernt, in dem große Fische schwammen, und hoch genug, um andere Räuber abzuhalten. Seit mehreren Jahreszeiten lebte das Rudel jetzt schon hier; um diese Zeit war die Gegend so wildreich, dass es niemals an Beute mangelte. Es gab genügend Rehe und Hirsche, und die Wölfe mussten nicht jeden Winter weiterziehen.

Imala bewegte sich vorsichtig auf dem Hang vorwärts, Schwanz und Ohren aufgerichtet, den Kopf vorgeschoben, bereit loszuspringen. Sie wusste, dass sie mit ihrem schweren Bauch verwundbar war und die anderen Raubtiere nur selten ein schwangeres Weibchen verschonten. Seit mehr als einer Woche regnete es nicht mehr, und die überaus spärliche Vegetation begann endlich zu ergrünen. Neue, besonders zarte Grasbüschel umgaben den Weiher. Dadurch konnte man den Ort schon von weitem ausmachen, das Gras war dunkler und verströmte einen frischeren Geruch. Imala hatte keine Mühe zu finden, was sie suchte. Sie trank lange, wobei sie immer wieder die Schnauze hob, um sich umzublicken; dann kehrte sie, bevor die Sonne unterging, zu ihrem Lager zurück. Die Haare, die sie seit ein paar Tagen am Bauch verlor, bildeten auf dem Boden eine bequeme flaumige Schicht, und die Augen halb geschlossen, ließ sie sich auf diesen weichen Teppich fallen. Sie war erschöpft und sah bemitleidenswert aus, aber die anderen Rüden zogen es vor, sich um Ahena zu kümmern, das dominante Weibchen, das ebenfalls trächtig war, und hatten Imala sich selbst überlassen.

Imala war eine besondere Wölfin. Kein anderes Weibchen hätte jemals gewagt, sich in einem Rudel zu paaren, in dem es bereits ein dominantes Paar gab. Das widersprach den Gesetzen des Rudels. Die Wölfinnen unterwarfen sich ganz selbstverständlich der Autorität des dominanten Weibchens und unterdrückten selbst ihre Läufigkeit. Aber Imala hatte sich anders entschieden. Sie war beherzt und respektlos, und es war nur noch eine Frage der Zeit, bis sie das Rudel verlassen würde, sollte es ihr nicht gelingen, den Platz des dominanten Weibchens einzunehmen. Imala konnte sich nicht mehr unterwerfen. Die Natur hatte anderes mit ihr vor. Sie musste ihre Jungen zur Welt bringen.

Sie hatte es schon immer schwer gehabt im Rudel, vielleicht wegen ihres weißen Fells oder weil sie die anderen zu deutlich spüren ließ, wie stolz sie darauf war. Sie hatte sich also damit abgefunden, dass sie sich selbst um die Geburt ihrer Welpen kümmern musste, und hoffte lediglich, dass Taimo, deren Erzeuger, Ahena doch noch verlassen würde, um sie gemeinsam mit ihr zu ernähren.

Der Winter war vorbei, die Wölfe hatten in großer Zahl überlebt, und Imala begriff, dass ihr Wurf für das Rudel eine Belastung sein würde. Aber sie war dennoch stolz und ließ sich von keinem Wolf einschüchtern. Sie war die Stärkste unter den jungen Wölfinnen und hatte zwei Winter hintereinander in der Brunst versucht, das dominante Weibchen zu verdrängen. Aber Ahena war noch immer die Stärkere, und die besiegte Imala hatte sich heimlich mit Taimo, einem der jungen Wölfe, ge-

11

paart. An dem Tag war sie Ahenas Rivalin geworden, und diese ließ keine Gelegenheit aus, um sie mit Knurren oder Drohgebärden an ihre Überlegenheit zu erinnern.

Alles schien darauf hinzudeuten, dass der Zusammenhalt des Klans gefährdet war. Dem Rudel drohte eine Spaltung. Das war das Gesetz der Natur. Kämpfen oder sterben. Und Imala begriff instinktiv, dass sie schon zu lange in diesem Rudel war, dass Ahena sie schließlich angreifen und vermutlich töten würde. Folglich musste sie gehen und wenigstens einen anderen Wolf mit sich nehmen. Sie musste vor allem beweisen, dass sie eine Wölfin war und fähig zu gebären.

Als sie es sich auf ihrem neuen Lager bequem gemacht hatte und die Sonne vollständig hinter dem mächtigen Felsen, der die Höhle überragte, verschwunden war, heulte Imala als Erste, und die Wölfe der anderen Rudel in der Ferne antworteten ihr.

Fassungslos hörte Alea zu graben auf. Was konnte da unter dieser Sandschicht mitten in der Heide sein? Der Gegenstand, den ihre Finger soeben berührt hatten, war aus einem eigenartigen Material. Etwas, das eigentlich nicht dort sein dürfte. Ein Gegenstand von Wert? Geld, das dort versteckt worden war?

Die junge Waise hatte ihre Kindheit damit verbracht, dem Glück hinterherzulaufen, ohne es fassen zu können. Schließlich hatte sie gelernt, dass man vom Zufall nichts zu erwarten hatte und dass man sich nicht auf die Güte der Menschen verlassen konnte. Es war, als hätte die Moïra beschlossen, diesem Mädchen ganz besonders zuzusetzen, um seine Kräfte zu messen. Alea hatte gelernt, allein und ohne jede Hilfe zu leben. So lange sie denken konnte, war sie gezwungen gewesen zu kämpfen, um zu überleben, und hatte den Kindern ihres Alters von ferne zugeschaut, wie sie spielten und lachten. Und dreckige Straßengören wie sie mochte man in Saratea nicht, ebenso wenig wie in der ganzen Grafschaft Sarrland.

Das Dorf hatte keinerlei Mitleid mit seinen Kindern auf der Schattenseite des Lebens, es bot ihnen gerade mal seine Brücken als Unterschlupf, unter denen Alea sich auf dem Boden ausstreckte und, während sie auf den Schlaf wartete, die nassen Reflexe auf dem Pflaster der Uferstraße anstarrte. In Saratea durfte man nicht herumstreunen, es gab Arbeit für jeden, zumindest behaupteten das die Alten, die Händler und die Mütter des Dorfes, die den Blick von ihren Schutzbefohlenen abwandten, wenn Alea mit zerzausten Haaren, die Hände in den Taschen, vorbeiging und wahrscheinlich wieder einmal einen Streich ausheckte. Alle beklagten sich über das Herumstreunen ausgesetzter Kinder, aber nur wenige konnten Alea Arbeit geben, und vermutlich hatte sie sowieso keine Lust zum Arbeiten. Schließlich beneidete sie praktisch niemanden mehr, denn tief in ihrem Innern wusste sie, dass sie einzigartig war. Denn sie fühlte sich nur in der Ruhe der Natur wohl – abends, wenn sie sich aus dem Dorf stahl. Sie hatte sich gesagt, dass sie die Tochter der Erde war und dass der Wind, der Sand, die Bäume, der Himmel und die Tiere ihre einzigen Gefährten waren. Tochter der Erde hatte sie sich übrigens als Beinamen gewählt, und so ließ sie sich von den Kindern des Dorfes nennen.

Niemand kannte Saratea so gut wie sie, die kleinen Alleen, die alten Brunnen, die Wäldchen, die Scheunen und die vergessenen Lagerschuppen, niemand verstand es wie sie, sich in den dunklen Ecken des Dorfes zu verstecken, niemand verstand es wie sie, bei Einbruch der Nacht blitzschnell im Labyrinth der dunklen Gassen zu verschwinden. Nicht einmal die Straßenjungen, denen sie die Stirn bot. Trotz ihrer Einsamkeit hatte sie gelernt zu überleben, und nur das zählte. Sie verstand zu kämpfen – und sie musste oft mit den anderen Vagabunden ihres Alters kämpfen –, sie konnte rennen, sie konnte unter freiem Himmel schlafen, kurz, sie vermochte sich mit dem zu begnügen, was der Tag ihr brachte. Gewiss fand sie manchmal Freunde oder wenigstens ein paar wohlmeinende Dorfbewohner, die ihr ab und zu ein wenig halfen, aber das dauerte niemals lange, höchstens bis zur nächsten Hungersnot oder Krise, die das Dorf regelmäßig ins Elend stürzten.

Sie musste sich ganz allein durchschlagen. Die meiste Zeit lebte sie im Westen des Dorfes, in der Nähe des Marktes, wo die Menschen zu zahlreich oder zu beschäftigt waren, um auf sie zu achten. Manche Händler gaben ihr bisweilen ein paar Münzen, wenn sie ihnen half, die Karren abzuladen und die Stände aufzustellen. Ein paar Tage konnte sie sich dann Essen kaufen, aber die Münzen waren rasch aufgebraucht, und sie musste etwas anderes finden. Sie durchstreifte dann die Umgebung des Dorfes und sammelte alles, was sich verkaufen ließ. Beeren, Pilze und sogar die Blumen der sarrländischen Ebenen, die sie, frisch oder getrocknet, wunderschön zu präsentieren verstand. Manche Dorfbewohner kauften ihr ihre Waren ab, wie etwa der dickbäuchige Wirt der Taverne Die Gans und der Grill, der Alea sogar ein bisschen mehr gab, als sie verlangte. Dann fing das Leben wieder an, Alea spielte die Hochnäsige und kaufte sich etwas zu essen.

Im Winter war es anders. Und am Ende stahl die Kleine stets Lebensmittel oder blieb eine Woche bei einer Karawane von Fahrensleuten auf der Durchreise, die bereit waren, ihr ein wenig unter die Arme zu greifen. Dann zogen sie weiter, und Alea war erneut allein.

Sie war schon immer allein gewesen. Die Einsamkeit in den Straßen des Dorfes war alles, was sie kannte. Zumindest konnte sie sich an nichts anderes erinnern. Wie war es so weit gekommen? Die egoistischen Dorfbewohner hätten ihr keine Antwort auf diese Frage geben können. Hatte sie überhaupt Eltern gehabt? Und falls nicht, wer hatte sie im Stich gelassen und in welchem Alter? Sie zog es vor, nicht darüber nachzudenken. Sie hatte … vergessen.

Aber heute stürmten all diese Fragen wieder auf sie ein. Es war, als hätten die Tränen und der eigenartige Schmerz in ihrem Bauch sie plötzlich aufgeweckt und als würde eine Stimme in ihrem Kopf ihr zurufen fortzugehen, ihr Leben zu ändern.

Alea nahm sich vor, dass, sollte dort unter dem Sand wirklich ein Schatz verborgen sein und sie endlich reich werden, sie ein letztes Mal nach Saratea zurückkehren würde, um sich an denen zu rächen, die sie wie einen lästigen Parasiten ausgeschlossen hatten. Sie würde endlich an der Tafel der reichen Dorfbewohner speisen. Danach würde sie nach Providenz, die größte Stadt des Reichs, gehen und eine geachtete Dame werden.

Vor allem aber würde sie sich an Almar rächen, dem feisten Metzger von Saratea, der sie heute Morgen erwischt hatte, als sie versucht hatte, zwei dünne Scheiben Fleisch zu stehlen. Hinter einem Nachbarstand versteckt, hatte er ihr aufgelauert und sich auf sie gestürzt, als sie versucht hatte, mit den zwei Scheiben Kalbfleisch, die sie unter ihrem Hemd verborgen hatte, zu fliehen. Die arme Alea war unter dem Gewicht des Händlers zwischen den Ständen unter allgemeinem Gelächter und Beifallklatschen benommen zu Boden gestürzt. Unter den amüsierten Blicken der anderen Händler hatte der Metzger seine beiden Fleischscheiben wieder an sich genommen.

»Verschwinde aus dem Dorf, oder ich rufe beim nächsten Mal die Soldaten!«Während Alea versucht hatte aufzustehen, hatte jemand einen Apfel nach ihr geworfen. Die Frucht hatte sie im Rücken getroffen, und sie hatte vor Schmerz aufgeschrien. Und dann hatten die anderen Händler beschlossen, es ihrem Kollegen gleichzutun, und sie ebenfalls beworfen. Unter einem Hagel von Wurfgeschossen war Alea geflohen. Sie war aus dem Dorf hinausgerannt und erst viel später stehen geblieben, in der Heide, dort, wo sie sich jetzt befand, kaum getrocknete Tränen auf den Wangen.

Normalerweise hätte sie dieses Missgeschick schnell vergessen, ihre Tränen hinuntergeschluckt und wäre vielleicht trotz der Drohungen des Metzgers nicht aus dem Dorf geflohen. Es war nicht das erste Mal, dass sie von einem Händler erwischt worden war, und auch nicht das erste Mal, dass man sich einen Spaß daraus machte, sie öffentlich zu demütigen. Die Grausamkeit der Bewohner von Saratea war für Alea nichts Neues, und seit langem hatte sie einen Panzer um sich herum gebildet.

Aber dieser Panzer war jetzt zerbrochen. Alea wusste nicht, warum, aber sie hatte gespürt, dass irgendetwas mit ihr nicht stimmte, und hatte es vorgezogen, in die Heide zu fliehen, um etwas Einsamkeit zu finden. Sie fühlte sich schwach, verwundbar und vor allem sehr müde. Sie wollte nicht mehr kämpfen, als wäre sie nach dreizehn Jahren Gutwilligkeit an die Grenze ihrer Toleranz gekommen, als wäre die letzte dünne Schnur, die ihr noch half, ihr Dasein zu ertragen, plötzlich gerissen und hätte sie völlig entkräftet zurückgelassen. Sie hatte dieses Leben satt.

Alea seufzte und machte sich endlich daran herauszufinden, was dort vor ihr begraben war.

In jener Zeit waren die Nächte so anders. Wenn ihr euch auf diesen Hügel hättet legen können, hättet ihr all jene Dinge gehört, die heute verschwunden oder vom Lärm der Menschen verzerrt worden sind. Da gab es das Heulen des Windes in den Blättern und Zweigen, der plötzlich losbrauste und sich dann für einen kurzen Augenblick nur beruhigte. Da gab es das Rauschen der Bäume und die Geräusche ihrer Bewohner, der Vögel und Nagetiere, die niemals zu schlafen schienen. Und es gab das ständige Murmeln der Kobolde, die man niemals sah, die aber von Baum zu Baum miteinander flüsterten, als schmiedeten sie die ganze Nacht hindurch hinterhältig Komplotte. Es war ein bezauberndes Konzert, ein Wiegenlied des Waldes.

Eingerollt auf ihrem Lager, wurde Imala mal von den Rüden, die die Dunkelheit nutzten, um auf die Jagd zu gehen, und mal von den Welpen geweckt, die sich bereits in ihrem Bauch bewegten, als wollten sie endlich herauskommen.

Taimo hatte sich ihr langsam genähert und freundschaftlich seine Schulter an ihr gerieben, bevor er zur Jagd aufbrach. Er gab ihr lediglich zu verstehen, dass er ihre Angst und ihre Erschöpfung spürte und dass er ihr etwas zum Fressen mitbringen würde. Aber in Imala regte sich bereits der Mutterinstinkt. Sie knurrte, als wollte sie ihre Jungen verteidigen, und sah ihm nach, während er sich mit hängendem Kopf entfernte. Sie hatte noch nicht geworfen, aber sie wusste bereits, dass sie starke Schmerzen haben würde und dass viel Geduld und Kraft nötig sein würden, damit ihre Jungen überlebten. Vielleicht erinnerte sie sich an ihre eigene Mutter, das war nicht so ganz klar. Jedenfalls wusste sie, was zu tun war. Sie musste schlafen.

Spät in der Nacht beruhigte sie endlich das ferne Heulen einer gleichaltrigen Wölfin, und sie ließ sich von diesem wohlklingenden Gesang wiegen, ein Ton, der sich in höchste Höhen aufschwang, sich für einen Augenblick ganz oben hielt, ohne an Intensität einzubüßen, dann an Klang wie an Kraft verlor und kurz verstummte, bevor er wieder einsetzte. Dieses Heulen hatte sie bereits gehört. Und auch wenn sie der Wölfin, die auf diese Weise heulte, niemals begegnet war, fühlte sie sich ihr doch nahe und empfand eine tröstliche Freude, die sie schließlich einschlafen ließ.

Im selben Augenblick näherten sich im Wald Taimo und die anderen Rüden langsam einem Hirsch, der sich verlaufen hatte. Taimo, der die Gruppe anführte, begann vorsichtig auf ihn zuzukriechen, wobei er nach jedem Schritt kurz innehielt und seinen Rhythmus den natürlichen Geräuschen des Waldes anpasste. Speichel troff ihm bereits aus dem Maul. Ihm war ganz flau vor Hunger und Erregung. Die anderen Wölfe schwärmten geräuschlos nach links und rechts aus, um ihre Beute einzukreisen. Aber noch bevor sie einen Kreis bilden konnten, blieb der Hirsch stehen und hob den Kopf. Er hatte ein Geräusch gehört, das nicht zur normalen Melodie des Waldes gehörte. Stoßweise atmete er nun

Luft ein, und noch bevor die Wölfe reagieren konnten, spürte er, dass er in Gefahr war, und machte einen plötzlichen Satz, um in die Dunkelheit zu fliehen. Die Jagd hatte begonnen.

Die Wölfe setzten ihrer Beute nach, weniger geschickt und vielleicht weniger schnell, aber zahlreicher und vom Hunger getrieben. Die Stärke des Rudels war seine Verbissenheit und seine Geduld – eine wahre Treibjagd.

Die Verfolgung wurde immer schneller, aber der Wald stellte Jägern wie Gejagtem zahlreiche Hindernisse in den Weg, niedrige Äste, Felsen, Böschungen und Gräben, und sehr rasch machte die Erschöpfung sich bemerkbar. Schon bald hörte der Hirsch den Atem seiner Verfolger, die immer näher kamen, und am Fuß eines hohen Felsens machte er schließlich eine Kehrtwendung, um sich mutig der Gefahr zu stellen. Die Wölfe blieben sofort stehen und bildeten einen Halbkreis, um den Hirsch gegen den Felsen zu drängen. Anstatt gleich auf ihre Beute loszugehen, warteten sie reglos ab, und manche legten sich sogar auf den Boden, ohne den Hirsch aus den Augen zu lassen. Dieser fegte mit seinem Geweih die Erde und stieß ein dumpfes Röhren aus, um seine Gegner zu beeindrucken. Aber die Wölfe rührten sich nicht. Geduldig sahen sie zu, wie der Hirsch mit den Füßen stampfte, und warteten darauf, dass seine Aufmerksamkeit erlahmte, um sich schließlich auf ihn zu stürzen. Der Hirsch stand mit durchgestreckten Vorderbeinen nach vorn gebeugt da, sein prachtvolles und Furcht erregendes Geweih in Höhe der Wölfe, bereit, sich zu verteidigen. Aber da die Wölfe sich nicht rührten, hob er den Kopf und begann seitwärts vorwärts zu gehen, suchte nach einer Lücke in ihrer Umzingelung. Taimo nutzte die Gelegenheit. Mit weit aufgerissenem Maul, gefletschten Zähnen und gesträubten Nackenhaaren stürzte er sich auf den Hirsch. Dieser reagierte sofort und stieß mit seinem Geweih nach seinem Gegner. Taimos Schnauze wurde mitten in der Bewegung von einem Geweihende aufgespießt. Durch eine heftige Kopfbewegung wurde der Wolf zu Boden geschleudert. Dickes Blut spritzte nach allen Seiten. Während die anderen Wölfe angriffen, bäumte der Hirsch sich auf, drehte sich um und versetzte Taimo, der sich mühsam hochzurappeln versuchte, einen heftigen Tritt mit den Hufen, der ihn am Kopf traf. Er starb auf der Stelle.

Aber der Hirsch hatte keine Chance gegen die vielen Wölfe. In einem letzten Aufbäumen wehrte er sich mit seinem Geweih und seinen Hufen, aber ein junger Wolf sprang ihm an die Kehle und ließ seine Beute nicht mehr los. Je mehr Blut der Hirsch verlor, desto mehr verließen ihn die Kräfte, und bald wurde sein Körper von den letzten Todeszuckungen geschüttelt.

Die Wölfe zogen den Hirsch hinter sich her und ließen Taimos Kadaver in einer Blutlache mitten im Wald zurück.

Am nächsten Morgen wurde Imala von den Geräuschen der Meute und dem starken Geruch frischen Fleisches geweckt. Die Rüden hatten den Hirsch zur Höhle gebracht, und das Rudel teilte sich die Beute bereits mit Heißhunger. Imala streckte sich, erhob sich und warf einen Blick auf die Umgebung der Höhle. Sehr rasch bemerkte sie, dass Taimo nicht da war. Sie näherte sich den Wölfen, die den Hirsch verschlangen, und begriff, als sie das rote Blut in ihrem Fell und auf dem Geweih ihrer Beute sah, dass die Jagd ein brutales Ende genommen und dass Taimo sie vermutlich nicht überlebt hatte. Sie jaulte leise und voller Sorge, und der Blick von Ehano, dem dominanten Wolf, der für einen Augenblick seine Mahlzeit unterbrach, bestätigte ihre Befürchtungen.

Taimo lebte nicht mehr, der Hirsch hatte ihn getötet.

Alea stieß eines Schrei des Entsetzens aus. Unter dem Sand war eine Hand zum Vorschein gekommen.

Die Kleine machte einen Satz nach hinten und kroch ein paar Meter rückwärts, wobei sie unaufhörlich schrie. Vor Schreck hatte sie sogar die Krämpfe in ihrem Unterleib vergessen. Als sie endlich anhielt, vermutlich, weil sie der Meinung war, sie sei außerhalb der Gefahrenzone, wurde ihr erst wirklich bewusst, was sie da entdeckt hatte. Sie, die gehofft hatte, einen Schatz zu finden! Letzten Endes war es nichts anderes als eine Leiche, die vermutlich von einem Sandsturm zugedeckt worden war.

Alea fragte sich, was sie tun konnte. Nach Saratea laufen und den Soldaten melden, dass in der Heide eine Leiche begraben war? Etwas Sand darüber werfen und sie vergessen? Würde sie nicht Ärger bekommen, wenn herauskäme, dass sie diesen Leichnam entdeckt hatte?

Die Sonne war fast vollständig hinter dem Wald von Sarlia verschwunden. Der Schatten der Bäume breitete sich langsam über die Heide aus. Weit hinten im Süden waren schwach die rötlichen Lichter und der Rauch von Saratea zu erkennen. Bald würde es Nacht sein.

Plötzlich kam ihr ein Gedanke. Und wenn er reich war? Wenn der Leichnam Schmuck trug oder sogar eine gut gefüllte Börse bei sich hatte? Zunächst sagte sie sich, dass sie nie den Mut haben würde, ihn vollständig auszugraben, und erst recht nicht, ihn anschließend zu durchsuchen. Gewiss, das war nicht die erste Leiche, die sie sah, sie hatte sogar schon ein Kind in ihrem Alter in einer Winternacht auf den Gehsteigen des Dorfs sterben sehen, aber die Leiche, die hier im Heidesand begraben war, hatte etwas Merkwürdiges an sich, das sie erschreckte. Die Position der Hand war wie eine Warnung. Es war die Hand eines alten Mannes, aber sie war hart und gerade und hatte zugleich etwas Flehendes. Wie eine Drohung schien sie sich Alea entgegenzurecken.

Doch jetzt, da er tot war, konnte der Mann ja nicht mehr viel mit seinem Reichtum anstellen... Aber stellte sie sich damit nicht gegen die Moïra? Forderte sie damit nicht die Vorsehung heraus? Und riskierte, den Lauf der Dinge zu verändern, indem sie das Schicksal eines anderen stahl? Es sei denn, die Moïra hätte ihr diesen Leichnam absichtlich in den Weg gelegt... Allerdings waren die Aussichten, dass Alea am richtigen Ort zum richtigen Zeitpunkt in der Heide graben würde, nicht gerade groß.

Die Kleine wischte sich den Mund mit dem Ärmel ab, als wollte sie sich selbst Mut machen, und bewegte sich langsam auf allen vieren auf die Hand zu, die direkt vor ihr aus dem Sand ragte. Und da bemerkte sie an einem der Finger einen wunderschönen Ring mit einem rot funkelnden Edelstein. Sie kannte den Namen des Steins nicht, aber er war sicher von unschätzbarem Wert. Das Schmuckstück schien ihre Zweifel bestätigen und ihr Mut machen zu wollen, den Körper auszugraben. Sie sagte sich, wenn es ihr gelingen sollte, den Ring an sich zu nehmen, dann würde ihr das die Kraft geben weiterzumachen. Aber der Gedanke, eine Leiche zu berühren, die vielleicht schon seit Tagen dort lag, war ihr ausgesprochen zuwider. Sie warf einen Blick in die Runde, um sich zu vergewissern, dass sie nicht beobachtet wurde. Natürlich war niemand zu sehen.

Alea streckte die Hand nach dem Schmuckstück aus, wobei sie die Faust nur zögernd öffnete. Schließlich biss sie sich auf die Lippen und griff entschlossen zu.

Im ersten Augenblick war sie überrascht, dass die Hand, die aus dem Sand ragte, nicht so kalt war, wie sie erwartet hatte. Es hieß immer, die Toten seien eiskalt; dieser musste von der Sonne und vom Sand erwärmt worden sein. Sie atmete tief durch und begann an dem Ring zu ziehen. Nur mit Mühe glitt er über den trockenen Finger. Die Haut schlug Falten und hielt den Ring fest. Alea zog stärker. Sie zitterte.

Endlich gab der Ring nach. Im selben Moment schloss die Faust sich über Aleas Hand.

Die Kleine brüllte. Die Faust ließ nicht los. Sie war geschlossen, verkrampft und tat ihr weh. Die Hand schien Alea auf den Sand ziehen zu wollen. Sie in die Wüste mitnehmen zu wollen, um sie zu bestrafen. Plötzlich spürte sie einen eigenartigen Schlag in ihrem Arm, der von der Hand des im Sand begrabenen Körpers ausging, aber vielleicht war es auch einfach nur die Angst. Das blanke Entsetzen. Sie sprang so weit wie möglich nach hinten, stand auf und rannte ohne nachzudenken in Richtung Saratea, die Augen weit aufgerissen, die Kehle wund vom andauernden Schreien, fort, weit fort von der Faust, die sich hinter ihr geschlossen hatte.

Die kleinen Wölfe kamen am Nachmittag zur Welt.

Imala gebar fünf Welpen, die minutenlang schrien,

bevor die Zunge ihrer Mutter sie endlich beruhigte. Fünf kleine dunkelgraue, rötlich schimmernde Fellkugeln mit vollständig geschlossenen Augen und fast platter Schnauze. Zwei kleine unauffällige Dreiecke zierten den Schädel als Ohren. Ihre krallenbewehrten Pfoten zitterten leicht, ungeschickt suchten sie Halt im Boden des Lagers, aber das rechte Gleichgewicht wollte sich noch nicht einstellen.

Imala war erschöpft und verwirrt. Sie versuchte sich auf ihren Instinkt zu verlassen, aber die fünf Welpen erschreckten sie ebenso sehr, wie sie sie rührten. Vor allem aber fühlte sie sich allein. Taimos Tod bedeutete, dass sie sich allein um ihren Wurf kümmern musste. Sie betrachtete ihre fünf Jungen, als wollte sie sie besser kennen lernen. Jedes unterschied sich von den anderen in einem winzigen Detail, im Geruch, in der Farbe des Fells, in der Form der Ohren oder ganz einfach in der Größe, und Imala war sehr schnell in der Lage, sie zu identifizieren. Einer der fünf war deutlich größer als die anderen. Und aufgeweckter schien er auch zu sein. Ein anderer, der magerste, machte einen schwächlichen Eindruck und atmete kaum. Sie waren bereits alle kleine Individuen für sie, kleine vielversprechende Wölfe.

Ein paar Schritte entfernt hatte Ahena ebenfalls geworfen, aber Imala konnte nicht viel erkennen hinter dem Rudel, das einen Kreis um sie bildete. Sie beneidete die dominante Wölfin, wandte sich aber wieder ihren Jungen zu, die sich an ihren Bauch schmiegten. Halb verhungert, begann sie ihre eigene Plazenta zu fressen; ab und zu unterbrach sie ihre Mahlzeit, um die fünf Neugeborenen, die schon bald den Weg zu den Zitzen finden würden, mit ihrer Zunge zu ermuntern. Sie fragte sich, welcher Rüde Ahena schließlich verlassen würde, um ihr ein wenig frisches Fleisch zu bringen, und knurrte, um das Rudel auf sich aufmerksam zu machen. Einige Wölfe wandten den Kopf zu ihr um und sahen sie kurz an, aber keiner kam zu ihr. Keiner hätte gewagt, Ahena zu verstimmen, indem er zu viel Zuneigung für ihre Rivalin erkennen ließ, die zudem noch die Stirn hatte, zu einem Zeitpunkt zu werfen, da das Rudel keine neuen Mitglieder brauchte.

Imala suchte eine bequeme Position; mit der Spitze ihrer Schnauze drückte sie ihre Jungen an ihren Bauch, dann ließ sie den Kopf auf das Lager sinken, um sich ein wenig wohlverdiente Ruhe zu gönnen.

Das erste Saugen ihrer Welpen riss sie wieder aus dem Schlaf. Drei von ihnen, darunter natürlich der größte, hatten bereits den Zweck der Zitzen entdeckt und saugten völlig ungeniert an ihnen. Imala stieß einen langen Seufzer aus, der sowohl Erschöpfung als auch Erleichterung ausdrückte. Als ihre Augen sich endlich an das Licht gewöhnt hatten, stellte sie fest, dass der Großteil des Rudels zur Jagd aufgebrochen war und nur noch Ahena und ihre Jungen im Schatten des Felsens da waren. Endlich konnte sie den Wurf der dominanten Wölfin in Augenschein nehmen. Er enthielt mehr Welpen als ihrer, und möglicherweise waren sie auch schon größer. Ahena hob den Blick zu ihr und machte ihr ein Zeichen, indem sie den Kopf bewegte und die Ohren nach vorn richtete.

Imala antwortete nicht. Sie war zu erschöpft und hatte sich bereits tausendmal unterworfen. Sie verstand nicht, warum Ahena ihr immer wieder mit solcher Verbissenheit ihre Überlegenheit zeigen wollte. Vielleicht war die dominante Wölfin auf die einzigartige Farbe von Imalas Fell eifersüchtig. Oder war das immer schon so gewesen? Man konnte sich dem Gesetz der Natur und der vom Rudel aufgestellten Hierarchie nicht entziehen.

Die Sonnenstrahlen verschwanden hinter dem ineinander verschlungenen Geäst der Steineichen auf dem Hügel. Lichtflecken verteilten sich nach und nach über den rot-violett-weißen Teppich, den weiter unten ein Beet von Lerchensporn und Maiglöckchen bildete. Das ferne Schlagen eines Grünspechts und der unregelmäßige Flügelschlag eines Taubenpärchens beruhigten die Wölfin und ihre Jungen, und der Gesang des Frühlings wiegte sie sanft. Imala war im Begriff, erneut einzuschlafen, als ein einzelner großer Wolf zu der Höhle kam. Vermutlich hatte er allein gejagt, denn er kam mit einem Hasen im Maul zurück. Es war Lhor, ein majestätischer Wolf, der ebenso stark wie Ehano zu sein schien. Er blieb einen Augenblick stehen, legte den Hasen vor Imala auf den Boden und rieb sich an ihm, damit er seinen Geruch annahm. Er wollte deutlich machen, dass dies seine Beute war. Ahena warf ihm nur einen verächtlichen Blick zu und legte dann ihren Kopf auf ihre Jungen.

Der Wolf stand wieder auf und begann das Fell des Hasen mit seinen Schneidezähnen zu zerreißen, wobei er ihn mit seinen Krallen am Boden festhielt. Mit gefletschten Zähnen knurrte er, bis das Fleisch nachgab und der Hase vollständig geöffnet war. Er fraß einen Augenblick, wobei er regelmäßig die beiden Wölfinnen anblickte, die über ihre Jungen wachten; dann brachte er plötzlich völlig unerwartet die Reste seines Hasen zu Imala und setzte sich neben sie, als wollte er sie zwingen zu fressen. Die Wölfin zögerte. Ahena begann zu knurren, aber sie war nicht in der Lage zu kämpfen, und

Ehano war nicht da, um an ihrer Stelle für die Einhaltung der Rangordnung zu sorgen. Lhor kam noch näher und schob den zerfetzten Hasen auf Imala zu, bis sie schließlich nicht mehr ablehnen konnte. Sie packte die Beute und fraß sie vollständig auf.

Sofort machte Lhor kehrt und verschwand im Wald.

# 2

# Ein neues Heim

Der Großdruide Aldero stand vor dem geheimnisvollen Palast von Shankha, erschöpft, aber glücklich, dass er endlich diesen verborgenen Ort gefunden hatte, den er seit bald einem Jahr suchte. Obwohl er ein alter Mann war, hatte er sich die Entschlossenheit eines Jünglings bewahrt. Endlich würde er seine Mission erfüllen können. Eine Belohnung, auf die er lange gewartet hatte, vielleicht die letzte. Aldero war allein, am Ende seiner Kräfte, aber ihm war, als könnte er die Energie der anderen Druiden spüren, die auf der anderen Seite der Welt gewiss an ihn dachten. Er hatte sie bitter nötig.

Das blass ockerfarbene Gebäude, an dem der Zahn der Zeit genagt hatte, hob sich durch seine Fassade, die aus einem Block gehauen war, als sei sie aus dem Innern des Bergs herausgetrieben worden, von dem Felsen ab. Der Palast erhob sich in der Mitte der gelben Felswand, ein herrlicher und beunruhigender Anblick. Durch welchen Zauber hatte ein derartiges Bauwerk der Aufmerksamkeit der Menschen entgehen können? Wer, wenn nicht ein altes Volk, dessen Wissen längst untergegangen war, hatte dieses Kunstwerk geschaffen? Die vertikalen Fluchtlinien verbanden sich mit den Bögen der Gewölbe und Fenster in unerschütterlicher

Eleganz. Die Schönheit war für immer in den Stein gemeißelt.

Die Sonne machte Halt am Tor des Tempels. Alles schien ruhig und kalt, unberührt, fast tot, und doch wusste Aldero, dass sein Feind da war, verborgen im Innern des Palastes. Er spürte seine Gegenwart, die Signatur seines Hierseins auf den Steinen, in der Reglosigkeit der Schatten. Aber er konnte jetzt nicht mehr zurück. Der Kampf war unvermeidlich. Sozusagen eingemeißelt in majestätischen Lettern auf der braunen Arkade, die den Eingang des Palastes von Shankha überwölbte.

Das runzlige Gesicht im Schatten seiner kastanienbraunen Kapuze und hinter dem grauen Haar seines langen Bartes verborgen, legte er langsam sein schartiges Schwert vor sich auf den Boden. Er wusste, dass er es nicht mehr brauchte. Gegen diesen Gegner kämpfte man nicht mit dem Metall einer Klinge. Er stellte seine Tasche ab und löste seinen Leibriemen.

Er machte ein paar Schritte, blieb dann stehen und hob seine Hände zum Himmel empor, als sei es das letzte Mal. Er spürte die Energie, die in seinen Körper strömte, durch seine Adern lief und ihm jeden einzelnen seiner Muskeln bewusst machte, um ihm die vollständige Kontrolle über seinen Körper und die Elemente zu geben. Er ließ sich von seiner Macht tragen, dieser inneren Kraft, die die Mitglieder seiner Kaste sich anzueignen lernten: dem Saiman.

Die Kälte überfiel ihn mit aller Macht, als er durch das riesige Tor trat. Der Schatten bildete so etwas wie eine undurchdringliche Grenze zwischen der Welt draußen und der eisigen Luft im Palast. Die Atmosphäre war vom Bösen geprägt. Von einem Bösen, das Aldero bei jedem seiner Schritte packte. Als würde ein Blick ihn hinter jeder Schattenzone beobachten und ihm stumm folgen. Schon bald hatten seine Augen sich an die Dunkelheit gewöhnt, und er konnte den Raum um sich herum erkennen. Eine große Halle, in die sich zwei parallele Treppen senkten und deren Wände sich in der Höhe in einem kontrastreichen Licht-und-Schatten-Spiel verloren. Ein paar wenige Sonnenstrahlen zeichneten ein Gitter in den Raum. An manchen Stellen ließ das Licht Staubwolken in einem vielfarbigen Spektrum tanzen. Es war schön und erschreckend zugleich, als würde man ein altes Grab schänden. Aber Aldero wusste, dass er sich von der Schönheit des Ortes nicht ablenken lassen durfte. Er durfte nur noch an eines denken, an den Kampf. Leben oder sterben.

Der Saiman erwärmte langsam seinen Körper und schärfte seine Sinne. Die Klänge und Lichter um ihn herum wurden intensiver, und er schickte sein Bewusstsein in jeden Winkel des Raums, ließ es durch die Halle schweben auf der Suche nach einer Spur, einem Herzschlag. Aber da war nichts, nur die glatten Steine der vier endlos hohen Wände. Er schloss die Augen und wusste sofort, dass er nach oben musste. Aldero verließ den großen Raum und ging, geführt vom Saiman, geräuschlos die linke Treppe hinauf.

Als er oben ankam, krachte hinter ihm eine versteckte Mauer herunter und machte jede Flucht nach hinten unmöglich. Als er die Augen wieder öffnete, hallte der Lärm noch immer in seinem Kopf nach. Es war, als hätte sein Schicksal sich langsam über ihm geschlossen. Er hatte keine Wahl mehr. Er konzentrierte sich und sah endlich den Raum vor sich, den er im Traum gesehen hatte. Ein breites und tiefes Rechteck, links und rechts gesäumt von Säulen, die mit obszönen Fresken geschmückt waren, und mit einer Decke, die so hoch war, dass man sie nicht sehen konnte. Aus der Ferne drang in Wellen das Echo unmenschlicher Schreie heran. Ein grelles rotes Licht strahlte im hinteren Teil des Raums und warf vom Boden aus einen rot glühenden Bogen auf die Steinwände. In der Mitte führte eine schmale Brücke über Becken mit zähflüssiger rotschwarzer Lava, in der schimmernde Blasen langsam platzten. Und ganz hinten der Thron.

Ein hoher, schmaler Thron, schaurig, geschnitzt, wie es schien, aus Menschenknochen. Darauf, im Gegenlicht, wie eine Statue aus schwarzem Felsgestein, eine Gestalt. Maolmòrdha. Herr der Gorgunen, Meister der Herilim, Träger der Flamme der Finsternis. Derjenige, den die Druiden den Abtrünnigen nannten. Er war da. Geduldig erwartete er Aldero, die Arme auf den Lehnen des Throns. In seinem Blick funkelte der Tod seiner vergangenen Opfer und seiner künftigen Feinde. Er rührte sich nicht, aber seine Reglosigkeit gab bereits eine Vorstellung von seiner Macht. So etwas wie eine langsame, zerstörerische Kraft, die nichts aufhalten konnte. Diese stumme Kreatur hatte nichts Menschliches mehr, weder in ihrem Blick noch in dem bedrohlichen Lächeln, das undeutlich im Schatten ihres Gesichts zu erkennen war.

Aldero ging über die schmale Brücke, wobei er kämpfen musste, um trotz der Angst, die mit jeder Sekunde größer wurde, nicht den Kontakt zu seiner Macht zu verlieren. Sein Feind saß vor ihm. Der Kampf war jetzt der einzige Ausweg. Nur der Tod konnte ihr Zusammentreffen beenden. Und sein Gegner schien den Ausgang des Kampfes bereits zu kennen.

»Einer von euch hat mich also endlich gefunden…«

Aus Maolmòrdhas Stimme war sein Hass auf die Druiden herauszuhören. Ein Hass, der mit der Zeit immer stärker geworden war. Unabänderlich. Tödlich. Die Folge einer Wunde, die sich nie mehr schließen würde und die ihn in ein Ungeheuer verwandelt hatte.

»Ich bin gekommen, um dich zu töten«, antwortete Aldero nur und versuchte, eine seiner Kaste würdige Sicherheit in sich zu finden.

Aber so bewandert er in der Zauberkunst der Druiden auch war, die Angst, die der Gedanke, mit ihrem furchtbarsten Feind kämpfen zu müssen, ihm verursachte, vermochte er nicht zu unterdrücken. Maolmòrdha lachte schallend. Er stand plötzlich von seinem Thron auf und hob die Arme über seinen Kopf. Sein muskulöser Körper, eine Mischung aus schwarzem Metall und offenen Wunden, trat in das scharlachrote Licht, das den Thron umgab. Er beugte den Kopf vor und ließ die geschwollenen Adern erkennen, die sich über seinen rasierten Schädel zogen. Seine Augen flammten plötzlich auf, und seine Gestalt schien immer größer zu werden, je lauter sein Lachen durch den Raum hallte. Schließlich mündete dieses Lachen in einen Wutschrei. Die Temperatur im Raum stieg mit einem Mal an. Lava schoss aus den Becken in die Höhe, und der Boden begann zu beben.

Überrascht, konzentrierte Aldero seine Energie um sich herum, um sich vor dem unmittelbar bevorstehenden Angriff zu schützen. Das Feuer des Saiman begann um seinen Körper herum zu tanzen.

Maolmòrdhas Stimme verstummte jäh. Wie ein Raubtier stürzte er sich auf seine Beute.

Aldero konnte ihm gerade noch ausweichen, beinahe

wäre er in die Lava gefallen, konnte sich in der Mitte der Brücke aber wieder aufrichten, bereit, einen neuerlichen Angriff abzuwehren. Aber er durfte sich nicht darauf beschränken, sich zu verteidigen, er musste seinerseits zum Angriff übergehen. Bevor er nach einer Möglichkeit für einen Überraschungsangriff suchte, beschloss er, seinen Körper ebenfalls durch eine glühend heiße Energie aufzublasen. Er brüllte seinerseits, um den Saiman in seinen Adern zu konzentrieren, aber während seine Muskeln Feuer fingen, griff Maolmòrdha bereits erneut an.

Der Körper des Abtrünnigen schien innerhalb eines einzigen Augenblicks zu schmelzen und in Flammen aufzugehen. Aldero war so überrascht, dass er für einen Augenblick in seiner Aufmerksamkeit nachließ, was Maolmòrdha ausnutzte, um sich auf ihn zu stürzen. In eine Feuerkugel verwandelt, flog er durch die Luft und explodierte vor Aldero. Der Druide ging in Angriffsposition, konzentrierte seine Energie vor seinem Körper und konnte sich gerade noch rechtzeitig schützen. Zu Alderos Füßen zusammengekauert, nahm Maolmòrdha wieder menschliche Gestalt an und streckte sich in einer anmutigen Bewegung, während die Flammen noch über seine hervortretenden Muskeln liefen.

In einem Anfall von Wut versuchte Aldero, ihn mit seinen beiden Fäusten zu schlagen, wobei er sich wie ein Bohrer drehte, aber sein Gegner wich diesem Angriff mit übermenschlicher Geschwindigkeit aus.

Maolmòrdha brach erneut in Gelächter aus, während er langsam um Aldero kreiste und ihn voller Verachtung und Hass herausfordernd anblickte.

Plötzlich erstarrte Maolmòrdhas Gesicht zu einem beunruhigenden Grinsen, und im nächsten Augenblick schien sein Körper sich in einer raschen, undeutlichen Bewegung zu vervielfachen. Aldero hatte es auf einmal nicht mehr mit einem, sondern mit vier Gegnern zu tun. Die Schläge prasselten von allen Seiten auf ihn ein, noch schneller als beim vorherigen Angriff. Maolmòrdhas brennende Arme tauchten in Alderos Energieschild ein, und dieser konnte der unerwarteten Salve diesmal nicht ausweichen. Der Druide wurde von dem auf ihn einstürmenden Feuer an der linken Seite und am Bauch getroffen. Er brüllte vor Schmerz, fiel auf die Knie und verlor die Kontrolle über den Saiman.

Wehrlos und verblüfft, leistete Aldero keinen Widerstand mehr. Zusammengekrümmt durch den stechenden Schmerz, der in seinem Bauch brannte, war er ausgeliefert, verwundbar. Maolmòrdha nahm wieder seine menschliche Gestalt an und beugte sich über seinen Gegner. »Gib mir den Namen des Samildanach«, befahl er mit Grabesstimme.

Aldero hatte nichts mehr entgegenzusetzen. Die Aufforderung seines Feindes war nicht einfach ein Befehl, sie war ein Zauber. Die Worte kamen von ganz allein aus seinem Mund.

»Der Samildanach heißt Ilvain«, stammelte er, während Blut an seinen Lippen entlanglief. »Ilvain Iburan. Aber die anderen werden dich töten, bevor du ihn sehen kannst. Maolmòrdha... du kannst mich zwar töten, aber die Meinen wissen, wo du in diesem Augenblick bist.«

Maolmòrdha brach erneut in Gelächter aus.

»Ich freue mich, dass du dich mir anschließen willst, Aldero...«

Der Druide hob langsam den Kopf und blickte seinen Henker erstaunt an.

»Dir anschließen?«

Maolmòrdha schloss die Augen. Seine Hand verwandelte sich in eine lange, spitze, glänzende Metallklinge, die er mit einer einzigen Bewegung auf Aldero niedersausen ließ. Sie durchschlug seinen Körper von der Schulter bis zum Bauch.

Als der Rauch um sie herum sich endlich aufgelöst hatte, beugte Maolmòrdha sich, ein Lächeln auf den Lippen, langsam vor, um die Hand seines sterbenden Feindes zu nehmen, dessen Fleisch und Blut sich über die Steinplatten ausbreiteten.

»Leb wohl, armer Narr«, flüsterte er. Und während er zu seinem Thron zurückkehrte, dachte er bereits an neue Tote.

Am anderen Ende des Saals zuckte Alderos Körper ein letztes Mal.


Das Dorf lag bereits fast vollständig im Dunkeln, als Alea am Fuß des großen Tors zusammenbrach. Ganz außer Atem, legte sie eine Hand auf den Boden und die andere auf ihren Bauch, als wollte sie den Schmerz beruhigen, der sich jetzt in Übelkeit verwandelte. Was war mit ihr los? Warum schien ihr Bauch sich auf diese Weise zu verkrampfen? Die Panik ergriff immer mehr von ihr Besitz, bis sie den quälenden Brechreiz nicht länger unterdrücken konnte. Tränen in den Augen, begann sie sich zu übergeben, wobei sie fast das Gleichgewicht verloren hätte.

Sie spuckte mehrmals, bevor sie den Kopf hob, um Luft zu schöpfen.

In der Ferne waren das Lachen der Nachtschwärmer vor den Türen der Wirtshäuser und das Quietschen der Fensterläden, die reihenweise geschlossen wurden, zu vernehmen. Saratea bereitete sich unter dem wohlwollenden Auge der Moïra wie alle Dörfer Sarrlands friedlich auf die Nacht vor.

Die Kleine verharrte lange regungslos und versuchte wieder zu Atem und zu sich zu kommen. Dann stand sie auf und entfernte sich seufzend von dem Ort, an dem die Übelkeit sie überfallen hatte. Ihre Kehle brannte so sehr, dass sie sich fragte, ob sie überhaupt noch sprechen konnte. Sie steckte die Hand in die Tasche, um sich erneut zu vergewissern, dass der Ring noch da war. Mindestens zehnmal hatte sie es bereits überprüft. Sie durfte ihn nicht verlieren, denn sie sagte sich, dass er ihr als Beweis dienen könnte.

Als sie den kalten Kuss des Windes auf ihrem Nacken spürte, entschloss sie sich endlich, durch das Tor ins Dorf zu gehen, und nahm sich vor, Hauptmann Fahrio, der die Wache befehligte, aufzusuchen und ihm ihre Geschichte zu erzählen. Alea wusste, dass sie Fahrio wie jeden Abend, wenn das Dorf in der Nacht zu versinken begann, auf dem Dorfplatz vor der Taverne Die Gans und der Grill finden würde, wo die Fidchell-Spieler bereits ihre Partie begonnen hatten.

Sie lief in die Hauptallee von Saratea, wobei sie darauf achtete, am Rand der gebogenen Straße zu bleiben, um die Abwässer und den Abfall zu vermeiden, die in der Mitte flossen. Trotzdem roch ihr Dorf gut zu dieser abendlichen Stunde. Von Zeit zu Zeit tauchte man in Duftwolken ein, in denen sich die Düfte der Braten, die in den Küchen im Ofen schmorten, und der warme und trockene Geruch der Holzscheite, die in den Kaminen brannten, mischten.

Die Straße wurde immer mehr von blauen und roten Reflexen erleuchtet, als das Mondlicht nach und nach das Sonnenlicht ersetzte, und durch die offenen Fenster konnte man die hohen gelben Flammen der Kaminfeuer sehen.

In der Ferne erblickte Alea den Dorfplatz, und nach ein paar weiteren Schritten konnte sie deutlich Hauptmann Fahrio inmitten anderer Männer erkennen, die sich vor dem Wirtshaus versammelt hatten. Er trug die Lederrüstung der Soldaten von Sarrland, die eine Schwalbe – das Wappen der Grafschaft – schmückte, und hatte seinen Helm unter seinen rechten Arm geklemmt; in der linken Hand hielt er Lederhandschuhe.

Der Hauptmann hatte die Gewohnheit, abends hierher zu kommen, um mit den Dorfbewohnern zu plaudern. Er nahm die Stimmung der Schaulustigen in sich auf und fahndete im Klatsch und Tratsch nach Informationen, die für die Sicherheit von Saratea von Bedeutung sein konnten… Übrigens sagte man den Sarrländern nach, dass sie die redseligsten Menschen im ganzen Königreich Gaelia seien.

»Es scheint, dass der König heiratet«, verkündete ein Händler in vertraulichem Ton, mit dem starken Akzent der sarrländischen Bauern.

»Er sollte sich besser um die Christen und um Harcort kümmern«, warf ein anderer ein. »Diese Spinner schicken ihre Soldaten der Flamme bis zu uns, wie ich gehört habe, und dann dauert es nicht mehr lange, bis sie in unsere Dörfer kommen und versuchen, uns gütlich oder mit Gewalt zu bekehren… Ich sage, man sollte Graf Al'Roeg hängen, ihm Harcort wegnehmen und sich die Christen vom Hals schaffen.«

Die anderen nickten zustimmend, mit Ausnahme von Fahrio, der die würdevolle und ernste Miene, zu der sein Rang ihn zwang, niemals aufgab.

37

»Ein Cousin hat mir erzählt«, fuhr ein Dorfbewohner fort, »dass die Soldaten der Flamme ein ganzes Dorf dem Erdboden gleichgemacht haben, nur weil die Bewohner ihren verfluchten Bischof nicht empfangen wollten.«

»Thomas Aeditus.«

»Wenn dieser Trottel Eoghan nichts unternimmt, werden die Christen uns alle töten.«

»Sprecht nicht so von Seiner Hoheit!«, ging Fahrio dazwischen.

Die Dorfbewohner schwiegen einen Augenblick. Die Anwesenheit des Hauptmanns zwang sie trotz allem, ein wenig auf ihre Sprache zu achten.

»Und er heiratet wirklich?«, fragte einer der Dorfbewohner schließlich.

»Ja, er heiratet«, bestätigte Fahrio ruhig.

»Eine Dame aus Galatia?«

»Ich habe gehört, sie sei ein junges Mädchen aus unserer Grafschaft…«

»Eine Sarrländerin?«, riefen die Dorfbewohner erstaunt.

Anstatt zu antworten, runzelte der Hauptmann die Stirn, während er angestrengt die Straße hinunterblickte.

»Wer ist das Mädchen da?«, fragte er die Versammlung, die daraufhin seinem Blick nach Norden folgte.

Alea erreichte endlich ganz außer Atem den Dorfplatz.

»Hauptmann! Hauptmann!«, schrie sie, bevor sie, gekrümmt vor Erschöpfung, vor den Dorfbewohnern stehen blieb.

Hauptmann Fahrio ging zu der Kleinen.

»Aber, bei der Moïra, ist das nicht die kleine Alea? Sag, mein Kind, ich habe gehört, du hättest heute schon wieder etwas angestellt…«

»Hauptmann, hört mich an, ich habe etwas Unglaub-liches südlich des Dorfs entdeckt, mitten in der Hei-de… Ihr müsst es Euch anschauen.«

Neugierig geworden, näherte sich der Rest der Ver-sammlung ebenfalls und bildete einen Halbkreis um die Kleine. Alea erkannte den Metzger Almar, ihren Erzfeind, dessen Hände auf seinem runden blutbefleck-ten Bauch ruhten.

»Was redest du da?«, unterbrach sie der Hauptmann mit glänzenden Augen und einem Lächeln auf den Lip-pen.

»Ich habe einen Körper im Heidesand gefunden, Hauptmann. Einen alten Mann, er war im Sand begra-ben, und seine Hand ragte aus dem Boden.«

Almar, der Metzger, lachte schallend und schlug sich auf den Bauch.

»Hört euch diese kleine Diebin an! Sie ist imstande und tischt uns den größten Blödsinn auf, nur um sich interessant zu machen!«, spottete er, und die anderen Dorfbewohner stimmten in sein Lachen ein.

»Aber nein! Ich schwöre euch, es ist wahr! Hier«, rief Alea und holte den Ring aus ihrer Tasche, »er trug die-sen Ring an seinem Finger!«

»Ach, dachte ich's mir doch«, fuhr Almar fort, noch bevor der Hauptmann eingreifen konnte, »du hast also schon wieder jemanden bestohlen und erfindest eine Mordsgeschichte, um dich zu entlasten, ist es nicht so? Es wäre gut möglich, dass du ihn selbst getötet hast, diesen alten Mann!«

»Halt den Mund!«, brüllte Alea, außer sich vor Wut.

Ihr Befehl durchzuckte die Luft wie ein Blitz, so ge-waltig, dass sie Angst vor sich selbst bekam. Im sel-ben Augenblick wurde Almar nach hinten zu Boden geschleudert, als hätte er einen heftigen Fußtritt erhalten.

Der Metzger fiel auf seinen Hintern, und die Dorfbewohner starrten ihn fassunglos an. Als sie Almars verblüffte Miene sahen, brachen sie in schallendes Gelächter aus.

Aber Alea war keineswegs nach Lachen zumute. Sie hatte gespürt, wie ein heftiger Krampf durch ihren Körper lief, der gleiche Schlag, der sie auf der Heide getroffen hatte, als die Faust des Leichnams sich über ihrer Hand geschlossen hatte. Was war mit ihr los? Vollkommen verwirrt begann sie unverständliche Worte zu stammeln.

Aber der Hauptmann riss sie aus ihrer Erstarrung. Er hatte schon mehrmals mit der Kleinen zu tun gehabt und wusste, dass sie kein schlechter Mensch war.

»Also schön, hör zu, Alea, ich werde mir das alles morgen früh ansehen. Aber du siehst schlecht aus... Sehr schlecht. Hast du Geld, um eine Nacht im Gasthof zu bezahlen?«

»Ja«, log Alea.

»Ich verspreche dir, dass ich tun werde, was ich gesagt habe, wenn du heute Nacht in einem Gasthof schläfst und mir schwörst, dich ruhig zu verhalten. Hast du das verstanden?«

Alea nickte. Aber sie fragte sich, womit sie ein Zimmer bezahlen sollte, wenn Fahrio ihr folgte, um sich zu vergewissern, dass sie tatsächlich im Gasthof schlief. Sie hatte keinen Heller mehr in der Tasche. Hätte sie auch nur ein bisschen Geld gehabt, hätte sie niemals versucht, Almar zu bestehlen.

»Und nun zu dir, Almar«, fügte der Hauptmann hinzu, »du solltest abends etwas weniger trinken, du kannst dich ja nicht einmal mehr auf den Beinen halten, du Fettwanst.«

Die Schaulustigen gingen lachend auseinander, und Almar, der immer noch völlig sprachlos war, machte sich stumm davon, wobei er sich von Zeit zu Zeit beunruhigt nach Alea umdrehte.

Der Platz hatte sich sehr schnell geleert. Alea versuchte sich zu beruhigen, und als sie bemerkte, dass der Hauptmann sie beobachtete, ging sie auf das Gasthaus Die Gans und der Grill zu.

Acht lange Wochen blieb Imala auf ihrem Lager, um ihre Welpen zu stillen. Ein paarmal musste sie sie allerdings allein lassen, um selbst für Fleisch zu sorgen, das das Rudel nicht mit ihr teilen wollte. Das hatte Auswirkungen auf das Wachstum ihrer Jungen. Obwohl sie ebenso alt wie Ahenas Welpen waren, wirkten sie magerer und schwächer. Imala war halb verhungert und erschöpft. Das Stillen verursachte ihr Schmerzen, und sie hatte enorm an Gewicht verloren. Die Knochen traten unter ihrer Haut, die stellenweise ihr Fell verloren hatte, hervor.

Das Abstillen erwies sich als schwierig. Die Welpen waren nur Haut und Knochen und noch sehr tapsig, als Imala sie zum ersten Mal mehr als eine Nacht allein ließ. Am nächsten Morgen kam sie mit einem Reh zurück, das sie gegen den Rest des Rudels verteidigte und zu ihrem Lager brachte. Sie begann ihre Beute zu fressen und fütterte ihre Jungen mit Fleisch, das sie wieder hervorwürgte. Nachdem der Hunger sie eine Woche lang geschwächt hatte, rettete sie das vermutlich an diesem Tag.

Als eines Morgens nichts mehr zum Fressen am Gerippe des Rehs übrig war, zog Imala erneut allein los, um im Wald Fleisch zu besorgen.

Die fünf kleinen Welpen, die es nicht mehr auf dem Lager ihrer Mutter aushielten, während die Natur rings um sie herum sie rief, nutzten die Gelegenheit, um die Umgebung der Höhle zu erkunden. Dort trafen sie auf die Jungen von Ahena, die voller Leben im Gras spielten und sich jagten, sich bissen und balgten, übereinander herfielen und in alle Richtungen sprangen. Als sie Imalas Welpen näher kommen sahen, freuten Ahenas Junge sich: Sie hofften, neue Spielkameraden zu finden. Sie begannen sie zu umkreisen, dann neckten sie sie mit der Spitze ihrer Schnauze und fingen schließlich an, spielerisch mit diesen allzu leichten Gegnern zu kämpfen. Imalas Junge, die durch die Unterernährung geschwächt waren, vermochten sich kaum zu verteidigen und gingen erschöpft aus diesen etwas zu heftigen Spielen hervor. Als Ahenas Welpen genug hatten, kehrten sie zum Lager ihrer Mutter zurück, und Imalas fünf Junge folgten ihnen schwankend. Die beiden Würfe legten sich gemeinsam schlafen und wurden erst ein paar Stunden später vom Knurren der dominanten Wölfin geweckt, die sichtlich überrascht war, Imalas Junge zwischen ihren zu entdecken. Außer sich vor Wut, stürzte Ahena sich auf die Eindringlinge.

Den ersten Welpen biss sie in die Kehle und brach ihm dann mit einem kräftigen Biss ihrer Kiefer den Nacken unter dem zerfetzten Fleisch. Er starb ohne einen Laut, da er nicht einmal mehr die Kraft zum Jaulen hatte. Der Anblick des Bluts erregte die dominante Wölfin noch mehr, und sie stürzte sich knurrend auf die anderen vier Welpen. Einen nach dem anderen schaffte sie aus der Höhle.

In die Kehle gebissen, geschüttelt und durch die Luft geschleudert, brachen die vier Welpen nacheinander in einem Blutbad unter den scharfen Zähnen der Wölfin zusammen. Als diese sicher war, dass keiner sich mehr bewegte, kehrte sie zu ihrem Lager zurück, wo ihre eigenen Jungen sie vor Angst zitternd erwarteten. Sie legte sich hin und stieß einen tiefen Seufzer aus.

Als Imala bei Einbruch der Nacht ohne Beute zur Höhle zurückkam, entdeckte sie, dass vier ihrer Jungen an ihren Verletzungen gestorben waren und das fünfte, auf der Seite liegend, kaum noch atmete. In panischer Angst begann sie die Kadaver ihrer Welpen mit der Spitze ihrer Schnauze herumzurollen, als wollte sie sie wieder zum Leben erwecken. Aber sie musste sich schnell den Tatsachen beugen und nahm behutsam den einzigen Überlebenden ins Maul, um ihn zu ihrem Lager zu bringen, wo sie ihn lange leckte; die vier Toten ließ sie vor der Höhle liegen. Der letzte Welpe atmete unregelmäßig und stieß schwache Schmerzensschreie aus. Sein graues Fell war von seinem eigenen Blut unter der Kehle und an seinen Flanken verklebt.

Als die anderen Wölfe zur Höhle zurückkehrten und die Witterung der Kadaver der vier Welpen aufnahmen, erhob sich Imala und stand mit zurückgezogenen Lefzen, gekrümmtem Rücken und gesträubtem Fell da. Sie wirkte Furcht erregend, und die Wölfe gingen ihr mit gesenktem Schwanz aus dem Weg, ohne zu wagen, die blutigen Kadavar anzurühren, die am Eingang der Höhle lagen. Imala rollte sich um ihr letztes Junges und stieß einen langen Seufzer aus, während sie ihren Kopf vorsichtig neben den kleinen geschundenen Körper legte.

Am nächsten Morgen waren die vier Körper verschwunden. Imala verzichtete darauf herauszufinden, auf welche Weise sie fortgekommen waren, und widmete sich lieber dem Welpen, der an ihrer Flanke wimmerte. Sie hatte keine Milch mehr für ihn, aber sie wollte ihr Junges nicht allein lassen, da sie fürchtete, es bei ihrer Rückkehr tot vorzufinden. Sie beschloss daher, es mitzunehmen. Sie nahm den Welpen so behutsam wie möglich in ihr Maul und entfernte sich langsam von der Höhle, ohne sich weiter um das Rudel zu kümmern. Ohne langsamer zu werden, lief sie an Ahenas Jungen vorbei, die sich am Eingang der Höhle balgten, und verschwand mit gesenktem Schwanz im Wald. In diesem Augenblick glaubte sie, dass sie nie mehr in dieses Rudel zurückkehren würde.

Sie bewegte sich in der Sommerhitze langsam durch den Buchenwald. Die Farben und das fröhliche Zwitschern der Vögel hatten keinen Einfluss auf ihre Stimmung: Imala war erschöpft, beunruhigt und zutiefst traurig.

Der Welpe war bereits seit langem tot, als sie spürte, dass er sich in ihrem Maul nicht mehr bewegte und sein kleiner Körper ganz kalt war. Sie setzte ihren Weg trotzdem noch lange mit dem Kadaver ihres letzten Jungen zwischen ihren Zähnen fort und machte erst bei Einbruch der Nacht halt, um den reglosen Körper unter die Wurzel einer gewaltigen Eiche zu legen.

Auf den Hinterbeinen sitzend, heulte sie lange und hoffte vergeblich auf tröstende Antworten von Artgenossen. Dann verschwand sie mit einem schnellen gleichmäßigen Trab, der sie weit weg von diesen herzzerreißenden Erinnerungen bringen sollte, in der Nacht.

So wurde Imala, erzählt die Legende, zur Einzelgängerin.

»Wie viel gebt Ihr mir für diesen Ring?«

Kerry, der dickbäuchige Wirt der Taverne Die Gans und der Grill, musterte die Kleine misstrauisch, bevor er sich entschloss, den Ring, den sie ihm zeigte, eingehender zu betrachten.

In der Gaststube saßen bereits eine ganze Menge Leute, Dorfbewohner, die von der Arbeit des Tages müde waren, aber auch drei Soldaten, die ihre gelbe sarrländische Uniform anbehalten hatten, sowie eine Truppe Wanderschauspieler, deren Wagen Alea auf dem Dorfplatz gesehen hatte. Das Knacken des Holzes in dem hohen Kamin, um den die Fidchell-Spieler des Dorfes sich jeden Abend versammelten, wenn es an den Tischen draußen keinen Platz mehr gab, war kaum zu vernehmen. Die Kleine fühlte sich zwischen all diesen Erwachsenen nicht sehr wohl, aber sie wollte keinen Ärger mit Hauptmann Fahrio. Außerdem wirkte die Einrichtung der Gaststube irgendwie beruhigend auf sie. Ein paar Laternen mit bunten Glasscheiben an den Steinwänden verbreiteten ein gedämpftes, bald rotes, bald grünes Licht in dem Raum. Die mit einem dicken ockerfarbenen Stoff gepolsterten Sessel und Bänke luden zur Entspannung ein, und in der Luft lag ein köstlicher Duft von gebratenem Fleisch, der aus der Küche kam. Alea war niemals in diesem Gasthaus gewesen, und sie sagte sich, dass der Aufenthalt dort sicher sehr angenehm wäre. Es war dunkel genug, damit man sich sicher und behaglich fühlte, aber doch so hell, damit eine Atmosphäre warmer Herzlichkeit entstand.

»Wem hast du ihn gestohlen?«, fragte der Wirt und schob den Ring zurück, den Alea ihm vor die Nase hielt.

»Ich habe ihn nicht gestohlen! Das ist alles, was mir

von meiner Mutter geblieben ist, und ich habe kein Geld, um eine Nacht in Eurem Gasthof zu bezahlen…«

Ein Lächeln in den Mundwinkeln, log Alea so schlecht, dass der Wirt sich fragte, ob sie es nicht absichtlich tat, um ihn zu rühren. Und sollte es so sein, so begann es jedenfalls zu wirken.

»Ich glaube dir kein Wort, und es kommt gar nicht in Frage, dass ich dir diesen gestohlenen Ring abkaufe, aber wenn du willst, kannst du heute Nacht hier bleiben, unter einer Bedingung: dass du meiner Frau in der Küche hilfst. Und du bekommst auch eine gute Mahlzeit, meine Frau ist die beste Köchin von Saratea, das kannst du mir glauben.«

Er legte seine Hand auf die schwere Eichentür und beugte sich zu dem Mädchen hinab.

»Bist du einverstanden?«, fragte er.

Alea schien zu zögern.

»Ja, einverstanden«, sagte sie schließlich.

Der Wirt lächelte. Dieses Mädchen, das durch die Straßen des Dorfes stromerte, hatte ihn immer schon gerührt. Wenn er konnte, half er ihr, indem er ihr abkaufte, was sie zu verkaufen hatte, auch wenn er es nicht wirklich brauchte. Mehrmals hatte er ihr sogar Arbeit angeboten, aber das Mädchen schien es nicht lange an einem Platz aushalten zu können…

»Sehr schön. Du heißt Alea, nicht wahr?«

Die Kleine nickte. Er lächelte ihr freundlich zu und drehte sich dann zur Küche um, um seine Frau zu rufen.

»Tara! Komm doch mal her und schau, was die Moïra uns geschickt hat! Ich möchte, dass du dieser Kleinen ein Bad machst und ihr ein Zimmer gibst. Anschließend wird sie dir in der Küche helfen.«

Die Frau erschien in der Tür. Sie war klein und pum-

melig, und ein breites Lächeln erschien auf ihrem rund-
lichen Gesicht. Alea fand, dass sie genau dem Bild entsprach, dass sie sich von einer sarrländischen Wirtin
gemacht hatte ... und das machte sie ihr sympathisch.

»Komm, meine Kleine, wir haben heute Abend Platz,
du hast Glück.«

Kaum eine Stunde später hatte Tara Alea ein Zimmer
gegeben und ihr ein heißes Bad bereitet. Die Kleine
hatte ihre Übelkeit und die Krämpfe in ihrem Bauch
vergessen und sich mit einem tiefen Seufzer der Erleichterung in die große Badewanne gelegt. Seit langem
hatte sie sich nicht mehr so wohl gefühlt. Das heiße
Wasser war wie eine Liebkosung, die ihre Haut entspannte, und Alea ließ sich von einem neuen Wohlbe-
finden durchströmen. Nach ein paar Augenblicken griff
sie neben die Badewanne, holte den Ring aus der Tasche
und betrachtete ihn lange. Er war wunderschön, und
Alea war letzten Endes doch sehr froh, dass sie ihn behalten hatte. Sie hielt ihn in die Höhe, um ein paar
Lichtstrahlen durch das Rot des Edelsteins fallen zu lassen, und entdeckte mit einem Mal Symbole, die in das
Innere des Rings graviert waren. Sie führte ihn näher an
ihr Gesicht und konnte erkennen, was da hineinge-
zeichnet war: zwei Hände, die eine Krone und ein Herz
beschirmten. Die Gravur war fein und wunderschön.
Alea lächelte. Sie wusste nicht, was es zu bedeuten
hatte, aber sie war sicher, dass es ihren Ring noch wert-
voller machte.

Als sie sich endlich bereit fühlte, zog sie sich an und
ging in die Küche hinunter, wo sie Tara fand. Die Wirtin war gesprächig und redete unaufhörlich, während
sie die Gerichte zubereitete, die den Ruf der Taverne begründet hatten: in Honig gebratener und in kleine Wür-

fel geschnittener Schinken, der als Appetithäppchen gereicht wurde, Perlhuhn, gefüllt mit weißen Trauben in Weinsauce, am Spieß gebratenes Spanferkel, serviert mit karamelisierten Kartoffeln, und – Taras Spezialität – Wildschweinkeule mit Knoblauch und mit Schnaps flambiert, die sie mit gefüllten Tomaten und großen gebratenen Zwiebeln servierte. Die Küche war fast so groß wie die Gaststube, und an den Wänden hing eine beeindruckende Zahl von Küchenutensilien, darunter einige, deren Namen Alea nicht einmal kannte.

»Du kannst bei uns bleiben, wenn du willst, meine Kleine. Übrigens hättest du schon längst zu uns kommen sollen, anstatt ständig auf der Straße zu leben…«

Alea erwiderte nichts. Die Freundlichkeit der Wirtin gefiel ihr, aber sie war von Natur aus misstrauisch. Die Wirtin hatte ihr zwar schon mehrmals Arbeit angeboten, aber dies war das erste Mal, dass sie ihr ernsthaft eine Stelle anbot, und das freute sie, beunruhigte sie aber auch… Sie wusste nicht, was sie sagen sollte. In derartigen Situationen fühlte sie sich so allein, so ratlos. Man hatte ihr nicht beigebracht, mit Erwachsenen zu reden oder eine uneigennützige Großzügigkeit anzunehmen. Alea fühlte sich plötzlich unglaublich arm und hilflos, vollkommen unfähig zu reagieren. Noch nie hatte sie so sehr bedauert, eine Waise zu sein, wie in dieser Minute. Sie hatte Mühe, die Tränen der Scham zurückzuhalten, die ihr in den Augenwinkeln brannten.

»Kannst du kochen?«, fragte Tara nach ein paar Minuten des Schweigens, während sie sich die Hände an der Schürze abwischte.

Alea zögerte einen Augenblick, aber sie begriff, dass sie nicht den ganzen Abend stumm bleiben konnte.

»Eigentlich nicht«, antwortete sie schließlich.

»Was kannst du denn?«, fragte die Köchin sie ohne Boshaftigkeit.

»Ich kann alles, vorausgesetzt, Ihr erklärt es mir«, prahlte die Kleine, wieder etwas mutiger geworden.

Tara lächelte, nahm Aleas Hand und warf etwas Salz auf ihre Handfläche.

Das Mädchen war überrascht, zögerte einen Augenblick und fragte dann: »Warum habt Ihr das getan?«

Die Wirtin schien überrascht, dass Alea die Bedeutung ihrer Geste nicht kannte. Aber Alea hatte immer nur auf der Straße gelebt und konnte nicht alle Traditionen der Sarrländer kennen.

»Um das Wohlwollen der Moïra auf dich zu lenken, Alea. Man darf von der Moïra nicht zu viel verlangen, sie ist launenhaft und reizbar, aber von Zeit zu Zeit kann man sie doch um einen kleinen Gefallen bitten, meinst du nicht? Ich möchte, dass sie sich endlich um dich kümmert. Ich möchte, dass du mit uns arbeitest…«

Und so bediente Alea noch am selben Abend die Gäste des Gasthofs zu einer Tageszeit, da alle Mädchen ihres Alters brav ins Bett gehen. Sie irrte sich ein- oder zweimal, indem sie Gästen das falsche Gericht brachte, verbrannte sich an einem heißen Teller und warf eine Tasse zu Boden, aber insgesamt bewies sie eine erstaunliche Unerschrockenheit, für die sie von den Wirtsleuten wie von den Gästen mit einem Lächeln belohnt wurde. Diejenigen, die sie erkannten, waren überrascht, sie hier arbeiten zu sehen. Manche freuten sich darüber, andere wetteten, dass sie nicht länger als zwei Tage durchhalten würde…

Später am Abend, als sie allmählich die Müdigkeit zu

spüren begann, bemerkte Alea eine Frau von atembe-
raubender Schönheit, die mit einer Harfe unter dem
Arm die Gaststube betrat. Die Gäste schwiegen einen
Augenblick, und als sie ihre Gespräche wiederaufnah-
men, unterhielten sie sich umso lebhafter, als hätte der
Auftritt dieser Frau sie alle verzaubert. Sie war nicht
wie die Frauen von Saratea gekleidet und bewegte sich
mit bemerkenswerter Selbstsicherheit und Gewandt-
heit. Sie trug eine Bluse aus fester Wolle mit Puffärmeln
in elegantem Blau, das die Vornehmheit ihrer Haltung
noch verstärkte. Es war das Blau der Barden, die Farbe,
die ihnen vorbehalten war, und daher hatte Alea keinerlei Mühe zu erkennen, wer die Frau war, die soeben
hereingekommen war. Eine Bardin! Unglaublich! Mitten auf ihrer Bluse war die anmutige Gestalt eines Ein-
horns eingestickt, ihr Wappen. Statt eines Kleids trug
sie eine eng anliegende, lange schwarze Hose, die die
Wohlgeformtheit ihrer schlanken Beine betonte. Ihr rot-
braunes Haar fiel in einem Geflecht anmutiger Strähnen und Locken über ihren Rücken.

»Guten Abend, Faith«, sagte der Wirt und legte sein
Tuch auf die Theke, um sie mit offenen Armen zu empfangen. »Du hast dich ja ewig nicht mehr blicken lassen! Wo bist du gewesen?«

Alea war überrascht, dass die Frau die Wirtsleute
kannte. Die Bardin umarmte Kerry und streckte dann
ihre Arme Tara entgegen, die hinter der Theke erschienen war.

»Guten Abend, meine Freunde. Ich bin im Königreich
Harcort herumgereist, in der Hoffnung, dass meine Lieder und meine Neuigkeiten die Bewohner dort beruhigen würden, aber das Leben dort ist nicht sehr angenehm, wenn man sich weigert, zu ihrem berühmten

50

*Christus* zu beten. Also bin ich wieder zurückgekommen, mit ein paar neuen Liedern für die Gasthäuser von Sarrland.«

»Du bleibst doch heute Abend, nicht wahr?«, fragte Tara, während sie einen Tisch für die Bardin fertig machte.

»Natürlich, wenn ihr mir etwas von eurem berühmten Perlhuhn anbietet…«

Tara antwortete ihr mit einem Augenzwinkern und ging dann zu Alea, die sich in diesem Augenblick bewusst wurde, dass sie sich, seit die Bardin hereingekommen war, nicht gerührt und vollkommen sprachlos ihr Gesicht und ihre so überaus strahlenden Augen bewundert hatte.

»Ich denke, für heute Abend hast du genug gearbeitet, Alea, es wird Zeit, dass du dich ein bisschen ausruhst. Komm, setz dich an den Tisch dort, in der Nähe der Theke, ich werde dir etwas zu essen bringen, und du kannst Faith zuhören. Sie ist die beste Bardin in der ganzen Grafschaft, glaub mir. Keine andere kennt so spannende Geschichten und so schöne Lieder. Sag, was möchtest du essen?«

»Es ist das erste Mal, dass ich eine Bardin sehe«, gestand die Kleine, anstatt zu antworten.

»Ja, ich verstehe deine Aufregung! Die Barden sind ganz außergewöhnliche Menschen, weißt du. Sie werden von den Druiden unterrichtet und müssen dann durch die Welt ziehen, um ihre Lieder und ihre Geschichten zu verbreiten, aber auch, um die Neuigkeiten von Dorf zu Dorf zu tragen. Faith ist schon oft hier gewesen.«

»Ich habe auch noch nie einen Druiden gesehen…«

»Die Druiden sind sehr beschäftigt in ihrem hohen

Turm. Früher sah man sie häufiger, aber seit den Spannungen mit dem Königreich von Harcort denke ich, dass sie Besseres zu tun haben. Komm, setz dich und hör Faith zu.«

Die Kleine ließ sich nicht lange bitten und nahm Platz, ohne die Frau aus den Augen zu lassen. Eine Bardin! Nein, noch nie war sie einer begegnet! Wie schön sie war, und wie schlank! Sie war die eleganteste Frau, die Alea in ihrem Leben gesehen hatte. Sie ertappte sich dabei, dass sie davon träumte, eines Tages die gleiche Gestalt, die gleiche Vornehmheit und vielleicht den gleichen Beruf zu haben. Die Bardin musste so viele Länder gesehen, so viele Abenteuer erlebt haben! Sie übte eine außerordentliche Faszination auf Alea aus, und vermutlich wurde ihr das auch bewusst, als sie Aleas Blick begegnete.

Faith schenkte der Kleinen ein zärtliches Lächeln.

Alea war so verzaubert, dass sie ihr Missgeschick, die Grausamkeit von Almar, dem Metzger, ihre wilde Flucht in die Heide, den Schmerz, der ihr die Tränen in die Augen getrieben hatte, den Leichnam im Sand und sogar den prachtvollen Ring in ihrer Tasche vollkommen vergaß. Sie ließ sich nur noch von dem Zauber des Ortes, dem Duft der Braten, dem roten und grünen Licht der flackernden Laternen, der Freundlichkeit ihrer Gastgeber und vor allem von dieser geheimnisvollen Frau da vor ihr wiegen. Alea beeilte sich, die köstlichen Schinkenwürfel zu essen, die Tara ihr brachte, und applaudierte begeistert, als Faith sich, die Harfe in ihren Händen, auf den Rand eines Tisches setzte und sich anschickte, ihr erstes Lied anzustimmen.

»Das ist ein Lied, das die Sylphen im Wald von Borcelia singen. Ich habe es in unsere Sprache übersetzt, die Melodie aber unverändert gelassen. So könnt ihr sehen, wie viel die Sylphen von Musik verstehen…«

»Aber die Sylphen gibt es doch gar nicht!«, rief Alea ein paar Tische weiter, bedauerte aber sofort, dass sie das gesagt hatte, als die Blicke aller sich auf sie richteten.

Sie errötete bis in die Haarwurzeln und deutete ein verlegenes Lächeln an. Ihre blauen Augen glänzten vor Scham. Die Bardin hatte sie so sehr in Bann geschlagen, dass sie darüber fast vergessen hatte, dass sie nicht allein im Raum war. Sie brannte so sehr darauf, mit ihr zu sprechen, dass sie einfach nicht hatte an sich halten können, als ihr der erstbeste Satz durch den Kopf gegangen war.

Zum Glück lächelte die Bardin ihr zu. Sie stellte langsam ihre Harfe auf den Rand des Tisches, und als erwartungsvolle Stille in der Gaststube herrschte, begann sie eine Geschichte zu erzählen, wobei sie Alea nicht aus den Augen ließ. Schon ihre Stimme war das reinste Gedicht.

# 3

# Der Druide

Faiths Geschichte ging so:

»Vor sehr langer Zeit lebte auf dieser Erde ein alter König namens Toland, der gut und gerecht war. Er hatte seinen Wohnsitz – ein prunkvolles Schloss, wie es kein König heute mehr bauen könnte – in der Stadt Providenz errichten lassen, die damals noch nicht Providenz, sondern Amelsön hieß. Tolands Königreich erstreckte sich von der Bucht von Ebona bis in den Norden von Gaelia. Seine Untertanen lebten friedlich vom Fischfang, von der Jagd, von der Viehzucht und vom Ackerbau. Das war vor der Ankunft der Galatier, lange bevor im Norden der prächtige Palast Sai-Mina errichtet wurde.

Damals lebten auf dieser fruchtbaren Erde Menschen, Zwerge, Kobolde, Wölfe und viele andere heute vergessene Geschöpfe friedlich und harmonisch miteinander. Es war wie ein sehr großes Dorf, in dem alle sich kannten und mochten. Es gab keine Kriege, und die Menschen kannten nur die Erde, die Bäume, die Blumen, die Vögel, das Meer, die Fische und die Sonne...

Aber als der König immer älter wurde, wurde Ersen, sein Sohn, langsam ungeduldig. Der Prinz war ein ebenso ehrgeiziger wie egoistischer junger Mann, der nur auf eines wartete: den Platz seines Vaters einzunehmen, um das Königreich nach seinen Vorstellungen zu regieren. Die Königin war vor ein paar Jahren gestorben, und zu sehr von den Geschäften des Reichs in Anspruch genommen, hatte der König sich nicht die Zeit genommen, seinen Sohn ordentlich zu erziehen. Wie alle Väter, die zu wenig Zeit für ihre Kinder haben, bedauerte er es sein ganzes Leben. Aber der arme Toland, der, wie ich bereits sagte, gerecht und gut war, versuchte mehr schlecht als recht, sich um die Erziehung seines Sohnes zu kümmern. Er ließ auf der Insel Mons-Tumba eine großartige Stadt für ihn bauen, die den Namen Mur Ollavan bekam, eine Stadt der Gebildeten, denn er ließ die bedeutendsten Gelehrten dorthin kommen. Es war die Zeit, in der das Wissen über die Bücher weitergegeben wurde, vor der Ankunft der Druiden. Ja, denn die Druiden lehrten uns später die Überlegenheit des gesprochenen Worts über das geschriebene. Das wahre Wissen wird mündlich weitergegeben, wie ein kostbares Geheimnis. Aber ich kann euch auch sagen, dass Thomas Aeditus auf den Trümmern der Stadt Mur Ollavan die Universität von Mons-Tumba errichten ließ, denn er glaubt an das Buch und die Schrift. Und obwohl ich wenig für diesen Aeditus übrig habe, muss ich zugeben, dass seine Bibliothek die umfangreichste ist, die ich in Gaelia gesehen habe. Ich bin in allen großen Städten dieser Welt gewesen, ich habe Farfanaro, Tarnea, Providenz und Ria gesehen, ich habe sogar große Städte jenseits der Südmeere bereist, aber ich habe niemals eine prächtigere Bibliothek als die von Mons-Tumba gesehen. Kopisten arbeiten dort Tag und Nacht, um mit der Feder die schönsten Bücher auf gegerbtem Schafleder zu kopieren. Man findet dort das einzige Exemplar

des Buchs der Invasionen, man findet dort die großen
Weltkarten, die von den Seeleuten Bisanias gezeichnet
wurden... Man bräuchte mehrere Leben, um alles zu
lesen, was diese Bibliothek enthält.

Aber kehren wir zu unserer Geschichte zurück.
Nachdem Prinz Ersen ein paar Jahre in Mur Ollavan gelebt hatte, war er selbst sehr gebildet geworden. Oh,
natürlich nicht so gebildet wie die Druiden, aber er hatte
ausgezeichnete Kenntnisse in Geographie, Geschichte
und Philosophie des Altertums. Und obwohl es keine
Kriege gab, hatte der junge Prinz darauf bestanden, dass
man ihn auch in die Geheimnisse des Kampfs und der
Militärstrategie einführte. Er konnte den Konserva-
tismus seines Vaters nicht ertragen und hätte liebend
gern alle Ländereien der Krone genutzt, von denen der
König kaum Gebrauch zu machen wagte. Das Wissen
im Dienst der Macht: Das ist nicht immer eine gute
Alchemie, wenn die Güte fehlt.

Noch bevor er König wurde, beschloss der junge Ersen,
durch das Land zu reisen, um sich seiner Autorität bei
den Untertanen seines Vaters zu vergewissern, neue
Steuern zu erheben und zu überprüfen, dass sich alle
dem Gesetz des Königs unterwarfen, zumindest wie er
es verstand. Er reiste kreuz und quer, zu Pferd und an der
Spitze einer Armee von dreihundert Mann, trotz der
Proteste seines Vaters, und dort, wo Toland sich die Liebe seiner Untertanen erworben hatte, erreichte der
Prinz, dass er wegen seiner Grausamkeit und seines Ego-
ismus gehasst wurde. Aber er war ein außergewöhnlicher Führer und geschickter Redner, und so war es ihm
mühelos gelungen, seine Soldaten von der Richtigkeit
seiner Mission zu überzeugen. Schon nach ein paar
Wochen hatten sich die dreihundert Männer, die Ersen

auf seiner Reise begleiteten, in brutale und beschränkte Kerle verwandelt, die ihm blind gehorchten.

Die Klagen drangen sehr schnell zum König in seinem Schloss in Amelsön, und Toland verfiel schon bald in tiefe Verzweiflung. Er war alt, und wenn er starb, wären seine Untertanen einem Sohn ausgeliefert, der ihm in keiner Weise ähnelte, dessen Grausamkeit täglich größer wurde und auf den er nicht den geringsten Einfluss hatte. Toland fragte all seine Ratgeber, was er tun sollte, aber alle sahen nur eine einzige Lösung: sich den unwürdigen Sohn vom Hals zu schaffen. Aber dazu konnte Toland sich nicht entschließen, und das steigerte seine Verzweiflung noch.

Eines Morgens, als der König, vor Trauer und Verzweiflung ganz geschwächt, dem Tode nahe war, bat ein merkwürdiger schwarz gekleideter Bote, dessen Kopf unter einer beunruhigenden Kapuze verborgen war, um ein Gespräch mit Toland. Die Ratgeber des Königs waren unter den gegebenen Umständen von diesem Ansinnen nicht sehr begeistert, aber der Bote ließ sich nicht abwimmeln, so dass sie ihn schließlich ans Bett des sterbenden Königs führten. Vielleicht war sogar Zauber im Spiel.

Er war groß und schlank und bewegte sich anmutig. Irgendetwas in seinem Verhalten flößte Respekt ein; er hatte etwas Königliches.

›Majestät‹, begann er und schob die Kapuze in seinen Nacken, wodurch seine feinen Gesichtszüge, seine langen, spitzen Ohren und die eigenartige Farbe seiner Haut, die die Beschaffenheit von Holz hatte, sichtbar wurden, ›ich bin Oberon, der König des Volks der Sylphen, und ich bin aus dem Wald von Borcelia gekommen, um Euch unsere Hilfe anzubieten.‹

57

›Ein anderer König in meinem Reich?‹, stammelte Toland, wobei er fast erstickte.

Der Sylph holte aus seiner Tasche eine getrocknete Blume, die dennoch ihre rosa Farbe behalten hatte.

›Jedes Jahr schenkt der Lebensbaum unseres Waldes uns eine Blume, die wir Sylphen Muscaria nennen.‹

›Was ist der Lebensbaum, und wer wohnt in meinem Wald?‹, fragte der König empört.

Aber der Sylph antwortete nicht. Er erzählte seine Geschichte mit sanfter und ruhiger Stimme weiter, als spräche er zu einem Kind.

›Wer diese Blume isst, wird ein Jahr jünger. Das ist das Geschenk des Lebensbaums. Wenn also, der Legende zufolge, ein Mensch jedes Jahr die neue Muscaria isst, so wird er unsterblich.‹

Toland runzelte die Stirn und warf seinen Ratgebern, die hinter dem Sylphen standen, beunruhigte Blicke zu. Aber diese schienen stärker an der Blume als an dem sterbenden König interessiert.

›Esst diese Blume, Majestät, und jedes Jahr wird das Volk der Sylphen Euch eine neue schenken. Auf diese Weise werdet Ihr unsterblich sein, und Euer Sohn wird niemals König werden.‹

Die beiden Monarchen redeten miteinander, bis der Tag zu Ende ging, und als die Sonne vollständig hinter den rosa Gipfeln des Gor-Draka-Gebirges verschwunden war, nahm König Toland das Geschenk des Volks der Sylphen an.

Und so wurde der König jedes Jahr um ein Jahr jünger und kam sehr rasch wieder zu Kräften. Prinz Ersen, der begriff, dass man ihm seine Bestimmung raubte, wurde wahnsinnig und griff seinen Vater mit seiner Armee an – die inzwischen auf fünfhundert Mann angewachsen war.

Aber die Truppen des Königs waren stärker, und Ersen fand den Tod auf dem Schlachtfeld, vor den tränennassen Augen seines Vaters, der, wie ihr wisst, gerecht und gut war.

Im folgenden Jahr hörte der König auf, die Muscaria zu essen, die die Sylphen ihm schenkten. Er hatte inzwischen ein zweites Kind von einer zweiten Frau bekommen, und als dieses Kind ins regierungsfähige Alter gekommen war, nahm Toland ihm das Versprechen ab, dass er den Pakt mit den Sylphen respektiere. Und im Winter darauf starb er. Sein Sohn wurde ebenfalls ein gerechter und guter König, und er respektierte das Versprechen, das Toland den Sylphen gegeben hatte, so wie es nach ihm alle Könige bis heute taten.«

»Und was für ein Versprechen war das?«, fragte Alea die Bardin, nachdem diese die Augen geschlossen hatte, als erwartete sie diese Frage.

»Dass der Wald von Borcelia und seine Geheimnisse für immer unter dem Schutz des Monarchen stehen. Aus diesem Grund weiß man so wenig über die Sylphen, und manche kleinen Mädchen glauben sogar, dass es sie gar nicht gibt…«

Alle Gäste in der Gaststube applaudierten der Bardin, manche lachten auch. Faith zwinkerte Alea zu und nahm dann ihre Harfe, um endlich ihr Lied zu singen.

*Eins. Kein Gesang für die Zahl eins,*
*Denn einmalig ist nur eines,*
*Das kein Vorher und kein Nachher hat: der Tod.*

*Zwei vor einen Wohnwagen gespannte Ochsen*
*Ziehen die Schauspieler über die Straße,*
*Bis sie daran sterben, wie traurig!*

*Drei Teile in der Welt:*
*Drei Anfänge und drei Enden,*
*Drei Reiche für den Samildanach.*

*Vier Wetzsteine,*
*Um das Schwert der Tapferen zu schärfen*
*Überall in Gaelia.*

*Fünf Alter in der Dauer der Zeit,*
*Für die Götter, die Tiere und die Menschen,*
*Fünf Alter, und dann ein Neubeginn.*

*Sechs Arzneipflanzen,*
*Und in dem kleinen Kessel*
*Mischt der kleine Zwerg den Trank.*

*Sieben Planeten unter uns,*
*Sieben Saiten auf der Harfe des Barden,*
*Die in der Harmonie der Welt zusammenklingen.*

*Acht Winde, die wehen;*
*Von den acht Meeren der Welt*
*Über das Gebirge des Kriegs.*

*Neun Kobolde, die tanzen,*
*Neun Herilim, die jagen,*
*Neun Zahlen resümieren die Welt.*

*Zehn feindliche Schiffe,*
*Die man aus Süden hat kommen sehen,*
*Wehe uns!*

*Elf bewaffnete Priester*
*Mit ihren zerbrochenen Schwertern*
*Und ihren blutigen Gewändern.*

*Zwölf Monate im Jahr*
*Zwölf Großdruiden*
*Um alles zu beenden.*

Spät in der Nacht, als alle Gäste das Gasthaus verlassen hatten, dankte Alea den beiden Wirtsleuten und ging erschöpft in das Zimmer hinauf, das für sie vorbereitet worden war. Sie hatte erneut Bauchschmerzen und hoffte ein wenig Ruhe zu finden.

Obwohl sie müde war, hatte sie Mühe einzuschlafen. Sie war überdreht von den Ereignissen des Tages. Und sie fragte sich, wie ihre Begegnung mit Tara und Kerry wohl ausgehen würde. Sie glaubte nicht einen Augenblick, dass sie lange hier bleiben könnte. Sie war noch nie sehr lange mit jemandem befreundet gewesen. Außer mit Amina... Die Erinnerung an ihre Freundin überfiel sie wie ein Blitz in der Nacht.

Amina Salia, die Tochter des Schmieds, die Alea eine unvergleichliche Freundschaft geschenkt hatte. Die beiden Mädchen hatten sich in dem Jahr, in dem sie elf gewesen war, jeden Abend heimlich getroffen. Sie hatten Spiele erfunden, einander Geschenke gemacht, sich erzählt, was sie tagsüber erlebt hatten, und sich gegenseitig mit überschäumender Leidenschaft zugehört. Amina hatte vom Beruf ihres Vaters erzählt, Alea von ihrem Leben auf der Straße, und dann hatten sie von einem Anderswo geträumt, von einem anderen Leben, das sie zusammen leben könnten, weit weg von den idiotischen Zwängen dieses Bauerndorfs. Und sie waren losgerannt und hatten sich über die blöden Erwachsenen und ihre sinnlosen Beschäftigungen lustig gemacht, die sie von den Dächern des Dorfs aus beobachtet hatten.

Für Alea war es wie eine Offenbarung gewesen. Zum ersten Mal bewunderte sie jemand. Zum ersten Mal hörte jemand ihr zu und verstand sie, was noch wichtiger war. Das hatte einen vollkommen neuen Menschen aus ihr gemacht, als hätte die Tatsache, dass sie sich weniger allein fühlte, sie aus der Kindheit herausgeholt, um sie in ein wunderbares Alter zu versetzen, in dem man versucht, sich selbst zu vertrauen, und in dem sogar die Niederlagen die Würze der Lehrzeit sind. Die beiden kleinen Mädchen verstanden sich wunderbar, weil sie sich auf derselben Wellenlänge befanden, weil sie im selben Augenblick gleich reagierten und weil sie sich mit einem einfachen Blick alles sagen konnten. Sie stellten sich vor, dass sie sich jeden Tag neue Geschichten zu erzählen, neue Spiele zu entdecken und neue Abenteuer zu erleben hätten, sie stellten sich vor, dass dieser Augenblick der Gnade ewig dauern könnte, und sie versprachen sich, dass nichts und niemand die Tochter des Schmieds und die Tochter der Erde trennen könnte. Dass ihre Freundschaft ewig dauern würde... Oh, wer hätte nicht schon einmal dieses Versprechen gegeben?

Und dann war Amina eines Abends nicht zu ihrem täglichen Treffen gekommen.

Am nächsten Tag hatte sie Alea erklärt, ihr Vater sei gestorben und ihre Tante würde sie weit weg bringen, nach Providenz, die Hauptstadt von Gaelia.

Alea hatte Amina nie mehr wiedergesehen und war erneut in die stumme Einsamkeit zurückgekehrt, in die sie in ihrer Kindheit gestoßen worden war. Resigniert hatte sie das einzige Leben akzeptiert, das die Moïra ihr anscheinend anzubieten hatte, das einer vergessenen Waise.

Alea seufzte und ließ Aminas Gesicht in ihren Gedanken verblassen. Dann übermannte sie langsam der Schlaf.

Doch mitten in der Nacht wachte sie auf. Ihre Bauchschmerzen wurden immer stärker, und als sie aufstand, spürte sie eine warme Flüssigkeit zwischen ihren Beinen.

Von Panik gepackt, ging sie zum Fenster, durch das das fahle Licht des Vollmonds drang. Sie beugte sich hinunter, um die Innenseite ihrer Schenkel zu betrachten, und entdeckte Blut. Sie stieß einen Schrei des Entsetzens aus, nahm den Kopf zwischen ihre Hände und ließ sich, den Rücken an der Wand, die Wangen tränenüberströmt, zu Boden gleiten, einer Ohnmacht nahe. Der Schmerz in ihrem Kopf und in ihrem Bauch war unerträglich. Sie hatte das Gefühl, ihr Schädel würde gleich platzen. Was war los mit ihr? Zunächst sagte sie sich, dass sie im Begriff sei zu sterben, dass sie völlig ausbluten und daran sterben würde. Sie stellte sich vor, dass die Moïra sie für ihren Diebstahl bestrafte. Dann sagte sie sich, dass Almar, der Metzger, sie mit einem Fluch belegt hatte!

Mit einem Mal überfiel sie ein unerträgliches Gefühl der Unreinheit, sie ekelte sich zutiefst vor diesem Blut an einer Stelle, wo es nicht hätte sein dürfen. Sie sagte sich, dass dies der Körper all ihrer Verfehlungen sei und dass sie ihn loswerden müsse, wenn sie die Vergebung der Moïra erlangen wolle. In ihrer Panik stürzte sie zur Wanne neben ihrem Bett und sprang hinein, um sich zu waschen. Im selben Augenblick stürmte Tara, von Aleas Schreien alarmiert, in ihr Zimmer.

»Was ist los?«, fragte sie, als sie Alea nackt und schluchzend in der Wanne sitzen sah.

Die Tränen verschleierten die großen blauen Augen des jungen Mädchens, und vollkommen hilflos antwortete sie nur: »Blut…« und deutete auf ihren Unterleib.

Die dicke Wirtin runzelte die Stirn und brach dann in erleichtertes Gelächter aus. Alea war von Taras Lachen so überrascht, dass sie, leicht verärgert, sofort zu weinen aufhörte. Sie nahm das Handtuch, das die brave Frau ihr mit einem aufmunternden Lächeln reichte, und bedeutete ihr, sich neben sie auf das Bett zu setzen.

Die nächste halbe Stunde verbrachte Alea damit, Tara zuzuhören. Die Wirtin erklärte dem Mädchen, dass das mit allen jungen Mädchen geschehe, wenn sie Frauen würden, dass sie sogar stolz darauf sein könne und dass sie keinerlei Grund habe, sich Sorgen zu machen.

»Die Natur ist wie du, Alea. Du trittst in den großen Zyklus der Natur ein. Es gibt die Jahreszeiten, das Leben, den Tod, die Sonne, den Mondzyklus. Mit der Regel ordnet sich die Frau in all das ein, verstehst du? Das ist ganz natürlich.«

Alea verstand nicht wirklich, aber zum ersten Mal spürte sie, die soeben erfahren hatte, dass sie kein Kind mehr war, mütterliche Wärme, und als sie wirklich beruhigt war, schlief sie ganz sanft auf den Knien der gerührten Wirtin ein.

Am nächsten Morgen bekam Alea das beste Frühstück ihres Lebens. Fast eine Stunde verbrachte sie damit, den beiden Wirtsleuten zu danken. Sie war noch nie so guter Laune gewesen und fühlte sich so vollkommen anders. Sie war sich jetzt sicher: Die Moïra hatte sie gestern in die Heide geschickt und sie den begrabenen Körper entdecken lassen, das erste Ereignis in einer Reihe von Überraschungen, die ihr Leben in eine neue Zukunft zu lenken schienen. Sie war kein Kind mehr.

Am übernächsten Tag kam Hauptmann Fahrio in den Gasthof, um ihr einige Fragen zu stellen. Er hatte den Leichnam in der Heide nicht gefunden und fragte sich, was wirklich geschehen war. Die Kleine zog es vor zu lügen, damit man sie in Ruhe ließ. Sie behauptete, dass sie das alles erfunden habe, um sich interessant zu machen, dass sie lediglich einen Ring in der Heide gefunden habe, das sei alles. Der Hauptmann runzelte die Stirn und bat die Wirtsleute, auf sie aufzupassen, solange die Angelegenheit nicht geklärt sei.

Alea blieb mehrere Wochen in der Taverne von Kerry und Tara und half ihnen, so gut sie konnte. Sie lernte die Geheimnisse ihres neuen Berufs, sympathisierte mit den Stammgästen, gewöhnte sich sogar an die unschicklichen Scherze, die die Betrunkenen spätabends machten, und weinte an dem Abend, an dem Faith, die Bardin, Saratea verließ, um in ein anderes Dorf weiterzuziehen…

Jeden Abend wischte sie, nachdem die letzten Gäste gegangen waren, die großen Terrakottaplatten des Fußbodens der Taverne, legte die Holzscheite auf die Feuerstelle des Kamins, damit das Feuer langsam ausging, und ging hinauf, um zu schlafen, nachdem sie den Wirtsleuten gedankt hatte, die ihr stets ein herzliches Lächeln schenkten. Bevor sie einschlief, holte sie – das war zu einem richtigen Ritual geworden – den Ring heraus, den sie an dem Leichnam in der Heide gefunden hatte, bewunderte ihn im Licht einer Kerze und hielt ihn in Ehren als ihren einzigen Besitz, ihren einzigen Schatz. Sie versuchte zu erraten, was die im Innern des Rings eingravierten Symbole bedeuten mochten. Zwei Hände, die eine Krone und ein Herz beschirmten. Sie glaubte zu wissen, dass die Krone das Königtum und das Herz die Liebe symbolisierte… Aber alles zusammen? Sie steckte den Ring an ihren Finger und schlief ein, wobei sie sich vorstellte, dass dieser Ring niemals aufhören werde, ihr Glück zu bringen, denn eines war jetzt klar: Die Moïra gewährte ihr ein neues Leben.

Täglich gewann Alea ihre beiden Gastgeber ein bisschen lieber. Sie behandelten sie wie ihre eigene Tochter, hörten ihr zu, sprachen mit ihr, brachten ihr all das bei, was ihre Kindheit sie nicht selbst hatte entdecken lassen, und hatten sogar begonnen, ihr etwas Geld für ihre Arbeit zu geben. In den ersten Wochen glaubte Alea, dass sie in einem Traum lebte.

Nach einiger Zeit ertappte sie sich jedoch dabei, dass sie gewisse Freiheiten ihres früheren Lebens vermisste. Ihre Gastgeber behandelten sie zwar wie ihre Tochter, aber manchmal erinnerte sie sich unwillkürlich, dass sie wohl doch nicht hierher gehörte. Die Gäste brauchten eine Weile, um sie zu akzeptieren, und manche Augen blickten sie noch immer voller Hass an. Außerdem fiel es ihr nicht nur schwer, sich an den Lebensrhythmus der Wirtsleute zu gewöhnen, sondern auch an ihre Denkweise, ihre Traditionen und ihre Gewohnheiten. Ihr Leben hatte etwas Trauriges, so großzügig sie auch waren: Es fehlte ihm jegliche Überraschung. Als sie eines Abends mit ihrem Ring in der Hand spielte, fragte Alea sich, ob das Leben, das man ihr gegenwärtig bot, ihr wirklich entsprach.

Gewiss, sie war glücklich in dem Gasthof, aber etwas in ihrem Innern trieb sie, ihn zu verlassen. Vermutlich verspürte sie das Bedürfnis, sich allein zu fühlen, vollkommen frei, vielleicht sogar in Gefahr. Das Herumstreunern fehlte ihr. Die Straße, die Angst, die Heimlichkeit. Das ging nicht so weit, dass sie ihr neues Leben aufgeben wollte, aber doch weit genug, um an manchen Abenden für mehrere Stunden zu verschwinden, um die ungefilterten Reize und Gefühle von einst wiederzufinden. Und so begann sie von Zeit zu Zeit von der Bildfläche zu verschwinden. Kerry und Tara nahmen ihr das nicht übel. Sie begnügten sich damit, ihr zuzulächeln, wenn sie zurückkam, als wollten sie ihr zu verstehen geben, dass sie stets willkommen sei und dass sie sich Zeit lassen könne, bevor sie ihr neues Leben akzeptiere. Kerry und Tara hatten keine Kinder bekommen können. Sie waren nicht sicher, ob sie richtig handelten, aber sie hätten alles dafür gegeben, Alea glücklich zu machen. Nichts machte ihnen mehr Freude als das Licht in ihren großen blauen Augen.

»Die Kleine muss sich einfach frei fühlen können«, hatte der brave Wirt eines Abends erklärt, als sie Alea mitten in der Nacht zurückkehren hörten. »Ich bin sowieso schon ganz verblüfft, wie schnell die Kleine sich an dieses veränderte Leben gewöhnt hat. Auch Fahrio kann es überhaupt nicht fassen!«

»Ich weiß, aber ich habe Angst, dass sie eines Abends nicht zurückkommt«, gestand Tara. »Und wenn sie überfallen wird?«

»Sie ist bis jetzt sehr gut allein zurechtgekommen. Na komm, du fürchtest doch vor allem, dass sie nicht bei uns bleiben will…«

»Du nicht?«

Der Wirt antwortete nicht. Natürlich hatte er Angst, und seine Frau wusste das. Er war noch nie so glücklich gewesen wie jetzt, da Alea bei ihnen lebte. Die Kleine hatte vieles verändert. Durch ihre Anwesenheit hatte sie sogar die Liebe neu entfacht, die Kerry und seine Frau füreinander empfanden. Aber er wusste sehr gut, dass sie nicht ewig bleiben konnte.

Als Alea eines Abends kurz vor dem Essen langsam durch die Straßen des Dorfs ging, bekam sie eine Unterhaltung zwischen zwei Dorfbewohnern mit. Sie saßen am Rand eines steinernen Brunnens und sprachen über den Erhabenen König von Gaelia.

Eoghan Mor war nicht der am meisten geliebte König unter all den Königen, die die Insel gehabt hatte. Er war sicher kein schlechter König, aber es hieß von ihm, dass er sich leicht manipulieren oder einschüchtern lasse. So vermochte er sich beispielsweise nicht gegen die Druiden durchzusetzen und hatte den Krieg gegen die Geistlichen von Harcort zu rasch beendet. Kurz, Eoghan hatte ziemliche Mühe, sich den Respekt der fünf Grafschaften von Gaelia zu verschaffen. Eine Nachricht freute die Einwohner von Sarrland, der ärmsten Grafschaft der Insel, allerdings: Der König würde eine Sarrländerin heiraten; besser noch, ein junges Mädchen, das in Saratea geboren worden war!

Alea näherte sich diskret, um besser hören zu können.

»Wie heißt sie?«, erkundigte sich der Ältere.

»Amina. Es ist die kleine Amina Salia, die Tochter des Schmieds. Erinnerst du dich an sie?«

Alea zuckte zusammen, als sie den Namen ihrer Freundin aus Kindertagen hörte. Sie brauchte ein paar

Sekunden, um zu akzeptieren, was sie zu verstehen glaubte. Amina sollte den König heiraten? Das war unmöglich!

»Aber sie ist doch noch nicht einmal fünfzehn!«, rief der alte Dorfbewohner.

»Sie ist gerade fünfzehn geworden«, erwiderte der andere. »Als ihr Vater starb, ist Amina zu ihrer Tante in Providenz gezogen. Dort hat sie bei einem Druiden studiert, und dieses Mädchen ist so begabt, dass sie letztes Jahr Vates geworden ist! Bei der Moïra, sie ist so jung, dass die ganze Hauptstadt nur noch von einem Wunderkind spricht! Eine Kleine aus Saratea, stell dir das mal vor! Und dadurch ist der König auf sie aufmerksam geworden...«

»Glaubst du, dass sie an uns denken wird, wenn sie Königin sein wird? Vielleicht wird der König sich dann ja endlich einmal um die Grafschaft Sarrland kümmern.«

»Ich hoffe es wie du«, seufzte der junge Dorfbewohner.

Alea traute ihren Ohren nicht. Sie betrachtete den Ring am Finger ihrer Hand und lächelte. Ja, ihr Leben veränderte sich noch immer! Sie hatte nur einen Wunsch, zur Taverne Die Gans und der Grill zu laufen und Kerry und Tara die ganze Geschichte zu erzählen. Sie machte kehrt und rannte mit klopfendem Herzen ans andere Ende von Saratea. Einige Dorfbewohner lachten, als sie sie vorbeilaufen sahen. Schon lange hatten sie die kleine Alea nicht mehr so durchs Dorf rennen sehen.

Völlig außer Atem erreichte sie den Gasthof und schlängelte sich durch die Gäste hindurch in Taras Küche, wo sie die beiden Wirtsleute antraf. Sie sahen sie erstaunt an und fragten sich, was der Kleinen geschehen sein könnte.

Alea erzählte ihnen die ganze Geschichte, wobei sie Mühe hatte, sich verständlich zu machen. Vergeblich versuchte sie zwischen den Sätzen Atem zu holen und war so aufgeregt, dass sie jedes zweite Wort verschluckte. Als sie endlich erklärt hatte, wer Amina war und was sie für sie bedeutete, erklärte sie zum Schluss: »Ich muss unbedingt nach Providenz!«

Tara warf ihrem Mann einen beunruhigten Blick zu. Sie erriet seine Gedanken.

»Alea«, antwortete Kerry und schob dem Mädchen einen Stuhl hin, damit es sich setzen konnte, »beruhige dich erst mal... Ich verstehe deine Aufregung, aber trotzdem, überstürz es nicht! Zunächst einmal: Bist du wirklich sicher, dass sie dich wiedererkennen wird?«

Alea schien überrascht. Sie hatte sich eine andere Reaktion von Seiten ihrer Gastgeber erhofft. Sie verstand nicht, wie der Wirt daran zweifeln konnte, dass Amina sie wiedererkennen würde, und ahnte, dass ihn etwas anderes beunruhigen musste.

»Natürlich wird sie mich wiedererkennen!«, erwiderte sie stirnrunzelnd.

Kerry drehte sich zu seiner Frau um, in der Hoffnung, in ihrem Blick die richtigen Worte zu finden, aber Tara war genauso ratlos wie er. Er presste die Lippen zusammen, blickte erneut Alea an und lächelte verlegen.

»Und dann?«, fragte er betrübt. »Angesichts der Vorbereitungen für ihre Hochzeit hat sie bestimmt Besseres zu tun, als sich um eine Freundin aus der Kindheit zu kümmern, die sie seit Jahren nicht gesehen hat... Alea, ich... ich glaube nicht, dass es eine gute Idee ist, einfach so bei ihr aufzutauchen...«

Diesmal begriff Alea, dass Kerry ihr nicht direkt zu sagen wagte, dass er gegen ihre Reise war.

»Ich bin sicher, dass sie entzückt sein wird, mich zu sehen. Ich würde es jedenfalls sein. Tara, ich will zu ihr!«

»Aber Providenz ist weit weg, Alea. Die Stadt liegt nicht einmal in unserer Grafschaft! Du hast gar nicht das Geld für so eine Reise, du müsstest ein Pferd kaufen, du brauchst Geld, um unterwegs in Gasthöfen übernachten zu können… Und die Soldaten würden dich gar nicht in den Palast lassen. Wirklich, Alea, es ist unmöglich!«

»Ich werde es schon schaffen! Ich bin immer allein zurechtgekommen, ich muss kein Pferd kaufen und auch nicht in Gasthöfen übernachten! Warum willst du mich davon abhalten?«

Tara schloss die Augen und zog es vor, sich umzudrehen und so zu tun, als würde sie sich um die Küche kümmern. Es war das erste Mal, dass sie eine Meinungsverschiedenheit mit der Kleinen hatten, und die Wirtin wusste nicht, wie sie reagieren sollte. Schließlich war sie, ganz gleich welche Gefühle sie für sie empfanden, nicht ihre Tochter; sie hatten keine wirkliche Macht über sie. Und doch war sie wie ihr Mann überzeugt, dass es ihre Pflicht war, Alea von dieser Dummheit abzuhalten. Sie hoffte, dass die Kleine es schließlich verstehen würde.

Was Kerry betraf, so verlor er langsam die Geduld. Auch er versuchte sich diesem Mädchen gegenüber, das er erst seit ein paar Wochen wirklich kannte, nicht zu autoritär zu verhalten, aber Aleas Dickköpfigkeit wurde allmählich lächerlich. Die Vorstellung, dass Alea einfach so nach Providenz gehen würde, während sie gerade dabei war, ein normales Leben kennen zu lernen, missfiel ihm außerordentlich.

»Hör zu, meine Kleine, ich versichere dir, dass das keine gute Idee ist. Ich verstehe, dass du fortgehen willst, aber du musst wissen, dass man im Leben nicht immer genau das tun kann, was man will... Und es ist jetzt nicht der richtige Augenblick für dich, allein loszuziehen. Du bist noch zu jung, du fängst gerade erst an, deinen Lebensunterhalt zu verdienen... Wir werden noch einmal darüber sprechen, wenn sie verheiratet ist. Vielleicht kommt sie ja von sich aus nach Saratea, um die Dorfbewohner wiederzusehen, und dann wird sie dich bestimmt wiedererkennen. Aber bis dahin musst du warten. Geduld haben. Verstehst du?«

»Ich verstehe, dass ihr nicht wollt, dass ich nach Providenz gehe, das ist alles!«, rief Alea und versuchte das Schluchzen in ihrer Stimme zu verbergen.

Sie stand jäh auf und ging in die Gaststube, um die Bestellungen der Gäste aufzunehmen, die allmählich ungeduldig wurden. Sie zwang sich, nicht zu weinen, und wich den ganzen Abend über den beunruhigten Blicken Taras und Kerrys aus. Sogar die Gäste bemerkten ihre Traurigkeit. Es war das erste Mal, dass sie nicht über die Scherze der üblichen Spaßmacher lächelte und ein nettes Wort für jeden hatte.

Als sie spätabends endlich allein in der Dunkelheit ihres Zimmers war, ließ sie die Tränen laufen, die sie den ganzen Abend zurückgehalten hatte. Sie versuchte die Reaktion von Kerry und Tara, die bis jetzt so gut zu ihr gewesen waren, zu verstehen, aber es gelang ihr nicht. Warum weigerten sie sich, sie tun zu lassen, was sie noch glücklicher machen würde? Wollten sie nicht wirklich ihr Glück? Sie sagte sich, dass sie letztlich doch egoistisch seien und sie einfach nur bei sich behalten wollten, weil sie ihnen bei der Arbeit half. Sie liebten sie nicht um ihretwegen, sondern wegen dem, was sie im Gasthof leistete! Wieder einmal hätte sie nicht auf die Güte der Menschen vertrauen dürfen. Es gibt keine Großzügigkeit ohne Hintergedanken, erinnerte sie sich. Aber sie würde sich das nicht gefallen lassen! Sie wollte nach Providenz reisen, um Amina wiederzusehen, und die Wirtsleute konnten sie nicht daran hindern! Schließlich waren sie nicht ihre Eltern.

Sie hatte große Mühe, Schlaf zu finden. Sie wollte sich einreden, dass sie Recht hatte, wenn sie weg wollte, konnte sich aber trotzdem nicht mit dem Gedanken anfreunden, dass Kerry und Tara egoistisch sein sollten. Vielleicht meinten sie es ja doch aufrichtig. Vielleicht hatten sie einfach nur Angst um sie? Woher sollte sie das wissen? Am Ende hasste sie sich dafür, dass sie ihnen, die so viel für sie getan hatten, böse war. Aber sie sehnte sich nun einmal so sehr danach, Amina wiederzusehen!

Sie wälzte sich unablässig in ihrem Bett hin und her und schlief erst spät in der Nacht ein.

Am nächsten Morgen blieb Alea erst noch liegen, bevor sie sich traute hinunterzugehen. Sie wusste nicht so recht, ob sie den Wirtsleuten böse sein oder ihnen Recht geben sollte. Nur eines wusste sie sicher: Sie wollte Amina wiedersehen.

Als sie sich endlich aufraffte, empfing Tara sie mit einem Lächeln, nahm sie wortlos in die Arme und drückte sie an sich. Das tröstete Alea, und sie erwiderte ihr Lächeln und machte sich über das Frühstück her, das für sie bereitstand. Sie versuchte die Geschichte vom Vortag zu vergessen und ließ sich die großen gerösteten Brotscheiben schmecken, die Tara für sie gebuttert hatte.

In dem Augenblick trat ein alter Mann, der sich bei jedem Schritt auf einen langen Stock aus weißer Eiche stützte, in die Gaststube.

Er war groß, mager und unheimlich, sein Blick war im Schatten einer hohen Kapuze verborgen, und er war in einen langen, ebenfalls weißen Mantel gehüllt, der mit dem Symbol der Moïra – ein langer, schlanker roter Drache inmitten eines komplizierten Frieses – bestickt war, das man normalerweise nur während des Samonios-Festes und der Feier der Sommersonnenwende an den Haustüren fand.

Alea hörte zu essen auf und saß reglos da, bis der alte Mann sich an einen anderen Tisch setzte. Sie war beunruhigt und aufgeregt zugleich. Sollte es möglich sein? Ein Druide in Saratea?

Vor Neugier fiel es ihr schwer, den Blick von ihm abzuwenden. Was wollte er hier, in diesem Gasthof? War es ein gutes oder schlechtes Omen? Alea fragte sich, ob sie sich zurückziehen sollte. Tara war in der Küche, und die Kleine war allein mit ihm. Sie wusste nicht, was sie tun sollte. Mit Sicherheit würde sie nicht den Mut aufbringen, seine Bestellung aufzunehmen.

Dann drehte der Druide plötzlich den Kopf zu ihr, ohne die Kapuze abzunehmen.

»Guten Tag, Alea«, sagte er mit ernster und tiefer Stimme.

Die Kleine zuckte zusammen und senkte den Blick auf ihre Mahlzeit, während sie so tat, als habe sie nichts gehört.

»Willst du mir nicht guten Tag sagen?«, fragte der Druide, und seine Stimme klang leicht spöttisch.

Alea hob den Kopf langsam zu dem Druiden, vermochte aber noch immer nicht sein in Dunkelheit getauchtes Gesicht zu erkennen. Sie wusste nicht, worauf sie ihren Blick richten sollte.

»Wer... wer seid Ihr?«, stammelte sie und betrachtete erneut ihr Frühstück. »Woher kennt Ihr meinen Namen?«

In diesem Augenblick kam endlich Tara in die Gaststube. Alea stieß einen Seufzer der Erleichterung aus. Die Wirtin wusste sicher, was zu tun war.

Tara blieb jäh in der Mitte des Raums stehen. Die Anwesenheit des alten Mannes schien sie sehr zu überraschen. Sie blickte die Kleine an, lächelte ihr zu und ging dann mit respektvoll ausgestreckter Hand zu dem Druiden.

»Guten Tag«, stammelte sie. »Guten Tag, Druide, das... das ist ja eine Überraschung... Es ist so lange her...«

»Mehr als zehn Jahre, in der Tat. Aber ich bin überrascht, dass Ihr Euch an mich erinnert...«

»Jemanden wie Euch vergisst man nicht«, erwiderte die Wirtin mit einem verlegenen Lächeln. »Hat Alea Euch nach Euren Wünschen gefragt?«

Der alte Mann lächelte. Seine langsamen Bewegungen waren nicht dazu angetan, Alea zu beruhigen.

»Nein. Ich glaube, ich mache ihr Angst, nicht wahr, Alea?«

Die Kleine antwortete nicht und blickte stirnrunzelnd zu der Wirtin auf.

»Du brauchst keine Angst zu haben, Alea«, sagte Tara zu der Kleinen und bedeutete ihr, in aller Ruhe weiterzufrühstücken.

Alea versuchte sich wieder zu beruhigen und aß weiter, wobei sie dem alten Mann, der endlich seine Kapuze vom Kopf gezogen hatte, immer wieder verstohlene Blicke zuwarf. Er war vollkommen kahl, und sein Alter war schwer zu schätzen. Sicher war nur eines: Er war sehr alt, hatte aber noch immer lebhaft funkelnde Augen. Ein kurz geschnittener Spitzbart aus grauen und weißen Haaren betonte sein vorspringendes Kinn. Am unheimlichsten war seine breite Stirn, die eine Menge merkwürdiger Gedanken zu verbergen schien, die Alea sich nicht vorzustellen wagte. Aber sie vertraute Taras beruhigenden Worten und sagte sich, dass sie sich vermutlich glücklich schätzen konnte, weil es ihr vergönnt war, einem Druiden in einem so kleinen Dorf zu begegnen.

»Die Moïra meint es diesen Monat ja wirklich gut mit uns«, sagte Tara und lächelte dem alten Mann zu. »Vor ein paar Wochen war auch unsere liebe Faith Dana da, die Harfenistin, die wir seit Jahren nicht mehr gesehen hatten. Was darf ich Euch bringen, Phelim?«

*Er heißt also Phelim*, dachte Alea. *Das sagt mir nichts, dabei kennt er meinen Namen.*

»Ich möchte lediglich eine leichte Bouillon, wenn Ihr so etwas für mich habt.«

Die Wirtin nickte und ging in die Küche zurück.

»Du bist groß geworden, Alea, ich habe dich fast nicht wiedererkannt«, fuhr der Druide fort und stand auf, um sich zu ihr zu setzen.

Alea rührte sich nicht. *Er tut so, als würde er mich kennen*, dachte sie. *Ich dagegen glaube nicht, dass ich ihn kenne… Vielleicht hat er mich gesehen, als ich ganz klein war.*

»Hauptmann Fahrio hat mir neulich deine Geschichte erzählt… Er denkt, dass du einfach irgendetwas erzählt und einem Fremden oder vielleicht sogar einem aus dem Dorf diesen Ring gestohlen hast.«

Alea war so sprachlos, dass sie ihre Hände auf den Tisch fallen ließ. Das war es also. Der Druide war gekommen, um über sie zu richten. Sie hatte bereits gehört, dass in den großen Städten, wenn es zu einem Verbrechen kam, die Druiden es übernahmen, über den Schuldigen zu Gericht zu sitzen. Sollte dieser Druide also nur ihretwegen hergekommen sein? Alea begann zu zittern.

»Ich bin sicher, dass du die Wahrheit gesagt hast«, fuhr der alte Mann fort. »Willst du mir erzählen, was geschehen ist?«

Alea war wie gelähmt. Sie wusste nicht, was sie antworten sollte. Stellte er ihr eine Falle?

Der Druide musterte sie lange, ohne etwas zu sagen, vermutlich wartete er, dass sie seiner Aufforderung nachkam, dann fuhr er ruhig fort: »Dieser Ring an deinem Finger ist derjenige, den du an diesem Mann gefunden hast, nicht wahr?«

Alea versteckte ihre Hand blitzschnell unter dem Tisch, bedauerte ihre Reaktion aber sofort. Entsetzliche Schuldgefühle quälten sie. Sie hatte gedacht, dass diese Geschichte keine weiteren Folgen haben würde. Fahrio war nicht mehr zurückgekommen, und weder Kerry noch Tara hatten ihr Fragen hinsichtlich des Rings gestellt.

»Ich glaube, ich erkenne diesen Ring wieder, Alea«, fuhr der Druide fort. »Und wenn es wirklich der Ring ist, den ich kenne… dann weiß ich, wer der Mann ist, den du dort in der Heide gefunden hast.«

Tara kam in die Gaststube zurück und brachte dem alten Mann seine Bouillon.

Phelim nahm die Schale, die sie ihm reichte, und dankte ihr mit einer Kopfbewegung. Er aß schweigend, und als er fertig war, sagte er nur: »Kannst du mir wenigstens erzählen, wie du es damals fertiggebracht hast, dass Almar auf seinen Hintern gefallen ist? War das… Absicht?«

Diesmal bekam Alea es wirklich mit der Angst zu tun. Sie hatte diesen kleinen Zwischenfall schon fast vergessen und erinnerte sich mit Schrecken an diese seltsame Kraft, die an jenem Tag von Kopf bis Fuß durch ihren Körper gegangen war.

»Ich… ich erinnere mich nicht«, log sie stammelnd.

Phelim schien die Geduld zu verlieren. Er seufzte, griff nach seinem Stock, den er auf die Bank gelegt hatte, und stützte sich mit beiden Händen darauf.

»Alea, ich muss diesen Ring unbedingt sehen. Es ist sehr wichtig für mich.«

Das junge Mädchen wich unwillkürlich zurück und schrie in panischer Angst: »Kommt nicht in Frage. Lasst mich in Ruhe!«

Überrascht von den Schreien der Kleinen, liefen die beiden Wirtsleute augenblicklich herbei.

»Was ist denn hier los?«, fragte Tara.

»Er will mir meinen Ring wegnehmen!«, rief Alea, ohne nachzudenken.

Der Druide legte seine rechte Hand flach auf den Tisch.

»Alea, mach dich nicht lächerlich. Ich will dir diesen Ring nicht wegnehmen, ich will ihn bloß sehen.«

Tara näherte sich der Kleinen mit einem verlegenen Lächeln, sie schien den alten Mann nicht verärgern zu wollen. »Alea, wenn der Druide sagt, dass er den Ring bloß sehen will, dann stimmt das auch. Du kannst ihn ihm zeigen. Man muss einem Druiden gehorchen, Alea.«

Aber die Kleine stand abrupt auf.

»Nein!«, schrie sie. Sie zitterte am ganzen Körper und war jetzt überzeugt, dass der Druide sie bestrafen wollte. In ihrer Panik beschloss sie, dass es besser war zu fliehen. Tausend Gedanken wirbelten durch ihren Kopf. Ein Gefühl der Dringlichkeit überfiel sie. Sie musste sich entscheiden. Sie sagte sich, dass sie jetzt einen weiteren Grund hatte, Amina wiederzusehen: Sie würde sie sicher beschützen können. Sie warf den beiden Wirtsleuten einen tränenerfüllten Blick zu. Gern hätte sie die beiden umarmt, um ihnen Lebewohl zu sagen, aber der Druide war aufgestanden, und sie stürzte jetzt zur Tür, wobei sie die Bank umwarf. Sie rannte aus dem Gasthof, ohne sich umzudrehen.

Instinktiv lief sie nach Süden, während sie sich mit dem Ärmel die Tränen abwischte, die ihr über die Wangen liefen. Sie hasste sich dafür, dass sie Tara und Kerry auf diese Weise im Stich ließ, vor allem nach dem Streit tags zuvor, aber eine Stimme in ihrem Kopf befahl ihr zu fliehen, und tief in ihrem Innern war sie überzeugt, dass es so am besten war.

Sie nahm sich fest vor, eines Tages zu den Wirtsleuten zurückzukehren, um ihnen für ihre Güte zu danken.

Sie schloss die Augen bis auf einen kleinen Spalt und lief noch schneller; sie wollte nicht den Blicken der Dorfbewohner begegnen, die ganz überrascht waren, als sie sie so schnell rennen sahen, als fliehe sie vor einem Rudel Wölfe. Als sie das Ende des Dorfs erreicht hatte, blieb sie stehen, um zu verschnaufen. Vor ihr lag die lange Straße, die nach Providenz führte. Sie musste sich jetzt entscheiden. Hier bleiben und sich den Fragen des Druiden stellen oder diese Straße nehmen, um trotz der Ratschläge des Wirts Amina wiederzusehen. Alea atmete tief durch, warf einen letzten Blick auf das Dorf und lief dann weiter. Vermutlich war es das, was die Moïra wollte. Angetrieben von der Hoffnung, Amina wiederzusehen, verschwand sie kurz darauf in der Heide, hinter dem großen Tor von Saratea.

**4**

# Der Dudelsackpfeifer

Am Ende ihrer Kräfte, ließ Alea sich auf eine frische, mit Gänseblümchen übersäte Wiese fallen und wartete in aller Ruhe, bis sie wieder zu Atem gekommen war. Mit einem Mal brach sie in Gelächter aus. Ein Gelächter, das sie ganz plötzlich überfiel und das sie nicht zu kontrollieren vermochte. Der Druide hatte ihr eine solche Angst eingejagt, dass ihre Nerven sich nun plötzlich entspannten. Noch nie hatte sie sich so frei gefühlt. So fern der Stadt. Diesmal wusste sie, dass sie wirklich fortgegangen war, und das verursachte ihr Herzklopfen. Ihre Angst und ihre Tränen hatte sie bereits vergessen, und ein Gefühl der Ungeduld erfüllte sie jetzt.

Sie blieb noch eine Weile im Gras liegen, lächelte der Sonne zu und folgte mit den Augen einer dicken schwarzen Fliege, die laut summend über ihr kreiste. Sie legte die Hände unter ihren Nacken, um ihren Kopf etwas zu erhöhen und den Horizont betrachen zu können. Im Westen erkannte sie die gezackte Silhouette des Waldes. Dieser Anblick rief in ihr wieder die süße Erinnerung an Faith, die Bardin, wach, die zahlreiche Geschichten von Sylphen, diesen sagenhaften Geschöpfen, gesungen hatte. Aber sie versuchte sie zu vergessen, denn sie sagte sich betrübt, dass sie sie wahrscheinlich nie mehr wiedersehen würde. Erneut musterte sie den Horizont. Weiter im Süden bestaunte sie die Kette des Gor-Draka-Gebirges, dessen rosa und weiß schimmernde Gipfel sich in einem Meer von Wolken verloren.

Sie war jetzt fest entschlossen, nach Providenz zu gehen, wo sie, dessen war sie sicher, Amina wiedersehen würde. Sie sprang auf und setzte ihren Weg in südlicher Richtung fort, wobei sie ihre Füße durch den weißen Heidesand schlurfen ließ.

Sie wanderte mehrere Stunden, bevor der Hunger sich meldete. Sie musste sich jetzt wieder allein etwas zu essen und einen Schlafplatz suchen.

Und da bot sich ihr plötzlich eine merkwürdige Szene. Die Heide bildete an dieser Stelle so etwas wie ein Tal zwischen zwei Hügeln, und eindrucksvolle Felsen umgaben den weißen Sandweg. Ein idealer Ort für einen Hinterhalt. Und tatsächlich umringten ein paar Meter vor ihr mitten auf der Straße zwei mit Stöcken bewaffnete Straßenräuber einen Mann, der zu klein für einen Mann und zu stämmig für ein Kind war. Es musste sich um einen Zwerg handeln, und Alea begriff, dass er Hilfe brauchte. Die beiden Männer bedrohten ihn mit ihren Stöcken, während er über keinerlei Waffe verfügte. Sie hob eine Hand voll Steine auf, die sie in ihrer Tasche versteckte, und ging dann mit energischen Schritten auf die drei Unbekannten zu.

»Ihr bekommt mein Geld nicht!«, rief der Zwerg den beiden Männern zu.

Alea näherte sich und erkannte jetzt den merkwürdigen Aufzug der Straßenräuber. Als sie ihre weiße Kleidung und die Tätowierung auf ihrer Stirn sah, wusste sie, dass es sich um Verbannte handelte.

Alea hatte nur ein einziges Mal Verbannte gesehen, in Saratea. Sie hatte damals Mitleid mit diesen Parias empfunden, mit denen niemand sprechen durfte. Die Verbannung, die von den Druiden, den Grafschaften oder dem Erhabenen König ausgesprochen wurde, war in allen Gebieten Gaelias die letzte Strafe vor der Todesstrafe, und Alea fragte sich, welche die schlimmere war. Die Verbannten hatten keinerlei Rechte mehr. Man durfte das Wort nicht an sie richten, man durfte ihnen kein Almosen geben und ihnen keinerlei Mitleid oder Sympathie bekunden. Sie hatten keinen Zugang zu öffentlichen Orten, nicht zu Gasthöfen, ja nicht einmal zu einfachen Geschäften, allerdings hatten sie dafür auch kein Geld. Häufig rotteten sie sich auf dem Land zusammen und teilten die Beute der Jagd und des Fischfangs, aber sobald sie eine zu große Gruppe bildeten, wurden sie von den Soldaten auseinander getrieben. Meist starben die Verbannten in der Sonne, ohne im geringsten Mitleid zu erregen.

Als Alea vor ein paar Jahren diese ausgemergelten Verbannten durch das Dorf hatte gehen sehen, hatte sie sich gesagt, dass sie im Vergleich zu ihnen noch Glück hatte und dass die Justiz nicht immer gerecht war.

Aber heute empfand sie eher mit dem Zwerg Mitleid. Einer der beiden Verbannten näherte sich ihm mit erhobenem Stock, aber bevor er ihn auf den Zwerg niedersausen lassen konnte, warf Alea mit aller Kraft einen Stein nach ihm. Auf diese Entfernung bestand wenig Aussicht, dass er sein Ziel erreichte, aber Alea hatte sich in Saratea oft im Steinewerfen geübt und sich eine große Geschicklichkeit erworben, indem sie auf die Vögel und manchmal auch auf die Fensterscheiben der Dorfbewohner, die sie geärgert hatten, gezielt hatte.

Und dieser Stein erreichte präzise sein Ziel. Er traf den Verbannten am Nacken, und dieser stürzte, vollkommen benommen, augenblicklich zu Boden. Der Zwerg, der Alea gesehen hatte, nützte die Überraschung, die der Angriff ausgelöst hatte, um dem zweiten Verbannten einen gewaltigen Faustschlag in den Bauch zu versetzen; dieser klappte zusammen und schrie vor Schmerz. Alea verlor keine Zeit, und während die beiden Verbannten sich ungläubig wieder aufrichteten, bewarf sie sie mit weiteren Steinen, wobei sie den Schrei ausstieß, den sie als kleines Mädchen benutzt hatte, um den Dorfjungen Angst einzujagen: »*Ich bin die Tochter der Erde! Ich bin die Tochter der Erde!*«

Sich vor Schmerzen krümmend, flohen die beiden Straßenräuber unter dem spöttischen Lachen des dicken Zwergs.

Alea ließ ihre letzten Steine fallen, während sie den beiden Memmen nachsah, und ging dann mit ausgestreckter Hand zu dem Zwerg.

»Ich heiße Alea«, sagte sie mit einem breiten Lächeln.

»Du bist ja ein verfluchtes Weib, o ja!«, erwiderte der Zwerg. »Ich heiße Mjolln Abbac.«

»Wie?«

»Mjolln!«

»Das ist ja ein komischer Name«, wunderte sich die Kleine, die ein wenig verärgert war, dass der Zwerg sie »Weib« genannt hatte.

»Nicht für einen Zwerg! Ähm. Komisch vielleicht für eine Steinewerferin. Die Deinen nennen mich häufig den Dudelsackpfeifer, wegen meines Instruments.«

Er zeigte den Dudelsack, der auf seinem Rücken hing.

»Danke jedenfalls für deine Hilfe, du hast ihnen Angst gemacht, diesen beiden Idioten! Ähm, ähm. Nicht, dass ich nicht auch ohne dich mit ihnen fertig geworden wäre, oh, oh, oh, aber wenigstens konnte ich tüchtig lachen!«

»Das sehe ich«, sagte Alea ironisch.

»Bei der Moïra«, fuhr der Zwerg fort, »euer König muss unbedingt etwas für die Verbannten tun. O ja! Diese armen Männer werden sehr aggressiv. Ähm! Das ist das Mindeste, was man sagen kann. Und wohin bist du so unterwegs, Steinewerferin?«

»Nach Providenz«, erwiderte Alea und musterte ihren Gesprächspartner von Kopf bis Fuß.

Was für eine merkwürdige Person! Sie hatte bereits ein oder zwei Zwerge in den Gasthöfen von Saratea gesehen, aber zum ersten Mal sprach sie mit einem und fand, dass er trotz seiner dumpfen und heiseren Stimme und seiner eigenartigen Art zu reden eigentlich recht sympathisch war. Er war von Kopf bis Fuß in Leder gekleidet, trug zwei Leibriemen, eine Feldflasche über der Schulter und einen komischen kastanienbraunen Hut, den eine lange schneeweiße Gänsefeder zierte. Auf seinem Rücken sah man die Holzpfeifen seines Musikinstruments hochragen, und wenn er sich bewegte, kamen jedes Mal ein paar Töne heraus. Er war kleiner als Alea, aber sehr viel breiter, und sein rötlicher Bart rieb sich an seinem Oberkörper.

»Ah, ich war eigentlich nach Norden unterwegs, nach Blemur, wo es sich in den Hügeln angenehm leben lässt. Aber ich würde dir gern auf irgendeine Weise danken. Ähm. Was könnte ich dir denn geben, um dir meine Dankbarkeit zu beweisen?«

Alea zögerte einen Augenblick, sie wollte nicht unbescheiden wirken, aber der Hunger machte sich immer stärker bemerkbar.

»Also«, antwortete sie schließlich, »ich habe nichts zu essen, und ich bekomme allmählich Hunger ...«

»Ich verstehe. Miam, miam, miam. Essen, o ja, das kann ich am besten nach dem Dudelsackspielen. Ich bin der König der Esser. Wenn du einverstanden bist, mich trotz meines Alters zu duzen, dann will ich dich gern zu einem guten Essen in diesem Gasthof einladen, an dem ich etwas weiter südlich vorbeigekommen bin. Ähm. Dabei können wir uns kennen lernen, ein bisschen singen und die Wolken zählen, um uns über den Himmel lustig zu machen ...«

»Aber Ihr seid doch auf dem Weg nach Norden ...«

»Süden oder Norden, das hängt ganz davon ab, wo sich der Kopf befindet. Wie es scheint, hat man sogar umso größere Chancen, im Süden zu landen, je mehr man nach Norden geht! Ähm. Ha, ha, ha. Das ist wunderbar, nicht wahr? Zwergenehrenwort, wenn ich denjenigen finde, der den Süden erfunden hat, dann werde ich ihn den Norden verlieren lassen, dass er nicht mehr weiß, wo ihm der Kopf steht! Wirklich, Steinewerferin, ich habe es nicht eilig. Man begegnet nicht alle Tage einer Abenteurerin wie dir. Ich werde meinen Weg einfach später fortsetzen.«

*Eine Abenteurerin!* Er hatte sie *Abenteurerin* genannt! Alea war geschmeichelt, entzückt, bis jetzt hatte man sie immer nur Diebin oder Landstreicherin genannt! Es gefiel ihr, dass man sie für eine *Abenteurerin* hielt. Ihr fiel ein, dass nur eine einzige Erwachsene sie so genannt hatte. Alea hob die Stirn, und das Licht ihrer großen blauen Augen schien ihr Gesicht zu erleuchten.

»Dann gehen wir, verlieren wir keine Zeit«, erklärte der Zwerg, während sich in der Ferne plötzlich dicke graue Wolken zusammenballten, die einen starken

Kontrast zu der Helligkeit dieses Teils des Himmels bildeten.

Und Seite an Seite setzten sie ihren Weg fort, wie zwei alte Kameraden. Der Zwerg war herzlich und fröhlich, und das junge Mädchen hatte von Anfang an Vertrauen zu ihm. Ihre Charaktere harmonierten wunderbar miteinander. Mjolln war gesprächig, komisch und sehr neugierig, unaufhörlich stellte er dem jungen Mädchen Fragen und kommentierte dann ausführlich die Antworten.

»Woher kommst du?«

»Aus Saratea.«

»In Saratea kann man nicht bleiben. Haha. In Saratea bleiben. Von da kommst du her? Ähm. Ich verstehe, dass du gegangen bist…«

»Warum?«

»In Saratea ist nichts los. Das Leben steht still in Saratea. Haha. Nein? Warum bist du sonst gegangen?«

»Sie haben Jagd auf mich gemacht…«

»Wie Wild? Haha. Haben sie dich auch gerupft?«

Alea fand Mjolln vollkommen verrückt, und sie unterhielten sich stundenlang weiter, amüsierten sich und vergaßen alles, die Verbannten, den Weg und sogar das Morgen…

Mjolln erzählte, dass er auf dem Rückweg von Althafen war, wo er Gegenstände hatte verkaufen können, die ihm noch geblieben waren, nachdem er sein Geschäft zugemacht hatte. Mjollns Leben schien recht kompliziert zu sein, und Alea fand sehr schnell heraus, dass sein hohes Alter ihm erlaubt hatte, eine unglaubliche Zahl von Berufen auszuüben.

Wie anscheinend alle Zwerge war er zunächst Schmied in Pelpi, dem Dorf seiner Kindheit südwestlich von

Farfanaro, gewesen. Diesen Beruf hatte er am längsten ausgeübt, er kannte all seine Geheimnisse und erzählte, dass er sogar ein Schwert für den Neffen des Grafen von Bisania geschmiedet hatte. Aber nach dem Tod seiner Frau hatte Mjolln beschlossen, sein Dorf zu verlassen, durch die Welt zu ziehen und den ganzen Norden des Landes kennen zu lernen. Er hatte sich damals gesagt, dass er so lange durch die Welt ziehen wollte, wie er nicht die Größe eines Mannes erreicht hatte – also sein ganzes Leben!

Zunächst hatte er sich einer Schauspielertruppe angeschlossen, die ihn sehr herzlich aufgenommen hatte und bei der er das Theater gelernt hatte, aber auch, wie man sich in der Natur orientiert und allein zurechtkommt. Die Wanderschauspieler blieben nie mehr als eine Nacht in den Städten, in denen sie spielten, und verbrachten ihr Leben auf den Straßen und Wegen, in ihren bunten Wohnwagen. Sie wurden auch Kinder der Moïra genannt, weil sie ihr ihr Leben widmeten, auf ihre Zeichen hörten und ihr Schicksal in ihre Hände legten. Die Wanderschauspieler machten niemals Pläne, sorgten nicht für die Zukunft vor und dachten nicht ans Morgen; sie überließen sich dem Strom der Moïra und lebten in den Tag hinein. Bei ihnen lernte Mjolln, keine Angst mehr vor dem Tod zu haben. Und man lehrte ihn noch viele andere Dinge, die ihm später nützliche Dienste leisteten, wie die Namen der Blumen, der Bäume, der essbaren Pflanzen und der giftigen Pilze. Zwei ganze Jahre blieb er bei den Schauspielern und verließ sie schließlich, als sie in der Nähe von Providenz waren.

Ein paar Tage irrte der Zwerg durch die riesige Stadt, lernte, sich in dem Labyrinth ihrer breiten überfüllten Straßen nicht zu verirren, und fand schließlich eine

Stelle als Lehrling bei einem Möbellackierer. Er lernte, das Holz mit einem Tampon zu lackieren, um ihm einen unauffälligen Glanz zu verleihen, ohne dem natürlichen Material Gewalt anzutun, er lernte, selbst den Lack aus Harz und dem Saft der Bäume herzustellen, er lernte, die Farbtöne zu mischen, um einem Möbelstück eine einheitliche Farbe zu geben, und vor allem lernte er, der nur das Eisen kannte, das Holz zu lieben. Es war ein so edles Material, das noch lange nach seinem Tod weiterlebte. Das Holz bewegte sich, veränderte sich, und nachts kam es ihm sogar so vor, als spräche es. Mjolln konnte ganze Abende damit verbringen, mit seiner breiten Handfläche über den Rücken der Möbel zu fahren, die in der Werkstatt des Handwerkers standen, und das Holz in der Richtung seiner Adern zu streicheln, langsam, wie die Haut einer Frau. Er konnte sogar mit der Hand über den noch frischen Lack streichen, ohne die Oberfläche zu beschädigen, so behutsam war er. Er liebte den Lackgeruch, der die Werkstatt erfüllte und auch noch an seinen Fingern haftete, wenn die Arbeit beendet war. Er fühlte sich in seiner neuen Stelle so wohl, dass er fast ein Jahr blieb, bis zu dem Tag, an dem der alte Lackierer seine Werkstatt schloss, um wie viele Handwerker aus Providenz seinen Lebensabend in Althafen zu verbringen. Als Mjolln sich wieder auf den Weg machte, waren seine Hände von der Farbe bis unter die Fingernägel schwarz – und noch heute bewahrte er stolz die Spuren seines Handwerks.

Das folgende Jahr war das schwierigste, aber auch wichtigste für ihn. Er reiste allein zum Gor-Draka-Gebirge und machte sich daran, es zu überqueren. Wenn der kleinste Mann der Welt das höchste Gebirge der Welt überqueren konnte, dann war nichts für ihn unmöglich, hatte er sich gesagt, vielleicht konnte er dann ja sogar doch noch Mannesgröße erreichen! Er begann damit, die Südseite von Gor-Draka hinaufzuklettern. Zunächst traf er auf einsame Hirten und ihre Schafherden, dann schlief er unter freiem Himmel, durchgeschüttelt vom Wind. Jeden Morgen machte er sich fröhlichen Herzens erneut auf den Weg und brachte bis zum Abend unzählige Serpentinen auf der Flanke des Bergs hinter sich. Bald traf er keinen einzigen Menschen mehr, nur noch ein paar Gämsen und Murmeltiere, die ihn stumm beobachteten. Der Hang wurde immer steiler, der Schieferboden immer rutschiger, und die Sonne brannte so stark, dass Mjolln mehrmals glaubte, den Verstand zu verlieren. Das Schwierigste aber war, etwas zu essen zu finden. Je höher er kam, desto mühsamer wurde es, Pflanzen und Fische zu finden, und er dachte schon, er müsste verhungern, als er – zu seinem Glück – auf eine alte Holzhütte stieß, in der die Hirten im Salz einige Grundnahrungsmittel aufbewahrten. Kaum genug für eine Mahlzeit, aber das erlaubte ihm wenigstens, wieder zu Kräften zu kommen und neuen Mut zu schöpfen, und am nächsten Morgen machte Mjolln sich erneut auf den Weg.

Jeden Tag tat ihm ein anderer Teil seines Körpers weh. Sein Mund war ausgetrocknet und brannte. Seine Augen waren gerötet und tränten. Seine Hände waren vollkommen zerschunden. Sein Rücken war steif und schmerzte. In den Beinen hatte er ständig Krämpfe. Und seine Füße bluteten. Jeder neue Schritt verursachte ihm Schmerzen, und schon seit langem hatte er jedes Zeitgefühl verloren, nur sein Stolz trieb ihn weiter. Er war nur noch der Schatten seiner selbst, als er endlich einen Pass unter dem Gipfel von Gor-Draka erreichte.

Noch höher zu klettern wäre Wahnsinn gewesen, die Wand ging senkrecht nach oben, und Mjolln war viel zu schwach. Aber er hatte seine Wette gewonnen: Er würde auf die andere Seite des Gebirges gelangen. Er ließ sich zu Boden fallen, nur von Tränen geschüttelt, in denen sich Schmerz und Freude mischten.

Er ruhte sich einige Tage in der Wiege des Gor-Draka-Passes aus und kam langsam wieder zu Kräften. Weit unter sich betrachtete er das Dorf Atarmaja und weiter im Süden den Wald von Borcelia. Wenn am Abend fern im Westen die Sonne unterging, nahm das Meer eine wunderschöne violette Färbung an. Es war der schönste Anblick, der sich Mjolln jemals geboten hatte, und die wenigen Pflanzen, die er in der Umgebung fand, genügten ihm, um sich aufrecht zu halten, so sehr hatte er das Gefühl, sich lediglich von der Schönheit der Berge und der Welt um sie herum ernähren zu können. Er verbrachte die Tage damit, sich von der Anmut der Welt überwältigen zu lassen, bis zu dem Tag, an dem er endlich den Sinn seiner Reise begriff.

Er wollte nicht mehr so groß wie ein Mann werden.

Am nächsten Tag begann Mjolln den langen Abstieg, der ihn auf die andere Seite des Gebirges bringen würde, und sein Herz war erfüllt von Freude.

Ein paar Wochen später siedelte er sich in dem kleinen Dorf Blemur an, wo er zahlreiche Berufe ausübte – Färber, Koch, Schuhmacher, Stallbursche … –, bis er sein eigenes Geschäft eröffnete, einen Gemischtwarenladen, in dem man alles und jedes fand. Er erwies sich als überaus liebenswürdiger Kaufmann, und die Bewohner des Dorfes schätzten ihn sehr, weil sie wussten, dass sie bei Mjolln immer alles finden konnten. Und wenn er den gewünschten Artikel einmal nicht hatte, konnte man sicher sein, dass er ihn in weniger als einem Monat beschaffen konnte! Zehn Jahre vergingen, der Zwerg lernte von einem Barden das Dudelsackspiel, und eines Tages beschloss er, wieder seines Wegs zu ziehen. Das Leben war ihm langweilig geworden, er vermisste das Reisen. Mjolln brauchte eine neue Herausforderung, und er fand eine, die noch verrückter als das Gor-Draka-Gebirge war: Nachdem er das Dudelsackspielen erlernt hatte, schwor er sich, der erste Zwergenbarde zu werden. Er verkaufte sein Geschäft und machte sich auf den Weg nach Althafen, um dort die letzten schwer verkäuflichen Dinge loszuwerden, die in Blemur niemand hatte haben wollen.

»Und jetzt«, erklärte der Zwerg, »komme ich aus Althafen. Und ich suche einen Druiden, der bereit ist, einen Barden aus mir zu machen. Na, jetzt hast du eine kleine Ahnung bekommen, was man alles machen kann, wenn man als Schmied angefangen hat.«

»Ich habe einen Schmied gekannt«, sagte Alea, »oder jedenfalls die Tochter eines Schmieds.«

»Und ich habe keine Tochter! Tralala. Ich hatte eine Frau, vor langer, langer Zeit, aber das ist eine andere Geschichte. Ähm.«

»Erzähl mir von ihr!«, bat die Kleine, während in der Ferne endlich der Gasthof auftauchte, zu dem sie unterwegs waren.

»Auch noch? Hm. Na gut, ich erzähl es dir. Als ich ungefähr in deinem Alter oder vielleicht ein bisschen älter war, doppelt oder vielleicht dreimal so alt, ich weiß es nicht mehr, habe ich mich in meine Freundin aus der Kindheit verliebt. Sie hieß Zaina, ähm, die schöne Zaina, und wir waren zusammen in den Gassen von Pelpi aufgewachsen... Wie süß klingt der Name in meiner Erinnerung. Pelpi… Pardon? Ach ja! Zaina… Zaina war ein Schalk, lebhaft und fröhlich, und ich war wie mein Vater eher tollpatschig, langsam und träumerisch. Warum lachst du? Ja, ich bin träumerisch, Steinewerferin! Erst Zaina hat mir beigebracht, über alles zu lachen, und im Gegenzug habe ich meine Liebe zu den Sternen mit ihr geteilt. Magst du die Sterne? Ähm, sieh nur, wie sie sich am Tag verstecken und sich die Nacht vorbehalten, um die Schlaflosen und die Laternenanzünder ein bisschen zu trösten. Ach, heute Abend werde ich einen Stern zur Erinnerung an die Steinewerferin Alea nennen. Jedenfalls ist mir eines Tages, als wir schon ewig Freunde waren, bewusst geworden, dass wir uns vielleicht liebten. Ähm. Richtig liebten, meine ich. Und am nächsten Tag habe ich sie um ihre Hand gebeten. Am Anfang hat sie geglaubt, ich sei verrückt, aber das war ich keineswegs, und viele Jahre später hat die Geschichte mir Recht gegeben: Wir waren tatsächlich ineinander verliebt. Schließlich hat sie eingewilligt, meine Frau zu werden, und das Dorf hat uns unser neues Heim geschenkt.«

»Sie haben es euch geschenkt?«, fragte Alea erstaunt.

»Ja, das ist so üblich bei uns. Ähm. Wenn ein Paar zusammenfindet, dann kommt das ganze Dorf zusammen, um ihm ein Haus zu bauen. Das dauert nur zwei Wochen, nach deren Ablauf das Paar offiziell verheiratet ist. Bei uns ist die Hochzeitszeremonie eine zweiwöchige Baustelle! Natürlich hofften wir, Kinder zu bekommen. Ich liebte Zaina sehr und wollte, dass sie die Mutter meiner Zwerge wäre. Ich konnte mir niemand anderen vorstellen. Übrigens… Na ja, kurz, ähm, wir wollten Kinder und hatten sogar schon ihre Zimmer eingerichtet, womit Zaina ein ganzes Jahr verbracht hatte... Und dann kamen eines Abends die Gorgunen nach Pelpi.«

»Die Gorgunen?«

»Hast du nie von ihnen gehört?«

»Doch, natürlich, aber ich dachte, das seien nur Märchen, um den Kindern Angst zu machen... Die Gorgunen existieren wirklich?«

»Taha, ja, die Gorgunen existieren, und obendrein haben sie einen furchtbaren Hass auf die Zwerge. Ähm. Übrigens beruht das auf Gegenseitigkeit...«

»Und wie sieht ein Gorgun aus?«, fragte Alea mit weit aufgerissenen Augen.

Nach den Geschichten über die Sylphen, die die Bardin in dem Gasthof erzählt hatte, erzählte ein Zwerg ihr jetzt von den Gorgunen! All diese sagenhaften Geschöpfe, die ihr früher so geheimnisvoll vorgekommen waren, dass es ihr heute schwer fiel, an sie zu glauben. Der Gedanke, täglich neue Wunder entdecken zu können, entzückte sie.

»Ein Gorgun? Er ist sehr hässlich. Etwas Hässlicheres gibt es nicht. Die Verbannten von vorhin würden im Land der Gorgunen einen Schönheitswettbewerb gewinnen. Bäh! Sie sind vollkommen ausgerenkt, als würden ihre Knochen jeden Augenblick aus ihrer grünen Haut heraustreten. Ja, ähm, sie haben eine grüne Haut, wie Kröten, schmutzig, und kleine rote beunruhigende Augen. Sie sind behaart, vor allem aber sind sie äußerst aggressiv. Bah, bah, ich hasse sie! Hört ihr mich, Gorgunen? Ich hasse euch! Nun ja, kurz und gut, sie sind gekommen und haben das Dorf geplündert, und bevor es uns gelungen war, diese schleimigen Monster zu vertreiben, hatten sie bereits die Hälfte der Einwohner von Pelpi getötet. Als ich nach Hause zurückkam, fand ich den Körper meiner Frau auf der Erde liegend. Zaina. Die Gorgunen hatten sie getötet. Sie hatten mir den Sinn meines Lebens genommen. So schön, sie fehlt mir so sehr. Ich bin ihr bis heute treu geblieben, und deswegen habe ich keine Kinder. Verstehst du?«

»Ziemlich traurig, deine Geschichte…«

»Ja! Ich bin auf Wanderschaft gegangen, und das Gor-Draka-Gebirge hat meine Schmerzen ein wenig gelindert. Und deine Geschichte?«

»Ach, da gibt es nicht viel zu erzählen. Eigentlich habe ich das Gefühl, dass ich gerade erst geboren wurde.«

Der Zwerg sah sie erstaunt an, und dann erzählte Alea ihm ein bisschen von ihrem Leben, von den Straßen von Saratea, von der Tochter des Schmieds, dem feisten Metzger und dem Anführer der Soldaten, sie erzählte ihm von dem in der Heide begrabenen Körper, sie zeigte ihm sogar den Ring und erklärte ihm, dass sie ihn in Providenz verkaufen wolle.

Die Wolken ballten sich immer mehr zusammen und zogen langsam über den Himmel; die drückende Atmosphäre schien darauf hinzudeuten, dass gleich ein Unwetter losbrechen würde. Aber sie achteten nicht weiter darauf und merkten nicht, wie die Zeit verging. Alea genoss es, dem Zwerg zuzuhören, und fand dieses Gefühl des Vertrauens wieder, das sie einst empfunden hatte, wenn sie mit Amina zusammen war. Als sie endlich den Gasthof erreichten, freuten sie sich aufs Essen, so hungrig waren sie.

»Ich höre, Herr.«

»Ich will, dass Ihr mir denjenigen bringt, der Ilvain genannt wird.«

Maolmòrdha hatte seinen Thron im Palast von

Shankha nicht verlassen, seit er Aldero getötet hatte. Der Raum war in eine kalte und krankhafte Dunkelheit getaucht. Die Energie des Hausherrn sättigte die Atmosphäre. Rechts neben dem Thron lagen zwei Leichen. Zwei Diener, die vielleicht einfach nur um des Vergnügens willen getötet worden waren. Der Geruch nach Blut und nassem Stein erfüllte den Raum, dass einem schlecht wurde. Ein nacktes junges Mädchen, das auf dem Bauch lag und aus furchtbaren Kratz- und Bisswunden blutete, war mit Ketten, die in seine Knöchel und Handgelenke schnitten, an Maolmòrdhas Thron gekettet. Im Hintergrund waren erstickte Schluchzer zu hören. Die Wände schienen zu leben, dünne Fäden einer klebrigen Flüssigkeit liefen über sie und glitten wie Lavaströme zu Boden. Maolmòrdhas Seele, die ebenso kalt, ebenso leer, geheimnisvoll und Furcht erregend wie der Tod war, hatte vollständig von dem Thronsaal Besitz ergriffen.

Ein Koloss in Rüstung kniete vor Maolmòrdha und wagte nicht, den Kopf zu heben, um seinem Herrn ins Gesicht zu blicken. Maolmòrdha würde ihm das vielleicht nicht übel nehmen, aber er ließ es lieber nicht darauf ankommen. Zu viele Männer waren schon gestorben, weil sie die Toleranz des Herrn auf die Probe hatten stellen wollen.

Ayn'Sulthor war der Fürst der Herilim, der Schattenwerfer, der würdige Erbe des alten Geschlechts der Seelendiebe, und Maolmòrdha hatte ihn zu seiner rechten Hand gemacht, um sich der Treue aller Herilim zu versichern, die entscheidende Verbündete waren. Sulthor war ein übermenschlicher Riese. Er maß mehr als zwei Meter fünfzehn, und seine Muskeln wirkten wie aus dem Felsen geschnitten. Seine schwarze Rüstung verfinsterte sein düsteres Gesicht noch mehr, und unter seinem Helm funkelten die finsteren Kügelchen seiner Augen. Von ihnen hatte er seinen Namen, Ayn'Sulthor, die Schwarzen Augen.

Aber vor Maolmòrdha war er nichts. Nur ein gehorsamer, von den Fähigkeiten seines Herrn in Angst und Schrecken versetzter Diener. Maolmòrdha hatte in den letzten Tagen zweimal seine Macht demonstriert, als er eine kleine Armee von Gorgunen versammelt hatte, um seine Ziele zu erreichen. Die Gorgunen waren dumm, und Maolmòrdha hatte mehrere von ihnen töten müssen, um ein Exempel zu statuieren. Die Flammen und Blitze, die aus seinem Körper schlugen, hatten für lange Zeit seinen Status als Herr und Meister bei den Gorgunen und den Herilim, die sie für ihn führten, gesichert.

Sulthor zögerte, bevor er das Wort ergriff. Um nicht versucht zu sein aufzublicken, starrte er auf einen schwachen Lichtschimmer an der Ecke einer Bodenplatte und stellte sich das Gesicht seines Herrn vor, aufgedunsen vom Blut, durchzogen von hervortretenden Adern, in denen der Saft des Bösen floss, bereit zu explodieren; und in der Mitte seine leeren Augen, undurchsichtige Fenster, die nur schlecht das Brodeln einer entfesselten Magie verbargen.

»Wie werde ich ihn erkennen, Herr?«, fragte Ayn'-Sulthor, ohne den Blick zu heben, die Hand auf dem goldenen Griff seines Schwerts.

»Er ist der Samildanach. Seine Macht wird ihn verraten, und Ihr werdet keinerlei Mühe haben, ihn zu erkennen, Fürst der Herilim. Aber untersteht Euch, gegen ihn zu kämpfen. Lasst ihn herbringen. Bringt mir diesen Ilvain. Sollte es keinen anderen Ausweg als den Kampf geben, dann tötet ihn und bringt ihn mir in diesem Leichentuch. Dadurch wird er seine Macht behalten, bis ich ihn hier habe.«

»Es wird alles nach Euren Wünschen geschehen, Herr.«

»Umso besser, Fürst der Herilim, umso besser.«

Sulthor erhob sich, machte eine Kehrtwendung und verließ den Thronsaal, ohne Maolmòrdha anzusehen. Hinter sich hörte er lediglich den letzten Schrei der angeketteten jungen Sklavin, der soeben die Kehle durchgeschnitten worden war.

Imala machte sich auf den Weg nach Süden und kam bald in einen dichteren Wald aus hohen Eichen, Tannen und Birken. Die Pfoten in hohem Gras versunken, bewegte sie sich vorsichtig und vergewisserte sich bei jedem Schritt, dass ihr niemand in diese Gegend folgte, die sie kaum kannte. Der Wald roch gut, eine Mischung aus Baumsaft, Harz, feuchtem Gras und Erde; eine leichte kühle Brise kitzelte ihre Schnauze und ließ sie mit den Augen blinzeln. Imala verlor sich in den Duftschwaden, die im Tanz des Windes herangeweht wurden und wieder verschwanden. Ihre Pfoten waren ganz nass von belebendem Tau. Sie fühlte sich wohl.

Sie hatte seit gestern nichts mehr gegessen und hoffte, dass sie im Gras dieses Waldes auf Wild stoßen würde. Seltsamerweise schmerzte sie der Verlust ihrer Jungen bereits nicht mehr, obwohl sie noch immer voller Hass an Ahena, die dominante Wölfin, zurückdachte. Ganz neue Emotionen erfüllten sie jetzt, Abenteuerlust und der Reiz des Unbekannten. Sie schmatzte zufrieden und drang tiefer in den Wald ein, gewiegt vom Gesang der Vögel und vom morgendlichen Schrei einer Eule.

Nach einer Stunde traf sie endlich auf einen verirrten Frischling. Er grunzte unaufhörlich, vermutlich rief er nach seiner Mutter, die ihn verloren hatte. Aber das würde die Wölfin, die nur der Hunger trieb, nicht abschrecken. Sie blieb stehen, beobachtete ihre Beute einen Augenblick, drückte sich dann auf den Boden, mit waagerechtem Schwanz, den Kopf nach vorn gereckt, die Ohren angelegt, und bewegte sich langsam auf das junge Wildschwein zu, das bereits gut im Fleisch stand, aber noch ungeschickt wirkte. Eine ideale Beute.

Als Imala nur noch ein paar Meter von dem Frischling entfernt war, richtete dieser sich plötzlich auf. Vermutlich hatte er sie gehört oder ihren Geruch wahrgenommen. Aber die Wölfin war darauf gefasst und verlor keine Sekunde: Mit weit offener Schnauze stürzte sie sich auf ihre Beute. Der Frischling versuchte sich mit seinen erst ansatzweise vorhandenen Hauern zu verteidigen, aber die Kiefer der Wölfin schlossen sich über seinem breiten Hals. Das junge Tier fiel zu Boden, und Imala ließ ihre Beute nicht mehr los; heftig schüttelte sie den Kopf, um sie zu töten. Sie lockerte ihren Würgegriff nicht, solange das kleine Wildschwein noch quiekte. Sie spürte, wie das klebrige Blut an ihren Lefzen entlanglief, und das machte sie nur noch wilder.

Nach ein paar letzten krampfartigen Zuckungen hauchte der Frischling zwischen den Fangzähnen der Wölfin sein Leben aus. Imala ließ ihre Kiefer noch ein paar Sekunden geschlossen, dann brachte sie ihre Beute in den reglosen Schatten einer alten Eiche, um sich an ihr gütlich zu tun. Eine Stunde später schlief sie mit vollem Bauch friedlich ein.

Als sie wieder erwachte, war sie dermaßen überrascht, dass sie einen Satz nach hinten machte und sich zähnefletschend auf den Boden legte. Sie hatte den Vertikalen nicht kommen hören, der vor ihr saß.

Vertikale. So sahen die Wölfe die Menschen und alle, die sich aufrecht halten konnten. Er hatte sich ihr genähert, während sie schlief, und sich dort hingesetzt, um sie beim Schlafen zu beobachten. Sie hatte noch nie einen Vertikalen aus so großer Nähe gesehen, und es versetzte sie in Angst und Schrecken. Dabei schien er ihr nichts Böses zu wollen. Sein Geruch hatte nichts Aggressives, und seine ruhigen Bewegungen besänftigten sie eher. Ins Gras gedrückt, erhob Imala sich immer wieder, um den Vertikalen, der sich nicht bewegte und sie weiterhin beobachtete, besser sehen zu können. Dabei bemerkte sie, dass er groß und schlank war und so gar nicht dem Bild entsprach, das sie sich aus der Ferne von den Vertikalen gemacht hatte. Vor allem die Farbe seiner Haut, seine Ohren und die Feinheit seiner Gesichtszüge überraschten sie. Neugierig geworden, beschloss die Wölfin, nicht sofort zu fliehen, auch wenn ihr Instinkt es ihr befahl.

Im selben Augenblick sprach der Vertikale mit sanfter, melodischer Stimme zu ihr: »Hath ne frian, imala cloth.«

Seine Stimme beruhigte die Wölfin sofort, und sie erhob sich und machte ein paar Schritte zur Seite. Der Vertikale stand daraufhin langsam auf und entfernte sich geräuschlos.

Die Wölfin blieb jäh stehen und sah ihn zwischen den Bäumen des Waldes verschwinden; trübe Sonnenstrahlen drangen zwischen den Zweigen wie Lichtregen hindurch.

Imala ging zu der Stelle, wo der Vertikale gesessen hatte, und schnupperte an dem niedergedrückten Gras, um sich für immer den Geruch dieses merkwürdigen und freundlichen Geschöpfs einzuprägen. Dann machte sie kehrt und trabte dem Unbekannten hinterher.

Der kleine Gasthof lag direkt an der Straße. Die Heide wurde hier immer hügeliger, und mehrere Bäume erhoben sich um das Haupthaus herum. Ein paar Nebengebäude setzten den Gasthof nach Süden hin fort: Scheune, Stall, Kelterei... Er war eine Station, an der die Reisenden, verführt von dem köstlichen Duft, der aus der Küche drang, deren Fenster bewusst immer offen stand, nicht vorübergehen konnten. Der Gasthof war breit und niedrig, errichtet aus trockenen Steinen, die ein dickes Strohdach beschirmte. Alea und Mjolln gingen hinein. Draußen hörte man die ersten Zeichen eines Unwetters grollen.

Die große Gaststube ähnelte in nichts derjenigen der Taverne Die Gans und der Grill. Hier waren die Wände schmutzig, die Einrichtung gewöhnlich, ramponiert, und die Tische standen ohne erkennbare Ordnung in dem Raum. Der Lärm dort war ohrenbetäubend. Und doch herrschte in der Gaststube eine herzliche Stimmung. Die Stimmung der Reise, der wohlverdienten Pause, der Entspannung, bevor man seinen Weg fortsetzte. Im Gegensatz zu der häuslichen Behaglichkeit des Gasthauses von Saratea benahm man sich hier ganz ungeniert und aß ziemlich geräuschvoll. Fröhliche Kellnerinnen liefen von Tisch zu Tisch, und Alea sagte sich, dass sie sie niemals hätte ersetzen können – das hier war etwas ganz anderes als der Rhythmus des Gasthofs von Saratea. Hier waren die Kellnerinnen ständig mit Tellern, Krügen und Gläsern beladen und schienen nach einer ausgeklügelten Choreographie zu tanzen.

Das drohende Unwetter hatte noch mehr Leute als sonst in die Gaststube getrieben. Der Rauch der Pfeifen und der Dampf der heißen Gerichte bildete eine dicke und schwere Wolke, die im Verein mit der Geräuschkulisse schnell für eine stickige Atmosphäre sorgte. Draußen hatte sich der Himmel inzwischen verfinstert. Ein erster Blitz durchzuckte die Wolkendecke. Es war keine Bank mehr frei, und Mjolln und Alea liefen ein wenig verloren zwischen den Tischen herum, als jemand hinter ihnen rief: »Mein Fräulein, mein Herr, ihr könnt euch an unseren Tisch setzen, wenn der Platz für drei reicht, dann reicht er auch für fünf.«

Drei junge Männer, die merkwürdige flache schwarze Hüte trugen, lächelten ihnen zu. Alea war überrascht und warf dem Zwerg einen fragenden Blick zu.

»Das sind Studenten aus Mons-Tumba, Alea. Sie tragen eine komische Uniform, nicht wahr?«

Der Zwerg und das Mädchen ließen sich nicht lange bitten, denn sie wussten nicht, dass die Studenten von Mons-Tumba in der Gegend nicht sehr gern gesehen waren, und setzten sich einander gegenüber neben die jungen Burschen.

»Guten Tag, ich bin Darragh, und das sind Garrett und Pearse.«

Bei dem Lärm des Gewitters und der Gäste mussten sie fast brüllen, um sich Gehör zu verschaffen.

»Guten Tag allerseits«, erwiderte der Zwerg, während Alea sich mit einem schüchternen Lächeln begnügte.

Die drei Studenten ließen sich eine Spanferkelkeule schmecken, deren herrlich goldbraune Farbe einem das Wasser im Mund zusammenlaufen ließ. Die Köchin hatte die Schwarte zum größten Teil entfernt, das Fett leicht mit Zucker bestäubt und die Keule noch einmal bis auf den Knochen erwärmt und mit etwas Bratensaft übergossen, um ihr Farbe und Geschmack zu verleihen, ohne sie zu verbrennen. Das herrliche Stück Fleisch war mit blanchiertem und in Butter geschwenktem Mischgemüse serviert worden. Mjolln rieb sich die Hände und fuhr sich mit der Zunge über die Lippen wie ein junger Hund, dem das Wasser im Mund zusammenläuft. Sobald eine der Kellnerinnen nah genug herangekommen war, um ihn zu hören, bat er sie ungeduldig, ihnen das Gleiche zu bringen. Die Kellnerin nickte lachend und ging in die Küche.

»Seid ihr nach Süden oder nach Norden unterwegs?«, fragte derjenige der drei Studenten, der sich als Darragh vorgestellt hatte.

»Ich gehe nach Süden, nach Providenz«, erwiderte Alea stolz, da es ihr wie ein Privileg vorkam, in die Hauptstadt zu reisen.

»Ich auch«, fügte Mjolln zur Überraschung der Kleinen hinzu.

Während sie miteinander unterwegs gewesen waren, hatte Mjolln insgeheim beschlossen, seine neue Freundin nach Providenz zu begleiten. Er fand Alea reizend und wollte sich nicht so schnell schon wieder von ihr trennen. Er hatte es nicht eilig, nach Blemur zurückzukehren, schließlich wartete dort keine Frau auf ihn. Außerdem schmeichelte es ihm auch, dass die Kleine herzlich über seine Späße lachte, und beide genossen ihre ebenso kurze wie überstürzte Freundschaft. Es war einer dieser magischen Momente, in denen die Zukunft sich plötzlich im Licht einer neuen Begegnung abzeichnet.

»Ich begleite Alea nach Providenz«, fuhr er lächelnd fort, als habe er gerade einen gelungenen Spaß gemacht. »Und ihr?«

»Wir sind ebenfalls in den Süden unterwegs, aber zur Bucht von Ebona, wo unsere Fakultät zu Ende geht…«

Die Studenten der Universität von Mons-Tumba mussten als Abschluss ihres Studiums ein ganzes Jahr in kleinen Gruppen zu dritt oder viert auf den Straßen der Welt verbringen. Sie erhielten eine Mission, die sie zu erfüllen hatten. In der Regel ging es darum, die Bibliothek von Mons-Tumba mit bestimmten, ganz präzisen Informationen zu beliefern, um irgendein gelehrtes Werk zu ergänzen, und dies auf jedem erdenklichen Gebiet. Manche mussten mit einer umfangreichen Studie über diesen oder jenen Beruf, andere über die Geographie einer Region, wieder andere über ihre Politik oder Geschichte zurückkehren. Nichts entging der Neugier von Bischof Aeditus und seiner Kirche, und diese kleinen Reisen, die Fakultäten genannt wurden, waren obendrein wunderbar geeignet, um die Vorzüge des Christentums und seiner Weltsicht zu preisen. Denn die Christen sahen die Dinge anders als das Volk von Gaelia. Auch wenn sie nicht wagten, es laut und deutlich zu verkünden, stellte ihre Philosophie die Idee der Moïra selbst in Frage. Die Mönche der Universität versuchten daher, ihr Wissen nach und nach neben der Volkskultur zu etablieren, und hofften, dass sie eines Tages vielleicht die Konsequenzen ihrer Theorie deutlich würden aussprechen können. Für den Augenblick ging es jedoch darum, so viele Studenten wie möglich zu sammeln, und diejenigen, die sich aufmachten, um ihre Fakultäten zu absolvieren, spielten häufig die Rolle von Mitgliederwerbern…

»Und was sollt ihr in der Bucht von Ebona untersuchen?«, fragte Alea, die nicht einmal sicher war, was diese Bucht wirklich war.

»Natürlich die berühmten Stelzenläufer«, erwiderte Pearse in einem Ton, aus dem Alea eine Spur Verachtung heraushörte.

»Ach ja? Und was ist das?«, fragte die Kleine stirnrunzelnd.

»Das sind die Bewohner von Ebona«, erwiderte der junge Student, als bete er seine Lektion herunter, »eine Stadt auf Pfählen, die in der Bucht gleichen Namens liegt und aus der das Wasser sich einmal am Tag zurückzieht. Die Bewohner verlassen dann ihre Häuser und bewegen sich auf hohen Stelzen, die in dem Schlick einsinken, wo sie in aller Ruhe fischen können. Aus diesem Grund nennt man sie Stelzenläufer. Das ist ein sehr spezieller Brauch, über den man nicht sehr viel weiß. Das wird der Gegenstand unserer Untersuchung sein.«

»Das ist faszinierend«, versicherte Mjolln, aber sein Blick hatte sich der dampfenden Keule zugewandt, die die Kellnerin ihm mit bemerkenswerter Geschicklichkeit brachte.

Alea war von dieser Geschichte richtig neugierig gemacht worden, vor allem die Universität von Mons-Tumba interessierte sie brennend. Es gab also einen Ort, an dem das ganze Wissen der Welt gesammelt und alles geschrieben wurde! Einen Ort, an dem man einfach nur dadurch, dass man Bücher las und Professoren hörte, auf einen Schlag alle Städte der Welt, alle Berufe, alle Geschichten kennen lernen konnte. Alea wäre liebend gern nach Mons-Tumba gegangen, um zu lernen, wenn sie nur hätte lesen können! Was man so alles über die Christen hörte, war ihr herzlich egal, es gab so viele Dinge, die sie nicht kannte, so viele Namen und Geschichten, so viele Leute und so viele wunderbare, unterschiedliche Ideen, von deren Existenz sie vermutlich gar keine Ahnung hatte. Seit gestern hatte sie das Gefühl, dass sie noch gar nichts vom Leben und von der Welt wusste, sie, deren Horizontlinie nie etwas anderes als die Mauern von Saratea gewesen waren und für die jeder Tag neue Überraschungen bereithielt. Sie sagte sich, dass es nichts Besseres als das Wissen, als Kenntnisse gebe, dass dies vermutlich sogar ein größerer Reichtum als Gold und vor allem zugänglich sei.

»Gibt es denn auch Mädchen auf eurer Universität?«, fragte sie nach langem Schweigen. Diese Frage hatten die Studenten wohl nicht erwartet, offensichtlich handelte es sich um ein heikles Thema.

»Nein«, erwiderte Darragh, »Mädchen sind... sind dort nicht zugelassen.«

»Ach«, erwiderte Alea enttäuscht. »Schade.«

»Aber... die Mädchen dürfen die Bibliothek benutzen und alle Bücher lesen, die sich dort befinden, vorausgesetzt natürlich, sie bezahlen die jährliche Benutzergebühr... Die Mönche sind nicht wie die Druiden! Sie erlauben das Lesen und die Schrift, und so kann jeder lernen. Das Wissen ist bei den Christen nicht einer Elite vorbehalten.«

Aber Alea hörte schon nicht mehr zu. Benommen von dem Lärm des Gewitters, das draußen tobte, ließ sie sich von der Flut ihrer Gedanken forttragen. Die Welt war schlecht eingerichtet, sie wäre gewiss lieber ein Junge gewesen. Es gab keine Gerechtigkeit. Man musste reich geboren sein, um nicht mit dreizehn über die Gehsteige von Saratea zu irren, und man durfte nicht als Mädchen geboren sein, um nach Mons-Tumba gehen und die Namen der Dinge und ihre Geheimnisse lernen zu können. Wo war da die Logik? In den Straßen der

Stadt kamen die Jungs nicht besser zurecht als sie, weder kräfte- noch verstandesmäßig, also warum? Vor ein paar Wochen hatte Tara ihr vorgeschwärmt, was für eine Ehre es sei, eine Frau zu sein, als zwischen ihren Beinen das Blut geflossen war, das sie zunächst für eine Strafe gehalten hatte. Und heute war sie zwar eine Frau, aber frei war sie deswegen noch lange nicht. Frei zu lernen, wie diese drei Trottel, die loszogen, um die Stelzenläufer der Bucht von Ebona zu studieren. Nein, wirklich, es gab keine Gerechtigkeit, die Welt war schlecht eingerichtet. Wenn man die Welt doch nur verändern könnte!, sagte sich Alea. Aber wollte die Moïra das überhaupt? Sollte man nicht eher, wie die Fahrensleute, seinem vorgezeichneten Weg folgen? Alea sagte sich, dass man mit Sicherheit auf der Welt war, um zu handeln, zu verändern, rege zu sein, und genau das beabsichtigte sie zu tun, so jung und so sehr Mädchen sie auch sein mochte! Tief in ihrem Innern nahm sie sich fest vor, dass sie eines Tages alles tun würde, um dieses idiotische Gesetz zu ändern, und dass sie dann das erste Mädchen wäre, das an der Universität von Mons-Tumba studierte! Sie lächelte, als sie sich daran erinnerte, dass sie sich heute schon einiges vorgenommen hatte, und kam zu dem Schluss, dass sie sich erst einmal damit begnügen sollte, nach Providenz zu kommen.

Mjolln hatte bereits die halbe Keule gegessen, als sie sich endlich entschloss, eine Scheibe zu nehmen. Das Fleisch war wunderbar zart und die dünne Kruste genau so knusprig, wie sie sein sollte. Sie ließ es sich schmecken, und als die Mahlzeit beendet war, bezahlte Mjolln den Wirt von Herzen gern. Anschließend tranken sie heiße Milch mit Honig und warteten das Ende des Gewitters ab. Die Studenten hatten während der ganzen

Mahlzeit kein einziges Wort mehr gesprochen, als habe Aleas Frage sie zutiefst verunsichert. Nach einer Weile verabschiedeten sie sich höflich und machten sich auf den Weg in den Süden zu ihren geheimnisvollen Stelzenläufern.

»Ähm. Ich mag die Christen nicht sonderlich«, sagte Mjolln, der seit dem Beginn der Mahlzeit kein einziges Wort gesagt hatte. »Bah. Schließlich habe ich nie die Tochter eines Schmieds gekannt.«

Alea betrachtete ihn stirnrunzelnd und fragte sich, was er damit wohl meinte, und als sie begriffen hatte, schenkte sie ihm ein verständnisinniges Lächeln.

Als das Gewitter endlich aufgehört hatte, setzten sie gemeinsam satt und zufrieden ihren Weg fort und nahmen ihr angeregtes Geplauder wieder auf, während sie sicheren und fröhlichen Schritts über den nassen Boden gingen.

Aber nach einer Stunde verging ihnen jäh ihre gute Laune.

Der schwarze Blick von Sulthor, dem Schattenwerfer, glitt auf der Suche nach dem geringsten Anzeichen langsam über die Heide. Er hatte es gespürt, der Samildanach war ganz in seiner Nähe.

Der weiße Sand und die Sandsteinfelsen funkelten wie ein riesiger Glasstrand in der Sonne. Der Boden war so heiß, dass zitternde Dampfwolken über der ganzen Heide schwebten und das Bodenprofil und die Linie des Horizonts verzerrten. Jeder Mensch hätte unter der drückenden Hitze der Sonne gelitten, aber Ayn'Sulthor, gehüllt in den Dampf der Wüste, spürte nichts unter seiner Stahlrüstung. Er fürchtete weder Hitze noch Kälte.

Auf seinem großen Rappen war er durch die gesamte

Grafschaft Sarrland geritten und hatte wie ein Spürhund jede Parzelle der Heide, jedes Dorf, jede Lichtung, jeden Weg abgesucht. Er hatte die Seelen der Bewohner, denen er begegnete, erspürt und ihren Geist gewittert, um den kleinen Hinweis zu finden, der ihn zu seiner Beute führen würde. Die Menschen flohen vor ihm, in Angst und Schrecken versetzt durch sein Aussehen und weil sie bisweilen diese eisige Welle spürten, die durch ihren Körper ging, wenn der Fürst der Herilim in ihrer Seele las.

Mehrmals hatte er unterwegs Halt gemacht, um etwas zu sich zu nehmen. Aber Sulthor aß nicht in Gasthöfen, ja nicht einmal in Strohhütten. Nein, der Seelenräuber aß in den Schädeln seiner Opfer. Er ernährte sich von ihren Gedanken, von ihrem Geist, von ihrem Gedächtnis und von ihren Ängsten und ließ ihre dummen Körper, bevor sie leblos zusammenbrachen, wie eine Gans, der man den Kopf abgeschnitten hat, noch ein paar Minuten blind in einer stummen Erstarrung schweben. Er wählte seine Opfer aus, machte sich ein Bild von ihrer Seele, verstärkte ihre Gefühle, und wenn das Entsetzen unerträglich geworden war, wenn es seiner eigenartigen Nahrung diesen bitteren Geschmack verliehen hatte, der ihn so sehr erregte, packte er sie bei den Schultern und ließ die entsetzte Energie, die er ihren Körpern raubte, in sich hineinströmen. Allein mit der Kraft seines Geistes vermochte er die Seele seiner Opfer in sich aufzunehmen; das war der Arhiman, die Kraft der Herilim. Es gab keine Möglichkeit zu fliehen. Wenn er seine Beute gefunden hatte, tötete Sulthor sie unfehlbar. Er ließ von seinem Opfer nicht mehr ab, gab nie auf, und je mehr Widerstand man ihm leistete, desto mehr Vergnügen bereitete es ihm, sein Opfer zu verschlingen. Der Fürst der Herilim hatte nichts Menschliches mehr, kein Blick, kein Wort, nicht die geringste Geste. Er war unter den Befehlen von Maolmòrdha zu einer Tötungsmaschine geworden, und in seinen Adern floss ein schwarzes Gift.

Nach ein paar Tagen war er endlich in die Grafschaft Sarrland gekommen, und während sich im Westen allmählich die grünen Eichen und Buchen des Waldes von Sarlia erhoben, hatte er ein Brennen in seinem Kopf gespürt. Ein verschwiegenes, aber sehr gegenwärtiges Signal, das ihn veranlasste, abrupt sein Pferd zum Stehen zu bringen. Es bestand kein Zweifel: So schwach das Signal auch sein mochte, ein Irrtum war nicht möglich, es ging von Ilvain Iburan, dem Samildanach, aus. Dem Mann, den er Maolmòrdha bringen sollte.

Der Schattenwerfer stieg von seinem Pferd und ging langsam zu Fuß weiter, wobei er versuchte, die noch undeutliche Spur seiner Beute nicht zu verlieren. Auf seine Augen konnte er sich nicht verlassen, und auch wenn er weiterhin den Horizont nach dem geringsten Hinweis absuchte, vertraute er vor allem dem Gefühl in seinem Innern. Ja, Ilvain war hier, aber Sulthor hatte Mühe, seiner Spur zu folgen. Zunächst glaubte er, Ilvain sei noch weit entfernt, aber dann begriff er, dass es nicht so war; sein Signal, sein Lebenslicht war schwach. Als … als läge der Samildanach im Sterben. Der Fürst der Herilim ging schneller und ließ sich von diesem sonderbaren Brennen führen, das immer spürbarer, fast schmerzhaft wurde. Zwei entgegengesetzte Kräfte bemühten sich, miteinander zu harmonieren, und kämpften gegen ihren Willen auf zu kleinem Raum miteinander. Es wurde unerträglich. Erstickend. Saiman gegen Arhiman. Die Kraft des Druiden und des Samildanach gegen die der Herilim, zwei unvereinbare Mächte, zwei feindliche Energien, die nicht nebeneinander bestehen konnten.

Der flache Horizont der weißen Heide verlor sich gegen Norden und bot der Suche des Reiters keinerlei Hindernis. Plötzlich verspürte Sulthor einen heftigen Schlag in seiner Seele und wusste, dass der Samildanach sich unmittelbar vor ihm befand.


Während sie in der Mitte des Weges gingen, den Sanddünen und vereinzelte Tannen säumten, wurden Alea und Mjolln von acht mit Knüppeln und Schwertern bewaffneten Verbannten überfallen.

»Das sind sie, kein Erbarmen!«, brüllte einer der Ausgestoßenen, während er die Klinge seines Schwerts durch die Luft wirbeln ließ.

Alea und Mjolln erkannten einen der beiden Verbannten wieder, die sie am Vormittag in die Flucht getrieben hatten, und begriffen sofort, was ihnen bevorstand. Die beiden Feiglinge hatten sich also Verstärkung geholt und kamen jetzt zurück, um sie erneut anzugreifen.

Der Kampf begann. Mjolln tat sein Bestes, um die Kleine zu beschützen, während er selbst den Schlägen auswich, die ihm galten. Aber die Verbannten waren in der Übermacht. Trotz der Tätowierung auf ihrer Stirn, die ihnen jeden Kontakt mit den Bürgern von Gaelia verbot, schienen sie fest entschlossen, sich erneut außerhalb des Gesetzes zu stellen. Mjolln erhielt einen so heftigen Knüppelschlag auf die Schulter, dass er vor Schmerz aufschrie und mit dem Gesicht voraus zu Boden stürzte. Alea drehte sich um, um ihm beim Aufstehen zu helfen, wurde in ihrem Schwung aber von der Klinge eines Schwerts gebremst, die ihre Nase streifte.

111

Sie konnte der Waffe gerade noch ausweichen, verlor dabei aber das Gleichgewicht und fiel direkt neben dem Zwerg auf den Rücken. Beide bekamen Fußtritte in den Bauch, ohne sich wehren zu können.

»Lauf weg«, rief Mjolln der Kleinen zu, aber Alea sah keine Möglichkeit und klammerte sich an den Zwerg.

Einen Augenblick später sah sie, wie einer der Verbannten sich über sie beugte und sein Schwert hob, bereit, sie ohne das geringste Erbarmen zu töten. Hass funkelte in seinen Augen. Hass und Rachsucht, als hätte er beschlossen, diese beiden Opfer für seine Isolation und all sein Leid büßen zu lassen.

Alea sah sich schon tot. Im Blick ihres Henkers war nicht der geringste Schimmer eines Zögerns zu erkennen, und die Klinge begann sich bereits zu senken. Die Kleine brüllte mit aller Kraft, als könnte ihr Schrei das Schwert in seinem tödlichen Fall abbremsen. Aber nichts schien den Verbannten noch aufhalten zu können.

Das Metall der Klinge funkelte in der Sonne und warf ein grelles Licht, das die Kleine blendete. Im nächsten Augenblick spürte sie einen harten Schlag und glaubte, dass alles vorbei sei.

Dennoch öffnete sie die Augen und sah, dass die Umgebung sich nicht verändert hatte, von einer Kleinigkeit abgesehen: Der Verbannte beugte sich nicht mehr über sie. Sie richtete sich auf und sah ihn ein paar Meter weiter hinten. Sein Körper war gegen einen Baum geschleudert worden und stand lichterloh in Flammen; blutüberströmt lag er da, inmitten der Flammen, geschüttelt von ein paar vergeblichen Zuckungen.

Und mit einem Mal schien die Zeit stillzustehen.

Für einen Augenblick. Einen kurzen Augenblick.

Alea rieb sich die Augen und sah wie im Traum ein undeutliches Schauspiel, das sich hinter einem flatternden Schleier abspielte, der alle Farben und Geräusche um sie herum dämpfte. Die Verbannten schienen einer nach dem anderen in Zeitlupe zu Boden zu stürzen, vollständig verbrannt von einer Feuerkugel, die von einem zum andern schwebte und weiße verschwommene Spuren in der Luft zurückließ. Es war grauenhaft und magisch zugleich. Die Feuerkugel explodierte am Körper eines Mannes und schleuderte verkohlte Fleischfetzen und Knochensplitter durch die Gegend, dann bildete sie sich neu über dem rauchenden Leichnam und schnellte wie ein Pfeil in eine andere Richtung. Den Verbannten blieb nicht einmal die Zeit, um zu begreifen, was da geschah, so schnell ereilte der Tod einen nach dem anderen. Die Feuerkugel beendete ihren zerstörerischen Lauf an einem Baum, wo sie schließlich erlosch.

Als Alea endlich aufstehen konnte, in Panik und bereit wegzulaufen, sah sie einen Mann hinter dem Baum hervorkommen, an dem die Feuerkugel zerschellt war. Er war groß und mager und trug einen langen weißen Mantel. An seinem kahlen Schädel erkannte sie Phelim, den geheimnisvollen Druiden, über dessen Hände noch immer kleine weiße Blitze zuckten, die schrill pfiffen und knisterten.

»Habt… habt Ihr das getan?«, fragte sie zu Tode erschrocken.

Phelim lächelte, ohne zu antworten, und näherte sich Mjolln, der auf dem Boden lag.

Der Zwerg wirkte überrascht. »Ein Druide! Ihr seid ein Druide, nicht wahr?«, stammelte er mühsam in seinen roten Bart, während er sich die Schulter hielt.

»Mein Name ist Phelim, mein Herr, oder, genauer, Caron Cathfad, Sohn von Katubatuos, aber Phelim ist mein Druidenname. Lasst mich Eure Verletzungen sehen.«

Die Schulter des Zwergs war ausgerenkt. Der alte Mann fuhr mit der Hand darüber, und Alea glaubte einen roten Schein unter seiner Handfläche zu erkennen. Der Zwerg zuckte zusammen, und einen Augenblick später stand er auf seinen Beinen, völlig fassungslos.

»Geheilt! Ich bin geheilt! Tahin, taha, ein Wunder! Ihr seid wirklich ein Druide! Alea! Ein Druide, denk dir nur!«

Die Kleine schien die Begeisterung des Zwergs nicht zu teilen. Im Grunde wusste sie nicht, ob sie einem Druiden vertrauen konnte. Manche Einwohner von Saratea behaupteten, sie seien verrückte Alte, die hinter dem Rücken der Könige ihre Komplotte schmiedeten und ein gefährliches Spiel mit der Magie und der Moïra trieben… Nicht sehr vertrauenerweckend jedenfalls.

»Seid Ihr mir gefolgt?«, fragte Alea, während sie die Leichen der Verbannten um sie herum betrachtete.

»Ja, und ich fürchte, das war eine gute Idee, denn ich denke nicht, dass die Verbannten euch am Leben gelassen hätten. Jetzt komm ein wenig näher, damit ich deine Verletzungen behandeln kann.«

»Es geht mir ausgezeichnet«, muckte Alea auf und wich einen Schritt zurück.

Mjolln wirkte überrascht und warf der Kleinen einen beunruhigten Blick zu. »Alea, meine Steinewerferin, Alea. He, ich war höflicher zu dir, als du mir geholfen hast, ähm! Du könntest Phelim schon etwas mehr

Dankbarkeit zeigen. Taha. Man verärgert einen Druiden nicht, o nein, nein, nein!«

»Mjolln, ich kenne diesen Phelim, und ich vertraue ihm nicht«, unterbrach Alea ihn flüsternd.

Mjolln stemmte stirnrunzelnd die Hände in die Hüften und senkte sein Kinn, so dass sein krauser Bart auf dem oberen Teil seiner Brust lag. Die Kleine seufzte und blickte zum Himmel empor.

»Ich werde ihm nicht mein Vertrauen schenken, nur weil er uns geholfen hat!«, protestierte sie.

»Helfen?!«, empörte sich der Druide. »Mir scheint, dass es nicht mehr viel zu *helfen* gab, als ich dazukam ... *Retten*, das ja«, verbesserte er lächelnd.

Alea hatte Mühe, ihre Verlegenheit zu verbergen. Sie wusste sehr genau, warum der Druide da war. Aus ebendem Grund, aus dem sie erst am Morgen aus Saratea geflohen war.

»Nur weil Ihr mich gerettet habt, werde ich Euch noch lange nicht meinen Ring geben«, sagte sie schließlich und verbarg ihre Hände hinter dem Rücken.

»Das verlange ich auch gar nicht von dir«, wiederholte der alte Mann. »Aber würdest du wenigstens akzeptieren, dass ich dich nach Providenz begleite, damit ich dir erklären kann, warum ich dir gefolgt bin?«

Alea sah den Zwerg an, der die Geduld zu verlieren schien. Sie war verwirrt. Dieser Phelim war so geheimnisvoll. Zunächst hatte er alle Verbannten durch Zauber in weniger Zeit getötet, als man braucht, um es zu sagen, und dann hatte er ihren Freund Mjolln gesund gemacht. Andererseits aber schien alles darauf hinzudeuten, dass er da war, um über sie zu richten, und vielleicht glaubte er ja sogar, dass sie diesen Mann in der Heide getötet hatte, bevor sie ihm den Ring gestohlen hatte.

»Wenn ich dir etwas Böses wollte, Alea, glaubst du, dass ich dich dann nicht schon tausendmal hätte töten können? Und wenn ich dir deinen Ring wegnehmen wollte, glaubst du, dass ich es nicht hätte tun können, noch bevor du überhaupt von mir gehört hättest?«

Alea musste zugeben, dass Phelim diesbezüglich nicht log. Die Neugier begann zu siegen...

»Na schön, Phelim. Ihr könnt mich begleiten«, gab sie schließlich nach.

»*Uns* begleiten!«, rief der Zwerg sofort und hob seinen Dudelsack auf. »Man hat nicht jeden Tag Gelegenheit, mit einem Druiden zu reden, und ich werde euch nicht einfach so verlassen! O nein. Nicht so. Arm in Arm, und kein Erbarmen mit den Dieben. So geht das Lied des Tages!«

Sie machten sich rasch auf den Weg, vermutlich hatten sie es eilig, den Ort ihres Kampfes zu verlassen. Der Druide ging mit energischem Schritt voraus. Dadurch erweckte er den Eindruck, dass er den Weg wählte und die beiden anderen führte. Sein Gang zeichnete sich durch eine Mischung von Kraft und Anmut aus, die anscheinend durch nichts getrübt werden konnte.

»Wie habt Ihr es vorhin angestellt, diese flammenden Kugeln durch die Luft zu schleudern?«, fragte Alea, ohne den Druiden anzusehen.

*Endlich entschließt sie sich, mit mir zu reden*, dachte der Druide. *Ihre Neugier wird mir also helfen, sie zu zähmen. Das muss ich ausnutzen.*

»Ich bin ein Druide, Alea, und ich sitze im Rat der Großdruiden. Ich habe mein Leben lang studiert, um diese Art von Geheimnis kennen zu lernen, und noch viele andere Dinge.«

»Ihr nennt das ein Geheimnis?«

»Ja. So wie ich Geheimnis den Namen des Mannes nenne, den du in der Heide gefunden hast, so wie ich Geheimnis deine Geburt nenne, so wie ich Geheimnis den Grund für dein Weglaufen nenne...«

»Kennt Ihr diese Geheimnisse?«, brauste das junge Mädchen auf. »Es sei denn, Ihr sagt das alles nur, um meine Aufmerksamkeit zu erregen. Ich bin nicht dumm, wisst Ihr!«

*In der Tat. Ich habe noch nie ein Kind ihres Alters gesehen, das einen so starken Willen und einen so wachen Geist hat. Wenn sie mir nur vertrauen wollte...*

»Was glaubst du, wie ich dich gefunden habe? Durch Zufall vielleicht?«

*Wenn ich das wüsste, ich glaube, ich hätte noch mehr Angst als du...*

»Deine Geschichte steht im Herzen der Moïra geschrieben. Man muss dieses Buch nur zu lesen wissen. Ich weiß zum Beispiel, dass du die Tochter der Erde bist... Bedeutet das nichts für dich?«

»Reden alle Druiden so? In Rätseln?«, fragte Alea spöttisch.

Aber tief in ihrem Innern fragte sie sich, woher der Druide auch ihren Beinamen kannte. Hatte er ihn gehört, als er ihr von Saratea aus gefolgt war?

»Die Rätsel stellen die richtigen Fragen. Und die Fragen lehren uns oft viel mehr als einfache Antworten. Man muss nur zuhören können.«

Der Druide blieb plötzlich stehen und drehte sich zu Alea und Mjolln um.

»Kannst du zuhören, Alea?«, fragte er und beugte sich zu dem jungen Mädchen hinunter.

Alea zuckte die Achseln. Sie fühlte sich unbehaglich in der Gesellschaft des alten Mannes. Zum Glück mischte Mjolln sich ein, bevor das Schweigen zu lang dauerte.

»Also, um herauszufinden, ob du zuhören kannst, werde ich ein bisschen auf dem Dudelsack für dich spielen, einverstanden?«

»Mit Vergnügen«, stimmte die Kleine zu, während der Druide, ein Lächeln auf den Lippen, weiterging.

Und so setzte diese merkwürdige Truppe ihren Weg nach Providenz im fröhlichen Rhythmus der Melodien von Mjolln Abbac, dem Dudelsackpfeifer, fort.

# 5

## Erstes Gefecht

Als die Sonne am Horizont verschwand, fanden die drei Gefährten eine ruhige Ecke, um ein paar Meter von der Straße entfernt zu kampieren, und sie beschlossen, die Nacht dort zu verbringen. Mjolln machte ein Feuer, während Alea die Steine und Äste, die auf dem Boden herumlagen, entfernte, um das Lager bequemer zu machen.

Was für ein Tag! So viele Dinge waren seit dem Morgen geschehen! Trotz des Angriffs der Verbannten hatte sich die Aufgeregtheit, in die ihr erneuter Aufbruch sie versetzt hatte, nicht gelegt. Sie wusste nach wie vor nicht, was die Zukunft ihr bringen würde, aber allmählich wurde sie selbstsicherer. Mjolln half ihr, sich zu entspannen, und auch Phelim machte ihr, je länger sie mit ihm sprach, immer weniger Angst. Natürlich misstraute sie ihm noch immer ein wenig, aber sie hatte sich endlich mit dem Gedanken angefreundet, dass er ihr nichts Böses wollte. Jedenfalls nicht direkt.

Der Druide hatte eine ganz außerordentliche Energie. Er war gewiss sehr alt, aber das Gehen bereitete ihm keinerlei Mühe, und seine Lebhaftigkeit stand in krassem Gegensatz zu seinen Runzeln. Er schien aus einer anderen Welt, einer anderen Zeit zu kommen.

Unterwegs hatten sie nicht mehr über den Ring und auch nicht über den in der Heide begrabenen Körper gesprochen, aber das Thema war nach wie vor in ihren Köpfen; sie hatten es lediglich verschoben. Erst einmal wollte man sich besser kennen lernen, und vor allem Mjolln tat sich als Geschichtenerzähler hervor. Er war ein ungewöhnlich guter Erzähler, der sich häufig unkontrolliert in den Windungen seiner Geschichten verlor, und man wurde seiner Stimme und seiner staunenden Sicht auf die Welt einfach nicht müde.

Als Mjolln das Feuer endlich zum Brennen gebracht hatte, setzten sie sich alle drei auf einen alten toten Stamm, und diesmal begann Phelim zu sprechen. Der Abend überzog den Boden und die Menschen bereits mit einer dicken schwarzen Schicht, und das flackernde Licht des Feuers auf dem Gesicht des Druiden verlieh ihm ein erschreckendes Aussehen.

»Alea, der Mann, den du in der Heide gefunden hast, war Ilvain Iburan. Eigentlich bin ich mir dessen fast sicher, aber nur du kannst es mir bestätigen.«

Der Zwerg und das junge Mädchen warfen dem alten Mann einen fragenden Blick zu.

»Er war ein sehr wichtiger Mann für den Verlauf der Moïra«, fuhr er fort.

»Das heißt?«, fragte Alea neugierig.

»Er war… der Samildanach.«

Alea sah Mjolln aus den Augenwinkeln an. Der Zwerg war sprachlos.

»Mit anderen Worten«, fuhr Phelim fort, »er besaß eine einzigartige und… sehr bedeutende Macht. Eine Macht, die ihm nicht abhanden kommen durfte.«

»Und wenn er es war und wenn er tot war?«, fragte Alea.

»Wenn er tot ist, verstehst du, so bedeutet das vielleicht, dass jemand ihm seine Macht genommen hat, und das macht mir schreckliche Sorgen.«

»Warum?«

»Weil es eine enorme Macht ist, die nur ein Druide erben darf.«

»Kanntet Ihr ihn?«, fragte Alea.

»Ja, natürlich. Er war der Samildanach. Aber ich habe Ilvain schon lange nicht mehr gesehen, und der Ring, den du gefunden hast, ähnelt unheimlich seinem. Wenn du nur wolltest, dass ich ihn mir ansehe, könnte ich mich vergewissern, dass es seiner ist. Ich hätte dann die Gewissheit, dass er es war, den du in der Heide gefunden hast.«

»Woran würdet Ihr ihn erkennen?«, fragte Alea, noch immer misstrauisch.

»Das Symbol des Samildanach ist in seinem Innern eingraviert.«

»Und was ist das für ein Symbol?«, erkundigte sich Alea, während sie den Ring an ihrem Finger drehte.

»Zwei Hände, die eine Krone und ein Herz beschirmen«, erklärte Phelim.

Alea biss sich auf die Lippen. Das war genau die Zeichnung, die ins Innere des Rings eingraviert war. Sie zögerte noch einen Augenblick, dann reichte sie ihren Ring wortlos dem alten Mann. Dieser nahm ihn lächelnd und musterte ihn eingehend.

»Genau das habe ich befürchtet. Hier«, sagte er und gab Alea den Ring zurück. »Pass gut auf diesen Ring auf, er ist überaus wertvoll. Ich bin allerdings nicht sicher, ob du ihn behalten kannst, das alles ist sehr eigenartig…« Dann fügte er nur hinzu: »Ilvain ist also tot.«

Alea bemerkte, dass die Augen des alten Mannes sich

mit Tränen füllten. Verlegen steckte sie den Ring wieder an ihren Finger und stand wortlos auf, um sich um das Feuer zu kümmern. Nach einer Weile entschloss sich Mjolln, das Schweigen zu brechen.

»In den kleinen Dörfern sieht man selten Druiden. Ähm? Was wolltet Ihr in Saratea?«

»Mein guter Zwerg, Ihr seid sehr neugierig und scheint eine Menge über die Druiden zu wissen. Ihr müsstet also über ihre geheimen Gründe Bescheid wissen.«

Der Zwerg verzog das Gesicht.

»Und wer entscheidet über diese geheimen Gründe?«, hakte Alea nach. »Euer berühmter Rat?«

»Ich werde dir das alles später erklären. Jetzt möchte ich mich ausruhen. Einverstanden?«

»Nein! Warum weigert Ihr Euch, mir zu antworten?«

»Alea, Ilvain ist tot. Er war ein wichtiger Mann. Sehr wichtig. Ich muss seine Seele durch Meditieren ins Totenreich begleiten. Du musst mich allein lassen. Wir werden in den nächsten Tagen genug Zeit haben, um miteinander zu reden. Du solltest schlafen, Alea, es war ein langer Tag.«

Das junge Mädchen zuckte die Achseln und legte sich in der Nähe des Feuers schlafen.

»Dann werde ich Wache halten«, entschied Mjolln. »Tada, stark und tapfer gegen die Überfälle der Nacht, wird aufrecht wachen der wachsame Zwerg. Ähm. Hier treiben sich häufig Wölfe herum.«

»Von den Wölfen haben wir nichts zu befürchten, mein lieber Zwerg«, beruhigte Phelim ihn und legte eine Hand auf seine Schulter. »Ihr könnt ruhig schlafen, heute Nacht droht uns keine Gefahr.«

Der Zwerg nickte und legte sich ebenfalls unter der dunklen Kuppel der Nacht schlafen. Bevor er einschlief, betrachtete er den Himmel, wählte den hellsten Stern und nannte ihn Alea.

Ayn'Sulthor, der Fürst der Herilim, bemerkte trotz der hereinbrechenden Nacht die Gestalt, die ein paar Schritte vor ihm aus dem Sand ragte. Der Wind hatte den Körper zur Hälfte freigelegt, und der schwarze Reiter hatte keine Mühe, Ilvain zu erkennen. Er war ein Greis mit harten Gesichtszügen. Die weißen Sandkörner der Heide bildeten einen Sternenhimmel auf dem grauen Bart des alten Mannes. Sein langer kastanienbrauner Umhang war trocken und steif. Seine noch immer offenen Augen waren vollkommen schwarz.

Ilvain war nicht mehr, und das war für Sulthor keine gute Nachricht. Der Riese bückte sich, um den Leichnam aus der Nähe zu betrachten. Er war schon einige Zeit tot und, wie es schien, eines natürlichen Todes gestorben. Jedenfalls konnte Sulthor erkennen, dass die Macht des Samildanach Ilvain fast vollständig verlassen hatte. Im Körper des alten Mannes waren nur noch schwache Spuren des Saiman zurückgeblieben, was erklärte, dass Sulthor solche Mühe gehabt hatte, seine Gegenwart zu spüren. Er fluchte, als er begriff, dass Maolmòrdha das, was er vorgehabt hatte, nun, da der Samildanach seine Macht verloren hatte, nicht mehr würde tun können.

Der Reiter packte Ilvains Körper am Arm und zog ihn vollständig aus dem Sand. Der Leichnam war schwer und ganz steif. Sulthor trug ihn zur Kruppe seines Pferdes und band ihn hinter dem Sattel fest, um ihn seinem Herrn als Beweis zu bringen. Er schwang sich in den Sattel und beschloss, in das nächste Dorf zu reiten, in der Hoffnung, dort mehr über Ilvains Tod zu erfahren.

Voller Wut galoppierte Sulthor also nach Saratea, ohne seinen Helm und sein Schwert abzulegen. Das Dorf lag jetzt in völliger Dunkelheit; es war eine mondlose Nacht, und in ganz Saratea war nicht ein Fenster erleuchtet. Ohne zu zögern, schlug er instinktiv den Weg zu dem Haus von Maolmòrdhas Spion ein. Das war eine der Fähigkeiten, die Maolmòrdha ihm übertragen hatte: den Wächter – so nannte Maolmòrdha seine Spione, und in fast allen Städten der fünf Grafschaften von Gaelia gab es welche – in jeder Stadt, ganz gleich wo, zu finden.

Sulthor kannte die Regel: So diskret wie möglich mit dem Wächter Kontakt aufzunehmen, um zu vermeiden, dass er von den Dorfbewohnern entdeckt würde. Die Identität der Wächter musste selbstverständlich geheim blieben.

Er stieg vom Pferd und begab sich dorthin, wohin der Zauber des Maolmòrdha ihn führte. Er ging durch die dunklen Straßen, an den geschlossenen Geschäften von Saratea vorbei nach Süden, wo die schönsten, mehrstöckigen Häuser lagen. Endlich erreichte er den Ort, den seine Macht ihm anzeigte: ein altes Wohnhaus aus dunklem Fachwerk und weißem Strohlehm. Auf der Straßenseite hatte es eine große zweiflügelige Tür, aber Sulthor bemerkte einen Weg, der um das Haus herumführte, und ahnte, dass es noch einen zweiten, verschwiegenen Eingang geben musste. Geräuschlos betrat er Almars Haus von hinten und pfiff vier Töne: das geheime Zeichen der Wächter.

Kaum eine Minute später kam der Metzger in die Küche hinunter, in die die kleine Tür führte. Er schien in Panik zu sein, wusste aber, was ihn erwartete, und machte einen Kniefall vor Sulthor, den er noch nie gesehen hatte, dessen hohen Rang innerhalb der Organisation des Herrn er jedoch erriet. Almar vermochte einen Herilim zu erkennen, und dieser trug den Helm eines Fürsten.

»Was kann ich für Euch tun, Fürst der Herilim?«, fragte Almar, ohne sich zu erheben.

»Ich will, dass du mir sagst, ob du von diesem Mann gehört hast, der in der Nähe deines Dorfs gestorben ist und der dort in der Heide liegen soll«, verlangte Sulthor mit ernster und drohender Stimme.

»Ja, ich habe von ihm gehört. Alles, was ich weiß, ist, dass Alea, eine kleine Herumtreiberin aus dem Dorf, den Körper im Sand gefunden hat. Sie hat im Dorf davon erzählt, und danach hat sie einige Zeit in der Taverne Die Gans und der Grill verbracht. Dieser Trottel Fahrio, der Hauptmann der Soldaten, konnte den Körper nicht finden. Das wundert mich ein wenig, und ich frage mich, ob er wirklich gesucht hat… Hier jedenfalls hat man die Angelegenheit vergessen. Und gestern ist die Kleine verschwunden.«

»Ist das alles?«

»Ich glaube. Jedenfalls ist das alles, was ich gesehen oder gehört habe…«

»Und du hast in den letzten Tagen keine verdächtige Person bemerkt?«, ließ Sulthor nicht locker und näherte sich dem völlig verängstigten Metzger.

Almar zitterte und hatte Mühe, einen klaren Gedanken zu fassen. Er versuchte sich an die Ereignisse zu erinnern, die sich nach dieser Geschichte zugetragen hatten. Er vergegenwärtigte sich erneut die Szene auf dem Dorfplatz mit Alea und Hauptmann Fahrio. Dass es der Kleinen anscheinend gelungen war, ihn allein durch die Kraft ihrer Gedanken umzuwerfen, verschwieg er tunlichst. Und dann erinnerte er sich, dass Phelim ins Dorf gekommen war, bevor Alea weggelaufen war. Ja, natürlich, der Druide, wie hatte er das vergessen können?

»Als die Kleine geflohen ist«, sagte er, »war Phelim da. Wir hatten ihn lange nicht gesehen, aber gestern war er da.«

»Phelim, der Druide?«

»Höchstpersönlich. Und neulich ist auch Faith, die Bardin, hier gewesen, die wir ebenfalls seit Jahren nicht mehr gesehen hatten. So, das ist alles, was ich weiß.«

Sulthor sah dem Metzger prüfend ins Gesicht. Dann legte er eine Hand auf seine Schulter. Almar spürte, wie ein eisiger Wind durch seinen Körper ging. Er hatte eine solche Angst und fühlte sich so schlecht, dass er glaubte, jeden Augenblick ohnmächtig zu werden. Dann trafen ihn plötzlich die Worte des Fürsten der Herilim wie eine Ohrfeige: »Du verbirgst mir etwas, Wächter.«

»Aber… nein… ganz und gar nicht«, stammelte er und blickte zu dem Riesen auf.

»Was ist passiert, das du mir nicht sagen willst?«, beharrte Sulthor und führte seine Hand an den Hals des Metzgers.

»Ich…«

Sultors Hand begann fester zuzudrücken.

»Ich dachte, das würde Euch nicht interessieren…«

Sulthor hörte nicht auf, den Druck seiner Finger zu verstärken, so dass Almar Mühe hatte zu sprechen.

»Die Kleine… Sie hat mich… Sie hat mich zu Boden geworfen, einfach nur dadurch, dass sie daran dachte…«

Der Herilim ließ den Metzger jäh los.

»Einfach nur, indem sie daran dachte?«, fragte er, aber das war keine Frage, das war die Überraschung. »Wie interessant. Sehr schön. Wo ist dieser Gasthof, in dem sie, wie du sagst, einige Zeit verbracht hat?«

»Am Dorfplatz, zwei Straßen von hier«, sagte Almar leise, während er tief Atem holte und sich die Kehle rieb, um den Schmerz zu besänftigen. »Die Gans und der Grill.«

Sulthor drehte sich ohne ein weiteres Wort um und verließ das Haus des Metzgers.

Almar ließ sich erleichtert auf einen Stuhl fallen. Es war erst das zweite Mal, dass er seine Rolle als Wächter hatte ausüben müssen, und er war gelähmt vor Schreck. Es war nie sehr angenehm, einem Herilim ins Gesicht zu blicken…

Almar war ein paar Monate nach dem Tod seiner Frau in Maolmòrdhas Dienste getreten. Seine traurige und düstere Seele, seine Selbstmordanwandlungen, sein nächtliches Klagen hatten denjenigen der Herilim, der es verstanden hatte, ihn zu bekehren, zu ihm gelockt. Ein großer, schwarz gekleideter Reiter, der in einer Vollmondnacht ins Dorf gekommen war. Und Almar hatte sich nicht geziert. Man hatte ihm so viel mehr versprochen, als er sich für den Rest seines Lebens noch erhoffen konnte! So viel mehr als den schäbigen Alltag eines kleinen Dorfmetzgers… Aber die Zeit war vergangen, und seine Machtgelüste waren noch nicht befriedigt worden. Er war noch immer nur ein einfacher Spion und fragte sich, ob er eines Tages wohl in der Hierarchie aufsteigen könnte.

Vielleicht bot sich die Gelegenheit ja jetzt. Jedenfalls hoffte er, dass der Herilim ihn seinem Herrn gegenüber erwähnen würde. Almar würde das Dorf und seine idiotischen Bewohner nur zu gern verlassen, um sich Maolmòrdha in seinem Palast anzuschließen und an seiner

127

Seite einen würdigeren Platz einzunehmen. Aber er musste warten und durfte sich nichts zu Schulden kommen lassen und vor allem keine Forderungen stellen. Das war das Los der Wächter. Er kannte die Regel, und er kannte auch die Strafe.

Draußen verlor der Fürst der Herilim keine Minute. Er begab sich unverzüglich zur Taverne Die Gans und der Grill, deren Tür er mit einem einzigen Stoß seiner Schulter einschlug. Er ging direkt in das Zimmer der Wirtsleute hinauf, die aus dem Schlaf schreckten.

»Wer… wer seid Ihr?«, stammelte Kerry und legte eine Hand auf den Arm seiner Frau, als könnte er sie damit beschützen.

Sulthor antwortete nicht, zog mit einer geschmeidigen Bewegung sein Schwert und hielt es Tara an die Kehle. Dann wandte er sich an Kerry: »Wenn du schreist, wenn du dich rührst oder wenn du nicht auf meine Fragen antwortest, schneide ich deiner Frau die Kehle durch, und anschließend töte ich dich. Ist das klar?«

Der Wirt brachte kein Wort heraus. Er war wie gelähmt.

»Wo ist die Kleine?«

»Wel… welche Kleine?«, versuchte der Wirt in einer vergeblichen Anwandlung von Mut auszuweichen.

Der Fürst der Herilim seufzte, hob blitzschnell sein Schwert und ließ es auf Taras Hand niedersausen. Die arme Frau konnte gar nicht so schnell reagieren. Sic brüllte vor Schreck und Schmerz, als sie sah, wie ihre Hand in einem Schwall von Blut vor dem Bett auf den Boden fiel. Der Krieger näherte sich und drückte ein Kissen auf Taras Mund, um ihren Schrei zu ersticken. Mit dem Griff seines Schwerts hielt er es fest, während er sich erneut an den vor Angst wie gelähmten Wirt wandte.

»Ich frage zum letzten Mal: Wo ist die Kleine?«

Der Wirt brach in Tränen aus und spürte, wie ihm die Sinne schwanden, er fand aber gerade noch die Kraft zu antworten: »Nach Süden... sie ist nach Süden geflohen.«

»Wohin nach Süden?«

»Das weiß ich nicht, sie hat uns nichts gesagt. Nach Providenz vermutlich...«

»Hatte sie etwas in der Heide gefunden?«

»Einen Ring... an einem begrabenen Leichnam.«

»Und ist Phelim ihr gefolgt?«, fragte Sulthor, der reglos dastand.

Der Wirt nickte, und das war seine letzte Bewegung. Der Krieger tötete Tara und ihren Mann sogleich mit zwei kraftvollen Schwerthieben, die ihre Köpfe über das Bett schleuderten.

Er wischte sein blutiges Schwert am Kopfkissen ab und verließ selbstsicheren Schritts das Zimmer.

Im Ersten Zeitalter lebte in diesem Land das Volk der Tuathann. Weder Menschen noch Götter, waren sie Legende und Ursprung, und das Blut in ihren Adern war der Lebenssaft der Erde. Sie gaben dieser Insel den Namen Gaelia und machten sie zu einem blühenden Land, das in der Achtung der Moïra lebte.

Im Zweiten Zeitalter überfielen Armeen, die über die Südmeere gekommen waren, Gaelia von Osten her. Innerhalb weniger Jahre vernichteten sie die Tuathann, teilten die Insel in fünf Grafschaften, Sarrland, Harcort, Bisania, Braunland und Galatia, auf und ernannten einen Erhabenen König, der die Insel an der Seite ihrer Druiden regieren sollte.

Im Dritten Zeitalter – in dem Alea geboren wurde –

kam der Bischof Thomas Aeditus über das Meer, um die Insel zu christianisieren.

Das ist die Geschichte Gaelias und, in ihrem Zentrum, die der Tuathann, eines geheimnisvollen Volks, dem seine Heimat genommen und das im Zuge der Invasionskriege von der Geschichte vergessen worden war.

Dieser Teil der Geschichte Gaelias wurde nicht oft erzählt. Manche Barden präsentierten sie sogar wie ein altes Märchen. Und doch hatten die Tuathann existiert. Selbst wenn die Legende erzählte, dass sie zu Beginn des Zweiten Zeitalters alle ermordet worden waren, die Wahrheit sagte etwas anderes.

Manche Tuathann hatten überlebt und sich in einem geheimen Land, dem Sid, versteckt, wo sie seit Jahrhunderten im Bauch der Erde auf ihre Revanche hofften. Geduldig warteten sie auf den richtigen Moment. Und dieser Moment war gekommen, als Alea in der Heide den Ring fand. Denn noch am selben Tag erschienen im Herzen der Insel die Nachfahren dieser vergessenen Rasse.

Der Winter ging zu Ende. Unterhalb der Gor-Draka-Bergkette war, obwohl die schönen Tage nicht mehr fern waren, die Kälte noch nicht vollkommen verschwunden. Der Schnee am Fuß der Berge war zwar seit langem geschmolzen, aber der eisige Wind vom Meer wehte noch immer weit ins Land hinein. Die Menschen trugen weiterhin ihre schweren Wollmäntel und ihre warmen Handschuhe und warteten ungeduldig darauf, dass die Sonne und mit ihr die unbeschwerte Stimmung des Sommers zurückkehren würden.

Kein Mensch war in der Ebene. Kein Kind, kein Händler, gerade mal ein paar geduldige Vögel, die ihre Flügel im Wind trockneten. Niemand war da, als die gigantischen Felsen sich von der Erde hoben, um den Eingang zu vergessenen Höhlen sichtbar werden zu lassen, die sich auf den Sid öffneten, eine unbekannte Welt, in der die Tuathann mehr als dreihundert Jahre ausgeharrt und auf den Tag ihrer Rache gewartet hatten.

Wie eine Ameisenarmee kamen die Tuathann-Krieger einer nach dem anderen mit nacktem Oberkörper, die Beine mit fahlgelbem Fell bedeckt, aus dem Boden und sammelten sich wortlos zum Angriff. Durch das Leben unter der Erde waren ihre Augen rot und dunkel und ihr Blick stechend geworden. Sie hatten ihre helle Haut mit der Farbe der Waffen ihrer Klans eingerieben, und ihr Schweigen, das nur vom Flattern ihrer Felle im Wind durchbrochen wurde, war Furcht erregend.

Aus der größten Höhle kamen die kühnen Krieger des Klans von Mahat'angor, der seit den Ursprüngen das Volk der Tuathann im Reich des Sid beherrschte. Die blaue Farbe auf ihrem Oberkörper betonte ihre hervortretenden Muskeln, und kein anderer Klan wagte ihre einzigartige Frisur nachzuahmen: ein ebenfalls blauer Kamm, der in ihren Rücken fiel und mit Riemen aus Leder und einem schwarzen, aus den unterirdischen Bäumen des Sid gewonnenen Gummi geschnürt war. Mit Hämmern und Morgensternen bewaffnet, waren sie die gefährlichsten Krieger der Tuathann, die von frühester Kindheit an ihre Zeit damit verbrachten, sich unter der Erde in den Künsten des Kriegs und des Kampfs zu üben; denn ihre einzige Aufgabe bestand darin, Sarkan, den Klanchef zu beschützen, dessen Autorität vom ganzen Volk der Tuathann anerkannt wurde, während die anderen Klans sich um die Lebensmittel und die Gebäude zu kümmern hatten. Die Mahat'angor waren die

Kriegerelite der Tuathann, die Vorhut, und sie rissen mit ihren Schreien und ihrer tödlichen Wut alle anderen Klans mit sich.

Sie kamen aus dem Innern des Bergs wie ein Lavastrom und ließen die Kolonnen ihrer Krieger über das Tal ausschwärmen; etwa dreitausend kamen ans Sonnenlicht und erhoben ihre Waffen aus Holz und Stahl über ihre Köpfe. In ihren Augen funkelte Hass, ein Blutdurst, der jahrhundertelang gewartet hatte und den nur noch der Tod stillen konnte.

Sie durchquerten die Ebene und marschierten dann auf den kleinen Weiler zu, der dahinter erkennbar war. Es war Atarmaja, eines der Dörfer am Fuß der Berge. Die Armee der Tuathann war nur noch ein paar Meter entfernt, als eine Dorfbewohnerin sie endlich bemerkte, wie eine riesige Herde wilder Tiere, die jeden Augenblick über Häuser und Menschen hinwegtrampeln würde. Sie ließ den Sack fallen, den sie mit gestreckten Armen trug, und begann vor Schreck zu schreien, wodurch sie alle Dorfbewohner alarmierte – allerdings zu spät.

Die Tuathann fielen in Atarmaja ein, der Klan der Mahat'angor an der Spitze, und sie brüllten in einer Sprache, die die Dorfbewohner nicht verstanden. Noch bevor diese sich bewaffnen oder auch nur fliehen konnten, hatte das Massaker bereits begonnen, gnadenlos. Die dreitausend unterirdischen Krieger verschonten niemanden, weder Frauen noch Kinder. Der Angriff war blitzartig, unaufhaltbar, gnadenlos. Die Waffen schlugen durch, schnitten ab, spalteten, zerquetschten, brachen, und die Tuathann setzten die Häuser in Brand, verjagten die Tiere und brachten die Kinder zum Schreien. Eine Welle des Hasses und der Wut, die nichts aufhalten konnte, überrollte das Dorf, und die erbarmungslosen Krieger setzten ihr Zerstörungswerk noch fort, als es schon längst keine Überlebenden mehr gab.

Die ersten Tuathann-Krieger sammelten sich jetzt auf dem Dorfplatz und säuberten ihre blutigen Waffen.

Das Dorf war ausgelöscht. Alles war tot. An manchen der blumengeschmückten Fenster der Holzhäuser hing der leblose Körper eines Mannes oder einer Frau mit durchschnittener Kehle, das Gesicht zu einer erschütternden Grimasse erstarrt, in der sich Überraschung und Entsetzen mischten. Die Blutbäche bildeten rote Flecken im Gelb, Grün und Weiß der Blumenreihen. Ganz schwach war das gleichmäßige Klatschen der schweren Tropfen zu vernehmen, die hinter dem beunruhigenden Quietschen der hölzernen Fensterläden zu Boden fielen. Der Tod ist unheimlich still.

Atarmaja zählte nur dreißig Einwohner. Vier Generationen von Bauern waren nötig gewesen, um dieses Dorf zu bauen, seine unscheinbaren einstöckigen Häuser, Geschäfte und Werkstätten und die schmale Straße, die vom Hafen nach Providenz führte. Lange Jahre harter Arbeit unter dem ruhigen Wind und dem milden Himmel einer Gegend, die bis zu diesem Tag anscheinend geschichtslos gewesen war.

Aber all das nahmen die Tuathann nicht wahr. Sie hatten weder das Flehen noch das Weinen der Frauen und Kinder gehört. Die Krieger der Klans sahen nur eines: die Rache. Sie war ihr Reisegefährte geworden.

Als der Dorfplatz sich vollständig mit den Tuathann-Kriegern gefüllt hatte, wandte sich Sarkan, der Chef des Mahat'angor-Klans, in absoluter Stille auf einem steinernen Brunnen stehend an sie. Es waren so viele Männer in dem Dorf, dass manche zu weit weg standen, um ihn hören zu können, aber sein Gesicht drückte eine

Entschlossenheit aus, die durch nichts zu erschüttern war. Mit einer langsamen und sicheren Handbewegung schob er die lange blaue Strähne seines dichten Haars nach hinten. Er legte seine beiden Hände auf den Griff seines Schwerts und ließ die hervortretenden Muskeln seiner ledergeschnürten Arme spielen.

»Meine Brüder«, rief er, »erkennt ihr diese Erde wieder? Es ist die unseres Volkes. Sie wurde unseren Vätern genommen, als die Wasserfälle von Gor-Draka noch Eis waren. Ihr Boden wurde angereichert mit den Körpern unserer Vorväter, und in ihren Flüssen fließt das Blut unserer Mütter. Unter den Häusern dieses Dorfs befinden sich noch die Ruinen einer Tuathann-Stadt, die erbarmungslos von den Galatiern zerstört wurde, als sie uns vertrieben. Meine Brüder, erkennt ihr die Erde unserer Vorfahren wieder?«

Die Menge antwortete mit begeistertem Gebrüll.

»Wir werden sie uns vollständig zurückholen«, fuhr er fort und ließ seinen Blick über die Versammlung der Krieger schweifen, die seine Rede in Hochstimmung versetzte. »Wir werden nicht aufhören, bevor wir dieser Erde ihre wahren Kinder zurückgegeben haben!«

»Tuathann!«, brüllten die Krieger als Antwort, und sie reckten ihre Waffen zum Himmel empor, als wollten sie dieses Versprechen vor der Moïra besiegeln.

Imala war den ganzen Tag unterwegs, bis sie den Waldrand erreichte. In das hohe Gras geduckt, das die Wälder ringsum säumte, beobachtete sie neugierig ein Lager der Vertikalen. Sie saßen um ein Feuer herum, wie Imala noch nie eines gesehen hatte, und die Flammen beeindruckten sie so sehr, dass sie lange im Gras liegen blieb, ohne sich zu trauen, näher heranzugehen.

Die ganze Zeit beobachtete sie die drei Vertikalen, die sprachen und aßen, ohne sie zu sehen. Da waren ein großes kahlköpfiges Männchen, ein junges zierliches und lebhaftes Weibchen und ein kleines breites Männchen mit roten Haaren. Imala fand sie wunderschön. Sie dachte an den Vertikalen, den sie vorher im Wald gesehen hatte, und sagte sich, dass die Vertikalen sich alle stark voneinander unterschieden. Von ihren Bewegungen und ihren Stimmen schien eine bemerkenswerte Kraft auszugehen, die die ihre und auch die aller anderen Tiere, die sie in ihrem Leben gesehen hatte, übertraf. Niemals hätte sie gewagt, diese Vertikalen anzugreifen, zuallererst eben weil sie aufrecht gingen, vor allem aber, weil ihre Intelligenz um so viel überlegener schien. Sie hätte sich ihnen gerne genähert, um zu verstehen und zu riechen, aber immer, wenn sie endlich Mut gefasst hatte, versetzte ihre Stimme sie schon im nächsten Augenblick wieder in Angst und Schrecken. Sie legte sich erneut hin und hörte ihnen lange zu, ohne sich zu bewegen.

Als es Abend geworden war, legten die Vertikalen sich ebenfalls hin. Sie sah, wie jeder von ihnen sich auf dem Boden ausstreckte und kurz darauf reglos dalag. Eine Weile beobachtete sie sie noch, dann beschloss sie, auf sie zuzukriechen. Sie war sehr aufgeregt und hatte schon seit langem die schlechten Erinnerungen an ihr Leben im Rudel vergessen. In ihrem neuen Leben als Einzelgängerin fühlte sie sich wirklich glücklich. Sie fühlte sich frei und staunte über all die Entdeckungen, an denen ihr abgeschirmtes Leben im Territorium des Rudels sie seit ihrer Geburt gehindert hatte. Die Welt war voller Geheimnisse, und es gefiel ihr, selbst darauf zu stoßen.

Ganz langsam näherte sie sich dem Lager. Der Geruch des Feuers war so stark, dass ihre Schnauze und ihre Augen brannten. Sie machte einen Umweg, um den Wind von der Seite zu umgehen und dadurch dem Rauch auszuweichen, der von den Flammen ausging. Das Feuer verbarg die drei Vertikalen nur einen Augenblick, und als die Wölfin auf der anderen Seite ankam und wieder sehen konnte, wo sie schliefen, bemerkte sie, dass sie nur noch zwei waren. Sie ging noch näher heran und sah, dass das große Männchen verschwunden war. Beunruhigt blickte sie sich um und sah ihn plötzlich unmittelbar neben ihr auftauchen, so dass sie einen Satz zu Seite machte.

»Sar, sar, imala, comth al'espran«, flüsterte der Vertikale mit sanfter, herzlicher Stimme und setzte sich vor ihr auf den Boden.

Sie begriff sofort, dass auch dieser Vertikale ihr nichts Böses wollte. Wie der andere im Wald hatte er sich vor ihr hingesetzt, was gewiss ein Zeichen dafür war, dass er friedliche Absichten hatte. Sie nahm seinen Geruch wahr, machte zwei Schritte zurück und setzte sich ebenfalls, wobei sie ein wenig hin und her schaukelte, um ihre Verwirrung, ihre Verlegenheit und ihre Furcht auszudrücken. Dann sah sie, dass der Vertikale sich zusammenkrümmte und die Augen schloss. Er atmete tief durch, und dann hörte sie ihn ein einziges Wort flüstern: »Wolth.« Die Gestalt des Vertikalen begann zu zittern, sackte in sich zusammen und hatte sich im nächsten Augenblick in einen Wolf verwandelt.

Imala sprang mit einem Satz auf und jagte auf den Waldrand zu. Was sie da eben gesehen hatte, war ihr vollkommen unbegreiflich und versetzte sie in panische Angst. Der Vertikale hatte sich vor ihren Augen in einen Wolf verwandelt, und dieses Phänomen brachte sie völlig aus der Fassung. Am Waldrand blieb sie stehen, um sich umzudrehen, und da sah sie einen prachtvollen schwarzen Wolf auf sich zutraben. Er war schön und edel, und seine Augen glänzten, aber Imala konnte nicht vergessen, dass er eigentlich ein Vertikaler war. Sie fletschte die Zähne, krümmte ihren Rücken und begann zu knurren, aber der Wolf ließ sich davon nicht beeindrucken und begann einfach nur um sie herum zu tollen und ihr mit seinem Herumspringen und plötzlichen Stehenbleiben zu bedeuten, dass er nur spielen wollte. Die Wölfin knurrte noch eine ganze Weile, bis der Wolf schließlich aufgab und im Wald verschwand.

Verwirrt und ganz durcheinander, wagte Imala nicht, sich zu rühren, und als sie endlich beschloss, ihrerseits das Feld zu räumen, tauchte der Wolf erneut auf, einen jungen Hasen im Maul, den er demütig vor der Wölfin auf den Boden legte, bevor er mehrere Schritte zurückwich. Imala zögerte einen Augenblick, aber der Hase ließ ihr das Wasser im Mund zusammenlaufen. Sie fragte sich nicht, wie der Wolf ihn so schnell hatte erjagen können, durch das, was sie soeben erlebt hatte, war sie schon genug in Gedanken. Der schwarze Wolf legte sich auf den Bauch, um die Wölfin einzuladen, sich das Geschenk zu holen, das er ihr gebracht hatte, und Imala konnte schließlich nicht mehr widerstehen. Sie packte den Hasen, zog ihn nach hinten und begann ihn zu fressen, ohne diesen erstaunlichen Wolf, der sich noch immer nicht gerührt hatte, aus den Augen zu lassen. Als sie ihren Hunger gestillt hatte, erhob sie sich langsam, und der Wolf fing erneut an, um sie herum zu tollen.

Nach kurzem Zögern schloss Imala sich ihm endlich

an, und sie begannen eine wilde Jagd durch den Wald. Der Wolf lief schneller als sie, drehte sich aber immer wieder um, um auf die Wölfin zu warten, und machte sich einen Spaß daraus, neben ihr herumzuspringen und ihr gleichzeitig auszuweichen. So spielten sie im Mondschein, bis Imala nicht mehr konnte und plötzlich stehen blieb, um sich ins Gras zu legen.

Der Wolf ging zu ihr und zeigte ihr mit einer einzigen Bewegung seiner Schnauze seine tiefe Freundschaft, was Imala sehr glücklich machte. Dann kehrte er ins Lager der Vertikalen zurück, und Imala schlief erschöpft, aber friedlich ein.

Als Mjolln am nächsten Morgen von den ersten Sonnenstrahlen geweckt wurde, war Phelim nicht mehr da. Von Panik ergriffen, sprang der Zwerg mit einem Satz auf und weckte Alea.

»Alea! Alea! Ähm! Wach auf! Der Druide ist weg, ja, ja! Der Druide ist weg!«

Alea drehte sich jäh auf den Bauch und schimpfte: »Lass mich schlafen, Mjolln!«

»Nein, nein, nein. Kein Schlaf ohne Druide! Alea, steh auf!«

Aber der Zwerg wurde in seinem Redeschwall von Phelims Stimme hinter ihm unterbrochen.

»Beruhigt Euch, mein braver Zwerg, ich bin ja da. Ich gehöre nicht zu denen, die weggehen, ohne sich zu verabschieden.«

Der Zwerg sprang vor Freude in die Luft.

»Ah, da ist ja, da ist ja, da ist ja mein guter Druide, es war also nur ein Spaß, nicht wahr? Ähm. Ja, jetzt lache ich. Ich werde euch ein Frühstück machen, wie nur die Bewohner von Pelpi es zu machen verstehen, meine lieben Freunde, ja, o ja, das beste Frühstück von Gaelia.«

Die gute Laune und die Schreie des Zwergs weckten Alea schließlich, und sie setzte sich gähnend auf.

Phelim gab Mjolln eine mit Wasser gefüllte Feldflasche, ein paar Gräser, um einen Aufguss zu machen, und vier große Fische, die noch zappelten. Alea fragte sich, wie der Druide es angestellt haben mochte, in dieser Gegend Fische zu finden, aber sie zog es vor, nicht weiter darüber nachzudenken. Sie ahnte, dass der alte Mann noch viele Überraschungen für sie bereithielt.

»Hier, Mjolln Abbac, damit könnt Ihr eine schöne Mahlzeit zubereiten.«

Der Zwerg dankte ihm, holte aus seinem Rucksack Kasserollen und Schalen und machte sich am Feuer an die Arbeit.

»Alea, ich muss heute nach Sai-Mina weiterreisen«, fuhr Phelim fort, »zu dem Turm, in dem sich der Rat der Druiden versammelt, und meinen Brüdern die Nachricht von Ilvains Tod bringen. Ich wäre wirklich sehr glücklich, wenn du mich begleiten würdest, ich könnte dir dann eine Menge Dinge erklären, wie ich es dir versprochen hatte.«

Die Kleine rieb sich die Augen. Ihre Lider waren noch vom Schlaf verklebt. Mit diesem Druiden mitgehen, um andere Druiden zu treffen? Was für eine blöde Idee! Sie dachte nur an eines, Amina wiederzusehen. Aber sie wusste auch, dass sie es wohl dem Druiden zu verdanken hatte, dass sie noch lebte… Sie konnte sich nicht erlauben, unhöflich zu ihm zu sein.

»Wenn Ihr mir erklärt, wie ich dorthin komme, werde ich vielleicht nachkommen«, rang sie sich schließlich durch zu antworten. »Ich habe mir vorgenommen,

139

nach Providenz zu gehen, und dorthin werde ich mich jetzt auch erst einmal begeben.«

»Und was willst du in Providenz? Ich möchte auf keinen Fall, dass du diesen Ring verkaufst. Er… ist unbezahlbar.«

»Versprochen, Phelim, ich werde diesen Ring nicht verkaufen. Ich will dorthin, um eine Freundin wiederzutreffen, die ich seit meiner Kindheit nicht mehr gesehen habe… Es ist sehr wichtig für mich.«

Phelim sah das Mädchen lange an. Im Grunde bewunderte er sie. Sie bewies eine erstaunliche Willensstärke und Unerschrockenheit. Er sagte sich, dass die anderen Ratsmitglieder bestimmt nicht so nachsichtig mit ihr sein würden wie er und dass es vielleicht tatsächlich besser sei, wenn sie erst so spät wie möglich dorthin käme. Eines jedenfalls war sicher: Das Leben, das Alea erwartete, würde alles andere als leicht sein.

»Tu, was du tun musst. Aber nimm wenigstens diese Brosche an«, sagte er und reichte der Kleinen ein Schmuckstück aus graviertem Silber. »Ich möchte, dass du sie immer trägst, sie ist das Zeichen meiner Freundschaft zu dir, und diejenigen, die sie kennen, werden dich entsprechend respektieren. Sie wird dir unterwegs vielleicht helfen können. Verlier sie nicht und nimm sie niemals ab, dann wird sie dich beschützen, wenn ich nicht bei dir bin. Einverstanden?«

Alea warf dem alten Druiden einen irritierten Blick zu. Sie konnte noch immer nicht die merkwürdigen Geschichten vergessen, die über Leute wie ihn erzählt wurden, und ihr Misstrauen ihm gegenüber ließ sich einfach nicht überwinden. Es hieß, dass die Druiden hinter dem Rücken der Könige Komplotte schmiedeten. Es hieß, dass sie die gewöhnlichen Sterblichen verachteten. Es hieß, dass ihre Interessen Vorrang vor allem anderen hätten und dass sie keine Skrupel kennen würden, wenn es darum gehe, ihre Ziele zu erreichen. Aber der alte Mann machte einen aufrichtigen Eindruck. Also streckte Alea die Hand aus und nahm die Brosche, die er ihr schenkte. Es war ein kleiner silberner Drache, der stark dem ähnelte, der auf Phelims weißen Mantel gestickt war. Sie steckte sie sogleich an ihr Hemd und dankte dem alten Mann.

»Und eure erste Mahlzeit des Tages ist fertig, meine Freunde. O ja, sie ist schön heiß!«, rief der Zwerg und klatschte in seine Hände.

Sie gingen zum Feuer und machten sich über das von Mjolln zubereitete Frühstück her. Der Zwerg hatte sein Versprechen gehalten: Es war schmackhaft und reichlich. Die Luft war erfüllt vom köstlichen Duft der gegrillten Fische, und Alea ließ es sich schmecken. Dann wischte sie sich den Mund ab, trank einen Schluck eines würzigen Tees und fragte den Zwerg, ohne ihn anzusehen.

»Und du, Mjolln, wirst du mit Phelim nach Sai-Mina gehen?«

Die Frage schien den Zwerg in Verlegenheit zu bringen. Sein Blick wanderte zwischen dem jungen Mädchen und dem Druiden hin und her, und er schnitt mehrere Grimassen, bevor er sich zu einer Antwort durchrang.

»Klar, mit dem Druiden zu gehen wäre faszinierend. Ähm. Was für Geschichten, was für Legenden hätte er zu erzählen. Oder vielleicht zu widerlegen? Was weiß ich, was man über die Druiden erzählt, ist vielleicht gar nicht wahr? Ja, Phelim, was weiß ich? Taha! Die schönen Legenden! Und er könnte mir erzählen, wie die

Druiden so sind, nicht wahr? Aber, Stei-, Stei-, Steinewerferin, ich werde mit dir nach Providenz gehen, oder sonstwohin, ja, o ja. Wie versprochen, begleite ich dich, wer soll denn sonst das Frühstück für dich machen? Taha.«

»Danke, Mjolln«, sagte Alea nur.

Der Druide stand auf und holte aus seinem Rücken – so sah es jedenfalls aus – ein winziges Schwert, das er Mjolln reichte.

»Dann nehmt diese Waffe, lieber Zwerg, wenn Ihr Alea begleiten müsst, dann könnt Ihr sie wenigstens auch verteidigen, nicht wahr?«

Der Zwerg, der noch nie ein so schönes Schwert in der Hand gehalten hatte, wirkte stolz und überglücklich. Das Schwert war aus hellem Metall, in die dicke Klinge war eine elegante Rinne gegraben, und das goldene Kreuzblatt setzte sich auf beiden Seiten bis zum ebenfalls goldenen und mit einem kleinen blauen Stein geschmückten Knauf in einem Vogelkopf fort.

»Ein Schwert?«, stammelte er.

»Es wurde im Ersten Zeitalter von Goibniu, dem Schmied, geschmiedet. Dieses Schwert wird Kadhel genannt, denn die Legende erzählt, dass man es nicht zerbrechen kann. Ich bin glücklich, dass Ihr es bekommt, Dudelsackpfeifer, denn so weiß ich, dass Alea einen guten Leibwächter haben wird.«

»Ich habe viele Berufe ausgeübt, o ja, aber Leibwächter nie im Leben! Ähm. Aber jetzt, wo ich Kadhel bei mir habe, wehe dem, der Alea auch nur ein Härchen krümmt. Ich schlag ihm den Kopf ab, die Arme, die Beine und alles Übrige! Aha!«

Im selben Augenblick richtete Phelim sich mit einem Satz auf und packte Alea an den Schultern.

»Versteck dich, Kleine, rasch, wir sind umzingelt. Duck dich unter diesen Baumstamm und rühr dich nicht, bis ich dich hole.«

Alea wollte protestieren, aber da sah sie schon auf der anderen Seite des Weges eine Gruppe sehr hässlicher grüner Kreaturen, die ziemlich stark der Beschreibung ähnelten, die Mjolln von den Gorgunen gegeben hatte. Sie zögerte keinen Augenblick mehr und versteckte sich zu Tode erschreckt unter dem Stamm, den der Druide ihr gezeigt hatte.

»Mjolln, jetzt werdet Ihr dieses Schwert früher benutzen müssen, als ich dachte«, rief Phelim dem Zwerg zu und bereitete sich auf den Kampf vor.

»Ah... äh... O ja, was für ein Glück«, stammelte Mjolln als Antwort. »Verfluchte Gorgunen, Ihr werdet mit dieser Klinge Bekanntschaft machen, ähm! Bei Zaina, ich werde sie allesamt durchbohren!« Und er stieß seinen Kriegsschrei in der alten Sprache der Zwergenkrieger aus: »Alragan!«

Die Gorgunen kamen auf sie zugelaufen, bewaffnet mit kurzen verrosteten Säbeln, und brüllten sabbernd mit ihren heiseren Stimmen.

Alea, die sich unter den Baumstamm geduckt hatte, sah, wie Phelim sich plötzlich in Feuer verwandelte. Bald war er nur noch eine große flackernde Flamme, die sich mit übernatürlicher Schnelligkeit auf ihre Feinde stürzte. Alea schloss vor Schreck die Augen.

Die erste Welle von Gorgunen wurde von Phelims Feuer erfasst, und die grünen Monster stürzten zu Boden, bei lebendigem Leib verbrannt. Aber andere folgten nach, und Mjolln wurde schon bald von diesen widerwärtigen Kreaturen angegriffen. Er war gewiss kein kampferprobter Krieger, aber er hatte in der Vergangenheit schon mehrmals mit den Gorgunen kämpfen müssen, und der Tod seiner Frau, die unter ihren Schlägen gestorben war, steigerte seine mörderische Wut beträchtlich. Er stieß noch immer seinen Kriegsschrei aus und schlug um sich, ohne nachzudenken, in einer wenig eleganten chaotischen Art, die aber ihre Wirkung nicht verfehlte, denn Alea, der die Schreie des Zwergs durch und durch gingen, sah mindestens zwei Gorgunenköpfe rollen. Der zweite kullerte bis zu ihr, und sie stieß einen Schrei des Entsetzens aus und schlug die Hände vors Gesicht.

Phelim verbrannte ein Dutzend Gorgunen, bevor er wieder menschliche Gestalt annahm und erschöpft auf die Knie sank. Aber es waren noch eine Menge Feinde übrig, und der Zwerg würde ihnen schon bald nicht mehr trotzen können. Der Druide rappelte sich wieder hoch und hob seinen langen weißen Stock auf, der sich bei der Berührung in funkelndes Metall verwandelte. Dann stürmte er los, um dem Zwerg zu helfen, wobei er seinen Stock wie eine Hellebarde benutzte. Die Metallspitze schien sich zu verlängern und Blitze zu schleudern, immer wenn sie einen Feind berührte, und die Gorgunen starben, von einem heftigen Schlag durchzuckt.

Mjollns Wut hatte nicht nachgelassen. Er sah nicht einmal, dass Phelim an seiner Seite kämpfte, so wild wirbelte er herum und verteilte unkontrollierte Schwerthiebe nach links und rechts, nach oben und manchmal auch nach unten. Einen Gorgunen spießte er auf und zwei anderen schnitt er die Kehle durch, bevor er endlich von einem heftigen Schlag mit dem Säbel, der in seine Hüfte schnitt, gestoppt wurde. Der Zwerg brüllte vor Schmerz und stürzte in einer Staubwolke zu Boden.

Er kroch zurück, um sich an einen Stamm zu lehnen, während er sich weiterhin mit der Spitze seines Schwertes verteidigte.

Phelim wurde sofort von einer wahnsinnigen Wut gepackt, und sein ganzer Körper fing an, Blitze zu schleudern. Die Gorgunen schienen um ihn herum zu explodieren, und bald waren nur noch zwei übrig, die in panischer Angst flohen, während der Druide, am Ende seiner Kräfte, auf dem Boden zusammenbrach.

An einen Stamm gelehnt, die linke Hand in das klebrige Blut getaucht, das über seine verwundete Seite lief, stammelte Mjolln mühsam: »Kommt her, widerliche Kröten, kommt her, damit ich euch diese Erde fressen lasse und ihr mein Schwert kennen lernt!«

Mit letzter Kraft hob er Kadhel über seinen Kopf und schleuderte ihn nach den Flüchtlingen, aber sie waren schon lange verschwunden.

»Feiglinge!«, schrie er, bevor er ohnmächtig wurde.

Alea kam sofort aus ihrem Versteck und lief zu dem Druiden.

»Phelim! Rasch, Ihr müsst Euch um Mjolln kümmern, schnell.«

Der alte Mann stand mühsam auf. Er wirkte völlig entkräftet und als würde er ebenfalls jeden Augenblick in Ohnmacht fallen.


An jenem Morgen wurde William Kelleren durch die ungewöhnliche Geschäftigkeit der Druiden in den Gängen des Palasts von Sai-Mina geweckt.

In ein paar Tagen würde seine Lehrzeit enden, und er fragte sich zunächst, ob all diese Geräusche nicht mit ihm zu tun hatten. Vielleicht bereitete man seine Initiation vor, die Zeremonie, die ihn zu einem Druiden machen würde. Vielleicht könnte er endlich das grüne Gewand der Vates auszuziehen, um den weißen Mantel der Druiden anzulegen...

*Hör auf, nur an dich zu denken*, korrigierte er sich sofort. *Der Rat hat andere Sorgen als deine Initiation!*

Es handelte sich mit Sicherheit um ein ernsteres und unerwartetes Problem, er glaubte sogar erraten zu können, was es war, aber seit ein paar Tagen fiel es William schwer, an etwas anderes als das Ende seiner siebenjährigen Lehrzeit in Sai-Mina zu denken. Sieben anstrengende Jahre, davon drei, um den Saiman zu finden, zwei – die langweiligsten –, in denen man ihn nicht anwenden durfte und ein Schweigegelübde einhalten musste, und die beiden letzten schließlich, in denen man die dreihundertdreiunddreißig Triaden der Druiden auswendig lernen und versuchen musste, sie allein zu verstehen, denn das war die abschließende Lektion der Lehrzeit: *Lerne allein.* Und das war William gelungen. Er hatte in den Triaden die Wahrheit erkannt. Indem er sie mit seiner Erfahrung und den Handlungen der Druiden verglich, hatte er gelernt, allein zu verstehen. Die Welt war nichts als Zeichen, Zeichen, die sich dem offenbarten, der den Mut hatte, nach ihnen zu suchen, sie zu analysieren und zu memorieren. Das Wissen war eine persönliche Sache. *Lerne allein.*

William blickte aus dem Fenster seines kleinen Lehrlingszimmers und bemerkte, dass die Diener draußen in dem großen Hof in der Mitte hoher Steingebäude geschäftig hin und her liefen, von der Mühle zum Brunnen, vom Brunnen zu den Ställen, von den Ställen zu den Küchen... Er hoffte, dass nichts Schlimmes geschehen war und seine Initiation wie geplant stattfinden konnte. Das war gewiss ein egoistischer Gedanke, aber

William wusste, dass diese Zeremonie die wichtigste seines ganzen Lebens sein würde. Im Grunde konnte er kaum erwarten, seine Lehrzeit zu beenden, zugleich erschreckte ihn aber auch die Vorstellung, ein Druide zu werden, und das nicht nur, weil das Geheimnis, das die Zeremonie seiner Initiation umgab, ihm Angst machte. Er hatte sehr schnell begriffen, dass es eine enorme Verantwortung bedeutete, Druide zu werden, und vor allem dass es endgültig war: Wenn man den weißen Mantel anzog, dann behielt man ihn bis ans Ende seines Lebens. Es war zu wichtig für den Gang der Moïra, und die Macht, die die Druiden besaßen, musste unbedingt kanalisiert werden; dafür war der Rat da, in dem die zwölf Großdruiden und der Erzdruide den Zusammenhalt ihrer Kaste gewährleisten mussten. Es schien, dass alle Großdruiden ein klares gemeinsames Schicksal hatten, in dem weder der Zufall noch der Müßiggang Platz hatten. Das war jedenfalls das Bild, das William sich von dem Rat machte, über den er in Wirklichkeit gar nichts wusste, solange er ihm nicht angehörte.

Er ging zu seinem Bett zurück, ließ sich auf die Matratze fallen und lag mit gekreuzten Armen da. Es erfüllte ihn mit einer Art Bedauern, dass er seinen Status als Lehrling aufgeben musste. Die Alten sagten häufig, dass dies die schönsten Jahre im Leben eines Druiden seien, und in der Tat war es für ihn eine faszinierende Zeit gewesen. Er hatte so viele Dinge gelernt, dass er heute mühelos seine Fortschritte ermessen konnte.

Zuerst hatte er bei einem Druiden aus Providenz studiert, um Vates zu werden. Danach hätte er das grüne Gewand seiner Kaste wählen können, um in der Hauptstadt zu wirken, aber er hatte es vorgezogen, seine Studien bei den Druiden fortzusetzen, um selbst Druide zu werden, und zu diesem Zweck war er in den Turm von Sai-Mina aufgenommen worden. Nur die Vates und die Barden konnten anstreben, Druide zu werden, und dafür war diese siebenjährige Lehrzeit notwendig.

Wie für alle Lehrlinge war natürlich auch für William die Kontrolle über den Saiman, die Macht der Druiden, das Schwierigste gewesen. Er hatte lernen müssen, in seinem Innern diese eigenartige Energie zu finden, die die Menschen nicht kennen. Er hatte lernen müssen, sie in seinen Adern brennen zu spüren. Zunächst war sie ihm jedes Mal entwischt, wenn er versucht hatte, sie zu fassen. Dann war es ihm nicht gelungen, das Energieniveau zu dosieren, das er benötigte, um die einfachen Übungen durchzuführen, die die Druiden ihm auferlegten. Eines Tages hätte er beinahe die Trainingshalle abbrennen lassen, als er eine riesige Feuerkugel freigesetzt hatte, während man von ihm lediglich verlangt hatte, eine Kerze anzuzünden… Aber William war geduldig und diszipliniert, und durch fleißiges Arbeiten hatte er schließlich den Energiefluss verstanden, der in ihm wohnte, und dadurch gelernt, seine Macht zu beherrschen, indem er eins wurde mit ihr. Heute – auch wenn kein Druide auf die Idee gekommen wäre, ihm das zu bescheinigen – kontrollierte er seine Macht besser als die meisten seiner älteren Mitschüler, und manche seiner persönlichen Arten des Umgangs mit ihr versetzten sogar den Erzdruiden in Erstaunen. Eines Tages würde William ein großer Druide sein, daran zweifelte niemand.

Anschließend war die Prüfung der Triaden gekommen, dieser kurzen Gedichte, die der Lehrling auswendig lernen musste und die die Geschichte, die Philosophie und vor allem die Politik lehrten. Aber damit hatte William keine Probleme gehabt, er war ein guter Schüler, der das Lernen gewohnt war.

William richtete sich auf seinem Bett auf, seufzte mit einem wehmütigen Lächeln und ging dann zu seinem Schreibtisch, auf dem die Medaille lag, die er als Kind getragen hatte, eine letzte Erinnerung an diese Zeit. Alles hatte an einem Tag im Frühling begonnen, als er neun war. William wuchs damals in den Vororten von Providenz, der strahlenden Hauptstadt von Galatia, auf und half vormittags seinem Vater, der Bäcker war. Während die anderen Kinder des Viertels noch in den engen Gassen Verstecken spielten, hatte er sich jeden Nachmittag in die Schule des Druiden zurückgezogen. Seinen Eltern hatte er nichts gesagt, aber er war fest entschlossen, Druide zu werden. Am ersten Tag war er am Eingang erschienen, und der Druide hatte ihm zugelächelt und ihm erklärt, dass nur die Studenten Zugang zu der Schule hätten. Enttäuscht, aber zu schüchtern, um sich zu beklagen, war William wieder gegangen. Am nächsten Tag war er zurückgekommen und hatte sich damit begnügt, sich vor die Schule zu setzen, die Leute anzustarren, die hineingingen, und versucht, dem irritierten Blick des Druiden auszuweichen. Bis zum Abend war er sitzen geblieben, und dann war er am übernächsten und an allen folgenden Tagen wiedergekommen, bis der Druide es nicht mehr ausgehalten hatte, ihn jeden Nachmittag erneut zu sehen.

»Was ist denn nun!«, hatte er ihm zugerufen. »Entscheidest du dich endlich hineinzugehen, ja oder nein?«

Sprachlos hatte William eine Weile gezögert, bevor er sich von der staubigen Bank erhoben hatte, auf der er seit dem frühen Nachmittag gesessen hatte. Die Schüchternheit lähmte ihn; er war damals ein mageres und schwächliches schweigsames Kind, das gelernt hatte, unbemerkt zu bleiben, indem es mit gesenktem Kopf im Schatten ging und sich in die dunklen Ecken drückte, so sehr fürchtete er den Kontakt mit den Erwachsenen. Sie jagten ihm panische Angst ein. Immer wenn er mit einem von ihnen sprach, füllten seine Augen sich mit Tränen, als würde er gleich zu weinen anfangen. Dann senkte er den Kopf, um zu verbergen, wie aufgeregt er war, und sprach mit schwacher Stimme, wobei er seine Fußspitzen anstarrte. Sein Vater war deswegen häufig wütend auf ihn und nannte ihn ein kleines Mädchen, und auch die gleichaltrigen Jungs behandelten ihn nicht besser und verspotteten ihn. Tief in seinem Innern war er wütend auf sich selbst! Er hasste seine Augen, deren Tränen er nicht zurückzuhalten vermochte. Es war stärker als er, und das war unerträglich. Ein Handicap, das er selbst idiotisch und lächerlich fand und gegen das er trotzdem nichts tun konnte. Bis zu dem Tag, an dem er den Stolz, das Charisma und die Aufrichtigkeit des Druiden gesehen und sich gesagt hatte, dass nur das Wissen ihn retten konnte. Er hatte sich eingeredet, dass er, wenn er Druide würde, keine Angst mehr vor den Erwachsenen haben würde und mit ihnen sprechen könnte, ohne den Kopf senken zu müssen.

»Ich… ich glaube, ich habe nicht genug Geld.«

Der Druide hatte erneut gelächelt. Dieser kleine Kerl überraschte und rührte ihn.

William war daraufhin zögernd hineingegangen, ohne recht zu wissen, ob der Druide sich über ihn lustig machte oder ob er ihn wirklich kostenlos hineinlassen wollte. Als er an ihm vorbeigegangen war, hatte der Druide ihn an der Schulter gepackt und ihn aus nächster Nähe angeblickt.

»Du kannst jeden Tag herkommen, wenn du willst, aber wenn du nicht fleißig arbeitest, wirst du es mit mir zu tun bekommen, und ich werde umso strenger mit dir sein, weil ich dir heute vertraut habe. Verstanden?«

William hatte diesen Augenblick niemals vergessen, einmal weil er nie zuvor von einem Erwachsenen so sehr eingeschüchtert worden war und weil seine Augen zum ersten Mal nicht von Tränen verschleiert worden waren, aber auch und vor allem, weil das der Anfang eines wunderbaren Jahres, gewiss des entscheidensten in seinem ganzen Leben, gewesen war.

Er kam jeden Tag, um mit dem Druiden zu studieren. Innerhalb eines Jahres veränderte er sich nicht nur charakterlich, sondern auch äußerlich. Nichts machte ihm mehr Angst, denn er wusste, dass er eine gefürchtete Waffe hatte, die immer stärker wurde: das Wissen. Er senkte nicht mehr den Kopf, wenn die Erwachsenen mit ihm sprachen, er ließ sich nicht mehr von den gleichaltrigen und auch nicht den älteren Jungs ärgern, seine Augen begannen zu leuchten, er wurde fröhlich, und sein Gang wurde selbstsicherer.

Mit fünfzehn war William Kelleren gewiss eines der gebildetsten Kinder von Providenz, und der Druide erlaubte ihm, das grüne Gewand der Vates zu tragen. Aber William wollte nicht als Arzt arbeiten. Ihn interessierte nur eines, er wollte Druide werden, den gleichen Blick wie dieser Mann haben, der ihn aufgenommen hatte, die gleiche Kraft, die gleiche Ruhe. Ein paar Tage später verabschiedete er sich daher von seinen Eltern, und diese blickten ihm stolz nach, als er sich nach Sai-Mina auf den Weg machte.

William stand auf und machte sich fertig. Vor dem Spiegel zog er sein grünes Gewand zurecht und überprüfte, ob sein Schädel anständig rasiert war. Dann trat er einen Schritt zurück und betrachtete sein Spiegelbild. Sieben Jahre waren vergangen, und Williams Wissensdurst und Neugier waren ungebrochen.

Aber heute war die Geschäftigkeit der Diener anders als sonst. Der Lärm nahm immer mehr zu, und William hielt das Warten kaum mehr aus. Als man ihn endlich holte, damit er an einer eilig einberufenen Sitzung teilnehme, war er längst bereit. Und tatsächlich, als William das Gesicht des Dieners sah, der ihn holte, wusste William sofort, dass das nichts mit seiner Lehrzeit zu tun hatte, sondern dass es um etwas viel Wichtigeres ging.

»Galatia ist überfallen worden«, erklärte der Diener mit zitternder Stimme.

»Überfallen? Von wem?«

»Wir haben die Nachricht von den Barden erhalten. Es sind die Tuathann. Ihr müsst euch alle in der Kammer versammeln. Seid Ihr bereit, junger Herr?«

William nickte und folgte dem Diener mit ernstem Gesicht durch die dunklen Gänge zum höchstgelegenen Raum des Turms. Die Ratskammer war normalerweise den zwölf Großdruiden und dem Erzdruiden vorbehalten. In seltenen Ausnahmefällen jedoch berief dieser eine außerordentliche Sitzung ein, zu der alle in Sai-Mina anwesenden Druiden einschließlich der Lehrlinge gerufen wurden.

Als er die Ratskammer erreicht hatte, blieb William kurz stehen, bevor er in den prächtigen runden Raum trat, der Sai-Mina im obersten Geschoss des kreisrunden Bergfrieds überragte. Er hatte sich noch immer nicht an die Pracht der Wände, der Decke und der Möbel an diesem Ort gewöhnt und empfand die gleiche Begeisterung wie an dem Tag, an dem er als Neunjähriger zum ersten Mal die Schule des Druiden in Providenz betreten hatte. Es gab so viele Details, so viele Holzskulpturen, so viele Friese an den Wänden, so viele Gemälde an der Kuppeldecke, so viele Bilder, mystische Symbole und Formen in alter Sprache, so viele Truhen und Vitrinen voller Schätze, dass er sich fragte, ob er eines so reichhaltigen Anblicks eines Tages überdrüssig werden könnte. Der Drache der Moïra tauchte überall auf, in der Ecke des Bildes eines großen Meisters, im Zentrum der Kuppel, auf den Rückenlehnen der hohen Holzstühle oder in der Mitte der sechs bunten Fenster, die den Raum auf das Licht der profanen Welt öffneten. Er ließ sich von der magischen und friedlichen Atmosphäre der Ratskammer durchdringen und ging zu seinem Platz hinter dem Kreis der dreizehn Throne aus rotem Kirschbaumholz, die den Großdruiden und dem Erzdruiden vorbehalten waren.

Vier Plätze waren leer. Phelim und Aldero waren abwesend, auf Mission für den Rat, und seit mehreren Jahren wurden zwei Namen nicht aufgerufen, die beiden *Dissidenten* – wie sie genannt wurden –, denn man vermied es tunlichst, ihre Namen an diesem Ort auszusprechen. William wusste selbst nicht, wie die beiden verschwundenen Großdruiden hießen, aber ihre Abwesenheit war ständig spürbar, und sei es nur durch die zwei leeren Stühle.

Als alle saßen, schlug Ailin, der Erzdruide, dreimal auf die Armlehne seines Throns, des höchsten der dreizehn, der mit einem in das rote Holz geschnitzten Drachen geschmückt war. Nach dem Tod von Eloi vor sieben Jahren Erzdruide geworden, leitete er die Diskussionen stets mit seiner ganzen Autorität. In der Vergangenheit hatte er vielfältige Beweise seiner Stärke und seines Wissens gegeben, was ihm bis heute den Respekt aller eingebracht hatte. Er hob die rechte Hand über der Armlehne in der Wahrheitsgeste der Druiden und ergriff das Wort.

»Die Tuathann sind gestern Morgen in Galatia einge-fallen. Die Barden berichten uns, dass sie sehr zahlreich waren, vielleicht mehr als dreitausend, und dass sie niemanden verschont haben.«

Der Erzdruide ließ den Satz in der Höhe des runden Raums nachhallen. Er hatte sich damit begnügt zu wie-derholen, was alle bereits wussten, aber damit machte er unmissverständlich deutlich, dass heute nur darüber und über sonst nichts diskutiert würde. Die Druiden drückten stets vieles mit wenigen Worten aus; man musste nur zwischen den Zeilen lesen, ein kleines Spiel, an das William sich schließlich gewöhnt hatte. *Ailin ist wütend*, dachte er. *Diese Nachricht muss ihn unmittel-bar betreffen. Er wird alt, und das ist vielleicht die letz-te Aufgabe, die er noch erfüllen will, bevor er stirbt und seinen Platz frei macht.*

»Sie sind zurückgekommen«, ergänzte Ernan, der Großdruide, der der Archivar von Sai-Mina war. »Das war zu erwarten.«

*Das ist es also*, dachte William und blickte erneut zu Ailin am anderen Ende der Kammer. *Ailin hatte ver-mutlich schon lange mit ihrem Auftauchen gerechnet, und die anderen haben ihm nicht geglaubt, mit Aus-nahme vielleicht von Ernan, der alles in der Chronik des Rats notiert. Alle anderen Großdruiden glauben, dass nicht ein Tuathann übrig geblieben war. Schauen wir mal, ob Ailin die Situation zu seinem Vorteil wendet.*

»Wir müssen also die vier Grafschaften und den Er-

154

habenen König warnen und versuchen, sie zu vereinen, um eine Lösung in diesem Konflikt zu finden«, fuhr der Erzdruide fort. »Natürlich bezweifle ich sehr, dass Harcort sich unserer Sache anschließt.«

*Soso. Er will also dem Rat seinen einstigen Glanz wiedergeben und im Handstreich Thomas Aeditus, unseren erklärten Feind, unterwerfen.*

»Ob die Staaten vereint sind oder nicht, der Sieg der Tuathann, zumindest über den ganzen Süden, wird unvermeidlich sein«, präzisierte Shehan.

*Shehan muss zu denen gehören, die Ailin unterstützen. Er ebnet ihm den Weg, indem er die Möglichkeit einer gescheiterten Invasion aufzeigt. Diese Sitzung muss vorbereitet gewesen sein. Alles ist vorausgeplant. Shehan, Ernan und Ailin sind im Begriff, den Rat in den Schwitzkasten zu nehmen.*

»Es scheint in der Tat so«, fuhr Shehan fort, »dass die Tuathann hinunter nach Braunland ziehen, anstatt direkt das Zentrum von Galatia anzugreifen. Wir brauchen uns nichts vorzumachen: Wenn sie Braunland wollen, werden sie es auch bekommen. Was zählt, ist der Platz, den dieser neue Staat in Bezug auf die drei Grafschaften, die bleiben werden, und den König einnimmt. Muss ich die jüngsten unter uns an die Geschichte erinnern?«

*Damit will er zu verstehen geben, dass man sich mit den Tuathann einigen könnte, sobald sie ihr Land haben, auch eine Möglichkeit, unsere Position gegenüber Harcort zu festigen, schloss William.*

»Wir könnten die Tuathann mit Hilfe der Magie niederzwingen«, schlug Aodh vor.

*Klar, dass Aodh sich querlegt. Aber er riskiert damit, dass er allein dasteht, und Ailin hat seine Argu-*

*mente sicher schon fix und fertig in der Tasche. Wie auch immer, Aodh weiß es genau, er widerspricht aus Prinzip.*

Ailin wies Aodh sogleich mit einer verächtlichen Handbewegung zurecht. »Wir wären nicht sicher zu siegen, und das würde eine Lösung des Problems nur verzögern. Es wird Zeit, dass wir uns endlich die Bedeutung der Tuathann im Gang der Moïra bewusst machen. Unsere Vorfahren haben sie von diesem Land vertrieben, wir dürfen ihnen nicht länger ihr Schicksal vorenthalten.«

*Ailin erwartet etwas anderes von den Tuathann, aber was? Man könnte meinen, er hätte das schon seit langem erwartet, als sei es das Endziel seines Lebens. Was will er von den Tuathann?,* fragte sich William.

»Was könnten sie gegen unsere Magie ausrichten?«, ließ Aodh sich nicht beirren.

*Aodh stellt sich die gleiche Frage wie ich. Er durchschaut das Spiel von Shehan, Ernan und Ailin. Er will wissen, was den Erzdruiden wirklich motiviert.*

»Sie könnten ebenfalls Magie einsetzen… Wir haben nicht alle Man'ith in unserem Besitz«, erwiderte Ailin.

*Das ist es also…*

»Einige, die einst in unseren Archiven enthalten waren, sind in dem Augenblick verschwunden, als die Galatier die Tuathann aus dem Land vertrieben haben«, ergänzte Ernan.

»Der Schicksalsstein«, begann der Erzdruide. »Der wertvollste von allen.«

»Die Lanze von Lug«, fuhr Ernan fort, ohne den Blick von seinem großen Buch zu wenden.

»Das Schwert von Nuadu und der Kessel von Dagda«, beendete Shehan die Aufzählung.

Der Erzdruide drehte den Kopf zu Shehan. Dieser lächelte nicht, erwiderte aber einen Augenblick lang Ailins Blick.

*Er bedeutet ihm, dass er ihm für seine Unterstützung dankt. Und er tut es so, dass alle es sehen können.*

»Wenn die Tuathann wirklich über diese Man'ith verfügen und sich ihrer zu bedienen wissen, dann kann das alles ändern«, schloss der Archivar.

*Die von den Samildanach hergestellten magischen Objekte! Diese vier sind verschwunden, und Ailin würde sie gern wiederbekommen, auch wenn er dafür mit den Tuathann verhandeln muss. Ich hätte es ahnen müssen. Ailin ist schon immer von den Man'ith fasziniert gewesen: Wie schafft es der Samildanach, ein Objekt mit Magie auszustatten? Das ist der Traum eines jeden ehrgeizigen Druiden…*

»Seien wir jedenfalls auf der Hut, die Invasion der Tuathann hat so plötzlich stattgefunden, dass sie vielleicht auch die beiden Dissidenten auf ihrer Seite haben!«, gab Kiaran zu bedenken.

*Kiaran schwebt immer noch in den Wolken. Er ist der Einzige, der den wirklichen Kern der Diskussion nicht erkennt… Dieser Kiaran ist wirklich erstaunlich. Ich muss ihn unbedingt näher kennen lernen.*

»Unmöglich!«, rief Ailin. »Und unsere beiden Verräter hätten auch gar keinen Vorteil davon. Ich erinnere euch zum letzten Mal daran, dass dieses Land einmal den Tuathann gehört hat und dass es mit Sicherheit eine Möglichkeit gibt, es ihnen teilweise zurückzugeben. Wir könnten ihnen einen Pakt vorschlagen und ihrer Invasion ein Ende setzen. Wir werden daher Gesandte zum Erhabenen König und in die vier Grafschaften entsenden. Es ist unbedingt erforderlich, dass wir eine gemeinsame Lösung finden. Thomas Aeditus wird sich mit Sicherheit weigern, aber was soll's, man wird uns nicht vorwerfen können, hinter seinem Rücken intrigiert zu haben ...«

*Aber was tun wir denn anderes? Ailin redet, als hätte er die Entscheidungsgewalt über den Rat, wo er doch genau weiß, dass für diese Art von Vorgehen eine Abstimmung erforderlich ist. Er nützt seinen Ältestenstatus aus, aber auch den Fehler, den die anderen gemacht haben müssen, als sie einst ausschlossen, dass geschehen könnte, was heute geschieht. Das Gedächtnis ist die gefürchtetste Waffe der Intelligenz. Und alles war schon vorher abgesprochen.*

»Wie können wir die Tuathann überzeugen, sich mit dem zufriedenzugeben, was wir ihnen im Gegenzug anbieten können?«, frage Aodh.

*Im Gegenzug wofür? Für den Frieden oder die Man'ith, die Ailin zurückzubekommen hofft? Aodhs Frage ist nicht sehr präzise. Aber das ist wahrscheinlich Absicht. Ein Druide mit seiner Erfahrung überlässt nichts dem Zufall. Vielleicht will er Ailin zeigen, dass er sehr genau weiß, was da gespielt wird, ohne ihn direkt zu beschuldigen. Daher diese doppeldeutige Frage ...*

»Unser Rat wird seine Kompetenz in der Lösung dieser Angelegenheit beweisen«, erwiderte Ailin.

*Bei der Moïra! Mit dieser Formulierung antwortet er geschickt auf beide Fragen. Er antwortet, dass der Rat ein guter Richter in der politischen Aufteilung und zugleich besser in der Lage ist, die Man'ith zu studieren, als jeder andere, abgesehen natürlich von einem Samildanach. Sollte Aodh versucht haben, ihn zu dem Geständnis zu verleiten, dass die Wiedererlangung der Man'ith der Kern des Problems ist, dann hat Ailin sich*

*sehr gut aus der Affäre gezogen. Noch einmal, entschei-*
*dend ist die Erfahrung. Ich habe noch so vieles zu ler-*
*nen,* sagte sich William.

»Meine Brüder«, fuhr Ailin in einem Ton fort, der
klang, als wollte er zum Abschluss kommen, »wir wollen abstimmen, um zu ermitteln, wer mit den fünf
Staatschefs verhandeln wird.«

*Damit ist die Diskussion also beendet. Wenn nie-*
*mand etwas sagt, wird Ailin gewonnen haben. Jeden-*
*falls haben diejenigen, die begriffen haben, was unser*
*Erzdruide wirklich wollte, vermutlich ein ebenso gro-*
*ßes Interesse daran, die Man'ith wiederzubekommen,*
*wie er…*

»Für Bisania und Braunland«, gab Ernan zu bedenken,
»brauchen wir einen… wie soll ich sagen… unorthodo-
xen Bruder. Der die Bisanier durch seine Poesie und die
Braunländer durch seine gespielte Naivität zu gewinnen vermag. Ich schlage Kiaran vor, wenn er einverstanden ist.«

Kiaran schien überrascht, aber er stimmte zu, und die
Brüder billigten die Wahl durch Handheben.

»Für Galatia und Sarrland«, fuhr der Archivar fort,
»wird die Aufgabe leichter, aber dennoch lehrreich
sein…«

*Sieh an, gleich wird er mich vorschlagen…*

»Ich schlage William vor.«

*Bei der Moïra, ich bin nicht einmal Druide!,* dachte
William lächelnd.

»William Kelleren ist noch Lehrling«, wandte Aodh
ein.

»Man soll seine Initiation für heute Abend vorbereiten«, befahl Ailin, der nicht geneigt war, sich widersprechen zu lassen.

Erneut gaben die Brüder durch Handzeichen ihre Zustimmung.

»Mein junger Bruder«, sagte Ailin zu William gewandt, der seinen Ohren nicht traute, »wie jeder hier weiß, heiratet König Eoghan diese Woche. Wir sind zu seiner Hochzeit eingeladen, und du wirst daher unser Vertreter dort sein. Diese Vermählung kommt gerade richtig, denn Eoghan hat anderes im Sinn, als sich um Außenpolitik zu kümmern. Du wirst also keine Mühe haben, von ihm am Morgen seiner Hochzeit die Zustimmung zum Frieden mit den Tuathann zu erhalten. Außerdem ist es eine ausgezeichnete Herausforderung für deinen ersten Tag als Druide, den Erhabenen König von unseren Plänen zu überzeugen! Anschließend wirst du in die Grafschaft Sarrland reisen, wo Graf Albath Ruad gewiss nicht wagen wird, dem Erhabenen König zu widersprechen.«

William nickte stumm. *Noch so eine geschickte Manipulation des Zufalls.*

»Und für Harcort schließlich brauchen wir einen mutigen und erfahrenen Bruder«, sagte Ernan abschließend. »Ich schlage Aodh vor...«

*Eine ziemlich grausame Art, sich den einzigen potenziellen Gegner vom Hals zu schaffen. Ziemlich widerwärtig.*

»Das ist zu viel der Ehre für mich«, erwiderte Aodh.

*Auch jetzt lässt er sich nicht missbrauchen. Aber ablehnen kann er nicht, man würde ihn für einen Feigling halten. Und doch, wenn er nach Harcort reist, ist die Wahrscheinlichkeit groß, dass er von den Soldaten des Grafen Feren Al'Roeg oder von den Priestern von Thomas Aeditus getötet wird. Warum akzeptiert er? Vermutlich, weil er nicht wirklich eine Wahl hat. Das*

*Netz hat sich fest um ihn geschlossen. Die Falle von Ailin und Ernan, unserem Archivar, ist noch gemeiner, als ich dachte.*

Aber der Rat stimmte auch diesmal mehrheitlich dem Vorschlag des Archivars zu, und Ailin schloss die Sitzung mit folgenden Worten: »Ihr werdet ohne eure Magisteln reisen. Ihr müsst allein sein, um das Vertrauen der Männer zu gewinnen, mit denen ihr zu verhandeln habt. Eure Magisteln werden hier, in Sai-Mina, auf euch warten. Morgen früh wird Ernan euch vor eurer Abreise über die Staatschefs instruieren und darüber, was man wissen muss, um besser mit ihnen umgehen zu können, und was man ihnen sagen muss. Und ich möchte, dass sich alle heute Abend im Steinkreis für Williams Initiation einfinden.«

Die Großdruiden nickten, und alle erhoben sich schweigend. William ging in sein Zimmer, innerlich aufgewühlt, weil er endlich seine Initiation erleben würde, und ganz aufgeregt beim Gedanken an die bevorstehende Reise. Wie lange hatte er Sai-Mina nicht verlassen!

Er setzte sich auf den Fenstersims und starrte zum bewölkten Himmel empor. Er hörte noch immer das Echo der Stimmen der Druiden in seinem Kopf. Alles beschleunigte sich. Diese Sitzung hatte ihn fasziniert. Tief in seinem Innern fragte er sich, ob er eines Tages wohl Erzdruide werden könnte und ob er den Rat wie Ailin zu manipulieren verstünde, und dann fragte er sich, ob er es zum Wohle Gaelias würde tun können und nicht, um persönliche Rachegelüste zu befriedigen...

Er zuckte mit den Schultern und setzte sich auf sein Bett, wo er versuchte, mit ein paar Konzentrationsübungen des Saiman seinen Geist zu beruhigen. Langsam ließ er die magische Energie in seinem Körper zirkulieren und lenkte sie dann in seine Fingerspitzen, aus denen geräuschlos kleine goldene Flammen schlugen.

Es gelang Phelim, das Blut zu stillen, das aus Mjollns Hüfte sickerte, indem er seine beiden vom Saiman geröteten Hände auf die Wunde legte, aber er vermochte sie nicht ganz zu schließen.

»Ihr müsst Euch jetzt ausruhen, mein Freund, heute Abend werde ich gewiss mehr tun können, aber bis dahin seid Ihr erst einmal außer Lebensgefahr.«

»Danke, Druide«, brachte der Zwerg mühsam hervor.

Phelim und Alea ließen ihn schlafen. Sie entfernten sich etwas, um sprechen zu können, ohne ihn zu stören.

»Er ist doch nicht schlimm verletzt, oder?«, fragte das junge Mädchen.

»Nein, aber er darf sich nicht anstrengen. Wir werden ihm eine Krücke machen und seine Wunde verbinden. Aber vorher möchte ich verstehen, was diese Gorgunen wohl veranlasst haben mag, uns einfach so anzugreifen...«

Alea, die sich noch nicht ganz von dem Schrecken, in den der Angriff sie versetzt hatte, erholt hatte, nickte stumm und folgte dem Druiden, wobei sie dem Zwerg von Zeit zu Zeit einen beunruhigten Blick zuwarf.

Phelim untersuchte die grünen Körper der Gorgunen, die an der Stelle, wo sie gelagert hatten, am Boden lagen. Ihre Augen hatten den roten Schimmer verloren, der sie in der Nacht so Furcht erregend gemacht hatte. Aber unter den blutüberströmten Leichen fand er, was er suchte: einen Überlebenden.

Er beugte sich zu dem Körper eines Gorgunen hinunter, der einen Arm verloren hatte, aber noch atmete, und legte seine Hand wie eine Androhung von Feuer auf ihn.

»Wer hat euch geschickt?«, fragte er, wobei er jedes Wort einzeln betonte.

Der Gorgun schwieg und stöhnte nur leise vor Schmerz. Phelim drückte stärker auf den Oberkörper der Kreatur und wiederholte dann, diesmal auf Gorgunisch: »Ho ar b'nerok vor?«

»Mmm – Maol… Maolmòrdha…«, erwiderte die Kreatur mühsam.

Phelim tötete ihn mit einer einzigen Bewegung, indem er seine Faust über der Kehle des Gorgunen schloss.

»Geh in Frieden, verfluchter Sohn…«, sagte Phelim noch, bevor er sich aufrichtete.

Angewidert von den Blutbächen und all diesen Leichen, machte Alea abrupt kehrt, lief zu dem Zwerg und setzte sich neben ihn. Sie wartete, bis ihre Übelkeit verflogen war, und als der Druide zu ihr kam, fragte sie ihn: »Warum habt Ihr den Gorgunen ›verfluchter Sohn‹ genannt?«

Phelim schien überrascht, dass die Kleine dieses Detail bemerkt hatte. Seufzend setzte er sich neben sie.

»So nennen wir Druiden die Gorgunen, denn wir… kennen ihren Vater.«

»Wie das?«, fragte die Kleine verwundert.

»Das ist im Augenblick nicht weiter wichtig. Was zählt, ist, dass ich jetzt weiß, warum wir angegriffen worden sind. Man sucht nach uns, Alea, und in Wahrheit glaube ich, dass du diejenige bist, nach der man sucht…«

Alea blickte ungläubig zu dem Druiden auf. »Mich? Aber wer denn? Und warum?«

163

»Maolmòrdha, ein… ein Mann, der… Ilvain gesucht hat. Er hat ihn vermutlich tot in der Heide gefunden wie du. Wenn er erfahren hat, dass du ihn vor ihm gesehen hast, dann würde das erklären, dass er dich heute sucht. Zumindest glaube ich das. Jedenfalls bedeutet das, dass du in Gefahr bist und dass wir so rasch wie möglich nach Sai-Mina müssen. Es tut mir leid, ich weiß, dass du nach Providenz wolltest, aber du musst mit mir kommen, Alea, dort werde ich dir mehr sagen können.«

Alea runzelte die Stirn. Erneut beunruhigte der Druide sie. Sie hatte das Gefühl, dass er sie belog oder ihr zumindest nicht die ganze Wahrheit sagte. Warum wollte er sie unbedingt nach Sai-Mina mitnehmen? Sollte sie dort tatsächlich in größerer Sicherheit sein als anderswo? All das kam ihr so unwirklich vor. Aber die Gorgunen waren sehr real, ebenso wie das Blut, das den Boden um sie herum besudelte, und sie hatte keine Lust, ihnen noch einmal zu begegnen. Sie wusste nicht, was sie antworten sollte.

»Mjolln könnte in Sai-Mina besser behandelt werden«, fügte Phelim hinzu, als er sah, dass die Kleine zögerte.

»Na schön, ich werde Euch in Euren Turm folgen! Aber Phelim, sagt mir, was mit mir geschehen ist, als ich Ilvains Hand in der Heide berührte. Will dieser Maolmòrdha mich deswegen finden?«

»Wir werden uns später darüber unterhalten, Alea, wir müssen jetzt aufbrechen«, beendete der Druide die Unterhaltung und half dem Zwerg aufzustehen.

Tief in ihrem Innern begann Alea zu ahnen, was mit ihr geschehen war, und das machte ihr wirklich Angst.

## 6

## Sai-Mina

Der Fürst der Herilim ließ sich vor dem Feuer, das er entzündet hatte, auf die Knie fallen. Um ihn herum rief die Nacht die dunklen Kräfte. Seine Augen leuchteten rot auf vor dem Tanz der Flammen.

Wie jeden Abend wusste er, dass der Herr ihn besuchen würde. Er hatte seine Seele und die der elf anderen Herilim Maolmòrdha für einen Platz an seiner Seite geopfert. Über diese gewalttätigen und heimatlosen Ritter war fast nichts bekannt. Während des Kriegs von Mericort waren sie aus dem Norden gekommen und hatten begonnen, sich als gnadenlos zerstörerische Macht durchzusetzen. Aber in all den Jahren war es der Kaste der Herilim nie gelungen, den Rat der Druiden, der die Welt mit seiner Arroganz beherrschte, zu stürzen.

Als Sulthor sich Maolmòrdha unterworfen hatte, hatte er gewusst, dass er endlich seine Rache bekommen würde. Die Druiden würden einer nach dem anderen fallen, wie vor ihnen Aldero, und schon bald würden Maolmòrdha und mit ihm Sulthor und die Herilim-Ritter die Herrschaft übernehmen. Der Schattenwerfer wusste, dass seine unbedingte Unterwerfung der Preis war, den er dafür zahlen musste.

Er hatte seine Klinge und die seiner Männer in das Blut getaucht, das der Herr ihnen geschenkt hatte. Maolmòrdha hatte ihnen das Feuer, den dunklen Instinkt und die Schnelligkeit gegeben. An seiner Seite hatten sie eine neue Macht erlangt, und selbst die Druiden würden sie nicht mehr aufhalten können.

Die Herrschaft des Rats war zu Ende. Sulthor wartete nur noch darauf, sie einen nach dem anderen zu töten, mit bloßer Hand, seine Klauen in das schlagende Herz der Großdruiden, seiner ewigen Feinde, zu tauchen und ihnen ihre Seele zu rauben, um sie endlich zu vernichten. Er würde sie in das Nichts von Djar, der leeren und kalten Welt mitnehmen, wo die Gedanken tödlich werden. Maolmòrdha hatte ihn gelehrt, diese den Druiden unbekannte Welt zu kontrollieren. Verloren in diesem dunklen Nichts, würde niemand ihm widerstehen können. Er musste sie nur mit Hilfe des Man'ith von Djar ins Jenseits mitnehmen, und sie zu töten würde ein Kinderspiel sein.

»Herr«, begann Sulthor, als endlich Maolmòrdhas flackerndes Bild inmitten der Flammen erschien. »Sie haben die Gorgunen abgewehrt, und jetzt setzen sie ihre Flucht nach Norden fort.«

Die Flammen wurden plötzlich größer, als habe ein wütender Wind sie angefacht, und mit ihnen das Bild von Maolmòrdha.

»Sie begeben sich mit Sicherheit nach Sai-Mina«, knurrte der Herr der Gorgunen. »Nehmt drei Herilim mit Euch, Sulthor, und bringt mir den Körper dieses Mädchens in dem Leichentuch, das ich Euch gegeben habe.«

»Ja, Herr.«

»Enttäuscht mich nicht, Fürst der Herilim. Euer Scheitern könnte verhindern, dass Ihr Eure Ziele erreicht.«

»Herr, ich werde Euch sehr schnell diese Viper in den Tempel von Shankha bringen, ich schwöre es.«

Sofort verschwand das Bild von Maolmòrdha in den Flammen.


Seit einer Stunde wartete William in dem kleinen dunklen Zimmerchen, in das die Druiden ihn eingeschlossen hatten, um seine Initiation einzuleiten, darauf, dass man ihn holte. Es gab hier nichts als absolute Dunkelheit, die zum Nachdenken zwang. Tief in seinem Innern wusste er, dass dies das Ziel dieses Eingeschlossenseins war. Den Lehrling zum Nachdenken zu bringen, damit er mit seinem alten Leben abschließt. Aber es gelang William nicht, ruhig zu meditieren. Die Prüfungen, die vor ihm lagen und über die er nicht sehr viel wusste, machten ihm Angst. Er wünschte sich die Ruhe und Gelassenheit eines Weisen, aber sein Geist flog voraus, auf der Suche nach einem Trost, den er kaum finden würde. Sollte er den Saiman in seinem Innern suchen, um seinen Körper zu erwärmen und seinen Geist zu beruhigen? Doch wenn er so unruhig war, bedeutete das nicht, dass er noch nicht bereit war, Druide zu werden? Oder empfanden alle Lehrlinge die gleiche Angst in den vier Wänden dieses schwarzen Zimmers? Stellte er sich die Fragen, die er sich stellen sollte? Gab es ein und nur ein richtiges Verhalten, um ein perfekter Lehrling zu sein und ein perfekter Druide zu werden? Er wagte nicht, alle diese Fragen zu beantworten. Und als man ihn endlich holte, war William kurz davor gewesen, den Saiman in sich zu packen.

Als die Tür sich öffnete, erkannte er trotz der weißen Kapuze, die sein Gesicht bedeckte, Shehan, einen der zwölf Großdruiden. Ein Irrtum war nicht möglich:

die langsamen Bewegungen, der Gang, das konnte nur Shehan sein, der Geheimnisvollste von allen, der Mystischste.

»Wer bist du?«, fragte Shehan feierlich.

William hatte das Ritual gelernt, er kannte die Worte, mehr nicht, und er begnügte sich damit, sie zu wiederholen. Aber diesmal hatten diese Worte eine Bedeutung, einen tiefen Sinn, den er endlich zu verstehen glaubte.

»Ein Vates«, antwortete er ohne Zögern.

»Was willst du?«, fuhr Shehan fort und legte eine Hand auf die Schulter des Lehrlings.

»Das Licht!«

»Hast du deine Seele in der Einsamkeit dieses Ortes gestärkt?«

»Ja.«

*Das Ritual zwingt mich zu lügen. Ich habe in diesem verfluchten Zimmerchen nichts anderes getan, als mich zu ängstigen. Hätte ich die Wahrheit sagen und nein antworten sollen? Oder haben all die Fragen, die ich mir gestellt habe, in Wirklichkeit meine Seele gestärkt? Ich möchte verstehen. Dieses Ritual ist wie die Triaden. Man lernt es auswendig, und dann muss man ganz allein verstehen. Muss ich heute alles verstehen, oder geschieht das nach und nach?*

»Dann darfst du mir folgen, Vates.«

Shehan bückte sich, um William zu helfen, seine Sandalen auszuziehen. Der junge Lehrling musste barfuß zu der Zeremonie gehen. William dankte Shehan demütig und folgte dem Großdruiden zum Ausgang des Gangs in dem zentralen Gebäude, in dem das schwarze Zimmerchen lag. Sie gelangten in den Hof von Sai-Mina, in dem sich der große, den Zeremonien vorbehaltene Steinkreis befand. Ein phantastisches Bild bot sich ihnen. Die Fackeln waren angezündet worden, und ihr flackerndes Licht zeichnete Schatten auf die aufrecht stehenden Steine, die dadurch zu leben schienen, und auf die weißen Mäntel der Druiden. Mehrere von ihnen, die Harfner, die vermutlich früher Barden gewesen waren, spielten gemeinsam ihre Harfe in der Tonart der Traurigkeit, eine herrliche Melodie, die das Herz erhob und die getragen wurde vom leichten Duft des Weihrauchs, der ringsum brannte. Alle Großdruiden und Druiden von Sai-Mina waren im Inneren des Kreises versammelt, nach Osten gewandt, zu der jahrhundertealten Eiche, unter der der Erzdruide saß, dort, wo am nächsten Morgen wie jeden Morgen die ersten Sonnenstrahlen erscheinen würden.

Noch immer von Shehan geführt, wurde William ins Zentrum einer Prozession geleitet, die ihn am Eingang zu dem Steinkreis erwartete. Vor ihm trugen zwei Druiden jeweils ein Stück eines zerbrochenen Schwerts. Um sie herum trugen vier andere Druiden auf langen Stangen ein weißes, mit einer Mistel geschmücktes Leinentuch, das die ganze Prozession wie ein Zelt bedeckte. William spürte, dass er eine Gänsehaut bekam. Eiskalte Schauer liefen durch seinen ganzen Körper. War das die Angst? Die Freude? Die schwermütige Melodie? Alle Emotionen vermischten sich, und er hatte das Gefühl, sich in einem Traum zu befinden. Seine Füße schienen Shehan von ganz allein zu folgen, der ihn jetzt im Rhythmus der Harfenakkorde in den nach Westen gelegenen Teil des Kreises führte.

Als sie in dem der majestätischen Eiche gegenüberliegenden Teil waren, blieben sie vor einem polierten Stein stehen, auf dem Brot und Salz lagen. Shehan ließ Williams Schulter los und ging zu dem Stein, um die beiden Dinge an sich zu nehmen. Seine Bewegungen waren langsam und präzise, beinahe respektvoll. Er streute das Salz auf das Brot und reichte es William lächelnd.

»Vates, dieses Brot und dieses Salz sind die Erde, durch die du stirbst und wiedergeboren werden kannst.«

William atmete tief ein und suchte bis in seinen Atem hinein den Mut, an dem es ihm zu fehlen begann; dann aß er das Brot, das Shehan ihm reichte. Es war Roggenbrot, dick und knusprig. William kaute langsam und ließ die Sätze seines Führers in sich cindringen.

Schließlich legte er die Hälfte des Brots auf den Stein zurück, als Zeichen der Dankbarkeit. Die Prozession setzte sich wieder in Bewegung und umrundete erneut den Kreis, um diesmal vor einer Platte im Norden anzuhalten. Dort hatte man eine Schale mit Wasser hingestellt, die Shehan dem Lehrling reichte.

»Vates, hier das Wasser, das dich reinigt.«

William nahm die Schale und trank das ganze Wasser, das sie enthielt. Es war frisches und süßes Wasser, und ihm war, als würde es über seinen Körper laufen, ein angenehm wohltuendes Gefühl, wie eine beruhigende Dusche.

Shehan legte erneut seine Hand auf Williams Schulter und führte ihn jetzt auf die andere Seite des Steinkreises, nach Süden. William war so bewegt, dass er nicht einmal mehr die Kälte der Erde unter seinen nackten Füßen spürte. Er hatte das Gefühl, die Wärme der ganzen Versammlung zu teilen. Als seien sie eins.

Die Prozession hielt vor dem letzten Stein, im Süden. Dort hatte man eine brennende Fackel befestigt. Shehan nahm sie und reichte sie vorsichtig William.

»Vates, hier das Feuer, das dir leuchtet.«

William nahm die Fackel, die ihm gereicht wurde, und folgte den Druiden, die ihn schließlich in die Mitte des Steinkreises führten, nur ein paar Meter von dem Erzdruiden entfernt.

Die vier Druiden, die das weiße Leinentuch trugen, gingen an ihm vorbei und ließen das Tuch und die Mistel auf den Boden fallen. Dann entfernten sie sich mit den Barden, um sich den Druiden entlang des Kreises anzuschließen. William zitterte. Er begann sich allein zu fühlen. Alle Blicke waren jetzt auf ihn gerichtet. Nur noch Shehan stand neben ihm, und er führte ihn jetzt bis in die Mitte des weißen Tuchs. Der Kontakt mit dem Leinen war angenehm, tröstlich. William richtete seinen Blick auf die alte Eiche. Er hatte sie noch nie aus so großer Nähe gesehen; der Kreis war den Lehrlingen verboten. Es war ein prachtvoller Baum, der trotz der Jahreszeit bereits eine Vielzahl gelappter Blätter trug.

»Erzdruide«, sagte Shehan zu Ailin, der neben der alten Eiche saß, »ich bringe Euch William, Vates, den wir für würdig erachtet haben, Druide zu werden.«

William spürte einen Kloß im Hals. Dies war der wichtigste Augenblick des Rituals.

*Er sagt »wir«, aber es ist Ailin selbst, der mich für würdig erachtet hat, Druide zu werden. Und wenn er sich irrte? Wenn ich noch nicht so weit sein sollte? Vielleicht ist Ailin zu vorschnell gewesen? Vielleicht hat er die Dinge beschleunigen wollen, um sich meiner zu bedienen, indem er mich nach Galatia und Sarrland schickt? Nein, ich darf nicht am Erzdruiden zweifeln. Diese Dinge sind zu wichtig. Wenn er mich für würdig erachtet hat, dann ist er auch wirklich davon überzeugt. Wie könnte ich also noch daran zweifeln? Vermutlich, weil ich Angst habe.*

Ailin richtete sich auf seinem steinernen Thron auf, ließ seinen Blick über die Versammlung der Druiden schweifen und fragte dann mit lauter und ernster Stimme: Herrscht Friede?«

»Es herrscht Friede!«, erwiderten die Druiden und die Großdruiden im Inneren des Kreises mit einer Stimme.

»Da also Friede herrscht«, sagte der Erzdruide leiser, »können wir beginnen.«

Shehan drückte ein letztes Mal die Schulter des Lehrlings und zog sich dann seinerseits zurück. William stand jetzt allein vor dem Erzdruiden. Der junge Vates spürte, wie sein Körper zitterte, und versuchte, nicht die Kontrolle über sich zu verlieren. Sein ganzes Leben zog noch einmal in erstickenden Wellen, in wirren Bildern an ihm vorüber, die ineinander übergingen und ihn alle hierher, in diesen Steinkreis unter einem verhangenen und stummen Nachthimmel, zurückführten.

Die Stimme des Erzdruiden riss ihn aus seiner Erstarrung.

»Im Namen der Moïra, Vates William, fragen wir dich jetzt, ob du, in das heilige Amt des Druiden erhoben, dessen Befugnisse ausschließlich für das ausüben wirst, was dir das wahre Gute zu sein scheint.«

William schluckte seine Spucke hinunter und blickte zu dem Erzdruiden auf. Die Befragung begann. Die auswendig gelernten Worte kamen ihm wie im Traum, aber er wollte sie sprechen, wie er sie fühlte. Er wollte aufrichtig sein und ließ seine Seele sprechen: »Ich werde mich von ganzem Herzen darum bemühen.«

»Versprichst du, dich mit Hilfe der Moïra daran zu erinnern, dass du in dem Amt, in das du berufen wirst, die unbedingte Pflicht hast und dich immer bemühen musst, all denen, die dir anvertraut sein werden, das Beispiel eines tadellosen Lebenswandels zu geben?«

»Ich verspreche es«, antwortete William, während ihm flüchtig das Bild seiner Eltern durch den Kopf spukte, als wollte es sein Versprechen besiegeln.

»Versprichst du, die Macht, die dir anvertraut sein wird, wie ein heiliges Gut sorgsam zu hüten?«

»Ich verspreche es«, antwortete William erneut, und diese Worte waren aufrichtig.

»Versprichst du, dich ständig bereitzuhalten, allen Menschen zu dienen, soweit es in deinen Kräften steht?«

»Ich verspreche es.«

»Unsere Vorfahren mögen dich behüten, geliebter Bruder, und deine Würde festigen und stärken.«

Mit klopfendem Herzen kniete William nieder.

»Du wirst jetzt in voller Verantwortlichkeit lehren können, was du für wert hältst, dass es denen beigebracht wird, die du nach bestem Gewissen für würdig erachtest, diese Unterweisung zu empfangen. Die Verantwortung für jede Verbreitung liegt bei dir; du bist von jeder Geheimhaltung entbunden.«

*Bei der Moïra, genau darauf habe ich immer gewartet. Ich werde Druide, wie derjenige, der mich vor mehr als zehn Jahren kostenlos in seine Schule aufgenommen hatte, weil er mich für würdig erachtete, seine Unterweisung zu empfangen. Werde ich seine Güte haben können? Werde ich so gut unterrichten können, wie er es konnte? Werde ich meinem Traum gewachsen sein?*

Der Erzdruide erhob sich und stellte sich vor William, um seine beiden Hände auf dessen gesenkten Kopf zu legen.

»Ich, Elder Morgaw-das-Wildschwein, Sohn von Sundain, genannt Govu der Barde, genannt Ailin der Drui-

173

de, Erzdruide im heiligen Kreis von Sai-Mina, ich erhebe vor den Gaelianern Seine Serenität William in die Würde eines Druiden. In diesem Rang und weil seine Lehrer von ihm sagen, dass er ein gerechter Mann sei, soll er von seinen Brüdern und von allen Menschen Finghin der Druide genannt werden. Möge die Moïra dich beschützen, Finghin!«

Alle versammelten Druiden applaudierten ihrem neuen Bruder herzlich und kamen langsam auf ihn zu.

Noch ganz benommen, begriff William nicht mehr so ganz, was da geschah. Undeutlich sah er, wie diese Schatten über ihm näher kamen, und Ailins Hand, die noch immer auf seiner Stirn ruhte, schien immer heißer zu werden, als konzentriere der Saiman des alten Mannes sich auf seinen Kopf, und plötzlich hatte er das Gefühl, ohnmächtig zu werden.

Er sah ein grelles weißes Licht, nicht nur vor ihm, als betrachte er eine Lichtquelle, sondern überall um ihn herum, bis in jeden Winkel seines Geistes. Es war ein inneres Licht, das ihn ganz erfüllte. Dann nichts mehr. Absolute Leere.

Das dauerte nur einen Augenblick, aber als er das Bewusstsein wiedererlangte, wusste er, dass er nicht mehr derselbe war. Ailin hatte irgendetwas in ihm verändert. Eine Tür geöffnet. Eine Kette zerbrochen. Er hatte das Gefühl, besser zu sehen, besser zu hören, ihm war, als hätten all seine Sinne einen höheren Bewusstseinsgrad erreicht. Und der Saiman in seinem Innern hatte nicht mehr die verschwommene Labilität von einst. Er war eine strahlende, starke Energie, die nicht nachließ. Die nicht mehr nachlassen würde.

William kam wieder einigermaßen zu sich und sah, dass Shehan ihn umarmte.

»Du bist ein Druide, Finghin. Hier, das ist für dich.«

Und er reichte ihm den weißen Mantel und den weißen Stock der Druiden. Der junge Mann legte den Mantel über seine Schultern und nahm den Stock in die Hände. Er hatte seit so vielen Jahren auf diesen Augenblick gewartet, dass er das Gefühl hatte, dieser Stock habe ihm schon immer gehört.

Einer nach dem anderen umarmten alle Druiden ihren neuen Bruder, und in ihren Augen leuchtete aufrichtige Liebe.

William, der sich an seinen neuen Namen Finghin noch gewöhnen musste, ließ endlich seinen Tränen, die er allzu lange zurückgehalten hatte, freien Lauf. Er hörte, wie die Barden in der Ferne wieder zu spielen begannen, in der Tonart des Lächelns diesmal.


»Bis wohin werden wir gehen müssen?«, fragte Sarkans Sohn seinen Vater.

»Warum stellst du diese Frage, mein Sohn?«

Tagor war einer der jüngsten Krieger des Mahat'angor-Klans, und er hatte alle Aussichten, eines Tages als Nachfolger seines Vaters Chef des Klans zu werden. Eine Verantwortung, auf die er gut verzichten konnte. Er war ein mutiger und starker Krieger. Wie alle Männer des Mahat'angor-Klans war sein Oberkörper mit blauer Farbe bemalt, und er trug einen langen Haarkamm auf dem Schädel. Sein Körper schien aus einem Felsen geschnitten. Er hatte ein erstaunliches Charisma, und viele Mädchen des Klans würden nur zu gern eines Tages seine Frau werden. Seit frühester Kindheit war er die Freude der Aigabs gewesen, dieser Abendessen, die ausschließlich den Frauen vorbehalten waren und bei denen man voller Begeisterung von seinen un-

175

gewöhnlichen Augen – eines blau, das andere schwarz –
sprach. Heute hatte er, ohne auch nur einen Gedanken
an seine zukünftige Frau zu verschwenden, an der Seite
der Seinen gekämpft, wie jeden Tag, seit sie den Sid verlassen hatten – aber er hatte nicht mehr die gleiche Wut
wie die Tuathann der Generation seines Vaters.

Sarkan saß am Kamin in einer verwüsteten Strohhütte, in der sie die Nacht verbringen wollten. Es handelte sich lediglich um eine kurze Unterbrechung der
Invasion der Tuathann und einen der seltenen Momente, in denen der junge Tagor mit seinem Vater sprechen
konnte.

Sarkan begann mit einem Schwamm, den er in das
kochende Wasser, das in der Nähe des Feuers sprudelte,
tauchte, die blaue Farbe von seinem Oberkörper, seinen
Armen und seinem Gesicht zu waschen.

»Eines Tages werden wir aufhören müssen«, erwiderte Tagor, während er sich hinter seinen Vater stellte,
um die Lederriemen zu lösen, die seinen blauen Kamm
einschnürten.

In den Bräuchen des Klans war das ein Zeichen des
Respekts, und Tagor bemühte sich jeden Abend, seinen
Vater entsprechend der Tradition neu zu frisieren. In
Kriegszeiten hatten nur die Männer das Recht, die
Haarkämme der Krieger zu frisieren. In Friedenszeiten
war das Frauenarbeit, und die Haare wurden nicht
in der gleichen Art getragen. Sie fielen glatt auf den
Rücken, geglättet durch eine Mischung aus Tierfett.
Tagor legte den Zopf aus Riemen und Federn respekt-
voll vor seinen Vater und setzte sich wieder neben ihn.

»Glaubst du«, sagte Sarkan, »dass die Galatier aufgehört haben, als sie unsere Vorfahren abgeschlachtet
haben? Du darfst niemals vergessen, dass wir hier zu

Hause sind. Sieh dir nur die Namen der Städte an. Erkennst du nicht, dass sie der Beweis für unsere Anwesenheit sind? Die Dörfer und die Städte tragen fast alle Tuathann-Namen. Die Galatier sind so dumm, dass sie nicht einmal die Bedeutung der Namen der Städte kennen, in denen sie leben. Dabei versteckt sich die Wahrheit im Innern der Erde, mein Sohn. In den Ortsnamen. Du kennst unsere Sprache, du verstehst die Namen der Berge, der Dörfer, der vergessenen Tempel zu lesen.«

»Ja, aber müssen wir deswegen alle Nachkommen derer, die unsere Vorfahren vertrieben haben, töten?«, beharrte der junge Krieger.

»Du sprichst wie ein Galatier!«

»Verzeihung, Vater. Ich kenne Eure Gründe, und ich bewundere Eure Entschlossenheit. Aber ich stelle mir eine Zukunft vor, in der wir keinen neuen Krieg mehr fürchten müssen… Eines Tages müssen wir eine Übereinkunft finden, wir können nicht ewig kämpfen.«

»Die Galatier wollen keinen Frieden, mein Sohn. Sie haben unsere Vorfahren mit dem einzigen Ziel abgeschlachtet, dieses ganze Land zu besitzen. Man verhandelt nicht mit diesen Dieben.«

»Ich verstehe«, sagte Tagor enttäuscht. »Und glaubt Ihr, dass die Tuathann eines Tages die Ruhe einer Strohhütte wie dieser wiederfinden können, um ein ganzes Leben dort zu leben?«

»Wenn wir uns zurückgeholt haben, was uns gehört, ja, mein Sohn. Dein Volk hat mehrere Jahrhunderte gewartet, bis es wieder ans Sonnenlicht kam. Ihr Jüngeren, die ihr die Welt oben nicht gekannt habt, seid daran gewöhnt, aber unser wahrer Platz ist hier. Wir haben es geschworen. Du wirst sicher noch ein bisschen warten können, bevor du deine Waffen niederlegst.«

177

Der junge Tagor drehte einen Holzscheit im Kamin um, um das Feuer wieder anzufachen.

»Und wenn die Druiden uns angreifen? Es heißt, sie seien sehr mächtig.«

»Ich habe, was nötig ist, um die Neutralität der Druiden zu gewährleisten. Ich werde es dir zeigen, wenn die Zeit gekommen ist. Jetzt schlaf, denn morgen werden wir nach Süden aufbrechen, in den Teil der Insel, den die Galatier die Grafschaft Braunland nennen, in der der Sinain fließt.«

Sarkan lächelte seinem Sohn zu, dann stand er jäh auf und ging nach draußen, wo ihn die Chefs der anderen Klans erwarteten.

Die drei Reisenden hatten die Straße, die nach Providenz führte, verlassen und waren querfeldein gegangen, um weiter im Norden den Purpurfluss zu erreichen. Drei Tage marschierten sie über die Ebene aus Gras und Sand, in einem Chaos aus Sandsteinfelsen, ohne einer Menschenseele zu begegnen; nachts ruhten sie sich in der freien Natur aus. Mjollns Wunde schmerzte allmählich immer weniger. Am Abend des zweiten Tages kehrte seine Fröhlichkeit zurück, und er konnte sogar auf die Krücke verzichten, die der Druide ihm gemacht hatte.

Am Abend des dritten Tages fühlte Alea sich nicht gut. Ihr Herz schien den Rhythmus seines Schlagens nicht mehr verlangsamen zu wollen, und das Blut hämmerte in ihren Adern. Sie spürte so etwas wie eine Notsituation in ihrem Innern. Ein Gefühl unbestimmter Panik. Sie traute sich nicht, ihren Gefährten davon zu erzählen, und legte sich in dem Lager, das sie sich eilig hergerichtet hatten, rasch schlafen.

Es war eine mondlose Nacht, in der nur ein paar von hohen Wolken verschleierte Sterne leuchteten. Alea versank rasch in einem unruhigen Schlaf.

»Ich stehe vor der riesigen Fassade eines Tempels, dessen Steinmauern die Farbe des Blutes haben. Nein. Sie haben nicht die Farbe des Blutes, sie sind mit Blut überzogen! Es gibt keine Luft, es gibt keinen Wind, es gibt nicht einmal die Zeit. Nur mich und den Tempel und... (etwas) Ihn, der mich beobachtet. Ich weiß nicht, wer Er ist, aber Sein Blick ruht auf mir und folgt jeder meiner Bewegungen. Ich versuche vorwärtszugehen. Es gelingt mir zunächst nicht, weil meine Beine mir nicht folgen. Sie bleiben auf dem Vorplatz des Tempels kleben, als seien sie Teil des (blut)roten Felsgesteins. Dann lässt er mich hinein. Nein. Er zieht mich an. Es gibt keinen Himmel. Nur mich, den Tempel, der jetzt langsam näher kommt, und... (etwas) Ihn. Ich habe noch immer keine Kontrolle über meine Beine, aber diesmal tragen sie mich zu dem Tempel. Zu schnell jetzt. Irgendwo in meinem Innern spüre ich, dass ich nicht bereit bin. Ich lasse mich von einer Welle der Panik überrollen. Nein, wenn ich ihm jetzt begegne, wüsste ich nicht, wie ich kämpfen sollte. Ich muss meine Aufmerksamkeit auf etwas anderes lenken.

Ich blicke nach links. Da ist nichts, aber wenn ich mich konzentriere, dann kann ich mit meinem Geist etwas erscheinen lassen, da bin ich sicher. Ich muss mich nur konzentrieren. Da, ein riesiger Baum. Nein. Das ist kein Baum, es sind tausende kleiner Bäume, die, übereinander gestapelt, einen riesigen Baum bilden. Diese Vision verschwindet.

Ich blicke nach rechts. Im Augenblick ist dort

nichts, aber ich bin sicher, dass ich auch dort etwas erscheinen lassen kann, wenn ich es wirklich will. Ja, aber was? Ich schließe die Augen. Als ich sie wieder öffne, ist da eine Wölfin. Sie ist wunderschön. Ihr Fell ist schneeweiß. Sie hält einen Welpen zwischen ihren Zähnen. Ihr Junges. Und jetzt sehe ich, dass es tot ist. Warum behält sie es in ihrem Maul, wenn es tot ist? Die Wölfin sieht mich an, dreht sich um und verschwindet.

Es ist mir nicht gelungen, meine Aufmerksamkeit abzulenken. Der Tempel ist noch immer da. Bald werde ich in ihm sein. Dabei weiß ich, dass ich besser draußen bleiben sollte. Er will es, weil Er weiß, dass ich im Augenblick verwundbar bin. Ich bin verwundbar, weil ich nichts begreife. Was ist das für ein Baum? Wer ist diese Wölfin? Der Tempel kommt näher, unausweichlich. Ich verfüge über alle Mosaiksteinchen des Rätsels, aber ich vermag es nicht zu lösen. Mein eigener Körper ist mir fremd.

Und als ich endlich glaube, dass ich nicht mehr zurückweichen kann, als der Schatten der riesigen Tür bereit zu sein scheint, mich zu verschlingen, legt sich plötzlich eine Hand auf meine Schulter und hält mich an.

›Geh da nicht hinein‹, sagt eine Stimme zu mir, die ich nicht kenne.

Es ist die Stimme eines Jungen. Ich brauche mich nur umzudrehen, um ihn zu sehen.

Ich drehe mich um. Der Tempel verschwindet hinter mir, und Er mit ihm. Da steht er vor mir, der Junge. Ich habe Mühe, sein Gesicht zu erkennen. Es ist undeutlich. Alles, was ich sehen kann, ist, dass er sein langes blondes Haar hinter dem Nacken zusammengebunden *hat. Ich habe noch nie einen Jungen mit so langem Haar gesehen...*«

Sie wurde von Mjolln, der sich Sorgen machte, weil sie so unruhig schlief, aus dem Schlaf gerissen.

»Ein böser Traum?«, fragte etwas weiter entfernt der Druide, der niemals zu schlafen schien und sie mit geneigtem Kopf ansah.

»Nein, nein, es ist nichts«, log Alea und drehte sich seufzend um.

Sie machte die ganze Nacht kein Auge zu. Aber nach und nach wurde der Rhythmus ihres Herzens wieder normal, und die eigenartige Empfindung, die sie am Abend überfallen hatte, war am frühen Morgen wieder verschwunden.

Während des Tages zog sie es vor, nicht von ihrem Traum zu erzählen, und wich den beunruhigten Blicken des Druiden und von Mjolln aus. Gegen Mittag kam endlich der Purpurfluss in Sicht. Die Sonne spiegelte sich im Wasser und übersäte die Oberfläche mit blendenden Reflexen. Im Südwesten wirkte das Gor-Draka-Gebirge noch immer so nah wie einen oder zwei Tage zuvor. Aber der Boden wurde immer grüner und war von Blumen übersät. Am Horizont war nicht ein Gebäude zu sehen, es war die unbewohnteste Gegend von Galatia.

»Wir werden diesem Fluss bis zur Küste folgen«, erklärte Phelim, »und dann ist es nicht mehr weit nach Sai-Mina. In zwei Tagen werden wir dort sein.«

Mjolln klatschte fröhlich in die Hände.

»Gehen wir, meine Freunde! Ich bin schon ganz neugierig auf Sai-Mina!«

Aber Phelim hielt den Zwerg an der Schulter zurück.

»Wartet, Mjolln, ich sehe eine Staubwolke hinter uns, und ich möchte wetten, dass da Reiter auf uns zukommen. Ich denke, wir sollten lieber warten, um zu sehen, wer sie sind.«

Alea stellte sich daraufhin auf die Zehenspitzen, und ein Schauer lief ihr über den Rücken, als sie in der Ferne die Gruppe erkannte, von der der Druide gesprochen hatte. Ein eigenartiges Gefühl überkam sie. So etwas wie ein Drang, unbedingt fliehen zu müssen.

»Ich… wir müssen uns verstecken, Phelim, sie sind… sie sind böse. Ich spüre es. Na ja, ich sehe es, ich weiß nicht, es ist ganz merkwürdig.«

Der Druide starrte die Kleine an. Er trat ein paar Schritte zurück. Alea meinte zu hören, dass er ein paar Worte in einer unbekannten Sprache murmelte; dann stimmte er zu.

»Du hast wahrscheinlich Recht, verstecken wir uns.«

Die drei Gefährten verließen den Weg und versteckten sich hinter einem blühenden Dickicht. Sie drückten sich in den Schatten des Laubs und gaben keinen Laut von sich, bis die Reiter auf ihrer Höhe waren. Es handelte sich um vier schwarz gekleidete Männer, deren Gesichter, mit Ausnahme des größten der vier, der einen Helm trug, nicht zu erkennen waren, da sie unter großen Kapuzen verborgen waren. Der vierte Reiter war riesig, viel größer als ein normaler Mensch, und er machte den drei anderen ein Zeichen, unmittelbar vor der Uferböschung anzuhalten.

Er stieg von seinem großen Pferd und hockte sich auf den Boden. Mit der linken Hand hob er etwas Erde auf, die er unter die Öffnung seines Helms führte, vermutlich um daran zu riechen. Dann warf er sie hinter sich und erhob sich mit einem Satz.

»Sie ist hier vorbeigekommen«, rief er den drei anderen Reitern zu. »Sie ist nicht fern. Ich rieche sie…«

Er blickte sich um, und Alea hatte hinter dem Dickicht das beunruhigende Gefühl, dass ihre Blicke sich getroffen hatten. Innerhalb einer Sekunde, die ihr wie eine Ewigkeit vorkam, spürte sie, wie die Welt um sie herum schwankte, und sie hörte tausend Stimmen, die sich vermischten. Sie sah Tara und Kerry, sie sah Ilvain in der Heide, Phelim, Faith, Almar, alle Gesichter gleichzeitig, und verloren in der unaufhörlichen Flut von Bildern, die in ihrem Kopf explodierten, wurde sie von einem Schauer höchsten Schreckens gepackt. Und dann spürte sie eine dunkle, starke, durchdringende Kraft, die näher kam und sich um ihren Geist herum verstärkte, als wollte sie in ihn eindringen. In höchster Panik versuchte Alea mit aller Kraft diese eigenartige und eisige Energie zurückzudrängen, die gegen ihren Kopf hämmerte. Sie kämpfte einen Kampf in ihrem Innern, den sie nicht verstand, aber ihr Instinkt oder irgendein Zauber leitete sie und rief ihr zu, diese Kraft wie einen Abgrund des Nichts und des Todes zurückzudrängen. Mit einer allerletzten Kraftanstrengung gelang es ihr, die geheimnisvolle Macht, die in ihre Gedanken einzudringen versuchte, abzuwehren. Im selben Augenblick sah sie, wie der Reiter wieder auf sein Pferd stieg.

»Merkwürdig. Ich hätte geschworen, dass sie hier war. Reiten wir weiter, sie muss hier vorbeigekommen sein.«

Und die vier Reiter galoppierten los und verschwanden in der Ebene.

Mjolln, Phelim und Alea warteten noch ein paar Minuten, ohne sich zu rühren; dann standen sie auf und kamen aus dem Dickicht heraus.

»Sie haben mich gesucht«, erklärte Alea, noch immer unter Schock.

Phelim fuhr mit einer Hand durch das Haar des Mädchens.

»Hab keine Angst, wir werden bald in Sicherheit sein, und der Rat der Druiden wird dem allen ein Ende bereiten«, beruhigte er sie. »Um ihnen nicht noch einmal zu begegnen, werden wir den Fluss durchqueren und am Südufer weitergehen. Anschließend werden wir übers Meer nach Sai-Mina weiterreisen, auf diese Weise werden die vier Reiter uns nicht finden.«

»Bei der Moïra, sie sind schlimmer als die Gorgunen, diese Ungeheuer!«, rief der Zwerg.

»Wer waren sie?«, fragte Alea, während sie zu der Stelle ging, wo die Reiter angehalten hatten, als wollte sie die Spuren untersuchen, die sie hinterlassen hatten.

»Herilim«, erklärte der Druide, »ein alter Kriegerorden, der heute Maolmòrdha unterworfen ist.«

»Dem Mann, der mich sucht?«

»Ja. Wir müssen ihnen um jeden Preis aus dem Weg gehen.«

Alea starrte den Druiden an und sagte sich, dass er wieder nur einen Teil der Wahrheit sagte. Aber sie hatte zu große Angst, um nachzubohren.

Nur weg von hier. Das war alles, woran sie im Augenblick dachte.

Lebhaften Schritts machten sie sich wieder auf den Weg und warfen von Zeit zu Zeit einen Blick auf das andere Flussufer, um sich zu vergewissern, dass die schwarzen Reiter nicht mehr da waren.

Aber außer ihren schrecklichen Erinnerungen war da nichts.

Imala hatte die Ebene bereits vor Tagen verlassen und war erneut in den Wald eingedrungen. Sie war vor einer

Furcht erregenden Szene geflohen, in der die drei Vertikalen des Lagers, dem sie sich genähert hatte, gegen andere, kleinere und grünhäutige Vertikale gekämpft hatten. Überrascht von den Explosionen und den Flammen, die während dieses merkwürdigen Kampfes hochgeschossen waren, hatte sie sich ohne nachzudenken aus dem Staub gemacht und war erst viel später stehen geblieben, als sie den furchtbaren Lärm nicht mehr gehört hatte.

Seit dem Tag, an dem der seltsame schwarze Wolf ihr einen Hasen als Geschenk gebracht hatte, hatte sie nichts mehr gefressen, und allmählich bekam sie Hunger. Daher war sie jetzt auf der Jagd und hatte soeben die Spur eines zu schnellen Eichhörnchens verloren, das auf einem Baum verschwunden war.

Es war angenehm warm in der Dunkelheit des Waldes, und sie verharrte viele Minuten am Fuß des Baums, wohl in der Hoffnung, das Eichhörnchen könnte so dumm sein, wieder herunterzukommen. Sie ließ sich von den vertrauten Geräuschen des Waldes wiegen und rollte sich auf den Rücken, um sich am Boden zu kratzen; dann verlor sie die Geduld und beschloss, nach einer anderen Beute Ausschau zu halten.

Sie drang tiefer in den Buchenwald ein. Ein paar vereinzelte Sonnenstrahlen drangen zwischen den grünen Blättern hindurch, die den Himmel über ihr füllten. Die Gräser und das Reisig blieben wie Konfetti an einem Mantel an ihrem weißen Fell hängen, und die Pollen, die noch immer um sie herum durch die Luft flogen, brachten sie zum Niesen. Plötzlich spürte sie, dass sie das Territorium eines Wolfsrudels verließ. Der besondere Geruch, auf den sie bis jetzt nicht geachtet hatte, glänzte plötzlich durch Abwesenheit, und sie wurde

185

sich bewusst, dass sie nun einen neuen unbekannten Raum betrat, in dem, wie es schien, seit langem kein Wolf mehr gewesen war. Dafür nahm sie einen anderen, sehr angenehmen Geruch wahr, der dem der Wölfe nicht im Geringsten ähnelte. Sie ging langsamer und begann herumzuschnüffeln, um herauszufinden, wo dieser neue Duft herkam. Aber er war überall, und sie bemerkte jetzt, dass nicht nur der Geruch des Waldes sich verändert hatte. Die Pflanzen und der Boden waren auch nicht mehr wie vorher. Es war, als sei die Natur plötzlich aufgeräumt worden. Alles war da, die Bäume, die Gräser, die Erde, die Pilze, aber nichts fiel aus dem Rahmen. Kein toter Baum, kein zerbrochenes Reis, kein Aas unter den Bäumen. Der Wald war schöner denn je, und die Wölfin fühlte sich wunderbar in dieser pflanzlichen Vollkommenheit.

Nach einem langen Marsch sah sie sich plötzlich erneut einem Vertikalen gegenüber. Er ähnelte dem, der sich ein paar Tage zuvor vor ihr hingesetzt hatte. Die gleiche holzfarbene Haut, die gleichen schmalen, langen, spitzen Ohren, das gleiche goldene Haar und vor allem der gleiche Geruch, ein Geruch, der sich harmonisch mit dem des Waldes verband. Der Vertikale saß zwischen den Bäumen, und zwar so reglos, dass er zu schlafen schien. Und doch sah die Wölfin, dass er lächelte und dass seine Augen sich bewegten. Sie zögerte einen Augenblick, ging etwas nach links und nach rechts, um den Unbekannten genauer zu beäugen, und tat es ihm dann gleich, indem sie sich auf ihren Hintern setzte. Der Vertikale rührte sich nicht. Man hätte glauben können, er sei Teil des Waldes und schon immer da gewesen.

Ein paar Augenblicke später kam ein zweiter Vertikaler, der dem ersten in allem glich, und setzte sich neben ihn, dann ein dritter und ein vierter. Die Wölfin wich misstrauisch ein paar Schritte zurück und drückte sich ins hohe Gras.

Die vier Vertikalen begannen zu sprechen, und ihr war, als verstünde sie sie. Sie hatte das Gefühl, aus dem Tonfall ihrer Stimmen den Ausdruck ihrer Freundschaft herauszuhören. Sie sagten ihr, dass sie ganz ruhig sein solle, dass sie nichts zu fürchten habe, dass sie die Bewohner dieses Waldes seien. Nicht dieses Waldes, sondern aller Wälder, glaubte sie zu verstehen.

Die so klaren Botschaften, die sie plötzlich empfing, als wären sie vom Himmel gefallen, erschreckten sie. Noch nie hatte man so umfassend mit ihr kommuniziert. Die anderen Wölfe hatten niemals so viele Dinge auszudrücken vermocht. Ansatzweise versuchte sie ihrerseits, durch leises Jaulen ihre Gefühle auszudrücken. Sie äußerte ihre Angst, ihre Überraschung. Die Vertikalen beruhigten sie. Daraufhin äußerte sie ihren Hunger oder ihr Bedürfnis zu fressen, und sofort verschwand einer der vier Vertikalen hinter den Bäumen. Die Wölfin zuckte zusammen, sprang mit einem Satz auf, bereit zu fliehen, aber einer der Vertikalen flüsterte ein paar Worte, deren Bedeutung sie verstand: Der andere war losgegangen, um ihr etwas zum Fressen zu suchen. Die Wölfin knurrte ungläubig. Ein paar Augenblicke später kam der Vertikale zurück und legte eine Haselmaus, die er soeben erjagt hatte, vor sie auf den Boden. Imala wartete, bis der Vertikale sich entfernt hatte, und ging dann langsam näher heran, ohne die vier seltsamen Geschöpfe aus den Augen zu lassen. Sie nahm das kleine Säugetier ins Maul, nachdem sie daran geschnuppert hatte. Anschließend zog sie sich noch weiter zurück, um in Ruhe zu fressen, und als sie fertig war, legte sie sich auf die Seite. Mit einem leisen Jaulen versuchte sie ihre Dankbarkeit auszudrücken. Sie sagte sich, dass es ihr gelungen war, denn sie sprachen erneut zu ihr. Sie drückten ihr ganz einfach ihre Freundschaft aus.

Später standen sie auf und entfernten sich, wobei sie ihr mit ein paar geflüsterten Sätzen zu verstehen gaben, dass sie sie begleiten könne. Sie wartete etwas und folgte ihnen dann in weitem Abstand, weit genug, um sie alle im Blick und das Gefühl zu haben, selbst nicht gesehen zu werden. Zwei Tage blieb sie so in ihrer Nähe und lebte von den Beutetieren, die die Vertikalen ihr brachten. Jeden Tag verstand sie die Worte der Vertikalen etwas besser, ohne sich ihnen allerdings jemals so weit zu nähern, dass sie sie berühren konnten.

Endlich erreichten Alea und ihre beiden Reisegefährten die Küste, wo die Mündung des Purpurflusses sich in einen blauen, nicht sehr tiefen Golf stürzte. Auf der anderen Seite der Bucht erblickten sie das Gebäude der Druiden. Die Umgebung war atemberaubend.

Der hohe Turm von Sai-Mina, der sich wie eine Herausforderung über die blauen Fluten erhob, war das schönste und gefürchtetste Gebäude der Insel Gaelia. Die leuchtende und komplexe Masse der äußeren Grabenmauern aus grauem Stein erhob sich stolz auf einem Felsvorsprung und verlängerte die steilen Felswände, die ihr als Fundamente dienten, in den Himmel, wobei sie sich sanft mit dem weißen und geraden Felsen verband, der die Halbinsel bildete. Vier kleine, von Strebepfeilern flankierte Türme umgaben den majestätischen Bergfried, der bis zu halber Höhe quadratisch und dann bis zur Spitze zylindrisch war. Auf seinem Kupferdach ragte das Banner der Druiden, der Drache der Moïra, in den Himmel. Die Türme, die Zwischenfassaden, die sie miteinander verbanden, und der unzugängliche Bergfried waren rundum in gleichmäßigen Abständen mit Pecherkern versehen, die elegante Spitzenketten bildeten.

Es war das unglaublichste Gebäude, das jemals im Königreich gebaut worden war, und das geheimnisvollste. Der Rat der Druiden hatte es vor einem Jahrhundert errichten lassen, um seine Machtposition im Königreich zu betonen. Der Erzdruide hatte diesen Ort gewählt, weil man hier der Legende zufolge die älteste Eiche von Gaelia gefunden hatte. Die Gebäude waren um sie herum gebaut worden, und in dem zentralen Hof hatte man einen Steinkreis errichtet, um aus dieser Eiche den heiligen Baum zu machen, der die wichtigsten druidischen Zeremonien überragen sollte. Sai-Mina war die schönste Burg der Grafschaften, was viel aussagte über die besondere Stellung des Rats in der Politik und in den Machtbeziehungen, die auf der Insel herrschten. Die Inspiration und Erfahrung von drei Künstlern aus Bisania und das technische Geschick von vier Zwergenarchitekten waren nötig gewesen, bevor dreihundert Arbeiter mit den Arbeiten beginnen konnten, die neunzehn Jahre dauerten und ohne die besondere Hilfe der Druiden und ihrer Magie vermutlich noch länger gedauert hätten. Gerüste mussten auf der Flanke der Steilwand errichtet werden, und man hatte die größte Mühe, die Materialien kommen zu lassen, die dann auf Wagen, die von den stärksten Ochsen der Gegend gezogen wurden, auf die Anhöhen der Halbinsel transportiert wurden. Mehrere Arbeiter fanden den

Tod bei dieser gefährlichen Unternehmung, und nur durch den unerschütterlichen Willen der Druiden konnte das Werk wie geplant vollendet werden. Niemand kannte die genaue Summe, die der Rat in diesen Traum von Pracht steckte, und vermutlich könnte heute niemand mehr so viel Geld zusammenbringen und so viele Handwerker, Künstler, Architekten und Arbeiter zur Mitarbeit bewegen.

Alea hatte noch nie etwas so Schönes gesehen. Und Mjolln war auf den Hintern gefallen und erging sich, wenn er nicht gerade vor Schmerz grunzte, in Ausrufen der Begeisterung.

»Das ist unglaublich«, bestätigte die Kleine und lächelte ihm zu.

Dann stiegen sie zum Wasser hinunter, in eine kleine Bucht, in der mehrere Boote vertäut waren. Phelim wählte das größte und schob es zum Meer. Alea war niemals in ein Boot gestiegen, sie konnte nicht schwimmen, und die Vorstellung, die Bucht in einem alten Holzboot zu überqueren, begeisterte sie nicht gerade, aber sie vertraute dem Druiden und ging an Bord, ohne ihre Angst zu zeigen.

Sie setzte sich ans Heck des Bootes und rührte sich die ganze Fahrt über nicht mehr; das Rudern überließ sie ihren beiden Gefährten. Müde und erschöpft, gab sie sich wehmütigen Träumereien hin, in denen sich Saratea, ihre Kindheit und Amina, ihre verschwundene Freundin, vermischten. Sie sagte sich, dass diese Zeit für sie nun endgültig vorüber war, dass ihr Leben nicht mehr dasselbe sein würde, und gewiegt von dem leichten Stampfen des Bootes, ertappte sie sich dabei, dass sie ihm nachtrauerte. Es war einer dieser Momente, in denen die Müdigkeit einen traurig macht, in denen die

Erinnerungen schwer wiegen angesichts der Leichtigkeit der Gegenwart, einer dieser Momente, in denen die Vergangenheit sich einem entzieht, unfassbar wird, wie ein wunderschönes Bild, das man nicht reproduzieren kann. Sie wusste, dass Mjolln oder Phelim die Erinnerung an ihre Kindheit niemals mit ihr teilen, dass sie niemals einfach nur diese Kleinigkeiten beschwören konnten, die das Leben einer Waise ausgemacht hatten, bevor die Moïra ihr ein anderes Schicksal bestimmte. Ihr blieben nur die Erinnerungen. Kein Gegenstand, keine Spur, nichts als ihre Erinnerungen, um ihre Vergangenheit zu beschwören. Sie wusste nicht, ob das Wasser, das über ihre Wange lief, eine Träne war oder einfach nur ein paar Tropfen, mit denen das Meer sie bespritzt hatte, vielleicht ein wenig beides, aber eines wusste sie sicher: dass dieses hohe Gebäude, das mit jedem Ruderschlag näher kam, ihr Leben unwiderruflich verändern würde.

»Wir sind da!«, rief Mjolln und ließ die Ruder etwas zu früh los.

Er fiel nach hinten und brach in Gelächter aus, als er Alea zusammenschrecken sah.

Phelim ließ das Boot sich drehen, um am Fuß der Steilwand anzulegen, und klammerte sich dann an ein dickes Seil, das, in Ringen hängend, die in gleichmäßigen Abständen angebracht waren, am Felsen entlangführte. Der Druide zog an dem Seil, und das Boot bewegte sich an der Steilwand entlang bis zu einer kleinen, in den Felsen gehauenen Treppe. Er vertäute den Nachen in der Nähe der Stufen und stieg als Erster aus, gefolgt von Mjolln und Alea. Wortlos begannen sie die ersten Stufen der Treppe hinaufzugehen, und Mjolln warf einen beunruhigten Blick an der Steilwand nach oben: Der Aufstieg würde bestimmt mehr als eine halbe Stunde dauern!

Als sie endlich völlig entkräftet oben ankamen, wurden sie von drei in elegante blaue Gewänder gekleideten Dienern empfangen. Sie grüßten zuerst Phelim und verneigten sich dann vor seinen beiden Gefährten, bevor sie sie über einen schmalen Pfad, der zwischen Büschen verlief, nach Sai-Mina führten. Sie betraten den Hof der Eiche durch eine Geheimtür und sahen den Turm in seiner ganzen Pracht vor sich.

Der Palast war vom Hof aus gesehen noch eindrucksvoller. Die Mauern waren so dick und so hoch, dass man den Himmel kaum sehen konnte. Alles war sauber und gepflegt, und Alea sagte sich, dass das nicht weiter erstaunlich war angesichts der Menge der Diener, die um sie herum zugange waren. Die einen holten Wasser aus dem Brunnen, andere versorgten Pferde in langen Ställen voller Stroh, weiter entfernt übten sich ein paar junge Soldaten in Harnisch mit einem alten Mann im Schwertkampf, Druiden waren in ihren weißen Mänteln im Steinkreis beschäftigt, dort, wo niemand anderer Zugang hatte. Die Wohnungen der Diener und Handwerker lagen direkt am Hof, und ihre Familien wohnten dort, was bedeutete, dass es kleine Geschäfte, Werkstätten, eine Schule gab… Der Hof von Sai-Mina war ein vollständiges kleines Dorf, lebhaft und bunt, erfüllt von Stimmen und Tierlauten. Ein öffentlicher Ausrufer informierte über den heutigen Markt. Bauern, die gekommen waren, um ihre Produkte zu verkaufen, ließen ein paar geräuschvolle Tiere frei. In gleichmäßigen Abständen läuteten Glocken über dem Hof und meldeten das Öffnen des großen Tors…

»Das ist Sai-Mina«, sagte Phelim und legte eine Hand

auf Aleas Schulter. »Es ist ein Ort, den zu entdecken nur sehr wenige Mädchen deines Alters das Privileg hatten. Es gibt so viele Dinge zu sehen, verlier keine Minute!«

Sie gingen über den Hof zum Nordflügel des Palastes – niedriger als die anderen –, wo Phelim sie verließ und ihnen erklärte, dass sie sich beim Abendessen sehen würden und dass man ihnen in der Zwischenzeit ihre Zimmer zeigen würde. Zwei Diener führten Mjolln und Alea in ein dreistöckiges Gebäude. Die Kleine ließ sich wortlos führen, so sehr war ihre Aufmerksamkeit von der Schönheit des Ortes gefangen genommen. Sie fragte sich, ob sie nicht träumte; eine eigenartige Atmosphäre herrschte in dem riesigen Hof, alles wirkte gar zu adrett, die Farben, die Klänge, die gleichmäßigen Bewegungen der Diener, das Ballett der Soldaten. Alea hatte das Gefühl, ein geheimnisvoller Schleier umhülle alle Menschen und Dinge, beschütze sie, ordne sie. Ja, das alles hatte wirklich etwas von einem Traum. Sie folgte den beiden Dienern zu der breiten Treppe, stieg mühsam die hohen Holzstufen hinauf und blickte sich immer wieder zu dem Zwerg um, der ebenso beeindruckt schien; dann führte man sie in zwei angrenzende Zimmer.

Die Einrichtung war ebenfalls ein Kunstwerk. Alle Möbel und die Wände waren mit Edelhölzern furniert, deren Oberflächen nackt oder mit Intarsien verziert waren. Geriffelte Klingen aus vergoldeter Bronze schmückten das Holz auf den Füßen der Möbel und als Rahmung. Überall traf man auf die längliche Figur des Drachen der Moïra, ins Holz geschnitzt, auf das Porzellan gemalt oder auf die dünnen Intarsientafeln gezeichnet. Die jahrelange Arbeit der besten Künstler, unerhörte

193

Gold- und Silberschätze waren dort versammelt. Alea setzte sich auf das große Baldachinbett und kreuzte die Hände auf ihren Knien. Sie traute sich nicht, irgendetwas anzufassen, wagte sich kaum zu bewegen. Sie saß da und bewunderte ihr Zimmer, bis man sie schließlich holte.

Es klopfte an ihrer Tür, und sie stand auf, mehr um zu öffnen als um zu sprechen. Eine ziemlich junge Dienerin stand vor ihr und lächelte ihr zu.

»Das Fräulein ist nicht umgezogen?«, fragte sie und beugte sich ins Innere des Zimmers, um auf die Kleidungsstücke zu zeigen, die auf einem Stuhl bereitgelegt worden waren.

»Äh... nein. Ich wusste nicht, dass sie für mich sind...«

»Ich glaube, es wäre besser, wenn Ihr dieses Kleid anzieht, Fräulein.«

»Ein Kleid?«, fragte Alea überrascht.

Es war ein Kleid aus grau-blauer Wolle, weit und einfach, aber elegant geschnitten, das nach unten weiter wurde. Der runde Halsausschnitt und die Manschetten waren mit einer schmalen Borte aus gedrehten Goldfäden verziert. Im Rücken zog sich ein Verschluss, gesäumt von kleinen silbernen Ösen und mit einem schwarzen Litzenband geschnürt, bis zur Taille.

»So ein Kleid habe ich noch nie getragen!«, sagte das junge Mädchen, und Alea spürte, wie sie errötete. »Ich weiß gar nicht, wie man es anzieht...«

Die Dienerin musste lachen und bot an, ihr beim Umziehen zu helfen; als Alea eine halbe Stunde später in dem riesigen Speisesaal im Hauptgebäude gekleidet wie eine Prinzessin erschien, fühlte sie sich gar nicht wohl in ihrer Haut. Sie trug noch immer stolz die Brosche, die Phelim ihr gegeben hatte, und hoffte, dass ihr das helfen würde, sich unter so vielen Unbekannten besser zu fühlen.

»Willkommen in Sai-Mina«, empfing sie ein alter Mann, der auf sie zukam.

Er war glatzköpfig wie Phelim und trug das gleiche Symbol auf seinem langen weißen Umhang. Alea schloss daraus, dass er ebenfalls ein Druide war, so wie das halbe Dutzend Männer, die sich hinter ihm vor einem gewaltigen Kamin unterhielten; vermutlich hatten sie auf das junge Mädchen gewartet, um zu Tisch zu gehen.

»Habt Ihr eine gute Reise gehabt?«

»Äh, nein, äh, nicht wirklich«, stotterte Alea, sichtlich verlegen in ihrem Kleid unter all diesen Erwachsenen.

»Ha! Das nenn ich Ehrlichkeit! Aber Ihr seid jetzt hier in Sicherheit«, beruhigte sie der alte Mann und nahm sie bei der Schulter. »Kommt zu uns, wir haben eine Menge Fragen an Euch!«

Alea verzog das Gesicht; die Vorstellung, von den Druiden verhört zu werden, begeisterte sie nicht gerade. Aber dann sah sie Mjolln, der in einem Sessel am Feuer saß, und war erleichtert. Sie folgte dem alten Druiden, und die anderen traten beiseite, um sie vorbeizulassen. Es war ein eigenartiges Gefühl, zwischen all diesen Männern hindurchzugehen, die Phelim so sehr glichen. Glatzköpfig, das gleiche Gewand, das gleiche Symbol und vor allem der gleiche durchdringende Blick.

Phelim, der neben Mjolln saß, stand auf, als er Alea sah, und kam lächelnd auf sie zu.

»Alea, ich stelle dir den Rat der Druiden vor, oder zumindest, was noch davon übrig ist, denn mehrere unserer Mitglieder sind auf Mission… Die Personen, die hier sind, sind alle Mitglieder des Rats, sie sind also Großdruiden, das ist unser Titel, verstehst du? Du hast soeben Ailin, unseren Erzdruiden, kennen gelernt, und das sind Ernan, der Archivar, Shehan, Aengus, Odhran, Henon und Tiernan.«

»Guten Tag«, sagte das Mädchen nur und verneigte sich leicht.

All diese druidischen Namen und Titel verwirrten sie ein wenig. Außerdem hatte sie niemals gelernt, sich in derartigen Situationen korrekt zu verhalten, und fühlte sich lächerlich. Sie war sicher, dass es eine ganz besondere Art gab, einen Druiden zu grüßen, aber sie kannte sie nicht und traute sich nicht mehr, auch nur einen von ihnen anzusehen, so sehr fühlte sie sich fehl am Platz.

»Na komm, Alea, sei nicht schüchtern«, sagte Phelim voller Herzlichkeit zu ihr und zog sie zum Feuer. »Du wirst dich hier wohl fühlen. Schau dir Mjolln an, er fühlt sich bereits zu Hause!«

Der Zwerg nahm Alea in seine Arme, und dann bat man sie zu Tisch. Die Diener von Sai-Mina hatten alles sorgfältig vorbereitet, wie immer, wenn es neue Besucher in dem Turm gab. Der endlos lange Tisch aus massiver Eiche war mit einer langen weißen bestickten Decke gedeckt, und die Bestecke aus Silber glänzten wie neu auf dem blütenweißen Tischtuch. Alea war hingerissen angesichts der Porzellanteller, die mit Jagdszenen in allen Farben und mit einer bemerkenswerten Feinheit des Strichs bemalt waren. Auf dem Tisch standen einige Kandelaber, in denen hohe weiße Kerzen brannten, deren Flammen sich im Silbergeschirr spiegelten.

Kaum hatten die Gäste sich gesetzt, brachten die stummen und diskreten Diener auch schon Platten und Schüsseln aus der Küche. Alea stieg sofort der köstliche Geruch in die Nase, der von ihnen ausging, und das erinnerte sie an die Taverne Die Gans und der Grill. Erneut würde sie außergewöhnliche Gerichte kosten können, sie, die sich ihr ganzes Leben mit dem hatte begnügen müssen, was der Tag ihr brachte…

Die Diener stellten drei große Platten mit Kalbsrouladen auf den Tisch, die mit Blutwurst gefüllt waren. Alea bewunderte die Arbeit der Köche. Eine köstliche Blutwurst war in dünne Scheiben Bisania-Schinken und das Ganze dann in eine Scheibe vom Braunland-Kalb gewickelt worden, die zugenäht worden war, damit der Braten zusammenhielt. Das Fleisch war anschließend mit Senf bestrichen und der Braten mit einem Netz umwickelt worden, bevor er im Ofen goldbraun gebraten wurde. Tara hätte es nicht besser machen können, dachte Alea.

Man servierte ihr eine dicke Scheibe Kalbsroulade und Gemüse, und sie wartete, bis Mjolln zu essen begann, um sicherzugehen, dass sie beim Essen keinen Fauxpas beging. Die Sauce war besonders köstlich, und Alea bemühte sich, unauffällig jedes Stück Kalbsroulade hineinzutauchen, um auch ja kein Tröpfchen zu verlieren. Die Köche hatten den Boden des Bräters abgekratzt, um den karamelisierten Bratensatz nicht zu verschenken und in der Sauce aufzulösen, was ihr diesen köstlich süßen Geschmack verlieh.

Alea ließ es sich schmecken, aber der Gedanke, sie könnte irgendetwas falsch machen, versetzte sie in Panik. Zum Glück ließ man sie während des ganzen ersten Teils des Essens in Ruhe, und sie hörte wortlos den Unterhaltungen der anderen zu. Sie wusste nicht immer, worüber die Gäste genau sprachen, aber sie verstand unter anderem, dass im Süden Galatias Krieg herrschte und dass dieser Krieg die Großdruiden mindestens ebenso sehr beunruhigte wie Ilvains Tod. Als man schließlich auf dieses Thema zu sprechen kam, richteten sich alle Blicke auf Alea, und Ailin stellte ihr die erste Frage.

»Wie hast du Ilvains Körper gefunden?«

Alea wischte sich den Mund ab, senkte den Blick und erzählte die ganze Geschichte, wobei sie Mjolln, der neben ihr saß, regelmäßig Blicke zuwarf, als wollte sie sich bei ihm Mut holen. Phelim forderte sie auf, den Druiden den Ring zu zeigen, den sie gefunden hatte. Alea war sicher, dass Phelim seinen Kollegen auf die eine oder andere Weise bereits alles erklärt hatte, aber sie hatte das Gefühl, dass die Druiden sich der Tatsachen erst jetzt richtig bewusst wurden, und der Anblick des Rings ließ sie auf bedrückende Weise verstummen. Das Ende des Essens verlief ziemlich schweigsam. Alea bemerkte ein paar verlegene Blicke und hörte, dass die Druiden untereinander flüsterten.

Sehr schnell machte sich die Müdigkeit bemerkbar, und Alea bat Phelim um die Erlaubnis, schlafen gehen zu dürfen. In Wirklichkeit hatte sie es vor allem eilig, diese Gesellschaft zu verlassen, in der sie sich unbehaglich fühlte und die sie mit anderen Augen betrachtete, seit sie den Ring gezeigt hatte. Phelim lächelte ihr zu und sagte, dass sie natürlich gehen könne und dass sie sich morgen sehen würden. Mjolln stand sogleich auf, um Alea zu begleiten, und eskortiert von zwei Dienern machten sie sich auf den Weg zu ihren Zimmern.

»Mjolln, würdest du heute Abend noch ein bisschen

bei mir bleiben? Ich fühle mich in diesem großen kalten Zimmer nicht sehr wohl und brauche deinen Rat.«

»Natürlich. Ich mag mein Zimmer auch nicht besonders, Steinewerferin.«

Sie dankten den beiden Dienern und setzten sich in der Mitte des großen Bettes einander gegenüber.

»Ich fühle mich so allein unter all diesen Druiden«, gestand Alea ihrem Freund.

»Ja, das sehe ich, und ich verstehe dich. Ähm. Sie sind groß und geheimnisvoll, ja. Und wir so klein. Aber Phelim ist ein braver Mann. Er hätte uns nicht hierher gebracht, wenn wir etwas zu befürchten hätten. Ähm. Beruhigt?«

»Ich mag die Art nicht, wie sie mich angesehen haben, nachdem sie meinen Ring gesehen hatten. Ich habe das Gefühl, dass sie mich für… ein Ungeheuer halten.«

»Ha, ha! Das ist ein Gefühl, das ich, ähm, gut kenne! Wie oft haben Deinesgleichen mir diesen Blick zugeworfen, meiner halben Portion, hm? He, he, man gewöhnt sich schließlich daran und muss sich sagen, dass wir wenigstens etwas Besonderes sind! Ähm. Der dicke Zwerg und das junge Mädchen mit dem Ring…«

»Aber was ist denn an mir so besonders, Mjolln?«

»Du bist meine Steinewerferin! Und in meinen Augen ist es das, was zählt! Ähm. Genau das. Steinewerferin und Abenteurerin.«

»Ja, aber in ihren Augen? Glaubst du, dass sie mich eigenartig finden?«, fragte das junge Mädchen und senkte den Blick.

»Woher soll ich das wissen, Alea? Du bist nichts anderes als ein nettes kleines Mädchen. Ähm. Na komm, kleine Alea, mach dir keine Sorgen, wir sind hier weniger in Gefahr als draußen.«

»Wenn ich mir dessen nur sicher sein könnte«, sagte Alea abschließend und kroch unter die Decke.

Der Zwerg lächelte ihr zu, fuhr mit seiner Hand durch Aleas langes schwarzes Haar, sagte sich, dass sie kein Kind mehr war, erhob sich und kuschelte sich in einen Sessel.

»Ich werde hier schlafen, schlafen, schlafen, gleich nebenan, und sollte ich schnarchen, dann weck mich auf. Gute Nacht!«

Aber die Kleine schlief bereits.


Zur selben Zeit erreichten Kiaran, Finghin und Aodh, die drei Druiden, die der Rat in diplomatischer Mission losgeschickt hatte, die andere Seite der Bucht in dem Boot, das Alea und ihre Gefährten benutzt hatten, um nach Sai-Mina zu kommen. Sie marschierten bis zu dem kleinen Dorf Matar, wo sie drei Pferde nahmen und sofort wieder losgaloppierten. Die Zeit drängte.

Finghin, der sein Pferd in gestrecktem Galopp dahinfliegen ließ, sah seine Brüder an, ohne etwas zu sagen. Er fand, dass Kiaran wie gewöhnlich ein wenig zerstreut wirkte, während Aodh im Gegenteil nervös war und sogar wütend zu sein schien.

*Er weiß, dass Ailin das getan hat, um ihn loszuwerden*, dachte er, während sie nach Südwesten ritten. *Ich verstehe, dass er wütend ist. Was mich wundert, ist, dass Ailin dieses Risiko eingegangen ist. Es ist ganz unwahrscheinlich, dass Aodh in Harcort freundlich empfangen wird. Graf Feren Al'Roeg hasst die Druiden, seit er unter dem Einfluss dieses Thomas Aeditus steht. Er wird ihn auf der Stelle töten lassen. Er hat keine Chance, mit dem Leben davonzukommen. Und wer wird dann seinen Platz im Rat einnehmen? Eben das wun-*

*dert mich. Dass Ailin dieses Risiko eingegangen ist. Nein, das kann ich nicht glauben.*

Als die Pferde zu erschöpft waren, um noch galoppieren zu können, rang Finghin sich endlich durch, Aodh zu fragen.

»Wie wirst du es anstellen, um mit Graf Al'Roeg zu sprechen? Ich meine, Thomas Aeditus hat ihn bekehrt, und er verabscheut die Druiden…«

»Willst du wissen, wie ich mich anstellen werde oder was Ailin sich vorstellt?«

*Er hat meine Gedanken erraten. So wie er auch die des Erzdruiden erraten haben muss. Ich muss ihn mit seinen eigenen Waffen schlagen.*

»Macht das einen Unterschied?«

Aodh drehte seinen Kopf abrupt zu dem jungen Druiden. Es war nicht das erste Mal, dass dieser junge Mann ihn erstaunte. Er fand ihn ebenso scharfsinnig wie unverschämt.

»Ailin denkt, dass ich fliehen und meine Mission nicht erfüllen werde. Dann könnte er mich beschuldigen, nicht gemäß der Entscheidung des Rats gehandelt zu haben, und mich verbannen. Er sagt sich, dass ich das vermutlich dem Tod vorziehe… Denn mich erwartet der Tod, wenn ich nach Harcort gehe. Ailin will mich loswerden, aber mich nicht töten. Er hofft, dass ich fliehe und mich bis ans Ende meiner Tage verstecke.«

*Der Arme steckt in einer Sackgasse. Wie konnte der Rat das akzeptieren? Ich habe ja selbst dafür gestimmt. Ailins List war zu perfekt. Ich muss lernen, misstrauischer zu sein.*

Kiaran war währenddessen auf seinem Rappen neben ihnen geblieben, ohne etwas zu sagen. Es war schwer zu sagen, ob er nicht zuhörte, ob er an etwas anderes dachte oder ob er sich des Ernstes dieser Unterhaltung nicht bewusst war.

»Und was willst du jetzt tun?«, fragte Finghin zaghaft.

»Ich werde in Harcort sterben, junger Druide, das ist die beste Möglichkeit, mich am Erzdruiden zu rächen...«

»Und wenn...«

Finghin unterbrach sich, weil er sich der Respektlosigkeit und des Zynismus bewusst wurde, derer er sich beinahe schuldig gemacht hätte. Aber es war bereits zu spät.

»Wenn ich sterbe, wer wird mich im Rat ersetzen?«, beendete Aodh für ihn den Satz. »Ist es das, was du wissen willst? Die Moïra wird für uns entscheiden. Aber ich wage zu hoffen, dass das demjenigen zu denken geben wird, der Ailin eines Tages ersetzen muss.«

*Ich weiß nicht, ob Aodh jetzt mutig oder wahnsinnig ist, aber er beeindruckt mich.*

»Finghin«, fuhr Aodh fort, »ich weiß, du hast gerade deine Initiation erlebt, du willst immer noch unbedingt verstehen und möchtest das Spiel des Erzdruiden gern vollständig durchschauen. Ich weiß es, und ich bewundere dich dafür. Aber es ist ein falsches Spiel und noch komplizierter, als es scheint. So hart die Entscheidung des Erzdruiden auch sein mag, sie war vielleicht die bestmögliche. Und was meine Reaktion betrifft, so wird sie für mich gewiss tödliche Folgen haben, aber ich denke, dass sie sich auch sehr positiv auswirken könnte. Wenn man sich auf das Spiel einlässt, Menschen zu manipulieren, dann kommt ein Augenblick, da die Interessen sich so sehr vermischen, dass die Akteure des Spiels selbst gezwungen sind, sich zu opfern. Aber ich will dir das alles nicht zu schnell zumuten. Du hast genug Zeit zu lernen, und ich will nicht dein Lehrer sein. Wechseln wir das Thema – und zieh keine voreiligen Schlüsse. Unsere Wege trennen sich in Providenz, wo deine Mission beginnen wird. Lassen wir bis dahin die Moïra über die Zukunft entscheiden, einverstanden?«

Der junge Druide nickte, und erst in diesem Augenblick entschied Kiaran sich zu sprechen, während er in den Sternenhimmel starrte.

»Nicht die Moïra entscheidet, sondern die Menschen.«

Die beiden anderen sahen ihn verblüfft an. Sie sagten sich, dass Kiaran wohl verrückt geworden, auf jeden Fall aber irgendwie merkwürdig war. Er sprach wenig, aber immer wenn er es tat, äußerte er eine Meinung, die dem widersprach, was alle zu denken schienen. Kiaran sah die Welt nicht wie die anderen Druiden, und das war seine Stärke, aber auch seine Schwäche.

»Du solltest diese Idee dem Rat vortragen«, sagte Aodh schließlich, »ich bin nicht sicher, ob alle deiner Meinung sein werden, aber du könntest sie zumindest näher erklären…«

*Eine höfliche, aber unmissverständliche Art, das Gespräch abzuwürgen. Übrigens hat Kiaran ihn genau verstanden. Jetzt schweigt er wieder…*

Die Sonne begann zur Horizontlinie hinabzuwandern, und die drei Druiden galoppierten wieder los, ohne noch etwas hinzuzufügen.

Zwei Tage und zwei Nächte sprachen sie kein Wort miteinander, bis sie die Tore von Providenz erreicht hatten.

Alea wachte am späten Vormittag auf. Sie hatte selten so gut geschlafen und wunderte sich, dass man sie nicht schon früher geweckt hatte. Sie streckte sich, und dann sah sie, dass Mjolln nicht mehr da war. Sie sprang aus dem Bett, schlüpfte in ihre Kleider und ging zur Tür ihres Zimmers, vor der sie abrupt stehen blieb.

Vielleicht sollte sie ja, da niemand gekommen war, um sie zu wecken, ihr Zimmer nicht verlassen. Und doch war Mjolln hinausgegangen. Sie wusste nicht, was sie tun oder wohin sie gehen sollte, wenn sie ihr Zimmer allein verließ. Einen Augenblick dachte sie, dass ein Diener vielleicht brav vor der Tür wartete, und lachte bei dem Gedanken, dass er, wenn es so war, ganz schön lange hatte ausharren müssen...

Dann kam ihr die Idee, erst einmal aus dem Fenster zu schauen. Sie zog den Vorhang, der das Sonnenlicht nur gedämpft hereinließ, zur Seite und hatte Mühe, sich an das grelle Tageslicht zu gewöhnen. Im Hof des Palastes ging es noch geschäftiger zu als am Tag zuvor. Schnell erblickte sie Mjolln, der sich auf einer Bank mit einem großen Krieger unterhielt, der über einem Kettenhemd eine Rüstung aus mit Nägeln beschlagenem Leder trug und dessen langes schwarzes Haar im Nacken zusammengebunden war. Mit wem mochte Mjolln da wohl sprechen?

Sie stürzte sofort aus ihrem Zimmer, traf niemanden im Gang und lief die Treppen hinunter, um in den Hof hinauszugehen. Als sie unten ankam, grüßten die Leute sie höflich und schienen kaum überrascht, sie zu sehen. Der Palast erstrahlte in der Sonne.

Sie ging auf die andere Seite des Hofs. Mjolln saß jetzt allein auf der Bank und beobachtete den Krieger, mit dem er ein paar Augenblicke zuvor noch gesprochen hatte. Der Mann in der Rüstung trainierte jetzt ein paar Meter entfernt einen jungen Burschen. Der Lärm der aneinander schlagenden Waffen mischte sich in das unablässige Stimmengewirr im Hof mit seinen Brunnen, seinen Tieren, seinem Schmied und seinen Unterhaltungen, so dass Mjolln Alea nicht kommen hörte.

Sie setzte sich neben ihn, und Mjolln schreckte zusammen, als sie ihn begrüßte.

»Du hast mir Angst gemacht, he. Guten Tag, Alea, ja, einen sehr schönen Tag, sieh nur diese Sonne! Und Sai-Mina wirkt in dieser Beleuchtung ganz anders als gestern Abend, nicht wahr? Bim links, bam rechts! Sie schlagen, sie schlagen. Das ist Kunst! Nicht wahr?«

»Wenn du es sagst. Ist das der Krieger, mit dem du eben gesprochen hast?«

»Ja, Galiad, aber nicht wirklich ein Krieger, nein, ähm, er ist der Magistel von Phelim. Und das, taha, ist sein Sohn Erwan, dem er jetzt beibringt, mit dem Schwert umzugehen. Bim.«

Alea sah den jungen Burschen, auf den Mjolln deutete, und schreckte unwillkürlich zurück. Sie hatte das Gefühl, ihn zu kennen, konnte sich aber nicht wirklich an dieses Gesicht erinnern und es noch viel weniger mit einem Namen verbinden.

»Ein Magistel? Was ist das?«, fragte sie, ohne den jungen Mann aus den Augen zu lassen.

»Ähm. Äh… Eine Art Privatsoldat für die Großdruiden. Bam. Du greifst einen Großdruiden an und bekommst es mit seinem Magistel zu tun! O ja. Das tut weh. Jeder Großdruide hat seinen Magistel, und folglich gibt es dreizehn, da es zwölf Großdruiden und einen Erzdruiden gibt. Na ja, eigentlich elf, verstehst du, zwei Großdruiden sind aus dem Rat verschwunden – aber das ist ein Geheimnis. Ach, es ist kompliziert! Ähm. Na ja, kurz, diese Magisteln werden nach ihrer Stärke und Geschicklichkeit ausgewählt. Sie sind gewiss die besten Kämpfer der Welt! Galiad ist sehr nett, er hat mir sogar gedankt, dass ich Phelim begleitet habe, als hätte ich seinen Herrn beschützt, wo doch das Gegenteil wahr ist. Unglaublich, nicht? Ich hatte bereits von diesem Magistel gehört, weißt du. In den Erzählungen eines Barden.«

»Und was erzählt man von ihm?«

»Man erzählt, dass er den ersten Drachen getötet hat und dass er sein Schwert, Banthral, aus dem Schwanz dieses Ungeheuers gezogen hat.«

»Was für eine komische Geschichte!«, sagte Alea und verzog zweifelnd das Gesicht.

»Und das ist nicht alles! Man erzählt, dass er fähig ist, die genaue Zahl seiner Feinde anzugeben, indem er eine Armee ansieht, die auf ihn zumarschiert, und dass er ein so guter Fährtenleser ist, dass er niemals eine Beute verliert.«

»Und du sagst, der junge Mann, mit dem er kämpft, ist sein Sohn? Komische Art, seinen Sohn zu erziehen, indem man mit einem Schwert auf ihn einschlägt!«

»Aber Galiad will, dass sein Sohn eines Tages ebenfalls Magistel wird, bim bam, und deswegen muss er ihm alles beibringen, was er weiß. O ja, und das ist viel. Er hat mir auch erzählt, dass er uns, wenn wir in Sai-Mina bleiben sollten, ebenfalls das Kämpfen beibringen könnte, dir und mir!«

»Kämpfen?«, rief Alea.

Sie richtete ihren Blick auf die beiden Männer, die trainierten. Galiad war ganz offensichtlich der Überlegene, aber Erwan ließ sich nicht entmutigen. Er war voller Energie und Willenskraft. Wie sein Vater hatte er langes, im Nacken zusammengebundenes Haar, aber seines war blond, und Alea fand es wunderschön. Sie ertappte sich dabei, dass sie den Jungen anstarrte, und schüttelte den Kopf, als wollte sie irgendeinen Gedanken vertreiben. Und plötzlich fiel es ihr wieder ein, wie ein Name, den man sucht und der endlich in der Erinnerung auftaucht. Er war der Junge, den sie vor ein paar Tagen im Traum gesehen und der sie zurückgehalten hatte, als sie unwiderstehlich zu einem unheilvollen Tempel gezogen worden war… Er war es, sie war sich jetzt sicher, und das erschreckte sie! Wie hatte sie von einem Jungen träumen können, den sie zuvor nie gesehen hatte? Wie hatte sie im Traum erraten können, dass sie diesem Jungen begegnen würde? Was für ein Zauber war da im Spiel?

Alea stand langsam auf, als wollte sie fliehen, aber da sah sie Phelim in den Hof kommen.

»Guten Tag, meine Freunde. Ich sehe, ihr habt Galiad und seinen Sohn bereits kennen gelernt. Ausgezeichnet, ich wollte sie euch gerade vorstellen. Alea, du hast noch nichts gegessen… Komm, ich werde dir zeigen, wo du dich bedienen kannst.«

Er führte sie in das große Gebäude von Sai-Mina und zeigte ihr ihr Frühstück, und als sie die kleinen Rosinenbrötchen, die man für sie bereitgestellt hatte, aufgegessen hatte, führte er sie durch den Palast. Sie verbrachten den ganzen Tag damit, aber Phelim weigerte sich, Alea den zentralen Bergfried zu zeigen.

»Das ist die Ratskammer«, erklärte er ihr, »da darfst du nicht hinein. Niemand darf sie betreten, mit Ausnahme der Druiden und bei seltenen Anlässen die Barden und die Vates.«

Alea hatte stumm genickt und war ihm dann durch Höfe und über Treppen, von Schlafzimmern in Salons und von den Ställen zur Mühle gefolgt, und erneut konnte sie feststellen, dass alles außergewöhnlich reich und schön ausgestattet und gut instand gehalten war. Später spazierten sie dann durch die Gärten des Palastes, und Alea wollte diesen Moment der Einsamkeit nutzen, um Phelim all die Fragen zu stellen, die sie quälten.

Jeder Tag, der verging, stürzte sie in eine tiefere Unruhe. Sie spürte, wie das Gewicht einer unbekannten Verantwortung jede Minute etwas schwerer auf ihren zarten Schultern lastete. An dem Abend traute sie sich endlich, dem Druiden Fragen zu stellen.

»Phelim, warum bin ich hier?«

»Um außer Gefahr zu sein«, antwortete der Druide.

»Nein. Nicht nur. Ich will die Wahrheit wissen«, beharrte das junge Mädchen. »Warum bin ich wirklich hier?«

Phelim ging weiter, ohne zu antworten, dann forderte er Alea auf, sich neben ihn auf eine Bank zu setzen, von der aus sie den Bergfried von Sai-Mina bewundern konnten.

»Du hast jetzt eine vage Vorstellung davon, was ein Druide ist…«

»Ein Zauberer?«

»Du kannst uns so nennen, wenn du willst. Sagen wir der Einfachheit halber, ein Druide ist ein Mann, der eine Macht spüren und aktivieren kann, die jeder Mensch in sich hat und die der Saiman genannt wird. Und die Macht erlaubt uns, über die Elemente, die uns umgeben, kurzfristig die Kontrolle zu erlangen, wenn wir lernen, uns ihrer zu bedienen.«

»Ich habe gesehen, wie Ihr Euch im Kampf gegen die Verbannten und die Gorgunen in Feuer verwandelt habt.«

»Ja, das ist ein sehr gefährlicher Akt. Ein Druide weiß, dass er seine Macht nicht missbrauchen darf. Aber das ist nicht der Punkt. Ilvain, der Mann, den du in der Heide gefunden hast, war der Samildanach. Das heißt ein Mann, der noch... mächtiger ist als ein Druide. Der Samildanach beherrscht den Saiman für... immer. Wie soll ich dir das erklären? Sagen wir, dass er die Elemente verändern und sie für immer so lassen kann. Du kannst dir vorstellen, dass das eine beunruhigende, fast unendliche Macht ist, die unser Fassungsvermögen vollständig übersteigt.«

Alea nickte fasziniert.

»Ich weiß nicht, ob du begreifst, aber das macht nichts. Worauf es ankommt, ist, dass der Samildanach, wenn er stirbt, seine Macht vererbt. Das ist die einzige Möglichkeit, diese Macht zu beherrschen. Es gibt folglich immer nur einen Samildanach. Glücklicherweise waren bis heute alle Samildanach gute Männer, die ihre Macht jedes Mal anderen gutwilligen Männern vermachten. Auf diese Weise hat kein Samildanach seine Macht missbraucht. Aber jetzt wissen wir nicht, wer Ilvains Macht geerbt hat, denn der alte Mann ist etwas zu früh gestorben, und ganz offensichtlich allein, mitten in der Heide. Und... wie soll ich sagen?«

Alea fürchtete sich vor dem, was der alte Mann sagen würde. Sie sah, dass Phelim die Hände auf seinen Knien faltete und den Rücken krümmte, als bedrücke es ihn zu sagen, was er zu sagen hatte.

»Wir fürchten, dass du es sein könntest.«

»Ich?«, sagte sie leise und richtete sich auf.

»Möglicherweise. Du hast ihn berührt, als er in der Heide begraben war, und du hast seitdem mehrmals eine eigenartige Kraft gespürt, die deinen Körper er-

fasste. Diese Kraft könnte sehr wohl die des Samildanach sein…«

Alea spürte, wie ihr die Sinne schwanden. Und doch
wusste sie tief in ihrem Innern, dass an dem Tag, an
dem sie Ilvains Hand berührt hatte, etwas Merkwürdiges geschehen war. Aber sie verdrängte diesen Gedanken. Sie wollte, sie konnte es nicht glauben. Die
entsetzliche Macht interessierte sie nicht, sie konnte
sie unmöglich gegen ihren Willen geerbt haben. Alea
schloss die Augen und flehte zur Moïra. *Ich bin doch
nur ein kleines Mädchen, und darum habe ich nicht gebeten, Moïra. Ich flehe Euch an, macht, dass nicht ich
es bin.*

»Es könnte der Samildanach sein«, fuhr Phelim fort,
»und doch ist es unmöglich.«

»Warum?«

»Du bist ein Mädchen.«

»Und Mädchen können den Samildanach nicht erben?«

»Nein.«

Alea wirkte beinahe erleichtert. Natürlich stand sie
noch unter dem Schock, den Phelims Enthüllungen ihr
versetzt hatten, aber sie sagte sich, dass da vielleicht
noch etwas anderes war… Dass sie diese ganze Geschichte vielleicht schon bald wieder vergessen könnte.

»Was du empfangen hast, ist vielleicht, wie soll ich
sagen, ein Rest seiner Macht… Vielleicht hatte er seinen Samildanach ja bereits vererbt, und du hast nur
einen winzigen Teil abbekommen, der noch übrig war.
Ich weiß nicht… Wir würden das gern herausfinden.«

Sie saßen schweigend da. Alea betrachtete den Bergfried, während sie die Konsequenzen dessen bedachte,
was Phelim ihr soeben erklärt hatte. Sie war zu Tode er-

schrocken. Sie, die gehofft hatte, die Wahrheit könnte ihre Unruhe vertreiben, war jetzt, nachdem sie alles wusste, noch beunruhigter. Eine Todesangst bereitete ihr aber vor allem der Gedanke, dass der Rat sie hierher gebracht hatte, um sie zu studieren. Was würden sie mit ihr anstellen? Was würde sie alles ertragen müssen? Und vor allem, was würden sie entdecken? Sie sagte sich, dass sie es lieber nicht wissen wollte, dass sie am liebsten alles vergessen, mit Mjolln nach Providenz reisen und all diese Hexengeschichten hinter sich lassen würde. Und doch wusste sie, dass da draußen eine andere Bedrohung sie erwartete, Maolmòrdha, und dass sie dieser anderen Gefahr vielleicht besser aus dem Weg gehen könnte, wenn sie genauer verstünde, was geschehen war...

»Wie können wir wissen, was genau mit mir passiert ist?«, fragte sie nach einigen Minuten des Schweigens.

Phelim sah sie an, ohne zu antworten, dann fuhr er mit einer Hand freundschaftlich durch das schwarze Haar des jungen Mädchens und lächelte. Schließlich stand er auf, machte ein paar Schritte in Richtung Hof und wartete, bis Alea sich entschloss, ihm zu folgen. Die Unterhaltung war ganz offensichtlich beendet.

Alea seufzte, durchquerte die Gärten, in denen sich der Schatten des hohen Turms ausbreitete, und ging durch die Tür des Hauptgebäudes, ohne den Druiden auch nur eines Blicks zu würdigen. Sie ging über die breite Treppe in ihr Zimmer hinauf, in das sie sich schweigend einschloss. Bis zum Abend konnte sie an nichts anderes mehr denken. Als Mjolln kam, um eine Partie Fidchell zu spielen, sagte sie, sie sei müde und wolle lieber schlafen. Aber sie konnte die ganze Nacht kein Auge schließen. Als es Tag wurde, hallten die Worte des Druiden noch immer in ihrem Kopf wider.

# 7

## Letzte Geheimnisse

Alea ging allein in den Hof des Palastes hinunter. Mjolln war nicht da, aber sie setzte sich auf dieselbe Bank wie tags zuvor, um Galiad und seinem Sohn Erwan zuzusehen, die bereits beim Training waren.

Sie hatte unaufhörlich über ihr Gespräch mit Phelim und all die Folgen, die sich daraus ergaben, nachdenken müssen. Während sie geistesabwesend ins Leere blickte und der Lärm der Schwerter in ihrem Kopf immer leiser wurde, versank sie erneut in ihren Gedanken und vergaß die Welt um sich herum. Sie wollte in sich hineinblicken. Sie war entschlossen, sich nichts mehr vorzumachen und tief in ihrer Seele zu wühlen, um eine Antwort zu finden. Was war aus ihr geworden? Hatte sie sich verändert? Hatte Ilvain ihr wirklich etwas übertragen? Sie versuchte diese eigenartige Empfindung wiederzufinden, die sie überfallen hatte, als sie Almar angeherrscht und der Herilim sie zu finden versucht hatte. Sie schloss die Augen und suchte tief in ihrem Innern. Sie versuchte an nichts mehr zu denken und nur noch zu fühlen. Ihre Seele zu spüren. Zu spüren, was sich hinter ihrem geräuschvollen Atem befand. Aber sie fand nichts, sie hörte lediglich ihr Herz schlagen. Also suchte sie noch tiefer, jenseits ihres Herzens, als wollte sie es anhalten, sie wühlte, sie zerriss den dunklen Schleier, der die Augen ihrer Seele verschloss, und da glaubte sie, einen Augenblick, eine Sekunde nur, eine Flamme zu sehen. Ein schwaches Licht, das in der Ferne flackerte, in vollkommener Dunkelheit. Sie war nicht sicher, es war dermaßen ungreifbar, flüchtig, undeutlich. Sie versuchte den Kontakt nicht zu verlieren, sich dem Schimmer zu nähern, aber sie spürte, dass jede Bewegung sie weiter entfernte. Sie musste es anders anfangen, lernen, ihren Geist zu beherrschen…

»Mein Fräulein?«

Alea fuhr zusammen und wäre beinahe von der Bank gefallen. Galiad packte sie gerade noch rechtzeitig an der Schulter.

»Verzeihung, habe ich Euch Angst gemacht?«, fragte der Magistel, sichtlich verlegen.

»Äh… nein, ich hab vor mich hin geträumt. Ich war vollkommen abwesend, tut mir leid, ich habe Euch nicht kommen sehen.«

»Phelim hat mich gebeten, Euch den Umgang mit dem Schwert beizubringen… Ich habe ihm gesagt, dass ich es ein wenig komisch fände, dass er einem Mädchen das Kämpfen beibringen lassen will, aber er hat darauf bestanden und mir gesagt, dass Ihr entzückt sein würdet…«

»Das hat er gesagt?«, fragte Alea verwundert.

»Ja… Hat er sich geirrt?« Der große Krieger schien enttäuscht.

»Äh, nein… Aber ich weiß nicht, ob ich eine gute Schülerin sein werde.«

»Euer Freund Mjolln macht sich sehr gut. Phelim hat mir gesagt, dass er sogar Mut und Initiative in einem Kampf gezeigt habe, bei dem Ihr dabei gewesen seid.

Nicht wahr? Trotzdem hat er noch viel zu lernen, vor allem wenn er ein so schönes Schwert wie Kadhel beherrschen will. Er hat gestern zu trainieren begonnen, und er kennt bereits ein paar sehr wirkungsvolle Gänge. Mein Sohn hat sich für heute Morgen mit ihm verabredet, wollt Ihr Euch ihnen nicht anschließen?«

Alea stimmte zu, und Galiad bat ein paar Diener, dem jungen Mädchen entsprechende Kleidung zu bringen. Sie ging auf ihr Zimmer, um sich umzuziehen, und traf Erwan im Hof wieder, wo die Magisteln trainierten.

»Guten Tag, Alea«, begrüßte sie der junge Mann und reichte ihr ein Schwert.

Er hatte sein langes Haar auf seinem Schädel zu einem Büschel zusammengebunden, und das Blau seiner Augen erhellte sein langes Gesicht. Er war viel größer als Alea, die sich eingeschüchtert fühlte. Es gelang ihr nicht, ihn ganz normal anzusehen, so sehr verfolgte sie noch immer ihr Traum. Nicht ihn sah sie, sondern das Bild, das sie aus ihrem Traum bewahrt hatte. Alea war irritiert und vermochte kaum eine Antwort zu stammeln, als zum Glück Mjolln dazukam.

Der Sohn des Magistel führte beide in den Trainingskreis und begann mit dem Unterricht. Den eigenartigen Blick des jungen Mädchens schien er nicht zu bemerken. Etwas verwirrt anfänglich, begann Alea nach den ersten Kämpfen schließlich Spaß an der Sache zu finden, und die drei brachen mehrfach in Gelächter aus, mal weil Mjolln oder Alea auf den Hintern fielen, mal weil ihnen unbewusst ein bemerkenswertes Meisterstück gelang. Alea kam ihr Schwert ein wenig schwer vor, aber sie hatte nichts von der Wendigkeit verloren, die sie sich in den Straßen von Saratea erworben hatte. Sie konnte mit den Händen, mit einer Steinschleuder, ja sogar mit einem Stock kämpfen, und das erleichterte ihr den Umgang mit dem Schwert. Und schließlich war Erwan zwar keine achtzehn, aber bereits ein ausgezeichneter Lehrer.

Mittags schlangen Mjolln und Alea ihr Essen hinunter, so eilig hatten sie es, wieder in den Hof hinunterzukommen, um mit dem Sohn des Magistel weiterzutrainieren. Eine willkommene frische Brise wehte in ihr neues Leben. Erwan war geduldig, höflich, aufmerksam, und er sah Alea nicht mit dem gleichen Blick wie die Druiden an. Diese schienen sie unaufhörlich zu analysieren, als versuchten sie, in ihrem Geist zu lesen. Erwan dagegen betrachtete sie mit Respekt, Zurückhaltung und vielleicht sogar einer Spur Schüchternheit. Einer Schüchternheit, die er sonst allerdings keinem gegenüber zeigte ...

Vier ganze Tage verbrachten sie so mit eifrigem Training, und beide machten erhebliche Fortschritte. Sie lernten den geraden Stoß, den Stoß mit der Spitze, den Degenstoß, die Finte, die Kontraparade, sie lernten auszuweichen, und Erwan war sogar bereit, ihnen einen geheimen Stoß beizubringen, den er von seinem Vater hatte und mit dem es möglich war, den Gegner mit einer einzigen Bewegung des Handgelenks zu entwaffnen.

Er zeigte die Bewegung seinen beiden Schülern und forderte sie dann auf, sie gegeneinander auszuprobieren. Mjolln begann. Er versuchte Alea zu entwaffnen, aber es gelang ihm nicht, die Spitze seines Schwerts nah genug an das Handgelenk der Kleinen zu bringen.

»Ich bin ganz klar im Nachteil«, klagte der Zwerg verärgert.

»Das Alter?«, spottete Alea.

»Nein! Natürlich die Größe! Taha! Versuch es doch selbst mal, wir werden schon sehen, wer als Letzter lacht…«

Alea ging in Positur. Nichts amüsierte sie mehr, als den Zwerg verärgert zu sehen. Er machte dann ein unglaublich komisches Gesicht: Seine Unterlippe wanderte hinauf unter seine dicke Nase, und seine Augenbrauen senkten sich so sehr, dass sie beinahe seine Augen verbargen.

Mjolln ging zum Angriff über, aber Alea gelang es ganz knapp, die Spitze ihres Schwerts hinter das Stichblatt des Zwergs zu schieben, und mit einer Bewegung ihres Handgelenks schlug sie ihm sein Schwert aus der Hand; mit eleganter Langsamkeit flog es durch die Luft und bohrte sich schließlich ein paar Meter hinter ihm in den Sand.

Mjolln wechselte von benommener Überraschung zu wilder Wut.

»Dazu hast du nicht das Recht!«, brüllte er und holte sich sein Schwert zurück.

Erwan mischte sich ein, bevor die Wut des Zwergs in einen echten Streit ausarten konnte.

»Nun, ihr könnt beide nur lernen aus dem, was da gerade passiert ist. Mjolln: Demut. Wirklich, lieber Zwerg, Ihr werdet Euch doch nicht mit einem jungen Mädchen anlegen, nur weil es Euch entwaffnet hat. Da steht Ihr doch drüber, nicht wahr?«

Alea brach erneut in Gelächter aus, und Erwan zwinkerte dem Zwerg freundschaftlich zu. Mjolln schmollte einen kurzen Augenblick, musste dann aber unwillkürlich lächeln, als er Alea sah.

»Und was dich betrifft, Alea, wenn du dein Handgelenk bei dieser Bewegung nicht beugst, wirst du es dir brechen. Vor allem, wenn du auf jemanden triffst, der seine Waffe fester umklammert hält als unser Freund Mjolln.«

»Ich brauche es nicht zu beugen. Ich glaube, ich habe deinen Stoß sehr gut begriffen.«

»Ach ja? Willst du ihn mal gegen mich versuchen?«, forderte Erwan sie heraus und berührte den Boden vor Aleas Füßen mit der Spitze seines Schwerts.

Alea bedauerte sofort, dass sie so vorgeprescht war. Aber jetzt konnte sie nicht mehr zurück. Schließlich hatte sie durchaus eine Chance, und der Gedanke, gegen Erwan zu kämpfen, amüsierte sie sehr.

»En garde!«, befahl Erwan.

Alea ließ sich nicht lange bitten und stürzte sich auf ihren Gegner, ohne groß zu überlegen. Sie wollte ihm zeigen, wozu eine junge Diebin fähig war. Aber noch bevor sie ihr Schwert auch nur auf ihn richten konnte, war Erwan schon elegant zur Seite ausgewichen, so dass er Alea das Profil zuwandte, und stellte dem jungen Mädchen ein Bein. Zu seiner großen Überraschung fand Alea jedoch rasch das Gleichgewicht wieder und drehte sich geschickt um.

»Nicht schlecht«, musste Erwan anerkennen. »Aber ich habe noch immer mein Schwert. Solltest du den geheimen Stoß schon vergessen haben?«

Alea atmete tief durch und stürzte sich erneut auf Erwan, wobei sie diesmal auf das Stichblatt ihres Lehrers zielte. Erwan wich nicht aus und wartete, bis die Spitze von Aleas Schwert auf der Höhe seines Handgelenks war. Als sie sich in seinem Stichblatt verklemmte, senkte er es mit einer schnellen, heftigen Abwärtsbewegung. Aleas Schwert wurde zu Boden geschleudert, und das junge Mädchen schrie auf vor Schmerz. In seinem Schwung ließ Erwan die Spitze seines Schwerts in den Griff von Aleas Schwert gleiten und schleuderte es in die Luft, um es anschließend mit der linken Hand aufzufangen. Er hatte jetzt in jeder Hand ein Schwert, während Alea auf die Knie gefallen war und sich mit schmerzverzerrtem Gesicht das linke Handgelenk hielt.

Erwan legte die beiden Schwerter auf die Bank, und während er zu Alea zurückkehrte, erteilte er ihr ihre Lektion: »Siegen tut immer das geschmeidigere und stärkere der beiden Handgelenke, Alea. Man muss nachgeben, aber fest bleiben, verstehst du?«

»Ich verstehe, dass du mir das Handgelenk gebrochen hast, das ist alles.«

»Ein geschmeidiges Handgelenkt bricht nicht, Alea. Ich bin sicher, dass dir diese Lektion im Gedächtnis bleiben wird. Ich werde meinen Unterricht an dem Tag beendet haben, an dem du mich entwaffnen kannst. An dem Tag werde ich dir nichts mehr beibringen können.«

Er versuchte den autoritären Ton des Lehrers beizubehalten, indem er sich daran erinnerte, wie sein Vater mit ihm sprach, aber in Wirklichkeit bedauerte er es bereits, dass er dem jungen Mädchen wehgetan hatte. Das war keine sehr würdige Methode. Schließlich konnte auch er aus diesen Trainingstagen lernen. Die Lehrer lernen stets ebenso viel wie ihre Schüler, sagte er sich.

»Mjolln, würdet Ihr Alea in die Krankenstation bringen, ich denke, eine Bandage und etwas Ruhe werden ihr guttun.«

Aleas Handgelenk war glücklicherweise nicht gebrochen, aber ein junger Vates ließ es sich dennoch nicht nehmen, es zu behandeln. Zwei Tage später war Alea zurück, fest entschlossen, Erwan zu zeigen, dass sie nicht so einfach aufgeben würde. Sie zeigte sich voller

218

Energie und hatte Mjolln, der ihr immerhin eine jahrelange Erfahrung voraushatte, bald eingeholt. Aber Aleas Wut und Willenskraft wogen zehn Jahre Praxis auf. Als es Alea gelang, Mjolln in einem Kampf zu besiegen, fand der Zwerg eine Entschuldigung, um es als Pech hinzustellen. Sie lachten viel, verausgabten sich und knüpften tiefe Bande einer sorglosen Freundschaft.

Die Druiden ließen sie in Ruhe, vermutlich waren sie mit anderen Dingen beschäftigt. Mjolln und Alea verbrachten all ihre Zeit mit Erwan. Wenn sie nicht trainierten, zeigte der Junge ihnen die Gärten und die Türme, stellte ihnen die Diener und die anderen Magistel-Lehrlinge vor, und abends spielte er mit ihnen am Feuer Fidchell. Er erwies sich als außergewöhnlich gut erzogen und intelligent. Alea vergaß schließlich, was sie seit Tagen quälte, und entdeckte ein ganz neues Gefühl, dessen Namen sie sich nicht eingestehen wollte. Erwan war mit Sicherheit der schönste junge Mann, den sie in ihrem Leben gesehen hatte, und sie empfand für ihn all das, was sie vor Jahren für ihre Freundin Amina empfunden hatte. Aber diesmal handelte es sich um einen Jungen, und sie empfand ein kleines bisschen mehr, das sie noch nicht beherrschte und das sie erröten ließ, wenn Mjolln sie zu bewegen versuchte, es auszusprechen.

»Sag mal, Alea, tahin taha, du bist nicht zufällig im Begriff, dich zu *verlieben*? Belli, bella?«, flüsterte er eines Tages schalkhaft.

Aber Alea, die die Röte ihrer Wangen zu verbergen versuchte, tat so, als habe sie nicht zugehört, und stürzte sich mit doppelter Energie ins Training.

Am vierten Tag erklärte Erwan, dass er in der nächsten Zeit nicht da sein würde, weil er seinen Vater be-

219

gleiten müsse, und versprach, so schnell wie möglich zurückzukommen. Alea verbarg ihre Traurigkeit und sagte nur, dass sie sich ohne seine Fechtstunden langweilen würde.

»Du kannst jetzt ohne mich trainieren, und außerdem gibt es Dinge, die du gut allein üben kannst…«

Alea zog eine Augenbraue hoch. »Was denn?«

Erwan biss sich auf die Lippen, sichtlich verlegen. Er räumte die Trainingswaffen weg und entschloss sich zu antworten, während er ihr den Rücken zudrehte: »Du bist wie mein Freund William.«

»Was meinst du damit?«, hakte die Kleine nach.

»Du hast… die Macht. Dieses Etwas, das ich nicht habe und das du zu beherrschen lernen musst. Mit ihr wirst du stärker sein, als ich es jemals werden könnte.«

Alea hatte das Gefühl, jeden Augenblick zusammenzubrechen. Erwan wusste also etwas oder kannte sie zumindest besser, als sie gedacht hatte. Wie konnte er behaupten, dass sie eine Macht habe, während sie selbst nicht imstande war zu begreifen, was mit ihr geschah?

»Weißt du etwas, das ich nicht weiß?«, fragte das junge Mädchen zaghaft.

Erwan drehte sich um. Auf seinem Gesicht mischten sich Gewissheit und Zärtlichkeit.

»Ich weiß nichts. Aber ich spüre sie in dir. Du bist wie William war, bevor er trainierte. Und heute ist er Druide geworden und wird Finghin genannt. Es ist schwer zu erklären, aber ich erkenne sie in deinen Bewegungen, in deinen Reflexen und in deiner Art zu kämpfen. Du hast diese Macht.«

»Du redest Unsinn!«, verteidigte sich Alea, nicht wirklich überzeugt. »Ich habe nicht die geringste Macht!«

»Vielleicht bist du dir dessen noch nicht bewusst,

aber ich weiß, dass es sie tief in deinem Innern gibt. Anstatt sie abzulehnen, solltest du versuchen, sie zu beherrschen.«

Aleas Herz schlug wie wild. Es war, als sei sie verraten worden. Als würde man sie plötzlich ausziehen, ohne dass sie sich wehren konnte. Erwan las in ihr. Sie war verlegen, aber sie beschloss, dass es keinen Sinn mehr hatte, sich länger zu verstecken.

»Und wie soll ich etwas beherrschen, das ich nicht verstehe?«, fragte sie so leise, dass Erwan nicht sicher war, ob sie wirklich eine Antwort wollte.

»Als William mit seinem Training begann, habe ich ihm geholfen, ohne es zu wissen, indem ich ihn die Übungen lehrte, die mein Vater mir seit frühester Kindheit beigebracht hat. Diese Übungen, die der Konzentration vor dem Kampf dienen, haben William dabei geholfen, seine Macht zu beherrschen. Vielleicht könnte ich dir ebenfalls helfen.«

»Aber ich bin nicht William, er ist ein Druide!«

»Vielleicht, aber was hindert uns daran, es zu versuchen. Was in deinem Innern ist, lässt sich vielleicht auf die gleiche Weise kontrollieren.«

Das junge Mädchen setzte sich niedergeschlagen auf eine Bank. Sie wusste nicht mehr, wie sie reagieren sollte. Diese vier Tage, die sie in Erwans Gesellschaft verbracht hatte, hatten sie diese Geschichte vergessen lassen, und jetzt kam auf einmal alles wieder hoch – noch dazu durch ihn.

»Alea, ich muss heute Abend für ein paar Tage verreisen, du wirst also genug Zeit haben, darüber nachzudenken, aber du sollst wissen, dass diese Übungen dir auf keinen Fall schaden können. Schlimmstenfalls werden sie dir im Kampf helfen.«

»Ich habe wirklich nicht die Absicht zu kämpfen.«

Erwan lächelte dem jungen Mädchen zu und forderte es auf, ihm durch den Hof zum Hauptgebäude zu folgen.

»Wenn du willst, kannst du die erste Übung bereits während meiner Abwesenheit lernen.«

»Was für eine Übung?«

Erwan sah sie lange an und schloss dann die Augen.

»Die Kerze zwischen deinen Augen anzuzünden.«

»Was?«, rief Alea und fragte sich, ob der junge Mann sich nicht über sie lustig machte.

»Die erste Übung besteht darin, die Augen zu schließen und in seinem Geist eine Flamme erscheinen zu lassen, und zwar an einem imaginären Punkt unten auf deiner Stirn, zwischen deinen Augen.«

»Was ist das denn für eine Geschichte?«

»Es geht darum zu lernen, deinen Geist zu kontrollieren. Wenn es dir wirklich gelingt, diese Kerze mental zu sehen, und du sie durch die Kraft deines Geistes anzünden und auslöschen kannst, dann beherrschst du die erste Übung. Je mehr du trainierst, umso einfacher und schneller wird es gehen.«

Er wandte sich zu ihr um, ohne die Augen zu öffnen.

»In diesem Augenblick siehst du die Kerze«, flüsterte er.

Er schwieg einen Moment und öffnete dann endlich die Augen. Er ließ Alea vor dem Hauptgebäude stehen und begab sich zu den Gemächern seines Vaters, nachdem er ihr ein letztes Mal zugelächelt hatte.

»Bis bald, Alea, und trainiere fleißig!«

Er verschwand hinter der großen Holztür, und Alea ging, zutiefst verwirrt, zu Mjolln. Sie machten es sich im Zimmer des Mädchens bequem und begannen eine Partie Fidchell, um sich die Zeit zu vertreiben.

222

Der Zwerg gewann die erste Partie, Alea die zweite, und mitten in der dritten rang das junge Mädchen sich endlich durch zu sprechen.

»Mjolln, wenn ich wirklich... äh, wie du sagst... Na ja...«

»Verliebt wärst?«, ergänzte der Zwerg versuchsweise mit einem breiten Lächeln, während er einen Bauern diagonal zu einem von Aleas Bauern vorrückte.

»Ja, ach, ist doch egal. Kurz, glaubst du, dass Erwan, na ja, glaubst du, dass er mich mag?«, brachte sie mühsam heraus, während sie auf das Spielbrett starrte.

»Aber, bei der Moïra, dieser Junge ist verrückt nach dir, ähm. Wahnsinnig vor Liebe. Alea, siehst du das denn nicht?«

Der Zwerg schob seinen Bauern auf das Feld von Aleas Bauern und nahm die Figur vom Brett.

»Du redest Unsinn. Nein, ernsthaft, Mjolln, bitte!«

»Aber ich bin ernst! Sieh nur: Ah, ich bin ernst«, versicherte der Zwerg, verschränkte die Arme unter seinem rötlichen Bart und runzelte die Stirn. »Zumindest so ernst, wie ein Mjolln eben sein kann! Ha. Bemerkst du denn nicht, wie er dich ansieht? Merkst du nicht, dass er, wenn er versucht, mir einen neuen Gang zu zeigen, überhaupt nicht bei der Sache ist, weil er ständig nur an dich denkt? Pff. Ähm. O ja, er ist wahnsinnig vor Liebe. Hörst du nicht, wie der Ton seiner Stimme sich verändert, wenn er mit dir spricht? Wirklich, Steinewerferin, bist du taub und blind?«

Das junge Mädchen antwortete nicht. Sie senkte den Blick und tat so, als interessiere sie sich mehr für die Fidchell-Partie. Vielleicht sagte der Zwerg ja die Wahrheit. Ihr Herz schlug bei diesem Gedanken so wild, dass ihr beinahe übel wurde. Als hätte sie Angst. Sie fühlte sich vollkommen leer und hörte nur noch das Schlagen ihres Herzens, das hämmerte, so schnell hämmerte, dass es sie schmerzte. Sie hätte sich gewünscht, dass Erwan da wäre, obwohl sie mit Sicherheit nicht den Mut aufgebracht hätte, ihm etwas zu sagen.

Sie hatte ihre List auf dem Spielbrett jetzt vollkommen vergessen. Was hatte sie nur vorgehabt? Ohne große Überzeugung schob sie erneut einen Bauern in die feindlichen Linien. Mjolln machte daraufhin einen Zug über die ganze Länge des Bretts, um seine Figur auf die letzte Reihe seiner Gegnerin zu setzen. Alea hatte vergessen, sich zu schützen.

»Verloren!«, rief der Zwerg und sprang vom Bett. »Ha! Du besiegst mich vielleicht mit dem Schwert, o ja, aber im Fidchell wirst du mich nicht schlagen, Steinewerferin! Jetzt werde ich schlafen gehen, und du, träum was Schönes … He, he.«

Damit verschwand er in seinem Zimmer.

Alea legte sich schlafen. Ihr Geist war unruhig. Wie sehr wünschte sie sich, das alles wäre einfacher. *Wirklich?*, fragte sie sich dennoch. Hatte sie denn nicht von Abenteuer und Veränderung geträumt?

Sie seufzte und dachte an Erwans letzte Worte. Sie sagte sich, dass sie diese verfluchte Übung versuchen sollte. Immerhin könnte sie ihr helfen einzuschlafen. Sie schloss die Augen und versuchte, an nichts mehr zu denken. Und da wurde ihr bewusst, dass sie das schon mehrfach selbst getan hatte, ganz instinktiv, wenn sie begreifen wollte, was mit ihr geschah. Wenn ihr Instinkt sie nicht getrogen hatte, dann belog Erwan sie vielleicht ebenfalls nicht.

Sie konzentrierte sich, um in ihrem Geist ein schwaches Licht erscheinen zu lassen. Eine Lampe oder vielleicht einfach nur eine Flamme. Aber zu viele Dinge schwirrten ihr durch den Kopf. Ihre Gedanken verwirrten sich, und jedes Mal, wenn sie das Gefühl hatte, sich auf das Bild dieser kleinen Flamme konzentrieren zu können, floh ihr Geist zu anderen Ufern. Schließlich verlor sie sich in ihren Gedanken und sank in tiefen Schlaf.

Kaum acht Tage hatten die Tuathann gebraucht, um den ganzen Süden Galatias zu erobern, ohne dass König Eoghan die Zeit oder vielleicht den Mut gefunden hatte, seine Armee loszuschicken. Aber er war sowieso allzu sehr von seiner Hochzeit in Anspruch genommen. Nach Atarmaja standen die Krieger der Tuathann-Klans jetzt vor den Toren von Braunland, und der König hoffte vermutlich, dass Graf Meriander Mor, sein Bruder, für ihn handeln würde.

Gleich am Tag nach der Invasion waren weitere Tuathann durch die Schlucht unter dem Gebirge gekommen und hatten Frauen und Kinder mitgebracht, die sich nach und nach in den eroberten Dörfern ansiedelten. Auch weitere Krieger waren nachgekommen, die ihr neues Territorium schützten oder ihre Armee verstärkten.

An jenem Abend umlagerten an die dreitausend Mann Filiden, die erste Stadt nach der Grenze von Braunland. Die Bewohner der Region ließen sich nicht mehr überrumpeln, sie hatten sich auf den Kampf vorbereitet, und der Vormarsch wurde für die Tuathann umso schwieriger, je mehr die Nachricht von ihrem Erscheinen sich im Königreich verbreitete.

Die Belagerung der Stadt dauerte die ganze Nacht. Die Soldaten von Filiden schleuderten mit Katapulten, die sie ringsum errichtet hatten, riesige Felsblöcke auf die Tuathann, und Reihen von Bogenschützen bombardierten sie stundenlang von der Stadtmauer aus mit brennenden Pfeilen. Die Verluste waren groß in den Reihen der Tuathann. Am frühen Morgen jedoch, als die Kämpfe der Nacht die Armee von Filiden erschöpft hatten, gab Sarkan endlich den Befehl zum Angriff. Die Tuathann stürmten brüllend auf die Stadt zu, mit dieser unbewussten Kraft und Gnadenlosigkeit, die ihren Ruf als Barbaren begründet hatten.

Die Kämpfe waren äußerst heftig und dauerten den ganzen Tag; die Tuathann trieben die Braunland-Armee nach und nach ins Zentrum der Stadt. Sarkan hatte befohlen, dass kein Gebäude in Brand gesetzt werden sollte. Filiden war zu schön, und er wollte, dass die Klanchefs sich dort niederließen. Das machte den Kampf für seine Truppen zwar schwieriger, aber dennoch konnte nichts sie aufhalten. Sie ließen die Bewohner der Stadt fliehen, ohne sie systematisch abzuschlachten, und noch bevor es Nachmittag wurde, hatten sie mit Hilfe von Angriffen, List und Gegenangriffen die Armee von Filiden vollständig aufgerieben.

Das war gewiss der wichtigste Sieg der Tuathann, auf jeden Fall der alles entscheidende. Sarkan hatte ein Dutzend Soldaten gefangen genommen und befahl, dass man sie am Abend in den großen Saal des Schlosses bringen solle, das er zu seinem Wohnsitz erwählt hatte.

Der Chef des Mahat'angor-Klans sprach nicht Gaelisch, und ein Dolmetscher übersetzte die Worte, die er an die verängstigten Soldaten richtete.

»Geht nach Süden. Wir lassen euch am Leben, damit ihr die Nachricht in den fünf Grafschaften von Gaelia verbreiten könnt. Sagt ihnen, dass die Tuathann sich das Stück Erde zurückgeholt haben, das ihnen gehört. Denn Gaelia gehört uns. Sagt ihnen, dass ich, Sarkan, Chef der Klans, das heute verkünde, und alle Tuathann mit mir. Sagt ihnen schließlich, dass wir von hier aus weiterziehen werden. Und jetzt geht!«

Die Soldaten ließen sich das nicht zweimal sagen und machten sich so schnell wie möglich aus dem Staub. Manche versteckten sich und wurden nie wieder gesehen, aber andere schafften es nach Providenz, wo sie genau das wiederholten, was Sarkan gesagt hatte.

Imala blieb noch ein paar Tage bei den Vertikalen des Waldes. Sie führte ein ruhiges Leben, brauchte fast überhaupt nicht mehr zu jagen, und die Teile des Waldes, durch die die Vertikalen zogen, waren wunderschön und überaus angenehm. Aber während sie immer weiter in den Wald eindrangen, bekam sie dieses Leben allmählich satt. Tief in ihrem Wolfsinstinkt hörte sie den Ruf der Natur; ihre Abenteuerlust meldete sich wieder und vielleicht auch das Bedürfnis nach einer gewissen Einsamkeit.

Sie versuchte den Vertikalen begreiflich zu machen, dass sie ihnen dankbar sei, sie aber verlassen würde, und sie hatte das Gefühl, dass sie sie verstanden.

Und eines Abends drehte sie sich um und entfernte sich. Ausgelassen rannte sie durch den Wald, als fände sie ihre frühere Freiheit wieder, und nach mehreren Stunden blieb sie schließlich am Rand einer Lichtung stehen. Sie setzte sich und begann so laut wie möglich zu heulen, in der Hoffnung, die Vertikalen würden dieses letzte freundschaftliche Lebewohl in der Ferne hören; dann legte sie sich unter einem Baum schlafen.

Die folgenden Tage verbrachte sie damit, wieder jagen zu lernen, und fand ein paar köstliche Beutetiere, deren Spur sie immer weiter nach Süden führte. Eines Abends erreichte sie schließlich den Waldrand und fand den Sandboden der Heide wieder. Sie befand sich am südlichen Ende des Waldes und sah in der Ferne, gegen Osten, die Lichter einer Stadt.

Noch ein paar Tage zuvor hätte sie sich niemals getraut, näher heranzugehen. Ihre panische Angst vor den Vertikalen und ihren merkwürdigen Kräften hätte sie in den Wald zurückgetrieben. Aber die letzten Tage hatten sie vollkommen verwandelt, und sie beschloss, nach Osten weiterzugehen.

Finghin erreichte Providenz am Morgen der königlichen Hochzeit. Überall flatterte das Wappen des Herrschers auf bestickten Fahnen: die Diamantenkrone.

Die Stadt war in Feststimmung und strahlte wie nie zuvor. Die Häuser, die Verkaufsbuden und sogar die Straßen waren geschmückt worden, und alle Einwohner der Hauptstadt hatten ihre eleganteste Kleidung angelegt.

Finghin wurde von sechs Dienern des Königs in Empfang genommen, die ihn in einer Kalesche quer durch die Stadt zum Palast von Galatia brachten. Unterwegs konnte er die Schönheit von Providenz bewundern.

Die Stadt zeigte sich von ihrer prächtigsten Seite. Ihre geneigten Fassaden, die Mauern aus Fachwerk, deren Strohlehm mit einer neuen Schicht aus weißem Kalk bedeckt worden war, die Balkonerker und ihre Blumenkästen, die vorspringenden Dachfenster der Mansarden, die Eingangstreppen aus weißem Stein vor den Holztüren, die Kirchtürme, die Gärten, die Märkte, die kleinen Plätze: Die Stadt wimmelte von Menschen.

Reiche Bürger hatten Künstler aus Bisania beauftragt, ihre Fassaden zu Ehren des Königs zu schmücken; etwas weiter entfernt hatte man ein Haus mit Blumen überzogen, an anderer Stelle das Wasser eines Springbrunnens gefärbt. Die Soldaten hatten ihre Galauniform angelegt. Es gab keinen Ort in der Stadt, an dem die Hochzeit des Königs nicht durch die Anmut der Farben und Formen gefeiert wurde.

Schließlich erreichte die Kalesche den Palast. Finghin hatte ihn noch nie von außen gesehen und war sprachlos vor Bewunderung, während er durch den Park fuhr, der sich bis zu dem riesigen Gebäude erstreckte. Er erinnerte sich an den Eindruck, den ein paar Jahre zuvor Sai-Mina auf ihn gemacht hatte, als er dort seine Lehrzeit angetreten hatte, und fragte sich, ob er heute nicht ebenso bewegt war. Während Sai-Mina wie eine Herausforderung der Gesetze der Statik in den Himmel ragte, dehnte der Palast von Providenz sich in die Länge aus. Die Gärten gingen ineinander über, so weit das Auge reichte: Auf Rasenflächen folgten Blumenbeete; hier gab es Terrassen, auf denen sich weitere Pflanzen in unterschiedlichen Farben erhoben, weiter hinten erkannte man runde Becken, in denen sich nadel- und fächerförmige Fontänen kreuzten.

Die hohen Räder der Kalesche knisterten auf den weißen Kieseln der langen, schmalen Alleen, als sie sich dem königlichen Palast näherten.

»Meister Druide, wir sind angekommen«, erklärte ein Diener, während er den kleinen hölzernen Wagenschlag auf der linken Seite der Kutsche öffnete.

Finghin stieg langsam aus, die Augen auf die Fassade des Palastes gerichtet. Er folgte dem Diener, während sein Blick sich in der Höhe des Gebäudes verlor. Als er sich an der Pracht des Ortes satt gesehen hatte, wandte er sich an den Diener: »Ich muss so schnell wie möglich zum König, es handelt sich um eine äußerst wichtige Angelegenheit.«

»Wir sind bereits informiert worden, Druide, und trotz seiner Heirat hat der König eingewilligt, Euch noch vor Mittag eine halbstündige Audienz zu gewähren. Man wird Euch holen. Aber erst einmal soll ich Euch Euer Zimmer zeigen.«

Sie durchquerten den linken Flügel des Palastes, in dem alles glänzte, die Lüster, der Marmor, das Holz. Aber Finghin durfte sich von der Schönheit des Ortes nicht verwirren lassen und seine Selbstsicherheit nicht verlieren. Nur eines zählte: Er musste überzeugend sein. Er hatte eine halbe Stunde, um die Zustimmung des Königs zu bekommen, er musste perfekt sein. Er beschloss daher, die Zeit, die ihm blieb, in seinem Zimmer zu verbringen, um sich zu konzentrieren.

Er ließ sich von der tröstenden Kraft des Saiman durchdringen, bemühte sich, ihn an seinem ganzen Körper entlanglaufen zu lassen und vollständig in ihn einzutauchen und ihn dann zu seinen Fingerspitzen zu führen, wo er kleine Flammen zum Tanzen brachte. Er ließ sich von seinem eigenen Licht hypnotisieren und überließ seine Seele dem Flackern des Feuers.

Auf diese Weise bereitete er sich vor, bis es an seiner Tür klopfte. Dann folgte er den Dienern ins Arbeitszimmer des Königs.

»Ich sehe Euch zum ersten Mal, Druide«, erklärte der König, ohne aufzustehen.

Eoghan trug einen schwarz-goldenen Anzug aus Bisania und bereits die berühmte Krone Galatias, obwohl die Hochzeitszeremonie noch nicht begonnen hatte.

Auf seinem Anzug war nur das Wappen seines Königreichs, die Diamantenkrone, eingestickt.

*Ich muss unbedingt sein Vertrauen gewinnen.*

»Ich habe gerade erst meinen Titel bekommen, Hoheit, aber ich bin im Namen all meiner Brüder hier und bitte Euch, ihre und meine respektvollen Grüße entgegenzunehmen.«

»Ihr erscheint hier am Tag meiner Hochzeit, ein denkbar ungünstiger Augenblick.«

*Er testet mich. Ich muss ihn unbedingt beeindrucken. Ich könnte den Saiman benutzen, um mein Aussehen zu ändern und beunruhigender zu erscheinen, aber das wäre weder richtig noch klug. Nein, ich muss ihn auf andere Weise beeindrucken. Durch Aufrichtigkeit. Ich habe ihm den Respekt bezeugt, der seinem Rang gebührt. Jetzt muss ich ihm zeigen, dass ich Druide bin und dass auch er mir Respekt schuldet. Er hofft, mein jugendliches Alter ausnutzen zu können, aber ich kann ihn an das erinnern, was er den Druiden verdankt.*

»Glaubt Ihr, dass ich mir erlauben würde, Euch heute zu stören, wenn ich Euch nicht etwas zu sagen hätte, das wichtiger als eine Hochzeit ist? Es geht um die Zukunft der Einwohner Eures Königreichs, Eoghan, und wenn Ihr mich heute nicht anhört, was soll dann aus dieser Verbindung werden, wenn die Tuathann Euch Euren Platz und Euer Vermögen genommen haben werden? Seit wann wissen die Druiden nicht mehr die politischen Prioritäten abzuwägen?«

Der König wirkte überrascht. Er kannte die Arroganz der Druiden, aber einen so schonungslosen Angriff von einem so jungen Mann hatte er nicht erwartet.

»Ich höre, Finghin…«

»Nicht Finghin spricht zu Euch, Eoghan, sondern der ganze Sai-Mina.«

*Das müsste ihn ein für alle Mal auf seinen Platz verweisen.*

»Ausgezeichnet … also, ich höre.«

»Die Tuathann haben den Süden Galatias erobert und schlachten zum gegenwärtigen Zeitpunkt noch immer die Einwohner des Königreichs ab. Eures Königreichs. Jetzt rücken sie auf Braunland, die Grafschaft Eures Bruders, vor.«

»Bei der Moïra, ich weiß, und ich bereite meine Armee auf diesen Augenblick vor.«

»Dennoch bin ich gekommen, um Euch einen anderen Vorschlag zu machen.«

»Ihr wisst eine andere Möglichkeit?«

»Ja: den Frieden.«

»Wie das?«

»Der Angriff der Tuathann ist legitim. Sie kehren auf ihr Land zurück.«

»Ganz und gar nicht! Sie überfallen uns!«

»Eoghan!«, knurrte Finghin und gab diesmal der Versuchung nach, den Saiman zu benutzen, um seine Stimme drohender klingen zu lassen. »Ihr könnt Euer Volk belügen, Ihr könnt Euch selbst belügen, wenn Ihr wollt, aber um der Moïra willen belügt nicht einen Druiden, der mit Euch spricht. Wenn Ihr die Geschichte nicht kennt, was habt Ihr dann auf einem Thron zu suchen?«

Der König schwieg. Wut blitzte in seinen Augen. Finghin wartete einen Augenblick, bevor er weitersprach.

*Er ist wütend. Ausgezeichnet, das muss ich jetzt ausnutzen. Ich muss seine Wut ein wenig abkühlen lassen, ich muss ihn zur Vernunft bringen, und dann werde ich diese frustrierte Wut auf den Punkt umlenken, auf den sie sich richten soll.*

»Dieser Angriff ist legitim, und wir haben zwei Möglichkeiten. Entweder greifen wir sie an, oder wir finden zu einer Übereinkunft, damit ihre Invasion an diesem Punkt ihr Ende findet. Wenn wir sie angreifen, haben wir gewiss eine Chance, sie zu schlagen, aber um welchen Preis? Wie viele Tote, wie viele Verluste? Es wäre ein erbitterter Krieg, der uns sehr schwächen würde...«

*Und jetzt muss ich den Köder auswerfen...*

»...und wer würde davon profitieren, Majestät? Harcort natürlich! Der Kampf gegen einen neuen Feind würde Thomas Aeditus, Graf Al'Roeg und seinen Soldaten der Flamme Tür und Tor öffnen, denn sie würden hier auf keinen Widerstand mehr treffen.«

Der König runzelte die Stirn.

»Die wirkliche Frage lautet: Welchen Feind soll man wählen? Harcort würde niemals einwilligen, an Eurer Seite gegen die Tuathann zu kämpfen, sondern im Gegenteil die Situation ausnutzen, um Euch im Rücken anzugreifen.«

*Und jetzt der Paukenschlag.*

»Wenn Ihr den Tuathann dagegen ihren legitimen Anspruch auf, sagen wir, den Norden von Braunland zugesteht, dann könnten sie wertvolle Verbündete gegen Thomas Aeditus und Graf Al'Roeg von Harcort werden. Ich bitte Euch nachzudenken, Majestät, und zwar langfristig.«

Der König drückte sich tiefer in seinen Stuhl, ohne den jungen Druiden aus den Augen zu lassen.

»Ihr möchtet, dass ich meinen Bruder um die Hälfte seiner Grafschaft bringe? Das meint Ihr nicht ernst!«

»Er hat sie ja schon beinahe verloren! Wenn Ihr nichts

unternehmt, wird die Grafschaft innerhalb weniger Tage in der Hand der Tuathann sein. Ihr seid in der Lage, Eurem Bruder das begreiflich zu machen.«

»Und wie soll ich sicher sein, dass sie ihr Massaker beenden, wenn wir diesen Barbaren den Norden von Braunland überlassen? Wie viel Land ist nötig, damit sie zufrieden sind?«

*So, jetzt hab ich ihn.*

»Das, Majestät, ist Eure Angelegenheit. Wenn Ihr unsere Lösung akzeptiert, werden wir die diplomatische Durchführung übernehmen. Die Tuathann werden uns anhören. Und falls es nötig sein sollte… werden wir ihnen Harcort geben. Sie werden den Grafen und seine Christen für uns niedermetzeln!«

»Und wie soll man den Braunländern des Nordens erklären, dass ihr Gebiet Eigentum der Tuathann wird?«

»Wenn es mir gelungen ist, Euch zu überzeugen, dann müsste Euch das mit Euren Untertanen gelingen.«

*Das ist eine kühne Antwort, aber das Spiel gefällt ihm.*

»Und außerdem«, fügte der Druide hinzu, »könnt Ihr den eventuellen Flüchtlingen neues Land im Süden von Galatia anbieten. Es ist noch viel Platz in Eurem Königreich.«

»Und was sagt der Graf von Bisania dazu? Die Barden haben mir nichts gesagt.«

»Graf Alvaro Bisani wartet nur auf Eure Zustimmung, um seinerseits zuzustimmen.«

*Manchmal muss man lügen, um der Wahrheit nachzuhelfen… Vorausgesetzt, Kiaran gelingt es, Bisani zu überzeugen, denn sonst wäre die Lüge umsonst gewesen…*

Eoghan seufzte tief und schwieg einen Augenblick, während er sich am Kinn kratzte.

234

»Bleibt Ihr für die Hochzeit?«, fragte der König schließlich und erhob sich.

»Es ist mir eine Ehre, Majestät.«

»Dann werde ich Euch meine Antwort morgen früh geben.«

Der König verließ den Raum, ohne sich umzudrehen.

*Er ist einverstanden*, sagte sich Finghin und erhob sich ebenfalls.


Mjolln und Alea verbrachten eine ganze Woche im Luxus von Sai-Mina. Der Zwerg trainierte weiterhin mit den Magisteln und ihren Lehrlingen, und das junge Mädchen begnügte sich damit abzuschalten und nachzudenken. Es war das erste Mal, dass sie sich wirklich die Zeit nahm, sich Gedanken über sich selbst zu machen. Unaufhörlich versuchte sie sich in der Übung, die Erwan ihr empfohlen hatte, und jeden Abend gelang es ihr ein bisschen besser, ihren Sinn und Nutzen zu begreifen. Sie lernte, eine sehr viel wichtigere Kraft als die ihrer Muskeln zu beherrschen. Aber sie fand keine Antwort auf die Frage, die sie am meisten quälte: Was wollten die Druiden von ihr? Und was bereiteten sie im Innersten ihres Turms vor? Phelim hatte sie zu überzeugen vermocht, ihm zu folgen, aber noch immer wusste sie nicht, welche Absicht die Druiden verfolgten. Sie ertrug das Schweigen, die Untätigkeit, wozu Sai-Mina sie zwang, nicht mehr. Sie ertrug das Verbot nicht länger, das eine so große Distanz zwischen ihr und den Druiden schuf. Wenn sie über sie sprachen, warum durfte sie nicht zuhören?

Eines Abends beschloss Alea daher, sich heimlich in die Ratskammer zu schleichen. Sie wusste, dass das streng verboten war, aber sie war zu neugierig und sagte sich, dass es schließlich ihr gutes Recht war. Man hielt sie in Sai-Mina fest, und sie nahm für sich in Anspruch, dass sie dafür ein bisschen mehr von dem sehen könnte, was Phelim ihr zeigen wollte.

Sie wartete, bis niemand mehr im Hof war, und schlich zum Bergfried. Die Tür war verriegelt, aber sie öffnete nicht zum ersten Mal eine Tür, und mit Hilfe einer kleinen Nadel, die sie für alle Fälle eingesteckt hatte, hatte sie das Schloss im Handumdrehen ohne jedes Geräusch geknackt. Sie hatte ihr wahres Wesen noch nicht vergessen. War sie nicht zuallererst eine Diebin? Sie empfand wieder diese köstliche Mischung von Angst und Erregung, die sie jedes Mal gepackt hatte, wenn sie in Saratea etwas zu essen gestohlen hatte. Sie musste lächeln, als sie daran zurückdachte, atmete tief durch und trat über die Schwelle.

Sie stand vor einer schmalen Treppe und ging sie schweigend hinauf. Auf jeder Etage gab es eine Tür, aber sie wusste, dass der Raum, den sie sehen wollte, ganz oben lag, und verlor keine Zeit.

Auf halbem Weg hörte sie plötzlich jemanden, der die Stufen herunterkam. Eine Person, vielleicht auch zwei. Von Panik gepackt, versuchte sie sich zu verstecken. Da sie kein Versteck fand, ging sie ein paar Stufen in die nächsttiefere Etage hinunter, um sich hinter einer Tür zu verbergen. Auch diese war versperrt, und sie holte die Nadel aus ihrer Tasche, um das Schloss zu öffnen. Das Geräusch der Schritte kam gefährlich näher, und ihre Hände zitterten so sehr, dass sie fürchtete, ertappt zu werden. Sie spürte, dass ihr Herz immer schneller schlug, und biss sich auf die Lippen, während sie ungeduldig mit der Nadel stocherte. Als die Füße schon auf der Treppe erschienen, gab das Schloss endlich nach.

Alea schlüpfte durch die Tür und schloss sie schnell, aber geräuschlos hinter sich. Sie befand sich in einem dunklen Zimmer und betete zur Moïra, dass dort niemand sein möge.

Die Luft in dem Raum war eisig, und sie redete sich ein, dass sie vor Kälte zitterte. Sie hörte zwei Personen, die auf der Treppe vorbeigingen, und schnappte ein paar undeutliche Worte auf, aber der Sinn ihrer Unterhaltung blieb ihr verborgen. Mit dem Rücken an der Wand wartete sie einen Augenblick und ging dann wieder hinaus, ohne den Raum, in dem sie sich versteckt hatte, weiter zu erforschen.

Ohne Zeit zu verlieren, ging sie weiter die Stufen hinauf, schneller diesmal, getrieben von der Aufregung. Endlich erreichte sie die letzte Etage und war überrascht von der Größe der Tür, die viel kleiner war als die in der Etage darunter.

Sie versuchte durchs Schlüsselloch zu blicken, konnte aber nichts erkennen.

Sie zögerte einen Augenblick, bevor sie schließlich den Mut fand, die Tür zu öffnen. Sie war nicht verschlossen. Sie warf einen Blick ins Innere. Die Tür führte auf eine Art Balkon, vermutlich ein Zwischengeschoss. Weiter unten leuchtete eine Lichtquelle, und Alea hörte die Stimmen von mehreren Männern. Sie zögerte kurz und begann dann, auf die andere Seite zu kriechen. Von dort blickte sie durch die Gitterstäbe in den Raum darunter. Sie befand sich oberhalb der Ratskammer und konnte die Großdruiden sehen, die in hohen Holzsesseln saßen. Sie erkannte Phelim, Ailin und die anderen.

Alea sagte sich, dass sie im Begriff war, einen schweren Fehler zu machen, aber ihre Neugier war stärker als alles andere, und sie versuchte zu verstehen, was dort unten gesagt wurde.

»Sie macht nicht den Eindruck, dass sie irgendetwas spürt, und bis jetzt gibt es auch keinerlei Anzeichen für irgendeine Macht oder merkwürdige Kraft«, sagte Ailin.

*Sie sprechen über mich*, verstand Alea, und das beunruhigte sie noch mehr.

»Erzdruide, zweifelt Ihr an meinen Worten?«, sagte Phelim gekränkt. »Meine Augen haben mich nicht getäuscht. Ich habe zweimal gesehen, dass sie eine Macht benutzte, die sie nicht beherrschte.«

»Wenn sie der Samildanach wäre, was an sich eine Absurdität ist, dann würde sie hier nicht mit diesem Idioten von Zwerg im Hof spielen! Sie wäre viel zu sehr mit ihrer Macht und ihrem Schicksal beschäftigt. Wir würden es sofort merken. Und jeder hier weiß doch, dass der Samildanach kein Mädchen sein kann!«, rief Ailin sichtlich genervt.

»Und doch, in der Enzyklopädie von Anali…«, murmelte Ernan ohne große Überzeugung.

»Es reicht! Was geschrieben steht, hat keinerlei Wert, Ernan! Mich interessieren ausschließlich die Fakten. Schon morgen werden wir ein für alle Mal sehen, ob diese Kleine etwas Besonderes hat, indem wir sie dem Man'ith von Gabha unterziehen.«

»Das kommt nicht in Frage!«, rief Phelim und erhob sich. »Ihr wisst genau, dass sie das nicht überleben wird, wenn sie nicht der Samildanach ist!«

»Es ist die einzige Möglichkeit, das herauszufinden. Und wir können sie nicht gehen lassen, ohne sicher zu sein. Aber Ihr seid doch sowieso überzeugt, dass sie der Samildanach ist, wovor habt Ihr also Angst?«

Alea glaubte ihren Ohren nicht. Ailin, der ihr jedes

Mal, wenn sie ihm begegnete, zulächelte, war bereit, sie zu töten, nur um herauszufinden, ob sie Ilvains Macht empfangen hatte oder nicht. Mit anderen Worten, er war nicht besser als dieser schreckliche Maolmòrdha. Am liebsten wäre sie sofort geflohen, um den Rest der Unterhaltung nicht hören zu müssen, aber sie war vor Angst wie gelähmt.

»Stimmen wir also ab«, fügte der Erzdruide hinzu.

»Unmöglich«, protestierte Phelim, »wir sind nur sieben, Aldero ist noch nicht von seiner Mission zurück, und unsere drei Botschafter in der Tuathann-Sache, Aodh, Finghin und Kiaran, werden nicht so schnell wieder da sein. Eine so schwerwiegende Wahl erfordert, dass alle Brüder anwesend sind.«

»Mehr als die Hälfte des Rats ist anwesend, und das reicht vollkommen, Phelim. Ich fürchte, Eure Freundschaft zu diesem Mädchen trübt Euer Urteilsvermögen. Handelt wie ein Großdruide, nicht wie ein junger Lehrling!«

»Vor allem geht es darum, wie ein Mensch zu handeln, wenn das Leben eines Kindes betroffen ist, Ailin!«

»Schweigt, Phelim. Ihr stellt mich auf eine harte Geduldsprobe. Meine Brüder, wir müssen jetzt darüber abstimmen, was zu tun ist. Das Mädchen dem Man'ith von Gabha unterziehen, um herauszufinden, ob sie der Samildanach ist, oder sie in Ruhe lassen und weiterhin im Unklaren bleiben, wer Ilvains Macht geerbt hat. Hebt die Hand, meine Brüder, wenn ihr für die erste Lösung seid«, befahl Ailin.

Alle hoben die Hand, mit Ausnahme von Phelim und Aengus, der in Abwesenheit von Finghin der jüngste Druide war.

Phelim stand abrupt auf, um den Raum zu verlassen,

aber Ailin erhob sich ebenfalls und rief ihn zur Ordnung: »Phelim! Der Rat ist noch nicht beendet, und wenn Ihr diesen Raum verlasst, verbannt Ihr Euch selbst. Wie immer Eure Gefühle auch sein mögen, stellt Euch nicht gegen unsere Gesetze.«

Der Druide blieb sofort stehen. Alea glaubte zuerst, der Befehl des Erzdruiden habe ihn zurückgehalten. Aber er hatte nach oben geblickt, und sie stellte fest, dass Phelim sie entdeckt hatte und deshalb so plötzlich stehen geblieben war. Phelim tat so, als habe er sie nicht gesehen, drehte sich zum Rat um und warf dem Erzdruiden einen wütenden Blick zu. Er zögerte einen Augenblick, dann kehrte er an seinen Platz zurück und setzte sich zwischen seine Brüder.

Alea zitterte.

»Wie sehr bereue ich, dass ich dieses Mädchen hergebracht habe. Ich wünsche mir nur eines, dass sie flieht, bevor Ihr sie in die Finger bekommt. Aber da Ihr abgestimmt habt, beuge ich mich Eurer Entscheidung.«

Alea verstand die Botschaft, die der Druide ihr hatte zukommen lassen, und schlich sich unverzüglich hinaus, um die Treppe so schnell sie konnte hinunterzulaufen, wobei sie versuchte, unbemerkt zu bleiben. Ihr Herz schlug so heftig, dass sie es hören konnte.

Als sie wieder im Hof war, stürzte sie in den Nordflügel des Palastes und lief zu ihrem Zimmer. An der Ecke des Gangs stand sie plötzlich vor Erwan. Mit einem Aufschrei fuhr sie zusammen, und der Junge wich überrascht zurück.

»Erwan? Was machst du hier?«

»Ich … ich wollte dir sagen, dass mein Vater und ich zurück sind … Und du? Du wirkst zu Tode erschreckt, als sei ein Dämon hinter dir her…«

Alea wusste nicht, was sie antworten sollte, am liebsten hätte sie Erwan alles anvertraut, aber das war unmöglich, er wäre gezwungen, den Druiden alles zu erzählen. Dennoch wollte sie ihn nicht belügen.

»Ich muss fliehen, Erwan, ich kann dir nicht erklären, warum, und ich weiß, dass du es den Druiden erzählen musst. Aber ich bitte dich, warte bis morgen früh, bevor du mich verrätst, damit ich in Ruhe fliehen kann.«

Erwan wusste nicht, was er antworten sollte. Am liebsten hätte er sie zurückgehalten, aber in den Augen des jungen Mädchens erkannte er eine solche Verzweiflung, dass er vollkommen hilflos war.

Alea näherte sich langsam dem jungen Mann und drückte ihm plötzlich, wie ein Windstoß, einen Kuss auf die Wange, bevor sie zu Mjollns Zimmer lief. Sie schloss die Tür hinter sich, ohne sich umzudrehen, und hoffte nur, dass Erwan sie fliehen lassen würde.

Der Zwerg sprang mit einem Satz auf sein Bett, bevor er das junge Mädchen erkannte.

»Du hast mir Angst gemacht, Alea! Du bist verrückt, einfach so ohne Vorwarnung hereinzustürmen! Taha! Ich bin bewaffnet!«

»Wir müssen sofort fliehen, Mjolln. Wenn du mein Freund bist, dann vertrau mir und stell keine Fragen, ich werde es dir später erklären. Gehen wir!«

Der Zwerg blickte sie verständnislos an, aber dann folgte er dem jungen Mädchen, das bereits auf den Gang hinausstürmte, wo Erwan inzwischen verschwunden war. Der Zwerg nahm sein Schwert und seinen Dudelsack und lief, die Arme beladen, Alea hinterher.

Sie kamen in den Hof. Alea vergewisserte sich, dass niemand da war, dann liefen sie auf die andere Seite des

Brunnens, wo sich die Treppe befand, die zum Meer führte. Alea lief als Erste in die Dunkelheit der Nacht und stürmte so schnell sie konnte die Stufen hinunter.

Als sie den steinernen Damm am Fuß der Treppe erreichten, der an der Mauer entlanglief, entdeckten sie entsetzt, dass kein Boot da war. Im selben Augenblick hörten sie oben auf dem Felsen, im Hof des Palastes, Schreie.

»Unsere Flucht ist entdeckt worden!«, rief der Zwerg zu Tode erschrocken. »Und ich kann nicht schwimmen. O nein, nicht schwimmen!«

»Ich auch nicht, Mjolln, aber wir müssen eine andere Möglichkeit finden.«

Die Schreie der Soldaten und der Magisteln über ihnen kamen näher, und sie würden, daran bestand kein Zweifel, in Kürze die Treppe erreicht haben.

Alea fiel auf die Knie und schloss die Augen so fest wie möglich, um ihre Ruhe wiederzufinden. Und plötzlich kam es über sie. Wie eine Verpflichtung, eine Selbstverständlichkeit. Endlich würde sie ausprobieren können, ob die von Erwan vorgeschlagene Übung ihr tatsächlich helfen konnte. Sie konzentrierte sich und versuchte das Licht mitten auf ihrer Stirn erscheinen zu lassen. Die Flamme flackerte und wurde dann langsam größer.

Während Mjollns Schreie hinter ihr zu verstummen schienen, spürte sie das Licht, das tief in ihrer Seele immer stärker wurde, als habe die kleine Kerze, die zu finden Erwan sie gelehrt hatte, in ihrem Kopf ein Feuer entzündet. Es war die gleiche Empfindung von Macht, Angst und Wahnsinn, die sie, hervorgerufen von einem Gefühl der Not, in der Heide überfallen hatte, und diesmal nahm sie sich fest vor, es nicht wieder verschwinden zu lassen. Tief in ihrem Innern suchte sie den sich entwickelnden Brand und versuchte ihn gedanklich zu packen und ganz in ihn einzutauchen, um eins zu werden mit ihm. Irgendetwas trieb sie zu den Flammen hin, etwas Instinktives, Animalisches, das sie überstieg und das sie nicht verstand. Plötzlich sprang sie mit einem Satz auf, getrieben von einer merkwürdigen Kraft, die ihren Körper verbrannte. All ihre Muskeln schienen diese unerklärliche Energie zu enthalten, die immer stärker in ihr wurde und in ihren Adern und in ihrem Geist entflammte. Als sie diese machtvolle Woge nicht mehr zurückhalten konnte, streckte sie ihre Hände zum Meer aus und brüllte vor Schmerz.

Mjolln wurde nach hinten geschleudert und fiel auf den Rücken. Als er seinen Oberkörper wieder aufrichtete, traute er seinen Augen nicht. Ungläubig schüttelte er den Kopf und kroch neben Alea, um sicher zu sein, dass er nicht träumte. Und doch war es sehr real.

Das Boot, das man auf der anderen Uferseite zurückgelassen hatte, kam von ganz allein auf sie zu, bewegt von irgendeinem Zauber. Der vordere Teil des Bootes hob sich mit jeder Welle, als blase ein kräftiger Wind in unsichtbare Segel.

Aleas Hände waren noch immer über dem Wasser ausgestreckt. Der Wind wirbelte ihr schwarzes Haar in ihrem Nacken hoch, so wie sich auf dem Meer die Wellen erhoben. Ihre großen blauen Augen bewegten sich nicht, starr blickten sie nach vorn. Sie wirkte größer als sonst, als schwebte sie durch irgendeinen Zauber über dem Boden. Sie war schön, majestätisch, und auf ihren Lippen lag fast so etwas wie das Lächeln eines Erwachsenen.

Dann ließ sie die Arme langsam sinken und drehte den Kopf zu Mjolln.

243

»Was… was… was ist das denn für ein Wunder?«, stammelte der Zwerg, zu Tode erschrocken.

Aber Alea nahm sich nicht die Zeit zu antworten; allerdings war sie sich auch nicht sicher, ob sie es konnte. Sie packte den Zwerg am Arm und zog ihn hinter sich her.

Das Boot kam direkt auf sie zu und wurde erst langsamer, als es nur noch ein paar Meter vom Ufer entfernt war. Alea sprang hinein, dicht gefolgt vom Zwerg. Die Stimmen über ihnen kamen näher.

Alea ging nach vorne ins Boot und konzentrierte sich erneut. Der Zwerg wartete keine Sekunde. Er packte die beiden Ruder und paddelte, so schnell seine kleinen Arme es ihm erlaubten. Nach kurzer Zeit spürte er das Meer unter dem Rumpf dahineilen und den Wind, der auf seiner Stirn immer stärker wurde. Sie kamen ungewöhnlich schnell voran. Obwohl Mjolln mit aller Kraft ruderte, wusste er doch ganz genau, dass eine sehr viel stärkere Kraft das Boot vorwärtstrieb. Die gleiche Kraft, die es vom anderen Ufer zu ihnen gebracht hatte. Eine Zauberkraft, deren Ursprung er zwar ahnte, die er aber lieber nicht kennen lernen wollte.

Sie überquerten die Mündung wie ein Pfeil, der übers Wasser flog, ohne sich umzudrehen, in der bedrohlichen Dunkelheit der nächtlichen Wolken. Die Schreie der Wachen von Sai-Mina, die zu Füßen des gigantischen Gebäudes ohnmächtig brüllten, wurden nach und nach vom Geräusch des Meeres und des Windes übertönt.

Als das Boot endlich auf dem gegenüberliegenden Ufer strandete und der Rumpf über den Sand und die Kiesel schrammte, sprangen sie heraus und ließen sich völlig entkräftet auf den Strand fallen.

Nachdem Alea wieder zu Atem gekommen war, stützte sie sich auf die Ellbogen, um sich zu vergewissern, dass ihnen niemand gefolgt war. Sie sah nur das Meer und die eindrucksvolle Silhouette von Sai-Mina. Sie schloss die Augen und ließ sich auf den Rücken fallen.

»Mjolln«, flüsterte sie, »wir müssen fliehen. Sie werden herkommen, um uns zu holen.«

»Ich kann nicht mehr.«

»Ich auch nicht, aber wir müssen fliehen, basta.«

Sie rappelten sich mühsam hoch und gingen eilig in Richtung Süden los. Stumm marschierten sie viele Stunden. Beine und Rücken taten ihnen weh, aber sie trauten sich nicht, stehen zu bleiben. Alea versuchte sich zu beruhigen und das Feuer zu löschen, das in ihrem Bauch brannte. Aber sie konnte sich jetzt nichts mehr vormachen, dieses Gefühl würde sie nicht mehr verlassen.

Sie war der Samildanach, und diese Gewissheit, die sich seit dem ersten Augenblick in ihrem Herzen verborgen hatte, brach sich jetzt Bahn. Sie spürte, dass die Zukunft, jede Zukunft der Welt auf ihren Schultern lastete, und sagte sich, dass sie noch nicht bereit war.

Diesmal lief wirklich, ohne jeden Zweifel, eine Träne über ihre Wange.

Mjolln dagegen konnte noch immer nicht glauben, was er gesehen hatte, und warf dem jungen Mädchen immer wieder einen irren Blick zu, um einen Trost zu suchen, den er nicht fand. Hatte wirklich sie das Boot vorwärtsbewegt? Und mit Hilfe welchen Zaubers?

Bald konnten ihre schmerzenden Füße und ihre erschöpften Muskeln sie nicht mehr weitertragen, und sie beschlossen zu schlafen. Am Fuß eines Hügels fanden sie eine kleine Höhle, und Mjolln brach endlich das Schweigen.

»Als ich jung war, jünger als du, zog ich mich, wenn mich etwas unglücklich gemacht hatte, ähm, in eine kleine Höhle in der Nähe von Pelpi zurück, die dieser hier sehr ähnelte. Ich konnte dort stundenlang bleiben und den Wassertropfen zuhören, die auf den Felsen schlugen. Ich betrachtete die Fledermäuse, die an der Kuppel der Höhle hingen, und hoffte, dass sie nicht aufwachten. Ähm. Sie sind niemals aufgewacht. Von Zeit zu Zeit schüttelte eine die Flügel und ließ mich zusammenfahren, aber das war schon alles. Taha. Ich frage mich, ob sie wussten, dass ich da war. Ob sie wussten, warum ich da war. Ähm. Ob sie meine Traurigkeit spürten. Jedenfalls denke ich immer, wenn ich traurig bin, an diese Fledermäuse und habe, ich weiß nicht, warum, das Gefühl, dass mir nichts passieren kann. Wie jetzt in dieser Höhle.«

Alea lächelte dem Zwerg zu. Seine Stimme klang irgendwie anders als sonst. Irgendwie aufrichtig. Sie ahnte, dass er sehr große Angst hatte, und fühlte sich ihm nahe. Näher denn je. Sie fragte sich sogar, ob sie es ertragen könnte, an diesem Abend allein zu sein.

In diesem Augenblick hörten sie hinten in der Höhle das Flügelschlagen einer Fledermaus. Zuerst fuhren sie vor Schreck zusammen, dann sahen sie sich lächelnd an. Auf gewisse Weise beruhigte es sie, und schnell schliefen sie ein in der Stille der Nacht.

## 8

## Die Jagd

Alea wurde vom Wiehern eines Pferdes geweckt.

Sie richtete sich abrupt auf und sah, dass Mjolln neben ihr noch schlief. Auf Zehenspitzen ging sie zum Eingang der Höhle. Hatten die Druiden sie bereits gefunden? Oder waren es einfach nur andere Reisende? Sie wartete, bis ihre Augen sich an das Tageslicht gewöhnt hatten, und steckte dann, an die Wand gedrückt, den Kopf hinaus.

»Guten Tag, mein Fräulein.«

Phelim und Galiad saßen im Gras vor der Höhle, aßen Rosinenbrot in der Sommersonne und warteten vermutlich schon eine ganze Weile darauf, dass das Mädchen und der Zwerg aufwachten. Zwei Pferde und zwei Ponys waren hinter ihnen an einem Baum angebunden.

»Wie habt ihr mich gefunden?«, fragte Alea überrascht, während auch Mjolln aufwachte.

»Galiad ist ein sehr guter Fährtenleser.«

Das junge Mädchen warf dem Magistel einen wütenden Blick zu. Hatte Erwan, sein Sohn, ihn über ihre Flucht informiert? Aber sie sah weder einen Vorwurf noch Wut in Galiads Augen. Über einem langen Kettenhemd trug er eine komplizierte und schwere Rüstung, die aus einer Vielzahl von durch Gelenke miteinander verbundenen Metallplatten bestand, die alle Partien seines Körpers bedeckten, eine prachtvolle Rüstung, die jedoch mehr für den Krieg gemacht schien als für eine Flucht durch den Wald. An seiner Taille hing Banthral, sein legendäres Schwert, von dem nur das Stichblatt aus mit Gold eingelegtem Silber und der breite goldene Griff, auf dem die Gravur eines roten Drachen zu erkennen war, aus der Scheide ragten. Es war ein langes, breites Schwert, ziemlich dick, aber vermutlich hervorragend geschliffen.

All dies Gewicht schien ihn jedoch nicht zu behindern. Er war stark und zäh. Alea ahnte, dass er der Typ Mann war, der niemals klagte, und sie erinnerte sich an Mjollns Worte, als er ihr den Magistel vorgestellt hatte: Er war ein legendärer Krieger.

Dann sah sie Phelim an. Der Druide hatte noch immer sein ruhiges Lächeln und seinen durchdringenden Blick. Nichts schien seine Ruhe stören zu können. Dabei hatte Alea tags zuvor in der Ratskammer miterlebt, dass er durchaus aufbrausen konnte.

»Ich habe nicht die Absicht, nach Sai-Mina zurückzukehren, Phelim. Ihr seid umsonst gekommen.«

»Ich bin nicht gekommen, um dich zurückzubringen oder dich zu irgendetwas zu überreden. Wir sind gekommen, um dir zu helfen und dich zu beschützen.«

»Mich muss niemand beschützen«, verteidigte sich Alea.

»Wenn wir dich gefunden haben, dann werden die anderen Druiden dich ebenfalls finden. Wir haben diese Pferde mitgebracht, damit du mit uns fliehen kannst.«

»Wollt Ihr auch fliehen?«, fragte das junge Mädchen erstaunt. »Habt Ihr... den Rat verlassen?«

»Sagen wir, dass ich mich nach deinem Verschwinden diskret zurückgezogen habe. Ailin hat drei Magisteln hinter dir hergeschickt, und wir müssen einen Vorsprung gewinnen, wenn wir nicht wollen, dass sie uns
einholen.«

»Warum soll ich Euch vertrauen? Ihr seid ebenfalls
ein Druide.«

»Wenn ich dich meinen Brüdern hätte ausliefern wollen, hätte ich es gestern Abend tun können, als du dich
über der Ratskammer versteckt hattest«, erwiderte
Phelim. »Es wird höchste Zeit, dass wir uns gegenseitig
vertrauen, Alea, glaubst du nicht? Ich habe meinen Eid
gegenüber dem Rat gebrochen, als ich herkam, und das
ist ein Opfer, das zumindest deinen Respekt verdient.
Du hast es uns zur Genüge bewiesen: Du bist kein Kind
mehr.«

Alea drehte sich zum Eingang der Höhle um und gab
Mjolln ein Zeichen herauszukommen. Der machte Freu-
densprünge, als er den Druiden sah.

»Phelim! Mein guter Druide! Das ist ja eine Freude!
Was für ein Abenteuer! Ich verstehe überhaupt nichts
mehr! Es wird Zeit, dass wir ein bisschen Ordnung in
all das bringen, das sagt Mjolln … Und auch Euch einen
guten Tag, Galiad. Ähm.«

Aber Alea unterbrach den Zwerg in seiner guten Laune
und ergriff das Wort: »Was mich betrifft, ich gehe nach
Providenz. Von Anfang an wollte ich dorthin, und ich
wäre schon längst dort, wenn ich nicht Euren schlechten Ratschlägen gefolgt wäre. Vielleicht hätte ich Amina schon wiedergesehen.«

»In Providenz wirst du nicht geschützt sein. Der Rat
wird dich mühelos finden. Ganz zu schweigen von den
Herilim, die Maolmòrdha ausgeschickt hat.«

»Phelim, Ihr habt mich schon einmal von meinem Weg abgebracht, und das hat mir kein Glück gebracht. Diesmal werde ich nach Providenz gehen, und nichts wird mich davon abhalten können.«

Phelim seufzte, und Galiad ergriff jetzt mit seiner ernsten und autoritären Stimme das Wort.

»Dann erlaubt zumindest, dass wir Euch begleiten. So hättet Ihr ein Pferd und unseren Schutz.«

Alea warf dem Zwerg einen Blick zu. Natürlich flehte Mjolln sie mit den Augen an. Er hätte alles getan, um mit einem Druiden und einem Magistel an seiner Seite reisen zu können.

»Na gut, einverstanden«, gab das junge Mädchen schließlich nach. »Ihr könnt uns begleiten. Aber ich wiederhole noch einmal: Ihr werdet mich nicht daran hindern zu gehen, wohin ich will. Ich vertraue Euch nicht mehr, Phelim. Euch ebenso wenig wie Eurem Rat. Ihr wollt bei uns bleiben? Einverstanden. Aber erwartet nichts mehr von mir.«

»Wir müssen unverzüglich aufbrechen«, erklärte Phelim, während Galiad die Pferde sattelte. »Aber glaube ja nicht, dass du uns einen Gefallen tust, Alea. Ich habe dir bereits mehrfach das Leben gerettet, kleines Mädchen. Einmal gegen die Straßenräuber und ein zweites Mal gegen die Gorgunen. Ich habe dir auch das Man'ith von Gabha erspart, das dich gewiss das Leben gekostet hätte. Dass du so hartnäckig darauf bestehst, nach Providenz zu gehen, meinetwegen, aber vergiss nicht, dass du mit einem Druiden sprichst und dass meine Geduld Grenzen hat. Und jetzt macht euch fertig, damit wir endlich wegkommen.«

Alea wusste nicht, was sie antworten sollte. Der Druide beeindruckte sie doch so sehr, dass sie erst einmal schwieg. Sie drehte sich um und folgte Mjolln, um ihre Sachen zusammenzusuchen.

Sie seufzte, weil sie ahnte, dass der Druide sie nicht in Ruhe lassen würde. Außerdem war die Nacht kurz gewesen, und sie hatte schrecklichen Muskelkater. Die Annehmlichkeiten von Sai-Mina waren weit weg.

Alea stieg auf das Pony, das Galiad zu ihr geführt hatte. Der Krieger half dem jungen Mädchen, merkte, dass sie wohl noch nie auf einem Pferd gesessen hatte, und beruhigte sie, während er ihr die Zügel gab.

»Das ist eine Stute, sie heißt Dulia und ist das sanfteste Pony des ganzen Königreichs, du wirst sehen. Du hast schneller als die meisten meiner Schüler kämpfen gelernt, du wirst also auch sehr rasch lernen, dieses Pony zu lenken, da bin ich ganz sicher.«

»Danke, Galiad«, erwiderte Alea, nicht vollkommen überzeugt.

Mjolln dagegen war bereits auf den Rücken seines Ponys gesprungen. Er war ein berühmter Reiter und sprach jetzt ins Ohr seines Pferdes.

»Welchen Namen Ihr diesem Pony auch immer gegeben haben mögt, für mich wird es von jetzt an Alragan heißen. Punkt.«

Galiad schien überrascht. Er musterte den Zwerg von Kopf bis Fuß und sah, dass er keine Hilfe brauchte.

Sie machten sich sofort auf den Weg. Der Magistel ritt voraus, die Faust auf dem breiten Griff seines Schwerts.

Imala bewegte sich den ganzen Abend auf das Dorf zu, das sie in der Ferne erblickte, wobei sie zwischen energischem Galopp und erholsamem Trab abwechselte. Sie war voller Kraft; die Tage, die sie mit den Vertikalen

des Waldes verbracht hatte, hatten sie in ganz außergewöhnlicher Weise gestärkt, und so lief sie ohne anzuhalten immer weiter auf den Ort zu.

Noch vor Tagesanbruch war sie bis auf wenige Schritte an das große Tor herangekommen und legte sich mitten in der Heide hin, um bis Sonnenaufgang zu schlafen.

Sie wurde vom Lachen eines Kindes aus dem Schlaf
gerissen, sprang auf und erblickte in der Ferne eine junge Vertikale, die vor dem Dorf mit einem Holzreifen
spielte, den sie mit Hilfe eines Stocks über die Heide
laufen ließ. Es war ein dunkelhaariges kleines Mädchen, zu dem die Wölfin sofort Zutrauen fasste. Da
die großen Vertikalen des Waldes ihr nichts getan hatten, gab es keinen Grund anzunehmen, dass ein junges
Weibchen gefährlich sein sollte, dachte sie.

Dennoch näherte Imala sich dem Mädchen vorsichtig
und legte sich ein paar Meter vor dem Kind, das sie noch
immer nicht bemerkt hatte, auf den Boden. Nachdem
das kleine Mädchen ein paar Drehungen mit seinem
Reifen gemacht hatte, fand Imala das Spiel amüsant und
bekam Lust, zusammen mit der jungen Vertikalen zu
laufen. Sie erhob sich und begann schwanzwedelnd auf
das Kind zuzugaloppieren, wobei sie Sprünge machte
wie junge spielende Welpen.

Plötzlich bemerkte das kleine Mädchen die Wölfin
und stieß einen gellenden Schrei des Entsetzens aus:
»Hilfe, ein Wolf!« Imala verstand die Bedeutung dieses
Satzes nicht, und obwohl sie die Angst des Mädchens
spürte, glaubte sie, sie könnte trotzdem mit ihm spielen, und tollte weiter um das Kind herum.

Das kleine Mädchen ließ ihren Reifen sofort fallen
und lief auf das Dorf zu. Imala sah darin eine Aufforde-

252

rung zum Spiel und galoppierte mit hängender Zunge hinter ihr her.

So liefen sie bis zum Eingang des Dorfes, das Mädchen in Todesangst schreiend voraus und die Wölfin mit fröhlichen Sprüngen hinterher.

Als sie durch das Tor des Dorfes kamen, zögerte Imala einen Augenblick. Sie begriff, dass sie in das Gebiet der Vertikalen eindrang, und so weit ging ihr Vertrauen zu ihnen dann doch nicht. Aber ihr blieb keine Zeit mehr, lange zu überlegen.

Zwei mit einer Mistgabel und einem Stock bewaffnete Vertikale schossen hinter dem Tor hervor, und die Wölfin konnte gerade noch einem heftigen Schlag auf ihren Schädel ausweichen. Einen Augenblick war sie verwirrt und fragte sich, ob auch sie spielen wollten, aber dann traf sie ein Stockschlag auf dem Rücken.

Imala kläffte vor Schmerz und fiel zu Boden. Die plötzliche Gewalttätigkeit der Vertikalen, die sich bis jetzt immer so freundschaftlich ihr gegenüber verhalten hatten, war ihr unbegreiflich. Zu Tode geängstigt, legte sie sich zum Zeichen der Unterwerfung auf den Rücken, die Pfoten in der Luft. Doch anstatt sich einfach nur über ihren Sieg zu freuen, schlugen die beiden Vertikalen jetzt erst recht auf sie ein, und Imala erhielt einen Hieb mit der Mistgabel in die Seite.

Die Wölfin heulte auf. Diesmal entschloss sie sich zur Flucht, an Körper und Seele verletzt. Die beiden Vertikalen verfolgten sie noch in die Heide, dann gaben sie auf, und Imala floh in ein Wäldchen, wo sie ihre Wunde leckte.

Die vier Gefährten galoppierten bis zum Abend in südwestliche Richtung. Der weiße Heidesand wirbelte unter den Hufen ihrer Pferde auf. Galiad hatte entschieden, dass sie sich vom Fluss entfernten, um querfeldein zu reiten, wo die Aussichten, auf andere Reisende zu treffen, geringer waren, so dass sie mittags bereits auf der einen Seite die spitze Silhouette des Gor-Draka-Gebirges erkennen konnten und auf der anderen das Meer, das im Osten den leuchtenden Kreis der Sonne spiegelte. Alea bat den Magistel, einen Augenblick anzuhalten, damit sie den Anblick bewundern konnten. Das Gestirn entzündete tausend Kerzen auf den bläulichen Fluten.

»Man könnte es für eine Insel im Meer halten. So muss die Insel Mons-Tumba aussehen. Wenn ich Providenz gesehen habe, werde ich dorthin reisen«, erklärte Alea, und ihre Stimme klang ein bisschen herausfordernd.

»Ach ja?«, fragte Phelim. »Und warum?«

»Um zu lernen. Ich will auf die Universität gehen.«

Beinahe hätte der Druide geantwortet, aber er hielt sich zurück. Er hätte ihr gern gesagt, dass das, was sie bei den christlichen Mönchen von Mons-Tumba lernen könne, nicht mit dem zu vergleichen sei, was man sie in Sai-Mina lehren würde, aber er wusste im Voraus, dass das junge Mädchen negativ reagieren würde. Und im Grunde fragte er sich inzwischen selbst, ob er es noch glauben konnte. Der Rat schien Alea gegenüber keine wirklich pädagogischen Absichten zu verfolgen, dachte er ironisch.

»Ihr mögt die Christen und ihre Universität nicht, nicht wahr?«, fragte Alea den Druiden schelmisch.

Phelim fragte sich, ob das junge Mädchen seine Gedanken gelesen haben könnte.

»Sie verhalten sich sehr aggressiv. Und außerdem

stimmen wir mit... ihrer Philosophie, sagen wir mal, nicht gerade überein.«

»Warum?«, hakte Alea nach.

»Weil sie die Existenz der Moïra leugnet. Sie sei angeblich eine moderne Abwegigkeit. Die Professoren von Mons-Tumba sind überzeugt, dass die Moïra die Welt daran hindert, Fortschritte zu machen. Sie glauben, dass nur ihr Gott die Dinge voranbringen kann. Außerdem stützt sich ihr Unterricht auf den geschriebenen Text, wohingegen wir Druiden der Meinung sind, dass die Schrift der Tod des Wissens ist. Was aufgeschrieben ist, ist ein für alle Mal fixiert und daher tot, während das wahre Wissen nicht starr sein darf, sondern sich entwickeln muss. Unser Unterricht ist mündlich. Das Wissen wird im Zwiegespräch zwischen Lehrer und Schüler weitergegeben. Verstehst du?«

»Und wenn sie Recht hätten? Wenn es die Moïra tatsächlich nicht gäbe?«

»Die einfache Tatsache, dass du die Macht hast, die dir erlaubt hat, Sai-Mina zu verlassen, widerlegt die Philosophie von Mons-Tumba. Das Ärgerliche ist ihr Bekehrungseifer. Wie viele junge Menschen verlassen jedes Jahr diese Insel, den Kopf voll gestopft mit falschen Ideen?«

Alea nickte wenig überzeugt. Sie fragte sich, ob die Methode von Mons-Tumba nicht doch besser als die der Druiden sei. Tief in ihrem Innern blieb sie bei ihrer Meinung: Auch wenn sie die sehr reale Präsenz der Moïra spürte, würde sie eines Tages doch nach Mons-Tumba gehen, denn seit sie an dem Tag, an dem sie Saratea verlassen hatte, diese Studenten getroffen hatte, wollte sie lesen lernen, und das konnte sie nur bei den Christen.

»Na los«, mischte sich Galiad ein, der wieder auf sein Pferd stieg, »wir haben keine Zeit herumzutrödeln. Wenn wir gesund und wohlbehalten nach Providenz kommen wollen, müssen wir unverzüglich weiterreiten. Ich weiß nicht, ob die Magisteln uns auf den Fersen sind, aber ich bin fast sicher, dass wir überwacht werden.«

»Ja. Dieses Gefühl habe ich auch«, bestätigte Phelim und blickte sich in der Ebene um. »Alea, spürst du nichts?«

»Nein«, gestand Alea, überrascht, dass der Druide ihr diese Frage gestellt hatte. Vertraute er ihr also?

»Verlieren wir keine Zeit«, beendete Phelim die Diskussion.

Sie stiegen wieder auf die Pferde und galoppierten in Richtung Süden. Alea hatte noch immer Mühe, sich an die Stöße ihres Ponys zu gewöhnen, aber das hinderte sie nicht daran, die erstaunliche Landschaft des Ostens von Galatia zu bewundern. Die Vegetation war hier reicher als in der Ebene, die Saratea umgab, und das Meer war nahe. Das junge Mädchen erlebte zum ersten Mal das Vergnügen, durch eine Landschaft zu galoppieren. Es war wie eine imaginäre Gegend, über die man im Traum schwebt. Alles flog an ihr vorbei, ungreifbar, undeutlich. Die Geschwindigkeit und der Wind berauschten sie.

Immer wenn die Pferde sie in eine andere Landschaft trugen, ließ sie sich von ihren Gefühlen überwältigen. Zunächst überkam sie Bedauern, flackernd, wie die Flammen eines Lagerfeuers. Saratea, Amina, das Leben im Gasthof von Kerry und Tara … Vor allem aber, warum hatte sie nicht versucht, Erwan zu überzeugen, mit ihnen zu kommen? Wahrscheinlich würde sie ihn nie mehr wiedersehen. War er ihr böse? Hatte er dem Rat versprochen, die respektlose junge Person zurückzubringen?

Hätte sie nur länger mit ihm sprechen und herausfinden können, was er wirklich von ihr dachte. Mjolln sagte, dass er sie liebte, aber reichte diese Liebe aus, um Sai-Mina zu verlassen und mit ihr zu ziehen? Würde sie eines Tages wählen müssen zwischen der Liebe zu Erwan und einem Leben ewigen Auf-der-Flucht-Seins, zu dem sie verurteilt zu sein schien? Jedes neue Bedauern brach ihr ein bisschen mehr das Herz. Sie stieß einen langen Seufzer aus und zwang sich, über die Zukunft nachzudenken.

Providenz. Schon der Name der Stadt bedeutete Hoffnung. Dort würde sie aller Wahrscheinlichkeit nach endlich Amina wiedersehen, ihre Freundin aus Kindertagen. Mit ihr würde sie gewiss den Samildanach und die tausend Schwierigkeiten vergessen, die sie auf sich zukommen sah. Mit Phelims und Galiads Hilfe würde es ihr vielleicht sogar gelingen, sich die Magisteln und die Herilim vom Hals zu schaffen, die sie noch immer verfolgten. Anschließend würde sie nach Mons-Tumba weiterreisen, um dort lesen zu lernen. Die Zukunft konnte so einfach sein, wenn die Moïra ihr nur diese Möglichkeit gewähren wollte ...

Am Spätnachmittag beschloss Galiad, die Pferde Schritt gehen zu lassen, damit sie sich von dem langen Galopp erholen konnten. Sie nutzten die Gelegenheit, um sich zu unterhalten, während die Sonne im Westen hinter dem Gor-Draka-Gebirge verschwand.

Zuerst führte Galiad sein Pferd neben Mjollns Pony.

»Seid Ihr nicht zu müde?«, fragte er höflich und sah den Zwerg an, der voller Sand und Staub war.

»Ich nicht so sehr. Aber das Pony scheint am Ende seiner Kräfte zu sein. Es mag noch so kräftig sein, ein ganzer Tag Galopp tut niemandem gut. Ähm. Ich muss dazusagen, dass ich nicht ganz leicht bin. Ähm. Seht Ihr?«

Der Magistel zuckte die Achseln.

»Ihr habt es Alragan genannt, nicht wahr?«

»Ähm«, bestätigte der Zwerg.

»Ich habe diesen Namen schon irgendwo gehört«, erklärte der Magistel. »Ich glaube mich zu erinnern, dass das der Kriegsruf der ehemaligen Zwergenkrieger ist… Irre ich mich?«

Mjolln war überrascht.

»Nein, Ihr habt Recht. Das ist übrigens der Ruf, den wir in meinem Dorf ausstießen, wenn die Gorgunen uns angriffen. Aber woher wisst Ihr das?«

Der Magistel schien sich zu freuen, dass der Zwerg ihm diese Frage stellte. Es war, als habe er seit Jahren darauf gewartet, darüber sprechen zu können. Als würde man ihm endlich erlauben, sich von einem Geheimnis zu befreien, oder eher von einer schmerzlichen Erinnerung.

»Ich habe lange an der Seite eines Zwergs gekämpft, im Krieg von Harcort, bevor Phelim mich als Magistel erwählt hat. Adnal. Er hieß Adnal. Er muss in Eurem Alter gewesen sein, vielleicht war er auch ein bisschen älter. Es sei denn, die Waffen und der Krieg haben ihm zu ein paar vorzeitigen Falten verholfen. Er war dermaßen mutig! Die Männer von Harcort machten ihm keine Angst, gleichgültig, wie groß sie waren, das könnt Ihr mir glauben. Und wenn er seinen Kriegsruf ausstieß, dann riss er uns alle in seinen Kriegsrausch mit hinein. Wenn alle Soldaten Galatias wie er gewesen wären, hätte Harcort diesen Krieg niemals gewonnen, so viel ist sicher. Ich hätte mein Leben für diesen Zwerg gegeben. Ich habe für ihn den gleichen Respekt empfunden wie jetzt für Phelim. Anscheinend ist das meine Bestimmung. Meine Klinge in den Dienst eines tapferen Mannes zu stellen. Denn tapfer war er…«

»Ihr sprecht in der Vergangenheit… Ist er tot?«

»Nein, ich glaube nicht. Ich nehme an, dass er jetzt friedlich irgendwo im Süden lebt.«

»Friedlich?«, fragte Mjolln überrascht. »Ach, das würde mich wundern. Wenn ein Zwerg einmal Geschmack am Abenteuer gefunden hat, dann kann er darauf nicht mehr verzichten. Ähm, wir haben das im Blut. Manche wollen es sich nicht eingestehen und verstecken sich in ihren Hügeln, aber das gilt nicht für alle. Ich werde mich über Euren Adnal erkundigen und Euch berichten, was er heute macht. Vielleicht trefft Ihr ihn ja wieder.«

»Ich habe bereits das Gefühl, ihn wiedergetroffen zu haben. Ihr erinnert mich an ihn!«

Mjolln brach in Gelächter aus.

»Alle Zwerge ähneln sich, ist es so?«

Galiad lachte seinerseits. Etwas weiter entfernt entschloss sich Alea, erneut mit dem Druiden zu sprechen. Sie bedauerte, dass sie ihm am Morgen so schroff geantwortet hatte. Noch immer gingen ihr tausende von Fragen durch den Kopf.

»Als Ihr in der Ratskammer über mein Schicksal diskutiert habt…«, begann sie.

»Ich habe getan, was in meiner Macht stand«, unterbrach sie Phelim, der erleichtert schien, dass das junge Mädchen endlich das Wort an ihn richtete. »Der Erzdruide hatte gewiss seine Gründe, die wir nicht verstehen können, und…«

»Phelim, nicht darüber möchte ich mit Euch spre-chen. An einem bestimmten Punkt Eurer Unterhaltung erwähnte einer von euch, ich glaube, es war Ernan, die Enzyklopädie von Anali, als der Erzdruide sagte, der Samildanach könne keine Frau sein.«

Phelim zuckte unwillkürlich zusammen. Das junge Mädchen überraschte ihn immer wieder. Ein weiteres Mal hatte sie den wichtigsten Punkt dieser ganzen Un-terhaltung angesprochen. Den Einwurf von Ernan, dem Archivar.

»Die Enzyklopädie von Anali ist in gewisser Hinsicht ein besonderes Buch«, begann Phelim und wandte die Augen ab. »Anali war ein Samildanach. Er verfasste eine Enzyklopädie, die der Rat Jahre später verboten hat, weil sie der mündlichen Tradition widerprach.«

»Enthüllte sie zu viele Geheimnisse?«

»Ich weiß nicht, ob man das so sagen kann«, stotterte Phelim.

»Was steht denn in diesem Buch darüber, dass der Samildanach kein Mädchen sein kann?«

»Ich habe dieses Buch nicht gelesen, da es verboten ist. Willst du deswegen nach Mons-Tumba?«

»Beantwortet meine Frage nicht mit einer Gegen-frage, Phelim, ich habe Eure Druiden-Methoden satt! Ich habe Euch eine einfache Frage gestellt, und Ihr kommt mir mit einer Gegenfrage! Ich bin nicht mehr das dumme kleine Mädchen, das Ihr in Saratea gesucht habt. Also beantwortet meine Frage! Was steht in die-sem Buch, das Ernans Aufmerksamkeit erregt hat? Ihr müsst es doch wissen, auch wenn Ihr es nicht gelesen habt.«

Der Druide sah sie lange an. Er sagte sich, dass er sich niemals daran würde gewöhnen können. Das junge

Mädchen machte rasante Fortschritte und verstand viel mehr, als es den Anschein erweckte.

»Wirklich, Alea, ich bezweifle, dass irgendjemand im Rat es tatsächlich weiß, und deswegen hat Ernan es diskret erwähnt, obwohl er ganz genau wusste, dass der Erzdruide ihm das Wort abschneiden würde. Ernan hat vermutlich etwas bemerkt, das wir uns näher anschauen sollten. Kein Druide kennt die Enzyklopädie von Anali offiziell. Außerdem sind ganze Abschnitte in einer Geheimsprache abgefasst. Es würde Jahre erfordern, um alles zu entschlüsseln.«

»Habt Ihr denn überhaupt keine Ahnung, worauf er sich bezog?«

Erneut hatte Phelim das Gefühl, das junge Mädchen habe ganz genau erraten, was er zu verschweigen suchte. Vielleicht hatte sie den Zweifel gespürt, der den Druiden quälte; er erinnerte sich vage an eine Legende, die von einem jungen Mädchen und der Moïra erzählte. Eine Legende unter so vielen anderen. Eine wichtige Legende, die der Rat sich aber zu vergessen bemühte…

»Es gibt mehrere Legenden über junge Mädchen, die von der Moïra erwählt wurden, Alea, und vielleicht hat Ernan sich darauf bezogen. Mehr weiß ich wirklich nicht.«

»Vielleicht wisst Ihr nicht mehr, aber Ihr habt Euch doch sicher so Eure Gedanken gemacht…«

»Ich glaubte, alles, was dich interessiert, ist, nach Providenz zu gelangen… Sollten die Legenden dich letztlich doch noch mehr interessieren?«

»Nein, aber mir gehen die Geheimnisse auf die Nerven, die mich umgeben und auf die Ihr nicht zu antworten imstande seid. Die Druiden wissen letzten Endes auch nicht mehr als die gewöhnlichen Sterblichen.

Welche Bedeutung hat das Symbol auf meinem Ring? Auf welche Legende hat Ernan sich bezogen? Wie kann ich der Samildanach sein, wenn ich ein Mädchen bin?«

»Du bist nicht der Samildanach!«, protestierte Phelim und richtete sich auf seinem Pferd auf. »Man kann sich nicht zum Samildanach erklären, ohne dem Man'ith von Gabha unterzogen worden zu sein! Und du bist ein Mädchen!«

Alea antwortete nicht. Sie begnügte sich damit, die Horizontlinie in der Ferne zu betrachten. Wenn er doch Recht hätte! Wenn das alles nur ein Traum wäre! Und doch konnte sie nicht leugnen, was offensichtlich war.

»Es gibt einen Zusammenhang zwischen all dem, dessen bin ich sicher«, sagte sie schließlich. »Nichts geschieht zufällig, das ist doch Eure Vorstellung, nicht wahr? Nichts geschieht zufällig.«

Phelim drehte den Kopf zu dem jungen Mädchen. Er fragte sich, ob er richtig verstanden hatte. Alea schien nicht gesprochen zu haben. Ihr Gesicht war traurig und unbewegt. Ihr Blick verloren in der Ferne. Hatte er diese letzten Worte geträumt, oder hatte sie sie tatsächlich ausgesprochen? Und wenn, was hatte sie sagen wollen? Phelim hätte so gern ganz offen mit Alea gesprochen. Sich gewünscht, dass sie sich gegenseitig alles sagten, was sie wussten, dachten, hofften. Aber das junge Mädchen verhärtete sich täglich ein bisschen mehr, und auch Phelim fiel es schwer, sich einer Realität zu stellen, vor der er sich fürchtete.

»Machen wir hier Halt«, erklärte Galiad plötzlich. »Es gibt hier alles, was wir für ein Lager brauchen. Die Tiere haben sich eine Ruhepause redlich verdient.«

Sie stiegen von ihren Pferden und machten es sich auf einer Wiese abseits vom Weg bequem.

»Galiad, wir werden noch immer überwacht, nicht wahr?«, fragte Phelim, der sich hingekniet hatte, um eine Hand auf den Boden zu legen.

»Ich denke schon. Eine einzige Person. Sie ist uns den ganzen Tag in der Ferne gefolgt. Ich kann sie nicht sehen, aber ich spüre ihre Gegenwart. Ein Soldat vielleicht. Auf jeden Fall ein guter Fährtenleser. Es ist sicher keiner der Magisteln aus Sai-Mina. Er hätte sich schon seit langem bemerkbar gemacht.«

»Möglich«, räumte der Druide nicht sehr überzeugt ein. »Es könnte nicht Euer Sohn sein?«

»Ihn hättet Ihr nicht bemerkt. Ich habe ihn besser ausgebildet«, erwiderte der Magistel stolz. »Die Person, die uns verfolgt, macht mehr Geräusch.«

»Hoffen wir nur, dass es kein Herilim ist.«

»Das ist nicht ihre Vorgehensweise. Aber vielleicht ein Spion, den Maolmòrdha geschickt hat.«

Der Zwerg erschauerte.

»Bei diesem Namen läuft es mir kalt den Rücken hinunter«, gestand er.

Alea näherte sich ihm mit einem verlegenen Lächeln.

»Es tut mir leid, dass ich dich in diese Geschichte hineingezogen habe.«

»Ähm. Quatsch! Ich bin glücklich, mit dir zusammen zu sein, Alea. Dass dieser Name mein Blut erstarren lässt, verdirbt mir doch nicht das Vergnügen, mit meiner Steinewerferin zusammen zu sein. Taha! Mach dir keine Sorgen, na komm, ich mache mir mehr um dich als um mich Sorgen. Du wirkst so traurig seit gestern! Ah, ich versteh schon. Jemand fehlt dir, nicht wahr?«

Wenn es nur das wäre. Ja, natürlich, Erwan fehlte ihr. Jedenfalls hatte sie das Gefühl, dass sie in dem Augenblick weggegangen war, in dem sie ausführlicher mit ihm hätte sprechen können. Ihm vielleicht sogar hätte sagen können, dass sie ihn liebte. Aber das war nicht ihre Hauptsorge.

Was sie wirklich betrübte, war, dass sie das Leben von Mjolln, Galiad und Phelim in Gefahr brachte. Immerhin waren sie jetzt, nachdem sie Kerry und Tara verlassen hatte, alles, was sie an Familie hatte. Selbst Phelim, trotz der tausend Vorwürfe, die sie ihm machen wollte. Auch wenn sie die Jüngste in der Gruppe war, fühlte sie sich doch verantwortlich. Weil sie im Mittelpunkt all der Probleme stand, mit denen sie jetzt konfrontiert waren. Ihretwegen befanden sich auch die Menschen, die sie am meisten liebte, in dieser Falle.

Alea hätte gern an etwas anderes gedacht, um ihren Freunden ein lächelndes Gesicht zu schenken, aber sie vermochte die Gespenster nicht zu vergessen, die sie seit Saratea verfolgten. Sie hoffte nur, dass Providenz ihnen ein bisschen Freiheit würde bringen können.

Während des ganzen Abendessens blieb sie in ihre trüben Gedanken versunken und ging dann vor den anderen schlafen. Bevor sie sich hinlegte, nickte sie Galiad zu, der beschlossen hatte, die ganze Nacht zu wachen, in der Hoffnung, endlich die Person zu ertappen, die sie zu überwachen schien.

Sie schlief sehr schnell ein und versank sogleich in einen merkwürdigen Traum. So lebhaft und intensiv wie derjenige, in dem sie Erwan gesehen hatte, noch bevor sie ihm begegnet war.

Ein Traum, der nicht wirklich einer war.

»*Ich sitze im Gras vor dem Wald von Borcelia.*

*Ich habe den Wald von Borcelia noch nie in meinem Leben gesehen, ich weiß nicht einmal, wie er aussieht,* aber ich weiß, dass er es ist. Ich bin davon überzeugt. Borcelia. Dieser Name (die Sylphen) drängt sich mir einfach auf.

Die Sonne hat Mühe, durch einen bleiernen Himmel zu dringen. Der Wind bläst in meinem Rücken, ich spüre ihn (die Moïra) hinter mir. Er bläst so stark, dass er mir, wenn ich gehe, helfen wird voranzukommen. Ja. Das ist der Sinn dieses Windes (die Moïra). Er bläst, aber er schreibt nicht vor.

Zu meiner Linken spielt ein kleines Mädchen (ich) ganz allein auf einer Wiese, die sich so weit erstreckt, dass ich ihre Grenzen nicht erkennen kann. Sie läuft und lässt dabei einen Reif mit Hilfe eines Holzstocks rollen. An ihrem Gesicht sehe ich, dass sie laut lacht, aber ich höre keinen Laut auf dieser Seite. Sie (ich) ähnelt mir. Aber sie ist jung und (glücklich) sorglos.

Der Himmel verfinstert sich noch mehr.

Eine Wölfin (Imala) taucht ein paar Meter vor mir auf. Ich erkenne sie wieder. Dieses weiße Fell. Ich habe sie bereits gesehen. Hier. In der Welt (Djar) der Träume.

Sie geht langsam weiter. Diesmal hat sie mich gesehen. Und sie kommt auf mich zu. Und als sie so nah ist, dass ich sie berühren könnte, dreht sie sich langsam um (lädt mich ein, ihr zu folgen). Ich stehe auf. Oder vielleicht ist es der Wind (die Moïra), der mich treibt.

Ich gehe so schnell. So schnell wie die Wölfin. Wir dringen in den Wald ein. Die Äste der Bäume peitschen mein Gesicht. Ich sehe nichts mehr um mich herum. Es geht alles viel zu schnell. Ich weiß nur, dass ich der Wölfin folge.

Ich höre Rufe, Lachen um mich herum. Singen. Das Knacken der Äste, die mein Körper knickt. Die Blätter, *die über mein Gesicht streichen. Ich weiß nicht mehr, wo ich bin.*

*Dann hält die Wölfin plötzlich an. Ich hebe den Kopf. Wir befinden uns mitten auf einer sonnendurch-fluteten Lichtung. Das dunkle Gewölbe der Wolken ist verschwunden. Der Wind hat sich gelegt.*

*Es gibt nur noch mich und einen (Sylph) Mann vor mir.*

*Er streichelt die Wölfin und lächelt mir zu.*

*›Alea, die Zeit drängt.‹*

*Er kennt meinen Namen. Ich weiß, dass er eine andere Sprache spricht, und doch verstehe ich, was er sagt. Die Wölfin auch.*

*›Du musst hierher kommen, Kailiana. Hier ist alles entstanden.‹*

*Warum nennt er mich jetzt Kailiana? Ich möchte zu ihm sprechen, aber meine Lippen weigern sich zu ge-horchen.*

*›Hier ist alles entstanden, im Lebensbaum. Wir war-ten auf dich, Kailiana.‹*

*Und wie soll ich ihn finden? Aber ich kann noch immer nicht sprechen. Und doch glaube ich, dass er verstanden hat. Er lächelt erneut.*

*›Ich bin Oberon. Die Zeit drängt.‹*

*Und dieser letzte Satz wiederholt sich, wie ein Echo im Gebirge. Die Zeit drängt.«*

Ayn'Sulthor und die drei anderen Reiter warteten seit zehn Tagen in ihrem Lager in der Nähe der Halbinsel Sai-Mina.

Ein Tempel aus Efeu und Holz hatte sich vor dem Fürs-ten der Herilim erhoben. Die Erde war noch immer auf seiner Seite. Ein Teil zumindest gehorchte ihm noch.

Die Schlangen, die Würmer und die Insekten des Waldes wimmelten um das dicht belaubte Gebäude, umkreisten es wie lebendige Wassergräben und teilten sich nur, um die Herilim hinein- oder hinauszulassen. Im Wald breitete sich nach und nach ein feuchter Gestank aus, der die letzten Säugetiere in die Flucht trieb. Die Welt verfaulte um sie herum.

Am Abend ihrer Ankunft hatte der Fürst der Herilim sich niedergekauert und seine Hände in die Erde getaucht. Der Boden hatte um ihn herum gebebt, und plötzlich waren Dutzende von Ratten zu seinen Füßen hervorgekommen. Er hatte sie stumm gestreichelt und ein paar kurze Worte geflüstert. Dann war er aufgestanden, während die Nager in Richtung Sai-Mina verschwunden waren, nächtliche Boten des Fürsten der Herilim.

»Ein Wächter versteckt sich im Allerheiligsten der Unreinen«, hatte er seinen Männern erklärt.

So nannten die Herilim die Druiden: die Unreinen. Einst waren die Herilim selbst Druiden gewesen. Als jedoch eines Tages ein Druide entdeckte, dass er die Seele der Menschen rauben konnte, indem er den Saiman zweckentfremdete, packte ihn ein zerstörerischer Ehrgeiz, und er verließ die Ratskammer, um einen neuen Orden zu gründen: den der Herilim. Seine Schüler nährten sich nur noch von menschlichen Seelen und bezeichneten ihre Druidenvettern, die weiterhin die Früchte der Erde aßen, als Unreine. Über Generationen hatten die beiden Orden gelernt, sich zu hassen, und Sulthor hoffte jetzt, dass er die Kammer mit Hilfe von Maolmòrdha stürzen könnte.

Aber alles zu seiner Zeit. Zuerst musste er diese kleine Hexe finden.

Die vier Männer verloren allmählich die Geduld, als sie am Abend des zweiten Tages die Gestalt eines Mannes bemerkten, der auf ihren lebendigen Tempel zukam.

Vorsichtshalber legte Sulthor seine Hand auf den Griff seines Schwerts.

»Wer ist dort?«, rief er.

»Mein Name tut nichts zur Sache. Ich bin der Wächter von Sai-Mina. Meine Botschaft ist für Euch von Interesse, nicht meine Identität.«

Dann pfiff er das Signal der Wächter, um Sulthor zu beruhigen. Es war besser, diesen Wachhund nicht zu reizen, dachte er sich wohl.

»Du hast dir ganz schön Zeit gelassen, Wächter«, knurrte Sulthor.

»Na ja, Ihr kommt zu einem ungünstigen Zeitpunkt. Das Leben in Sai-Mina ist im Augenblick ziemlich anstrengend. Und was die Information betrifft, wegen der Ihr hier seid, so kann ich Euch Folgendes mitteilen: Das junge Mädchen ist unmittelbar vor Eurer Ankunft geflohen. Zusammen mit diesem Zwerg, der sie überallhin begleitet. Phelim und sein Magistel Galiad sind tags darauf verschwunden, und ich möchte wetten, dass sie ihnen nachgeritten sind. In welche Richtung? Das weiß ich nicht. Die Kammer glaubt, dass sie nach Süden gegangen sind. Ich denke, das stimmt. Das ist alles, was ich sagen kann.«

Ohne ein weiteres Wort verschwand er unter den verdatterten Blicken der vier Herilim sogleich wieder in Richtung Druidenpalast.

Sulthor band sein Pferd los und befahl den anderen: »Aufs Pferd, wir müssen sie so schnell wie möglich finden.«

Der Tempel aus Büschen und Insekten sackte hinter ihnen wie ein Kartenhaus zusammen.

Alea und ihre drei Gefährten ritten noch den ganzen folgenden Tag, bis allmählich die majestätische Silhouette der Hauptstadt vor ihnen auftauchte. Die Landschaft wurde immer hügeliger, je weiter sie nach Südwesten kamen, und da und dort erhoben sich steinerne Bauernhäuser zwischen Weinbergen und Feldern. Die vier trafen jetzt auf zahlreiche Galatier. Je näher sie Providenz kamen, desto dichter wurde die Besiedelung.

Alea wusste nicht, ob sie sich darüber freuen sollte, endlich die so sehr ersehnte Stadt zu sehen, oder ob sie dem Gefühl der Panik nachgeben sollte, dem sie den Traum der vergangenen Nacht zu verdanken hatte. Sie hörte noch immer die Worte des Sylphen.

*Die Zeit drängt.*

Alea musste unwillkürlich an Erwan denken. Auch von ihm hatten die Dringlichkeit und die Panik sie entfernt. Im Grunde bestimmte die Dringlichkeit ihr ganzes Leben. Wie gern würde sie das lange blonde Haar des jungen Mannes wiedersehen. Immer wenn sie Galiad, dessen schwarzes Haar auf die gleiche Weise frisiert war, betrachtete, kam die Erinnerung an Erwan wieder hoch. Sie sah Galiad an und fragte sich, ob er wusste, wie sehr sie seinen Sohn liebte. Am liebsten hätte sie mit ihm darüber gesprochen. Vielleicht hätte er sie beruhigen können. Aber der Magistel schien zu sehr mit ihrem Verfolger beschäftigt zu sein. Die ganze Nacht hatte er vergeblich die Umgebung des Lagers abgesucht. Seit sie wieder losgeritten waren, drehte er sich unaufhörlich um, blickte nach links oder rechts oder verschwand plötzlich in den Wäldern. Aber jedes Mal kam er mit noch ernsterer Miene zurück. Jeden Tag ähnelte er mehr einem Krieger ohne Gesicht. Als verwandle die Reise ihn mit jedem neuen Schritt in eine Kriegsmaschine. Alea traute sich nicht mehr, mit ihm zu sprechen.

Sie verbrachte den Tag daher an der Seite von Mjolln und versuchte ihre düsteren Gedanken zu vergessen, während sie den endlosen Geschichten des Zwergs zuhörte, den die Reise fröhlich und heiter stimmte.

Die Nacht brach früher herein, als Galiad vorausgesehen hatte, und sie beschlossen, den nächsten Tag abzuwarten, um in die Stadt zu reiten. In der Ferne waren ein paar Lichter in den hohen Häusern der Hauptstadt zu erkennen. Die Silhouette von Providenz ähnelte in nichts derjenigen eines kleinen Dorfes wie Saratea. Sie war nicht mit einem einzigen Blick zu erfassen; selbst der Himmel schien einen helleren Hof um die Stadt zu bilden. Alea stand lange da und bewunderte die beeindruckenden Konturen der Häuser der Reichen.

Wie am Abend zuvor schlugen sie ihr Lager abseits des Wegs um ein Feuer herum auf.

»Diesmal werde ich unseren Spion daran hindern, sich die ganze Nacht zu verstecken«, erklärte Galiad mit ernster und tiefer Stimme. »Phelim, wenn Ihr erlaubt, werde ich heute Nacht nicht bei Euch bleiben.«

Den Druiden schien die Ungeduld seines Magistels zu amüsieren.

»Galiad, mir ist es lieber, Ihr seid hier bei uns, als dass Ihr einem Geist hinterherlauft …«

»Das ist kein Geist. Ihr habt ihn ebenso wie ich gespürt. Jemand folgt uns seit zwei Tagen.«

»Im Augenblick scheint er uns aber nichts Böses zu wollen. Lassen wir ihn einen Fehler machen, und schnappen wir ihn dann. Wenn Ihr ihn heute Nacht jagt, könnte jemand Eure Abwesenheit ausnutzen, um uns zu überfallen. Kopf hoch, Galiad, Ihr werdet unseren Verfolger schon bekommen.«

Der Magistel nickte, ohne sich zu beklagen. Um nichts auf der Welt hätte er sich Phelim widersetzt. Er hätte nicht einmal gewagt, weiter mit ihm zu diskutieren. Er wusste, dass der Druide weise war, und vertraute ihm. Aber er konnte es nicht mehr ertragen, diese unsichtbare, unfassbare Präsenz zu spüren, die sie schon zu lange verhöhnte. Dennoch setzte er sich zu Alea und half ihr dabei, ihr bescheidenes Abendessen zuzubereiten. Kaninchen, Steinpilze und Maronen, wie am Abend zuvor.

»Gibt es den Lebensbaum tatsächlich?«, fragte das junge Mädchen den Druiden, als dieser sich zu ihnen setzte.

»Wie kommst du denn auf diese eigenartige Frage?«, wunderte sich der alte Mann, während er den Becher Wein nahm, den der Zwerg ihm reichte.

»Ich habe einen sehr... realen Traum gehabt. Ich weiß nicht, wie ich es Euch erklären soll. Es ist schon das zweite Mal, dass ich einen solchen Traum gehabt habe. Beim ersten Mal sind bestimmte Dinge, die ich in meinem Traum gesehen hatte, Wirklichkeit geworden. Und ich glaube, dass Maolmòrdha dazu gehörte.«

Galiad warf dem Druiden einen beunruhigten Blick zu.

»Heute Nacht habe ich geträumt, dass ein Sylph, Oberon, mich bat, nach Borcelia zu kommen. Aber es war nicht wirklich ein Traum. Ich glaube, dass... Wie soll ich sagen? Dass die Sylphen mich wirklich dorthin rufen.«

Dem Druiden schien nicht zu gefallen, was er da hörte.

»Dabei muss ich doch nach Providenz… Gibt es da einen Zusammenhang mit der Legende, von der Ernan gesprochen hat?«, bohrte Alea nach.

»Alea, vielleicht war es ja einfach nur ein Traum. Du hast in den letzten Tagen so viele Geschichten, so viele Dinge gehört, dass deine Phantasie dir einen Streich spielt. An dem Tag, an dem du Ilvain gefunden hast, ist etwas mit dir passiert, das will ich gern glauben, und ich möchte es auch verstehen. Aber sei nicht zu ungeduldig, lass dich nicht mitreißen. Zunächst müssen wir die Tatsachen analysieren, nicht die Träume.«

»Na schön. Aber Ihr habt nicht auf meine neue Frage geantwortet. Gibt es den Lebensbaum tatsächlich?«

»Diese Dinge musst du selbst entdecken, wenn es so weit ist. Diese Dinge, die Legenden, die du angesprochen hast, sind das Ergebnis einer Unterweisung, einer Unterweisung, die einen tiefen symbolischen Wert hat. Man kann nicht einfach vom Lebensbaum sprechen… Du willst wissen, ob es ihn gibt? Such ihn!«

»Ihr sprecht noch immer in Rätseln, das ist nicht die Antwort auf die Frage, die ich Euch gestellt habe.«

»Rätsel sind die besten Denkanstöße. Ich habe keine Antworten für dich. Ich kann dir nur eine Methode vorschlagen.«

»Und doch wisst Ihr mehr, als Ihr zugeben wollt.«

»Sicher weiß ich nur eins, Alea: dass du in Gefahr bist. Und anstatt neue Probleme zu suchen, solltest du uns lieber helfen, dich zu beschützen.«

»Ihr wolltet doch wissen, warum ich Ilvains Ring gefunden habe. Ihr habt mich aus Saratea fliehen lassen, um die Wahrheit herauszufinden. Interessiert Euch die Wahrheit jetzt nicht mehr? Oder macht sie Euch Angst?«

»Ich habe Angst um dein Leben, das reicht mir«, erwiderte Phelim streng, was bedeutete, dass die Unterhaltung beendet war.

Alea war stinksauer. Sie konnte die Sturheit des Druiden nicht mehr ertragen und stand abrupt auf, um die Pferde zu füttern. Sie wollte sich für einen Augenblick von dem alten Mann entfernen. Sie nahm Gerstenkörner aus Galiads Sack und hielt sie ungeschickt ihrem Pony hin.

Der Magistel erschien hinter ihr und nahm behutsam ihre Hand.

»Ihr müsst die Finger ganz ausstrecken und die Körner auf Eurer flachen Hand lassen, so kann das Pony Euch nicht beißen«, erklärte er ihr leise.

Das junge Mädchen folgte seinem Rat. Die Stute nahm die Körner, die Alea ihr anbot, alle auf einmal und stubste sie dann mit der Schnauze in die Seite.

»Nein«, sagte sie lachend, »das reicht, Dulia, du hast genug bekommen.«

»Ponys«, flüsterte Galiad, »sind genauso stur wie Druiden, wisst Ihr…«

Alea lächelte dem Magistel zu. Er verhielt sich genau wie sein Sohn, war ebenso aufmerksam wie er. Der Kontrast zwischen ihrem Status als harte Krieger und ihrer Großherzigkeit überraschte sie.

Sie zuckte die Achseln und nahm weitere Körner aus dem großen Sack, um Mjollns Pony zu füttern. Der Magistel stand noch immer hinter ihr. Phelims Haltung machte ihn sichtlich verlegen, und er wollte bei dem jungen Mädchen bleiben, um ihm den Trost zu spenden, den es nötig hatte. Alea fühlte sich wohl in seiner Nähe, so dass sie fast vergaß, was an ihr nagte, und an etwas dachte, worüber zu sprechen ihr schwer fiel.

273

»Euer Sohn…«, begann sie zaghaft.

Alea bereute sofort, dass sie gewagt hatte, dieses Thema anzuschneiden, und wusste nicht, wie sie fortfahren sollte. Sie spürte, dass sie errötete.

»Fehlt er Euch?«

Das junge Mädchen blickte auf. Der Mond spiegelte sich im Blau seiner Augen.

»Ja.«

Galiad schien erleichtert.

Auch er schien sich unbehaglich zu fühlen. Vermutlich sprach er zum ersten Mal mit einem Mädchen über seinen Sohn.

»Auch mir fehlt er. Das ist idiotisch, nicht wahr? Wenn Ihr erlaubt, dass ich Euch beschütze, dann schwöre ich Euch, dass wir gemeinsam zu ihm zurückkehren werden. Seid Ihr einverstanden?«

Alea nickte.

Plötzlich knackte ein paar Meter vom Lager entfernt ein Ast.

Galiad sprang auf und zog sein Schwert aus der Scheide.

Die Gestalt eines Reiters erschien neben einem Baum am Rand des Wäldchens, das sich neben dem Lager erstreckte. Sein Gesicht war im Schatten der Äste nicht zu erkennen. Die lange, schmale Klinge eines Schwerts hing von der Taille des Unbekannten bis zu seinem Knöchel herab. Er hatte seine Waffe nicht gezückt. Aber sein Schweigen und seine Statur hatten etwas Bedrohliches.

Phelim erhob sich, und der Zwerg folgte ihm.

»Wer ist da?«, rief Galiad und versuchte das im Dunkeln liegende Gesicht zu erkennen.

Das Schweigen, das folgte, schien eine Ewigkeit zu

274

dauern. Nur das eintönige Zirpen der Grillen war in der Kälte der Nacht zu vernehmen.

»Ihr könnt nicht nach Providenz gehen«, erklärte die Gestalt endlich.

Es war die Stimme einer Frau, aber das beruhigte Galiad keineswegs. Mit erhobenem Schwert ging er langsam auf sie zu. Vielleicht war das ja die Person, die sie seit zwei Tagen beobachtete. Es gab keinen Zweifel, er hatte das Geräusch ihrer Schritte erkannt. Aber trotzdem war es nicht verwunderlich, dass er solche Mühe gehabt hatte, sie zu finden, dachte er, schließlich gibt es nichts Diskreteres als eine Frau.

»Legt Eure Waffe vor Euch auf den Boden«, befahl er ihr, »und wenn Ihr Euch vorgestellt habt, werden wir sehen, ob Ihr ein Wörtchen mitzureden habt, was das Ziel unserer Reise betrifft.«

»Was für ein charmanter Empfang, Herr Galiad Al' Daman!«, sagte die Frau spöttisch. »Dabei erzählt man, dass Ihr aus einer vornehmen Familie stammt. Wo sind Eure Manieren geblieben?«

Die Unterhaltung schien Phelim zu amüsieren, und ohne ein Wort zu sagen, setzte er sich ans Feuer.

»Zu Spionen Eures Schlags bin ich niemals höflich«, sagte Galiad in verächtlichem Ton. »Ihr kennt meinen Namen. Ihr habt mir noch nicht einmal Euren genannt und wagt von guten Manieren zu sprechen? Ich werde es nicht noch einmal sagen, legt Eure Waffe vor Euch auf den Boden.«

Aber Alea lief zu dem Magistel und packte ihn am Arm.

»Galiad, Ihr könnt Euer Schwert in die Scheide zurückstecken. Ich erkenne diese Stimme. Sie kann nur einem einzigen Menschen gehören.«

Sie ging auf das Wäldchen zu und fügte hinzu: »Guten Abend, Faith…«

»Guten Abend, Alea«, erwiderte die junge Frau und trat aus dem Schatten, wodurch die feinen Züge ihres länglichen Gesichts und die herabfallende Mähne ihres seidigen roten Haars sichtbar wurden.

Sie war von Kopf bis Fuß in Schwarz gekleidet, ein leichter Stoff, der sie wie eine zweite Haut umhüllte. Sie war eine anmutige und elegante Frau; die Moïra hatte ihrer Gestalt ebenso viel schlanke Eleganz wie ihrem Gesicht Schönheit verliehen.

»Warum tragt Ihr nicht die Tracht der Barden, wenn Alea die Wahrheit sagt?«, fragte Galiad, noch immer misstrauisch.

»Weil ich meinen Beruf nicht mehr ausübe, mein Herr.«

Aber Galiad, der misstrauisch sein musste, wenn er seinen Herrn und das junge Mädchen beschützen wollte, setzte sein Verhör fort.

»Und darf ich erfahren, warum Ihr keine Bardin mehr seid? Das ist ein Beruf, den man nicht so einfach aufgibt…«

»Kennen die Magisteln den Unterschied zwischen Misstrauen und Unverschämtheit nicht mehr?«, fragte Faith. »Oder seid Ihr noch immer ein ungeschickter Lehrling?«

Galiad ließ sich nicht aus der Fassung bringen und schlug einen härteren Ton an.

»Ich habe Euch eine Frage gestellt. Wenn Ihr nicht antworten wollt, dann könnt Ihr Eurer Wege gehen. Ich wiederhole: Warum seid Ihr keine Bardin mehr?«

Alea zog ihn am Arm. »Galiad, beruhigt Euch, ich sage doch, dass ich sie kenne!«

Aber Faith antwortete jetzt ohne Umschweife: »Ich bin keine Bardin mehr, weil ich mir ein anderes Ziel gesetzt habe.«

»Und wegen dieses Ziels folgt Ihr uns seit zwei Tagen?«

»Teilweise ja. Ich muss mit Alea sprechen, und ich wollte zuerst wissen, mit wem sie reist.«

»Und warum…«, wollte der Magistel fortfahren, als Alea ihm genervt ins Wort fiel.

»Das reicht, Galiad! Ihr habt genug Fragen gestellt. Ich möchte Faith einladen, sich uns anzuschließen.«

Der Magistel schien sehr überrascht.

»Kommt, Faith«, fuhr das junge Mädchen fort. »Wir können über alles am Feuer sprechen, nachdem ich Euch meine Freunde vorgestellt habe.«

Phelim entschloss sich endlich zu sprechen: »Willkommen bei uns, meine Schwester«, erklärte er breit lächelnd und ging auf die Bardin zu.

Die Barden, Druiden und Vates nannten sich stets so, kraft ihres Rangs.

»Willkommen? Dem scheinen sich aber nicht alle anschließen zu wollen«, konnte Faith sich nicht verkneifen zu bemerken.

»Mein Magistel tut nur seine Pflicht, nehmt ihm das nicht übel. Es ist noch ein bisschen Kaninchen übrig, wollt Ihr nicht unser Mahl mit uns teilen?«

»Mit Vergnügen! Ich muss gestehen, dass ich seit zwei Tagen nicht viel gegessen habe. Ich war zu sehr damit beschäftigt, mich von Eurem Wachhund nicht aufspüren zu lassen…«

Mjolln konnte ein Lachen nicht unterdrücken. Die Bardin war ihm sofort sympathisch. Galiad dagegen fand sehr viel weniger Gefallen an dieser Antwort. Er vergewisserte sich, dass sich niemand sonst im Wald verbarg, und steckte sein Schwert dann widerwillig in die Scheide zurück.

»Ihr kennt also Galiad und Phelim«, begann Alea, während sie ihr Mahl fortsetzten.

»Vom Hörensagen vor allem«, erwiderte die Bardin. »Aber ich habe mir Euch viel größer vorgestellt«, fügte sie mit einem ironischen Lächeln an den Magistel gewandt hinzu.

»Ich stelle Euch Herrn Mjolln Abbac, den Dudelsackpfeifer, vor. Er ist mein neuer Freund und begleitet mich, seitdem ich Saratea verlassen habe. Ich denke, Ihr müsstet Euch verstehen, er träumt davon, Barde zu werden.«

»Hoffen wir, dass ich Euch eines Tages darin unterweisen kann«, sagte Faith höflich.

Der Zwerg klatschte glücklich in die Hände.

Als sie ihre Mahlzeit beendet hatten, bat Phelim Faith, ihnen zu erklären, was sie von Alea wollte.

»Ich werde euch alles erklären«, erwiderte die Bardin. »Aber das hat keine Eile. Zuerst muss ich euch davon überzeugen, nicht nach Providenz zu gehen.«

»Und warum?«, fragte Alea erstaunt, nicht sehr begeistert von dieser Vorstellung.

»Weil der König eine Belohnung auf eure vier Köpfe ausgesetzt hat und euer Bild an allen Mauern der Hauptstadt hängt.«

Diese Nachricht verblüffte alle. Selbst Phelim schien überrascht.

»Vom König?«, rief Mjolln. »Auf meinen Kopf auch?« Faith nickte verlegen.

»Wer kann das befohlen haben?«, fuhr der Zwerg fort. »Ähm. Wir haben dem König doch gar nichts getan, soviel ich weiß.«

»Für mich gibt es nur zwei Erklärungen«, sagte Phelim mit sorgenvoller Miene. »Die erste ist, dass die Ratskammer von König Eoghan verlangt hat, uns zu finden…«

»Und die zweite?«, fragte Alea, die fürchtete, die Antwort bereits zu kennen.

»Wenn es Maolmòrdha gelungen ist, die Umgebung des Königs zu infiltrieren, dann kann es sehr gut sein, dass er dahinter steckt. Aber wie auch immer, Ihr habt Recht, es ist völlig ausgeschlossen, dass wir nach Providenz gehen.«

Alea seufzte. Zum zweiten Mal hinderten die Ereignisse sie daran, nach Providenz zu gehen, und zum zweiten Mal musste sie sich gegen ihren Willen damit abfinden. Es war, als wollte die Moïra nicht, dass sie die Hauptstadt kennen lernte. In Mjollns Blick sah sie, dass er sie verstand und tief betrübt war. Und doch war sie weniger enttäuscht, als sie hätte sein sollen.

Irgendwo tief in ihrem Innern hallte noch immer der letzte Satz ihres Traums nach. *Die Zeit drängt.* Es fiel ihr schwer, es zuzugeben, aber sie wusste, dass das die Wahrheit war. Dass sie keine Wahl hatte. Sie musste sich unverzüglich nach Borcelia begeben. Diese Offensichtlichkeit drängte sich ihr als etwas Unabwendbares auf. Gewiss hatte sie nicht das Recht, sich gegen ihr Schicksal zu sträuben, weil sie es jetzt verstanden hatte: Sie brachte das Leben so vieler Menschen in ihrer Umgebung vollkommen durcheinander. Und nicht nur das Leben ihrer engen Freunde. Diese Feststellung war kein übersteigerter Hochmut. Ganz im Gegenteil, wie sehr hätte sie sich gewünscht, mit all dem nichts zu tun zu haben.

Jeden Tag lernte sie, dass erwachsen werden nicht,

wie sie gehofft hatte, bedeutete, dass man frei wurde. Es bedeutete im Gegenteil, dass man den Verpflichtungen nachkam, die das Schicksal einem aufbürdete. Immer zahlreichere Verpflichtungen, die immer mehr Menschen um sie herum einschlossen.

Erwachsen werden. Sie war es ihren Freunden schuldig.

Ja, die Zeit drängte.

»Na schön«, sagte sie und stand auf. »Wir werden nicht nach Providenz gehen.«

Phelim lächelte dem jungen Mädchen zu. In seinem Blick lagen eine Zärtlichkeit und Aufrichtigkeit, die Alea nur ein einziges Mal gesehen hatte. An dem Tag, an dem er ihr die Brosche geschenkt hatte, die sie seitdem stets an ihrer Brust trug. Sie ahnte, dass es ihn ganz einfach glücklich machte mitzuerleben, wie sie erwachsen wurde. Und doch hätte sie heute alles darum gegeben, wieder ein Kind zu sein.

»Faith«, sagte sie, »Ihr wolltet vorhin mit mir sprechen?«

Die Bardin schien verlegen.

»Ich weiß nicht, ob jetzt der richtige Augenblick ist.«

»Ist es denn so wichtig?«, fragte Alea.

Faith zog eine Augenbraue hoch, sichtlich gekränkt.

»Ich weiß nicht, ob es für dich wichtig ist, aber für mich ist es schmerzlich, Alea. Ein Barde gibt nicht wegen irgendeiner Lappalie seinen Beruf auf. Es ist nicht meine Gewohnheit, wegen einer belanglosen Frage das ganze Königreich nach einem jungen Mädchen abzusuchen.«

»Ich verstehe. Tut mir leid ... Ist es Euch lieber, wenn wir uns morgen unterhalten?«, schlug Alea vor.

»Nein. Schließlich schleppe ich das schon viel zu lange mit mir herum. Es wird mir guttun, mit dir zu sprechen. Alea… Wie soll ich es dir sagen? Ich wünschte so sehr, es wäre einfacher. Der Vorfall, der mich veranlasst hat, meine Kaste zu verlassen, ist sehr traurig. Er hat mir das Herz gebrochen, und ich kann an nichts anderes mehr denken. Leider muss ich annehmen, dass es auch dich sehr betrüben wird.«

*Tara und Kerry*, dachte Alea. Es konnte sich nur um sie handeln. Sie betete, dass Faith ihr etwas anderes mitteilen möge, aber sie wusste, dass es nur das sein konnte. Sie lächelte der Bardin zu, in der Hoffnung, ihr damit Mut machen zu können fortzufahren. *Ich bin bereit*, sagte ihr Blick, *Ihr könnt sprechen*.

Faith erhob sich und begann am Feuer auf und ab zu gehen.

»Tara und Kerry, die Wirtsleute des Gasthofs Die Gans und der Grill, sind am Abend deines Verschwindens ermordet worden…«

Alea musste sich auf die Lippen beißen, um ihre Tränen zurückzuhalten. Auch wenn sie erraten hatte, was die Bardin ihr mitteilen würde, war es darum nicht weniger furchtbar, es sie sagen zu hören.

»Ich bin untröstlich«, fuhr Faith fort. »Ich hätte dir gern eine bessere Nachricht gebracht, aber sie sind tot, und nur das zählt für mich. Die Erinnerung an sie verfolgt mich. Ich habe geschworen, ihren Tod zu rächen, und dein überstürzter Aufbruch ist meine einzige Spur gewesen… Deswegen habe ich dich gesucht, Alea. Vielleicht kannst du mir ja helfen, ihren Mörder zu finden… Ich…«

Sie ließ sich auf den Baumstamm sinken, auf dem Alea saß, und legte ihre Hand auf die Schulter des jungen Mädchens.

»Kerry und Tara waren schon immer meine Freunde. Sie waren an dem Tag da, an dem ich zum ersten Mal das blaue Gewand der Barden angezogen habe. Und sie waren immer da, wenn ich Zweifel oder Kummer hatte. Solange ich ihren Tod nicht gerächt habe, werde ich nicht in meinen Beruf zurückkehren, das ist das Versprechen, das ich mir gegeben habe, als ich ihre Körper fand.«

Faiths Stimme wurde immer trauriger und verzweifelter.

»Alea, du bist meine einzige Chance zu verstehen, was ihnen zugestoßen ist. Ich musste dich unbedingt finden. Phelims Anwesenheit, die Geschichte von diesem Ring, den du in der Heide gefunden hast, das waren die einzigen merkwürdigen Vorfälle, die sich um den Zeitpunkt ihres Todes herum in Saratea ereignet haben. Also bin ich zu dem Schluss gekommen, dass es zwischen all dem einen Zusammenhang geben muss. Ach, Alea, sag mir, dass ich mich irre.«

Das junge Mädchen nahm Faiths Hand und begann hemmungslos zu weinen.

»Ich weiß es nicht«, schluchzte sie. »Wahrscheinlich.«

Alea hatte diese Worte nur mit Mühe herausgebracht. Das war eine weitere Verantwortung, und sie war am schwersten zu tragen: wahrscheinlich. Und jetzt würde sie noch jemanden in diesen Wachalbtraum hineinziehen: die Bardin. Am liebsten hätte sie ihr gesagt, sie solle fliehen und alles vergessen, aber sie wusste, dass Faith nicht aufgeben würde; erneut schien die Moïra für sie entschieden zu haben. Faith musste sie begleiten. Sie spielte eine Rolle in Aleas Suche; es leugnen zu wollen wäre vielleicht noch gefährlicher, als sich damit abzufinden.

Alea musste sie überzeugen, aber nichts widerstrebte ihr mehr, als einem weiteren Menschen ihr Schicksal aufzubürden.

»Es gibt noch immer viel zu viele Dinge, die ich selbst nicht verstehe«, fuhr Alea widerwillig fort, als ihre Tränen versiegt waren. »Aber wenn du uns begleiten willst, könnten wir gemeinsam suchen. Ich hasse mich dafür, dich darum zu bitten. Aber ich will dich nicht belügen: Wenn du einwilligst, dann ziehen wir dich in eine ebenso komplizierte wie gefährliche Geschichte hinein, doch ich bin fast sicher, dass wir denselben Feind haben.«

»Wer ist er?«, fragte Faith ungeduldig.

»Das ist eine lange Geschichte.«

»Die mag ich am liebsten«, ließ sich die Bardin nicht beirren.

*Ich schulde ihr zumindest die Wahrheit*, dachte Alea.

»Dann setzen wir uns ans Feuer«, lud sie sie mit der Andeutung eines Lächelns ein.

Alea bedeutete ihren drei Freunden, sich zu ihnen zu setzen, und ließ einen Augenblick des Schweigens verstreichen, bevor sie mit ihrer Geschichte begann. Sie wollte die Reihenfolge der Geschehnisse nicht durcheinander bringen, und die Gegenwart der Bardin schüchterte sie gewaltig ein, denn sie hatte Faiths erzählerische Begabung nicht vergessen. Aber die Situation war zu ernst, um sich von einer kindischen Schüchternheit beeinflussen zu lassen, und so fing Alea schließlich an zu erzählen.

»Alles fing an dem Morgen an, an dem ich den Körper von Ilvain Iburan begraben im Sand der Heide gefunden habe … Ilvain war der Samildanach, und er war alt. Anstatt seine Macht sterbend einem Lehrling zu vererben, wie die Tradition verlangt, ist er allein gestorben, mitten im Niemandsland. Und schon das ist ein Geheimnis.«

Sie warf Phelim einen Blick zu und versuchte in seinen Augen zu erkennen, ob er ihre Worte billigte.

»Erzähl weiter«, ermutigte er sie.

»Als ich Ilvains Körper gefunden habe... habe ich... Ich glaube, ich habe seine Macht geerbt.«

Die Bardin nahm langsam ihre Hand von Aleas Schulter.

»Faith«, fuhr das junge Mädchen fort, nachdem es tief eingeatmet hatte, »ich bin der Samildanach.«

Der Versammlung lief es kalt den Rücken hinunter. Mjolln, der sich seit ihrer Flucht aus Sai-Mina in einer bequemen Ungewissheit eingerichtet hatte, die ihm erlaubte, sich nicht allzu viele Fragen über das Wunder zu stellen, dem er beigewohnt hatte, hätte sich beinahe verschluckt, so sehr überraschten ihn die Worte des jungen Mädchens. Phelim dagegen behielt resigniert die Ruhe.

Und Faith sah Alea mit weit aufgerissenen Augen an.

»Bei der Moïra, wenn du dich nicht in so guter Gesellschaft befinden würdest, würde ich glauben, dass du mich auf den Arm nimmst, Alea! Ist dir eigentlich klar, was du mir da sagst? Du... du behauptest, du wärst der Samildanach?«

»Ich behaupte es nicht, Faith, leider bin ich es, und glaub mir, wenn ich lügen müsste, dann eher, um das Gegenteil zu sagen.«

»Aber das ist schlichtweg unmöglich, Alea«, sagte die Bardin, völlig außer Fassung, »der Samildanach kann kein... Mädchen sein.«

»Das scheint der Rat der Druiden auch zu glauben.

Und doch irrt er sich, und ich muss gestehen, dass das die einzige Genugtuung ist, die mir das bereitet…«

Phelim stand abrupt auf. Er wollte etwas sagen, aber Alea warf ihm einen so durchdringenden Blick zu, dass er es vorzog zu schweigen.

»Nachdem ich diese Macht empfangen hatte, die nicht für mich bestimmt war«, fuhr das junge Mädchen zu Faith gewandt fort, »bin ich, ohne es zu wollen, das Objekt… lebensgefährlicher Begierden geworden. Auf der einen Seite gibt es da Maolmòrdha, der Gorgunen und Herilim auf mich gehetzt hat. Einer von ihnen hat bestimmt Kerry und Tara getötet, um zu erfahren, wo ich bin. Und auf der anderen Seite ist da der Rat der Druiden…«

Sie machte eine Pause und warf erneut Phelim einen kühlen Blick zu.

»Diese charmanten Männer wollten sich vergewissern, ob ich wirklich der Samildanach bin, und beschlossen, mich einer Art Test zu unterziehen… der durchaus tödlich ausgehen kann. Seitdem bin ich vor all diesen Leuten auf der Flucht.«

Alea seufzte tief und lächelte der Bardin zu.

»So«, sagte sie abschließend, »jetzt weißt du alles.«

Faith saß lange stumm da. Sie versuchte in den Blicken der anderen Antworten zu finden, sah darin aber nur Angst, Zweifel und Mitgefühl. Sie war gekommen, um den Schuldigen an einem Mord zu suchen, und man enthüllte ihr ein viel umfassenderes Drama. Sie wusste nicht, was sie sagen sollte. Und doch konnte ihr die Verzweiflung, die sich hinter Aleas unfreiwilliger Reife verbarg, nicht gleichgültig sein.

»Ich begleite dich«, erklärte sie endlich. »Wo immer du auch hingehst, ich begleite dich.«

Faiths Entscheidung entspannte die Atmosphäre sehr schnell. Alle quittierten die Erklärung mit einem Lächeln, nur Galiad nicht, der es der Bardin noch immer übel nahm, dass sie ihn ein wenig lächerlich gemacht hatte.

»O ja, eine Bardin als Reisegefährtin, ähm, das ist ein Traum, nicht wahr?«

»Mir ist eigentlich nicht mehr nach Singen zumute«, gestand Faith, »aber ich glaube, man muss seinen Kummer auch manchmal vergessen können, um ein bisschen Glück zu genießen. Wenn ihr wollt, werde ich heute Abend singen, um unser Wiedersehen zu feiern.«

»Mit Vergnügen!«, rief Mjolln, überglücklich, den Abend etwas fröhlicher ausklingen lassen zu können.

»Ich würde mich gern ebenso schnell freuen, aber wir wissen noch nicht, wohin wir morgen gehen«, unterbrach Alea ihn. »Providenz scheint ja nun ausgeschlossen zu sein...«

»Du wolltest nach Borcelia gehen...«, wagte sich Phelim vor.

Der Vorschlag des Druiden überraschte Alea. Gewiss, sie hatte keine andere Absicht, als so schnell wie möglich nach Borcelia zu kommen, aber sie hatte gedacht, dass Phelim vehement dagegen sein würde. Er hatte keinen sehr begeisterten Eindruck gemacht, als sie ihm von ihrem Traum erzählt hatte. Und doch schlug er jetzt von sich aus vor, dorthin zu gehen. Was war an diesem Abend anders? Die Anwesenheit der Bardin? Phelim war dermaßen unberechenbar...

»Es könnte auf jeden Fall eine gute Möglichkeit sein, sich für einige Zeit zu verstecken«, fügte der Magistel hinzu.

»Ihr sagtet heute Nachmittag, dass niemand wisse, wie man zum Lebensbaum kommt«, sagte Alea.

»Wer spricht vom Lebensbaum? Begeben wir uns erst mal nach Borcelia, dann werden wir schon weitersehen. Faith kennt diesen Wald besser als jeder andere, dessen bin ich sicher.«

»Das ist das Vorrecht meiner Kaste«, bestätigte die Bardin.

Alea sah einen nach dem anderen an. Alle machten einen entschlossenen Eindruck. Selbst Mjolln schien begeistert. Sie konnte sich nicht mehr widersetzen. Sie hatte ihren Traum nicht vergessen. Er hatte so real gewirkt. Und doch ängstigte sie der Gedanke, blind einem Traum zu vertrauen. Das war nicht der beste Weg, sich von den Geheimnissen zu befreien, die sie unablässig verfolgten. Aber wohin konnte sie schon gehen? Die Fahndung, die der König in Gang gesetzt hatte, beschränkte sich mit Sicherheit nicht auf Providenz. Ein Wald war da vielleicht der beste Unterschlupf, den das Königreich ihr bieten konnte.

»Na schön. Dann machen wir uns gleich morgen auf den Weg nach Borcelia«, erklärte Alea.

Alle schienen sich zu entspannen, und Faith begann am Feuer zu singen. Sie hatte eine herrliche Stimme, und von ihren Liedern war eines schöner als das andere. Alea vergaß für einen Augenblick ihren Kummer, und die anderen ließen sich ebenfalls verzaubern. Nur Galiad schienen die Lieder kalt zu lassen. Er tat so, als höre er gar nicht zu, und kümmerte sich angelegentlich um das Feuer. Nach dem zweiten Lied verschwand er sogar, um eine Runde in der Umgebung zu machen.

Die Bardin sang den ganzen Abend und erzählte dann

287

von einigen ihrer Reisen. Alea und Mjolln schliefen friedlich ein, während sie ihr zuhörten.

Galiad hatte in aller Stille ein Lager für die junge Frau hergerichtet und präsentierte es ihr höflich.

»Hier könnt Ihr schlafen, wenn Ihr wollt.«

»Nach dem Krieg wollt Ihr mir jetzt wohl den Hof machen?«, meinte die Bardin spöttisch.

»Ist es die Hoffnung, die Euch am Leben erhält?«, erwiderte der Magistel selbstsicher.

Faith seufzte und zuckte die Achseln; dann legte sie sich schlafen, ohne Galiad, der sich lachend entfernte, auch nur eines Blickes zu würdigen.

## 9

## Verhandlungen

Kiaran war kein gewöhnlicher Großdruide. Äußerlich unterschied er sich nicht wirklich von den anderen. Ein alter kahlköpfiger Mann in weißem Mantel, wirkte er ganz wie ein traditioneller Großdruide. Aber die Hälfte seiner Brüder hielt ihn für einen exzentrischen Träumer und die andere für einen unverständlichen Spinner... Er hatte den Rang des Großdruiden empfangen, lange bevor Ailin Erzdruide geworden war, und niemand konnte sich noch wirklich erinnern, was den damaligen Erzdruiden veranlasst haben mochte, ihm diese Ehre zu erweisen.

Und doch gab es einen Grund. Kiaran war alles andere als exzentrisch. Nein, der Großdruide verfügte über eine einzigartige und unerklärliche Macht: Seit seiner Kindheit tauchte er jede Nacht in die Welt von Djar ein. Eine Welt, die man im Traum besuchte und in der man in einem Ozean von Symbolen reisen konnte. Er sah dort Szenen, in denen sich Vergangenheit und Zukunft mischten, und wenn er aufwachte, wirkte er häufig so verwirrt, dass er tatsächlich für verrückt gehalten wurde... Aber das störte ihn kaum. Sein wirkliches Leben spielte sich woanders ab, in der Welt von Djar. Was man hier auf Erden von ihm dachte, kümmerte ihn

nicht. Er zog sich lieber in sich selbst zurück, um nachzudenken und all die Symbole dieser anderen Welt zu
verstehen und zu entschlüsseln.

An jenem Abend wurde Kiaran im Schloss des Grafen
von Bisania über der alten Stadt Farfanaro wie ein Fürst
empfangen.

Die Stadt bestand ganz aus Holz, und nichts schien
dem Zufall überlassen worden zu sein. Jeder Platz, jede
Straße, jede Gasse, jedes Haus, jedes Geschäft war wie
ein Möbelstück gestaltet. Die Balken waren in Form
von weiblichen Büsten geschnitzt, die Dächer waren
mit leuchtenden Skulpturen geschmückt, in den Vor-
sprüngen des Fachwerks verbargen sich teils bemalte,
teils naturfarben belassene Basreliefs, und sogar das
Pflaster der Straßen war von den Künstlern Bisanias
verschönert worden.

Drei Generationen nach ihrer Ansiedlung im Süden
des Königreichs hatten die Bisanier – obwohl ihre Vorfahren nur Söldner im Dienst der Galatier gewesen
waren – sich durch ihren erlesenen Geschmack, ihr
sorgfältiges Handwerk und ihre originelle Architektur
auszuzeichnen gewusst. Im Norden fand man diese
Überladenheit oft vulgär und behauptete, es gäbe zu
viele Farben, zu viele Goldverzierungen, zu viele Details und spitze Formen, aber sie war der ganze Stolz
der Einwohner der Grafschaft, und hier unten erfreu-
te man sich an dem gegenseitigen Übertrumpfen der
Maler, Bildhauer, Architekten und Dekorateure, die
sich mit Pinsel, Meißel, Maurerkelle oder Schere wahre künstlerische Schlachten lieferten. Den Augen wurde keine Pause gegönnt, selbst die Kleider der Bisanier waren Kunstwerke. Überall stieß man auf das
Wappen des Grafen von Bisania, sozusagen als Siegel

seines Wohlwollens: eine goldene Schnecke auf rotem Grund.

Bisania war das Land des Scheins, man musste sich zeigen, sein Haus und seinen Besitz vorführen. Man musste sich durch Schmeicheleien Gehör verschaffen und durch seine Erziehung und die genaueste Einhaltung eines komplizierten Verhaltens- und Schicklichkeitskodexes auffallen, der den Fremden vollständig verschlossen blieb. Die bisanianische Lebensart. Die *decenza*.

Im Augenblick konnte Kiaran die Stadt und ihre zahlreichen Überraschungen nicht wirklich genießen; er musste unbedingt Alvaro dazu bringen, den Vorschlag der Druiden zu akzeptieren, und beschloss daher, gleich beim ersten Abendessen, zu dem der Graf ihn einlud, dieses Thema anzuschneiden. Wie der Erzdruide des Rats vorausgesehen hatte, bezauberte Kiaran die Bisanier durch sein zerstreutes Wesen, seine leicht verrückten Ideen und sein verträumtes Lächeln.

Alvaro Bisani war kein gewöhnlicher Mann. Vermutlich reicher als alle anderen Grafen zusammen, aufgeschlossen für die Kunst, die fröhliche Lebensart und die guten Manieren, war er außerdem berühmt dafür, dass er die Männer ebenso wie die Frauen liebte, und die Fleischeslust war seine Religion. Die Abendgesellschaften, die er sehr regelmäßig in seinem luxuriösen Palast gab, waren ein gefundenes Fressen für die Klatschbasen und gaben den Predigten der christlichen Asketen reichlich Nahrung.

Aber an jenem Abend fiel kein Kostüm, in Anwesenheit eines Druiden schrieb die *decenza* eine gewisse Züchtigkeit vor. Es waren daher nur ein paar Honoratioren der Stadt, die Tochter des Grafen und der Hauptmann der Garde zugegen. Überaus achtbare Leute, schloss Kiaran. Aber im Grunde war der Druide viel zu uninteressiert, um sich wirklich Gedanken über den Lebenswandel seines Gastgebers zu machen.

»Ihr wisst bestimmt, dass die Tuathann den Süden Galatias überfallen haben«, begann er, während unablässig neue Platten und Schüsseln aus der Küche gebracht wurden.

»Eine schreckliche Geschichte, in der Tat«, erwiderte der Graf und blickte zum Himmel empor. »Ja, man spricht von nichts anderem, mein lieber Druide…«

»Eoghan muss sie so schnell wie möglich aufhalten«, fuhr ein Arzt am Tisch fort.

»Natürlich«, sagte ein anderer, »der König kann nicht zulassen, dass diese Dörfer niedergebrannt werden!«

»Eigentlich sind wir genau der gegenteiligen Meinung«, erklärte der Druide mit einem Lächeln, das seine Gewissheit hinsichtlich der Wirkung, die seine Äußerung hervorrufen würde, nicht verbarg.

Die Gäste sahen Kiaran mit großen Augen an. Niemand hätte gewagt, einen Druiden zu verstimmen, aber dieser kam ihnen doch sehr merkwürdig vor.

»Ihr wollt verhandeln?«, fragte Graf Alvaro überrascht.

»Bei den Ahnen der Familie Giametta! Nicht mit diesen Barbaren!«, rief der Hauptmann, der schockiert schien.

»O nein… Es geht nicht darum zu verhandeln«, korrigierte Kiaran. »Die Tuathann haben bereits das ganze Gebiet südlich des Gor-Draka-Gebirges erobert. Jetzt geht es darum, eine Lösung zu finden und eine Möglichkeit, zu verhindern, dass sie weiter nach unten… oder weiter nach Osten vorrücken.«

Proteste erhoben sich von allen Seiten des Tisches, aber der Graf gebot Schweigen.

»Und was für eine Lösung schlagt Ihr vor?«, fragte er stirnrunzelnd.

Kiaran legte sein Besteck auf den Tisch und wischte sich den Mund mit dem Ende seiner Serviette ab. Er musste, jetzt oder nie, seine Zuhörer überzeugen und die richtigen Worte finden; der kleinste Fehler könnte den Grafen auf die falsche Seite kippen lassen. Er versuchte sich an Ailins Ratschläge zu erinnern und ging zum Angriff über: »Was für eine Lösung? Diejenige, der Eoghan von Galatia zugestimmt hat, als wir sie ihm vorgeschlagen haben. Man muss den Tuathann ein Territorium überlassen, sie in unsere Handelsabkommen und politischen Verträge einbeziehen und ihnen eine ... Erziehung zukommen lassen, die sie allmählich den Krieg vergessen lässt und auf unsere Seite zieht.«

»Was für eine merkwürdige Idee!«, rief der Hauptmann der Garde. »Diesen Barbaren Land schenken, während sie uns angreifen!«

»Sie würden niemals die *decenza* respektieren können!«, fügte der Graf hinzu.

Nichts zählte im Leben der Bisanier so sehr wie ihr komplizierter Verhaltenskodex. In Farfanaro lernte man die *decenza* in der Schule, und der Graf gehörte selbst der Kommission von Honoratioren an, die jeden Monat darüber diskutierte, was schicklich oder unschicklich war, wenn man diese Anstandsregeln befolgen wollte.

Kiaran zögerte und sagte sich dann, dass ein Schockargument dem Grafen genügend Angst einjagen würde, um ihn – wenigstens einmal – dazu zu bringen, sich zurückzunehmen und sich der Entscheidung des Rats zu beugen.

»Muss ich Euch daran erinnern, dass Ihr dieses Land, Bisania, vom König von Galatia erhalten habt, der es Euch schenkte, um Euch für Eure Hilfe bei der Invasion zu danken, die einst die Tuathann vertrieben hat? Es geht nicht darum, den Tuathann das ganze Königreich zu überlassen, sondern vermutlich nur einen Teil von Braunland. Sie werden dann wertvolle Verbündete gegen Harcort sein und dort gewiss genug Raum finden, um… sich zu entfalten. Für Euch bedeutet das keinen Verlust, das überlassene Gebiet liegt nicht in Bisania. Dafür gewinnt Ihr einen wichtigen Verbündeten und stärkt die Partei des Königs von Galatia.«

»Interessant«, räumte der Graf ein.

»Und nicht zuletzt erwerbt Ihr Euch die Achtung des Rats der Druiden, den ich repräsentiere«, sagte Kiaran abschließend mit einem feinen Lächeln.

Die Gäste blickten sich an und lächelten dann, als Zeichen ihres Interesses, dem Grafen zu.

Alvaro nahm einen Schluck Rotwein. Eine Spätlese, die er aus dem Osten der Grafschaft erhalten hatte. Die Weinberge, die über der Bucht von Ebona lagen, hatten im ganzen Land nicht ihresgleichen.

Er schnalzte mit der Zunge wie ein bisanianischer Weintester und bewegte mit einem zufriedenen Lächeln den Kopf hin und her.

»Wenn wir dieses Abkommen ebenfalls unterzeichnen müssen, erinnert mich daran, dass ich eine weitere Kiste von diesem Wein bestelle.«

Das war seine Art, dem Druiden zu sagen, dass er zustimmte. Kiaran musste sich jetzt nur noch um die Formalitäten kümmern. Er hatte seine Mission erfüllt. Aber das Schwierigste stand ihm noch bevor: Er musste nach Braunland reisen und den Bruder des Königs persönlich dazu bringen, einen Teil seines Territoriums abzutreten.

Kiaran galt vielleicht als Träumer, aber er machte sich keine Illusionen über seine Erfolgsaussichten.

»Welchen Weg müssen wir nehmen?«, fragte Alea ihre Gefährten, während sie ihr Frühstück beendeten.

»Wenn die Bardin so schnell reitet, wie sie sich entschließt, mit Unbekannten zu sprechen, werden wir nicht so bald ankommen«, spottete Galiad, der nie eine Gelegenheit ausließ.

»Ich werde in Borcelia sein, noch bevor Ihr aufgehört habt, über Eure eigenen Scherze zu lachen«, entgegnete die Bardin.

Alea gingen die Sticheleien zwischen dem Magistel und der Bardin allmählich auf die Nerven. Zum Glück schienen sie sie nicht allzu ernst zu nehmen, aber Alea begriff, dass das ein Wettstreit war, an den sie sich würde gewöhnen müssen.

»Wir werden geschützter sein, wenn wir an der Küste entlang bis zum Wald von Velian reiten«, schlug Phelim vor. »Wir können ihn dann umgehen oder durchqueren, um zum Wald von Borcelia zu gelangen.«

»Ähm. Das scheint mir in der Tat der beste Weg zu sein«, warf Mjolln ein, der nur selten seine Meinung zu den Entscheidungen, die zu treffen waren, äußerte, diese Gegend von Galatia aber gut kannte.

Sie beendeten ihre Mahlzeit, und Galiad löschte das Feuer und versuchte ihre Spuren zu verwischen. Dann stiegen sie auf ihre Pferde und machten sich auf den Weg nach Süden, zur Küste.

Die erste Hälfte des Vormittags ritten sie im Galopp, ohne zu sprechen. Es war wie ein neuer Aufbruch, und keiner von ihnen hätte sagen können, ob er sich darüber freuen sollte oder nicht.

Alea bedauerte es, auf Providenz verzichten zu müssen. Alles schien sich verschworen zu haben, um sie von den Orten fernzuhalten, von denen sie träumte. Die Hauptstadt, Mons-Tumba… Sie schloss einen Augenblick die Augen und ließ ihr Pferd hinter den anderen galoppieren. Sie kannte den Geruch, der ihr jetzt in die Nase stieg. Es war derjenige, der in der Ebene von Saratea in der Luft lag. Der würzige Geruch der Heide, in dem sich der Duft von Erika und Ginster mischten. Seit zwei Tagen wusste Alea, dass es nichts Besseres als einen langen Ritt gab, um sich in wehmütigen Gedanken zu verlieren. Der fast hypnotische Rhythmus des Galopps, der ohrenbetäubende Wind… Heute dachte sie an Ilvain, der ein paar Schritte vom Dorf im Sand begraben lag. Sie hatte den Ring schon lange nicht mehr an ihren Finger gesteckt, sondern verbarg ihn in ihrer kleinen Tasche. Sie erinnerte sich an das eingravierte Symbol. Was konnte sie tun, um es zu verstehen? Sie würde nicht von heute auf morgen die Bedeutung dieses Symbols herausfinden, wie durch Zauber! Sie musste danach suchen. Aber wollte sie es wirklich? Welche Bedeutung mochte dieser Ring haben? Am liebsten hätte sie keinen Gedanken daran verschwendet, aber es war stärker als sie. Der Ring gehörte ihr jetzt, und es war, als riefe er sie, wie die Sylphen in ihrem Traum. Sie musste es genau wissen. Doch sie ahnte auch, dass sie die Antworten nicht so schnell bekommen würde, dass sie Zeit brauchte. Aber diesmal war sie fest entschlossen. Sie wollte verstehen. Sie hoffte, dass der Sylph, den sie im Traum gesehen hatte, keine Illusion war. Sie hoffte, dass sie ihn in Borcelia treffen würde, damit er ihr ein paar Antworten geben könnte. Je mehr Zeit verging, desto mehr war sie davon überzeugt, dass dies ihre letzte Chance war. Wenn sie zu lange wartete, würde Maolmòrdha sie schließlich finden. Er oder die anderen.

Als Galiad bemerkte, dass Alragan, Mjollns Pony, Ermüdungserscheinungen zeigte, bat er seine Gefährten, langsamer zu reiten. In der Ferne tauchte das Meer auf, und bald würden sie auf dem Sand des Strandes sein, der sich an diesem Teil der Ostküste Galatias entlangzog. Wie jedes Mal, wenn sie ihre Pferde Schritt gehen ließen, nutzten sie die Gelegenheit, um sich zu unterhalten.

Alea sprach als Erste.

»Faith, du hast die Sylphen doch gesehen, erzähl uns, wer sie sind...«

Die Bardin ritt neben Aleas Pony und schenkte dem Mädchen ein freundschaftliches Lächeln.

»Die Sylphen? Sie sind die schönsten und gewiss die sanftesten Geschöpfe des ganzen Landes. Ein bisschen das Gegenteil von Galiad...«, rief sie lachend, während der Magistel so tat, als habe er es nicht gehört. »Man erzählt sich viele Dinge über sie, manches ist sicher falsch, anderes aber vielleicht wahr. Ich bin ihnen einmal begegnet, als ich allein am Waldrand von Borcelia sang.«

»Haben sie Euch mit Tomaten beworfen?«, spottete Galiad.

»Nein, im Gegenteil, meine Lieder müssen ihnen gefallen haben, da sie sich zu mir gesetzt haben. Sie zumindest haben ein musikalisches Gehör...«

»Sie haben vor allem Spitzohren!«, warf Mjolln ein und grinste über das ganze Gesicht.

»Seitdem«, fuhr Faith zu Alea gewandt fort, »brauche

ich, immer wenn ich in der Gegend bin, nur zu singen, um die Sylphen wiederzusehen. Sie sehen alle gleich aus, und ich weiß nie, ob es dieselben sind, aber ich habe immer das Gefühl, dass sie mich wiedererkennen.«

»Wie sehen sie aus?«, bohrte Alea.

»Sie ähneln uns in vielem, aber sie sind größer, schlanker, und ihre Ohren sind, wie Mjolln sagte, länger und leicht spitz.«

Das war die genaue Beschreibung des Wesens, das Alea aus ihrem Traum kannte. Dabei hatte sie in ihrem ganzen Leben noch keinen Sylphen gesehen, und die wenigen Male, da man ihr von ihnen erzählt hatte, war ihr Aussehen niemals so präzise beschrieben worden.

»Welche Farbe hat ihre Haut?«, fragte Alea ungeduldig.

»Ihre Haut hat die Farbe und die Maserung von Holz.«

»Faith, in der Geschichte, die Ihr in der Taverne Die Gans und der Grill erzählt habt, hieß der König der Sylphen Oberon. Das ist sehr lange her. Ist es möglich, dass er noch lebt?«

»Mehr oder weniger. Leben und Tod der Sylphen sind sehr eigenartig. Für uns Menschen ist das schwer zu verstehen. Wie die Blätter eines Baums leben sie im Rhythmus der Jahreszeiten. Aber wenn die Sylphen wieder erscheinen, tragen sie die gleichen Namen wie die Generation davor. Es ist, als würden sie niemals sterben. Der König der Sylphen trägt daher immer den Namen Oberon.«

»Wenn wir in Borcelia ankommen«, fragte das junge Mädchen, »werden sie dann bereit sein, uns zu sehen?«

»Wenn ich im Wald singe, vielleicht.«

»Und werden sie mit uns sprechen?«

»Die Sylphen sprechen nicht unsere Sprache, Alea, aber ich bin sicher, dass Phelim ihre spricht...«

Alle Blicke richteten sich auf den Druiden, der die ganze Zeit geschwiegen hatte.

»Wir werden sehen, wir werden sehen«, erklärte er nur.

Und noch bevor Alea protestieren konnte, jagte Galiad plötzlich in nördliche Richtung los.

»Vier Herilim sind uns auf den Fersen. Sie reiten in unsere Richtung!«

Phelim fluchte, sagte einige Worte zu Galiad in einer Sprache, die die anderen nicht verstanden, und holte dann ein paar Grashalme aus seiner Tasche, die er Mjollns Pony hinhielt.

»Alragan wird seine ganze Kraft brauchen. Wir müssen fliehen«, erklärte er.

Galiad stieß einen Schrei aus, um die Pferde in den Galopp zu treiben, und niemand wagte, auch nur ein Wort zu sagen. Die Bedrohung war zum ersten Mal beinahe mit Händen zu greifen. Der schützende Wald war noch fern.

Die Pferde erreichten schnell eine Schwindel erregende Geschwindigkeit. Alea blieb zurück. Sie wollte Mjolln nicht allein hinter sich zurücklassen. Sie hielt Dulia zurück, die die Panik ihrer Reiterin mit Sicherheit gespürt hatte und schneller galoppieren wollte. Der Zwerg neben ihr trieb sein Pony weiter an, aber das arme Tier gab bereits sein Möglichstes.

Die Herilim konnten nicht mehr fern sein. Alea spürte die Grausamkeit ihrer Absichten fast körperlich. Es war wie eine Welle von Hass, die auf sie zubrandete. Und das erschreckte sie zu Tode. Es war nicht mehr diese lange, langsame Angst, die sie seit zwei Tagen quälte. Nein, es war eine plötzliche, schlagartig panische Angst, in der die Bedrohung jetzt den Geruch des Todes annahm.

Sie erreichten den Strand, und Galiad lenkte die Pferde zum Wasser, in der Hoffnung, auf diese Weise ihre Spuren verwischen zu können, wenn der Geruch sich im Meer auflösen würde. Außerdem waren die Dünen auf dem Strand hoch genug, um sie zu verbergen.

Alea hatte noch nie in ihrem Leben einen Strand gesehen. Gern wäre sie geblieben und über den nassen Sand gegangen. Aber sie wusste, dass die Herilim ihr dazu keine Zeit lassen würden.

Sie galoppierten stundenlang, ohne ein Wort zu wechseln, mit ernstem Gesicht, bis endlich die Dächer eines kleinen Dorfs vor ihnen auftauchten.

»Das ist Galaban«, erklärte Galiad.

»Könnten wir über Nacht in diesem Dorf bleiben?«, fragte der Zwerg den Magistel, als dieser langsamer ritt, um den Horizont hinter ihnen nach ihren Verfolgern abzusuchen.

»Nein, Mjolln, die Herilim sind uns auf den Fersen, und sie werden uns mit Sicherheit in diesem Dorf suchen… Das wäre Wahnsinn.«

»Aber die Ponys müssen sich ausruhen – und wir auch… Und wir müssen Lebensmittel kaufen und…«

»Ihr werdet außer Atem kommen, mein Freund. Setzen wir erst einmal unseren Galopp fort, ich werde mit Phelim besprechen, was wir tun sollen.«

Der Zwerg verzog das Gesicht. Er hatte es satt zu fliehen. Aber er wagte nicht, sich zu beklagen. Alea sagte nichts, dabei war sie so viel jünger als er! Er hätte gern verstanden, was in dem Kopf des Mädchens vorging. Es musste eine Mischung beklemmender und quälender

Gefühle sein. Mjolln sagte sich, dass die unbeschwerten Stunden in den Gärten von Sai-Mina unwiederbringlich vorbei waren. Nur die Unruhe war geblieben.

Als sie das Tor des Dorfes erreichten, machte Galiad ihnen endlich ein Zeichen anzuhalten.

»Phelim«, begann er, »haben wir die Zeit, in dieses Dorf hineinzureiten?«

Faith, Mjolln und Alea sahen den Druiden mit flehenden Blicken an. Sie hätten sich so gern ausgeruht und sich vor allem um ihre Pferde gekümmert. Der Tag war anstrengend gewesen, und der nächste würde wohl auch nicht besser werden.

»Es wird bald Nacht«, erwiderte der Druide, während er vom Pferd stieg. »Wir könnten ohne weiteres Schutz und Ruhe außerhalb des Dorfes finden.«

»Riskieren wir nicht, entdeckt zu werden?«, fragte Mjolln beunruhigt.

»Nicht, wenn wir unser Lager etwas weiter im Landesinneren aufschlagen. Geschützt von Galiad, werden wir uns ausruhen und morgen vor Sonnenaufgang weiterreiten können. Wenn wir einen Platz finden, der verborgen genug ist, müssten wir zumindest bis zum Morgengrauen Ruhe haben.«

»Wir haben nicht mehr genug Lebensmittel«, warf Galiad ein, »und die Pferde brauchen richtige Pflege. Ihre Hufeisen müssten ausgewechselt werden.«

Der Druide nickte und wandte sich an die Bardin.

»Faith, Ihr werdet nicht gesucht. Wärt Ihr bereit, ins Dorf zu gehen und Euch um all das zu kümmern?«

»Natürlich. Ich werde dann nachkommen.«

Der Magistel sagte sofort: »Ich begleite Euch. Es kommt nicht in Frage, dass ich Euch allein lasse. Aus vielen Gründen.«

301

»Sollte ich Euch fehlen?«, fragte die Bardin spöttisch.

»Nein, aber vielleicht braucht Ihr mich, um Euren Weg zu finden!«

»Macht Euch nicht lächerlich, Al'Daman. Ich werde allein gehen.«

Alea mischte sich ein: »Faith, mir wäre es lieber, wenn Galiad dich begleitet. Nicht, um dir zu helfen, deinen Weg zu finden, wie du dir denken kannst, sondern um dir zu helfen. Bitte.«

»Ich werde mich mit diesem Verrückten nicht sicherer fühlen. Und mir ist es lieber, wenn er dich beschützt.«

»Ich habe Phelim bei mir, Faith, ich habe nichts zu fürchten. Na komm, tu mir den Gefallen, nimm Galiad mit, schließlich kannst du nicht fünf Pferde ganz allein führen.«

Die Bardin seufzte, zog die Augenbrauen hoch und bedeutete dem Magistel, ihr zu folgen.


»Vater, werden wir den Sid wiedersehen?«

Wie jeden Abend kam Tagor zu seinem Vater, um mit ihm zu sprechen. Das war Tradition bei den Tuathann. Der Sohn des Chefs musste seinen Vater nach Sonnenuntergang befragen, um von ihm alles zu lernen, was er wissen musste, damit er, wenn der Zeitpunkt gekommen war, seinerseits Chef werden konnte.

Aber Tagor kam nicht, um die Kunst des Leitens zu lernen. Er wollte die Gründe für den Hass verstehen, der seinen Vater und die anderen Krieger des Klans antrieb. Er wollte den Sinn all dieser Toten verstehen, die ihn in seinen Träumen verfolgten, seit sie den Sid verlassen hatten.

Sarkan war müde. Die Kämpfe, die Befehle, die Kommandos rissen nicht ab. Es fiel ihm schwer, Tagor jeden Abend Rede und Antwort zu stehen, aber unerbittlich gegen sich selbst und gewiss aus Liebe zu seinem Sohn zwang er sich dazu.

»Die eigentliche Frage, Tagor, müsste lauten: Hätten wir dort leben müssen, wie wir es all die Jahre hindurch getan haben?«

»Ich verstehe nicht, Vater.«

»Du hast im Sid gelebt, weil deine Vorfahren aus Gaelia vertrieben wurden. Wir hätten niemals dorthin gehen dürfen. Aber wenn du es wissen willst, mein Sohn, ja, wir werden den Sid wiedersehen.«

Tagors Gesicht schien sich mit einem Schlag zu erhellen.

»Und wann?«

»Am Tag unseres Todes, Tagor. Dorthin werden wir gehen, nachdem wir unseren letzten Atemzug getan haben. Wir gehen in die andere Welt ein. Aber zu unseren Lebzeiten müssen wir auf der Insel Gaelia leben, das ist die Natur der Dinge.«

»Aber warum? Der Sid ist doch viel schöner als diese Insel! Vater, ich habe immer nur im Sid gelebt. Ich war glücklich dort. Ich will nicht auf den Tag meines Todes warten, um dorthin zurückzukehren.«

Sarkan seufzte. Diese Unterhaltung führten sie schon zu lange, praktisch seit dem ersten Tag der Rache der Tuathann. Und jeden Abend weigerte sein Sohn sich zu verstehen.

»Gewiss, Tagor, der Sid ist wunderschön, und es lebt sich angenehm dort. Aber das ist nichts gegen das, was du hier kennen lernen kannst.«

»Was gibt es hier, das der Sid mir nicht bieten kann?«

»Die Zeit, mein Sohn, die Zeit.«

»Aber sie lässt uns doch sterben, die Zeit! Ich will nicht, dass die Zeit verstreicht!«, rief Tagor.

»Und doch wirst du, wenn sie verstreicht, in den Sid zurückkehren!«

»Was haben wir dann davon, hierher zu kommen, um die Zeit verstreichen zu sehen?«

Tagors Stimme wurde immer erregter. Er konnte die Beweggründe seines Vaters wirklich nicht verstehen, und das verletzte ihn beinahe.

»Möchtest du etwa, dass wir für immer im Sid versteckt bleiben und nur das Leben dort leben, während uns ein anderes hier zusteht? Es war uns bestimmt, auf dieser Insel zu leben, mein Sohn. Hier wirst du ein Leben führen können, das der Sid dir nicht bieten kann, und wenn die Götter schließlich der Meinung sein werden, dass dein Leben hier lang genug gewesen ist, werden sie dich zu sich rufen. So ist das nun mal. Das ist unsere Bestimmung. Wir sind keine Götter, mein Sohn, und nur die Götter bleiben im Sid. Wir haben die Chance, das Leben der Sterblichen kennen zu lernen. Die Sonne zu sehen, die sich dreht, und dann den Mond, der an ihre Stelle tritt, die Gesichter zu sehen, die sich verändern, die Pflanzen, die Knospen treiben, das Leben, das kommt und geht, diesen ganzen wunderbaren Zyklus, der im Sid nicht existiert!«

»Der Tod hat nichts Wunderbares, Vater! Ich will nicht sterben!«

»Das Wunder des Todes, mein Sohn, liegt darin, dass er untrennbar mit dem Leben verbunden ist und dass es kein anderes Leben gibt als das vor dem Tode. Ja, Tagor, der Sid ist wunderbar. Aber dort gibt es keine Zeit, keinen Tod, kein Leben. Nur Gaelia kann dich das lehren. Dich lehren, was es heißt, lebendig zu sein.«

»Ich habe mich lebendig genug gefühlt, als wir dort waren!«, entgegnete Tagor.

»Weil du nicht wusstest, was das Leben hier auf Gaelia sein kann. Jetzt schweig, mein Sohn, und öffne deine Augen und Ohren und nähre dich von dieser Welt, die du nicht verstehst, und schon bald wird das Leben dich zu überzeugen wissen, du wirst sehen.«

Sarkan erhob sich, ohne seinen Sohn anzusehen. Er ging zu dem großen Fenster. Draußen trübten ein paar Regentropfen die Farbe der Nacht.

Nach einer halben Stunde Wegs erreichten die Bardin und der Magistel das Dorf Galaban, wobei sie die beiden Ponys und die drei Pferde, die total erschöpft waren, hinter sich herzogen. Seit sie ihre drei Gefährten verlassen hatten, hatten sie kein einziges Wort miteinander gesprochen und sich nur flüchtige, verlegene Blicke zugeworfen.

Als er so durch die kalte Abendluft ging, machte Galiad sich Vorwürfe und hätte die Situation gern entspannt. Langsam wurde die Sache lächerlich. Ihre dummen Differenzen verdarben die Stimmung in der Gruppe. Außerdem war es nicht seine Gewohnheit, zu einer Frau so wenig höflich zu sein, und er fühlte sich schuldig. Aber es wollte ihm einfach nicht gelingen, sich der Bardin gegenüber normal zu verhalten. Zuerst, räumte er ein, hatte sie ihn verärgert, weil er sie in den ersten Tagen, in denen sie ihnen gefolgt war, nicht zu demaskieren vermocht hatte. Außerdem besaß sie eine unverschämte Schlagfertigkeit und versäumte keine Gelegenheit, ihn zu verspotten. Dabei war sie wunderschön, und alle schienen sich bestens mit ihr zu verstehen. Also sagte er sich, dass er sich bemühen müsse. Vor allem, weil Phelim ihr Verhalten früher oder später satt bekommen würde. Er zwang sich daher zu einem Lächeln und beschloss, eine freundschaftliche Unterhaltung mit der Harfenistin zu beginnen.

»Wo seid Ihr zur Bardin ausgebildet worden?«, fragte er, ohne Faith direkt anzusehen, während sie durch die Hauptstraße von Galaban gingen.

»In einem Massengrab!«, erwiderte die Bardin und verzog das Gesicht.

*Das hab ich von meinen guten Absichten*, dachte der Magistel gekränkt. So schnell würde er nicht noch einmal versuchen, mit dieser Giftnudel wie auch immer geartete freundschaftliche Beziehungen anzuknüpfen.

»Das erklärt vermutlich Euren Geruch!«, erwiderte er mit einem spöttischen Lächeln und bog dann nach rechts ab, wo er einen Hufschmied entdeckt hatte.

Es handelte sich um eine kleine, halb offene Hufschmiede aus Holz, die direkt auf die Geschäftsstraße des Dorfs ging. Die meisten Geschäfte waren bereits geschlossen, und der Hufschmied war gerade dabei, sein Werkzeug wegzuräumen, als Galiad ihm auf die Schulter schlug.

»Entschuldigt, ich sehe, dass Ihr schließen wollt, aber diese fünf Pferde brauchen neue Hufeisen, und leider haben wir es sehr eilig. Wir müssen noch heute Abend weiter… Könntet Ihr sie neu beschlagen?«

Der dickbäuchige Hufschmied warf dem Krieger, der da in seiner Rüstung vor ihm stand, einen misstrauischen Blick zu und seufzte.

»Bei der Moïra, warum müssen Leute Eures Schlags immer dann kommen, wenn ich gerade zumachen will?«

Faith erschien hinter der eindrucksvollen Gestalt des

Magistel und schenkte dem Hufschmied ihr bezauberndstes Lächeln.

»Ich könnte etwas singen, um Euch die Arbeit zu versüßen, wenn Ihr wollt«, sagte sie lachend.

Der Hufschmied murmelte irgendeinen unverständlichen Vorwurf in seinen Bart, wischte sich die Hände an seiner Lederschürze ab und machte ihnen dann ein Zeichen, ihre Pferde in den Stall zu führen. Seine kleine Werkstatt strahlte die Liebe zu echter Arbeit aus. Jedes Werkzeug hatte seinen Platz an einem Haken aus Holz, und so manches hatte der Hufschmied bestimmt selbst hergestellt. Direkt neben dem Eingang bemerkte Galiad im gelben flackernden Licht einer Laterne die Holzgegenstände, die vermutlich die Zunft des Hufschmieds symbolisierten, und weiter unten, in einer Vitrine, das Werkstück, das seine Meisterschaft bezeugte, eine Eisenskulptur, die ein wunderschönes geflügeltes Pferd darstellte.

Der Hufschmied bedeutete den beiden Fremden, sich auf eine Holzbank zu setzen.

»Könnten wir nicht wiederkommen, wenn Ihr fertig seid? Wie lange werdet Ihr brauchen?«, fragte Galiad.

»Es wird nicht lange dauern, aber bei allem Respekt, mit Eurem Kopf glaube ich, dass Ihr besser hier bleiben solltet, Magistel.«

Galiad runzelte die Stirn. »Was wollt Ihr damit sagen?«

»Euer Gesicht hängt an allen Mauern des Dorfs, Magistel, der König sucht Euch.«

Die Bardin warf Galiad einen beunruhigten Blick zu. Vermutlich hatten sie einen dummen Fehler gemacht. Dabei hatte Phelim sie gewarnt, dass sie erkannt werden könnten, und trotz Aleas Bitte hätte Galiad nicht mitkommen dürfen.

»Na, macht Euch keine Sorgen«, beruhigte der Hufschmied sie, »bei mir habt Ihr nichts zu befürchten. Ich halte den König für einen Trottel und habe nicht die Absicht, Euch den Soldaten auszuliefern. Bitte setzt Euch, ich werde so schnell machen, wie ich kann.«

Galiad zögerte einen Augenblick. Hatte er überhaupt eine andere Wahl? Eoghan fahndete also im gesamten Königreich nach ihnen, selbst im kleinsten Dorf. Der Magistel dachte unwillkürlich, dass sie das Ziel mehrerer Jagden waren und dass die Treiber immer näher kamen.

»Mein Herr«, sagte die Bardin und räusperte sich, »wir sind Euch sehr dankbar. Wir verschwinden, sobald Ihr die Pferde beschlagen habt. Wir möchten Euch nicht in Schwierigkeiten bringen. Dennoch müssen wir Lebensmittel kaufen. Wisst Ihr, wo wir welche finden können, ohne zu riskieren, auf… Soldaten zu treffen?«

Der Hufschmied, der auf einem niedrigen Schemel saß, klemmte den Huf eines Pferds zwischen seine Knie und blickte dann zu der jungen Frau auf.

»Mein Fräulein, Euer Gesicht ist nicht auf den Steckbriefen. Soviel ich weiß, werdet Ihr nicht von den Soldaten gesucht. Ihr könnt Euch also gefahrlos im Dorf bewegen.«

Faith warf Galiad einen fragenden Blick zu.

Dieser nickte. Er erinnerte sich an die Worte der Kleinen. »*Die Zeit drängt.*«

Während es in der Grafschaft Sarrland dem jungen Druiden Finghin mühelos gelungen war, Albath Ruad dazu zu bringen, sich der Strategie des Rats hinsichtlich der Tuathann anzuschließen, stieß Kiaran in Braunland auf mehr Schwierigkeiten, als er gefürchtet hatte.

Meriander Mor der Schöne, Graf von Braunland und Bruder des Königs, ließ sich Zeit, ihn im Schloss von Mericort zu empfangen. Der Großdruide musste mehrere Stunden in einem leeren und kalten Raum warten, ohne dass ihm die Ehren erwiesen wurden, die seinem Rang zustanden. Braunland war im Krieg, und Meriander hatte weder Zeit noch Lust, sich um einen Druiden zu kümmern, den er auf der Seite des Königs vermutete. Eoghan Mor von Galatia hatte nicht eingegriffen und bot seinem Bruder auch jetzt noch keine Hilfe an. Dic Tuathann hatten bereits den Norden der Grafschaft überfallen, und Meriander musste sich allein verteidigen, mit einer Armee, die nicht wirklich darauf vorbereitet war.

Die beiden Brüder Mor hassten sich, seit der Ältere schon am Tag nach dem Tod ihres Vaters zum König gekrönt worden war. Meriander hatte gehofft, sein Bruder würde ihm, wenn er König wäre, einen privilegierten Platz im Königreich zuweisen und nicht nur eine Grafschaft neben vier anderen geben. Die Eifersucht zerfraß das Herz des Grafen, der nur noch für ein Ziel lebte: den Platz seines Bruders auf dem Thron von Galatia einzunehmen. Und durch den Angriff der Tuathann wurde die Sache jetzt nur schlimmer.

Bevor die Nacht hereinbrach, gewährte Graf Meriander dem Großdruiden dann doch noch eine Audienz. Während er hinter seinem riesigen Schreibtisch aus Holz saß, ließ er Kiaran eintreten und forderte ihn auf, in einem breiten, mit grauem Samt bezogenen Sessel Platz zu nehmen. Der Bruder des Königs war ein attraktiver, eleganter Mann, was ihm den Namen Meriander der Schöne eingebracht hatte. Er trug einen Seidenanzug mit blauer Spitze, und über seiner Brust war sein Wappen eingestickt, eine silberne Chimära.

»Sprecht, Druide, ich habe sehr wenig Zeit für Euch«, erklärte er, noch bevor Kiaran sich hatte setzen können.

Erneut schien der Graf bewusst die Regeln des Anstands zu verletzen, die verlangt hätten, dass er den Großdruiden mit erheblich mehr Respekt behandelte. Von der bisanianischen *decenza* hatte man hier wohl noch nie etwas gehört.

»Mericort hat sich seit meinem letzten Besuch ganz schön verändert«, begann der Druide mit einem breiten Lächeln.

»Habt Ihr ganz Gaelia durchquert, nur um mir das zu sagen?«, erwiderte der Graf ungeduldig, der nicht geneigt schien, sich auf den Austausch von Höflichkeitsfloskeln einzulassen, für den die Druiden berühmt waren.

»Sai-Mina und Mericort liegen zwar fast an entgegengesetzten Enden des Landes, aber dennoch ist Braunland im Herzen des Rats gegenwärtig. Ich hätte nicht diesen langen Weg auf mich genommen, wenn Ihr für uns nicht ebenso zählen würdet wie jede andere Region der Insel.«

»Ja, die Entfernung zwischen uns ist vielleicht sogar ein Vorteil für uns. Wir haben ein Sprichwort in Braunland: ›*Alle Ehen sind glücklich; miteinander frühstücken schafft erst den Ärger…*‹!«

»Entzückend. Nun ja, ich bin nicht gekommen, um Euch eine Ehe vorzuschlagen, und auch kein Frühstück, lieber Graf.«

»Umso besser. Also, was wollt Ihr?«

Der Großdruide machte bewusst eine Pause. Er wollte dem Grafen von Braunland zeigen, dass er sich von ihm nicht beeindrucken ließ. Auf Gaelia machten die Druiden die Gesetze.

»Eoghan wird Euch im Kampf gegen die Tuathann nicht unterstützen.«

Der Graf schien schockiert.

»Hat er Euch geschickt, um mir das mitzuteilen?«

»Nein, das ist mehr als offensichtlich«, entgegnete Kiaran. »Ich teile es Euch nicht mit, ich folgere es für Euch. Eoghan wird Euch nicht zu Hilfe kommen, und wenn niemand etwas unternimmt, werden die Tuathann noch vor Ende des nächsten Monats hier sein. Das wird Euch mit Sicherheit Euren Thron kosten, und Euren Kopf gleich mit.«

»Meine Armee wird ausreichen, sie zurückzuschlagen«, widersprach Meriander.

»Vier Armeen wie die Eure wären nötig, um die Tuathann aufzuhalten. Wenn Ihr es noch nicht begriffen habt, dann bedaure ich das sehr, das könnt Ihr mir glauben, denn Ihr müsst Euch auf eine böse Überraschung gefasst machen. Wenn man den Berichten glaubt, die wir erhalten haben, sind die Krieger der Tuathann besser ausgebildet als die Militärelite von Galatia, und ihr Hass auf uns vervielfacht ihre Kräfte noch. Ihr werdet nichts gegen sie ausrichten können.«

Der Graf runzelte die Stirn. Er wurde allmählich ungeduldig.

»Wenn Ihr gekommen seid, mich zu entmutigen, dann wisst, dass ich Besseres zu tun habe und mir von einem erleuchteten Druiden nichts vorschreiben lasse.«

Kiaran fuhr unbewegt fort: »In einem Monat werdet Ihr tot sein.«

Der Graf öffnete den Mund, brachte aber keinen Satz heraus. Diesmal hatten die Worte des Druiden ihn wirklich getroffen. Er schien wie gelähmt.

»Der Rat hat Euch einen besseren Vorschlag zu machen«, fuhr Kiaran im gleichen Ton fort.

Meriander ließ sich gegen die hohe, mit blauem Samt bezogene Rückenlehne seines Sessels fallen und seufzte tief.

»Tretet den Tuathann einen Teil Eurer Grafschaft ab, damit sie sich dort ansiedeln können; gemeinsam werden wir sie dann überzeugen, Harcort zu erobern und sich damit zufriedenzugeben. Auf diese Weise werden sie ihre Invasion beenden, und zugleich werden sie uns Harcort vom Hals schaffen.«

»Wer ›uns‹?«, fragte der Graf beunruhigt.

»Ihr, Galatia, Bisania, Sarrland und der Rat natürlich! Wenn wir unsere Kräfte und unsere Überzeugungskraft vereinen, werden die Tuathann es nicht wagen abzulehnen.«

»Es kommt nicht in Frage, dass ich auch nur den winzigsten Teil meiner Grafschaft abtrete«, rief Meriander empört und schlug auf die Kante seines Schreibtischs. »Mein Bruder ist König, Galatia ist reicher, soll er ihnen doch einen Teil seines Königreichs überlassen! Dann werden wir ja sehen, ob wir uns zusammenschließen werden.«

»Die Tuathann befinden sich bereits auf Eurem Gebiet.«

»Wenn Eoghan ihnen einen Teil von Galatia überlässt, werden sie abziehen.«

»Dazu wird Euer Bruder sich nie entschließen.«

»Dann werden wir auch niemals Verbündete sein.«

Kiaran spürte, dass er die Partie bereits verloren hatte. Der Graf war sturer als ein Sarrländer, aber er versuchte erneut sein Glück.

»Zieht Ihr es vor zu sterben?«

»Ich ziehe es vor, mein Volk zu verteidigen.«

»Meriander, Ihr macht einen furchtbaren Fehler. Die Tuathann werden Euch abschlachten, Euch und Eure Untertanen, und dann wird Euer Bruder ihnen Eure ganze Grafschaft überlassen. Wir können die Epidemie früher eindämmen, wenn Ihr unseren Vorschlag akzeptiert.«

»Ich werde nicht eine einzige Parzelle dieses Landes aufgeben«, wiederholte der Graf wütend und stand abrupt auf. »Kehrt zum Rat zurück und sagt Euren Brüdern, dass Meriander Mor sich nicht als Euer Schutzschild missbrauchen lässt, weder von Euch noch vom König. Da Ihr beschlossen habt, Euch mit Eoghan gegen mich zu verbünden, erkläre ich, dass die Druiden von jetzt an in der gesamten Grafschaft unerwünscht sind. Teilt Euren Brüdern, die auf meinem Territorium ihr Amt ausüben, mit, dass sie neun Tage haben, um Braunland zu verlassen. Nach Ablauf dieser Frist werden sie wegen Verrats verhaftet. Auf Wiedersehen«, sagte er abschließend und verließ den Raum mit energischen Schritten.


Galiad und Faith fanden ihre Gefährten trotz der Dunkelheit mühelos wieder. Sie hatten ihr Lager abseits vom Dorf aufgeschlagen, dort, wo die Bäume in der Senke zwischen den Hügeln dichter zu werden begannen.

Die Pferde waren beschlagen und hatten sich satt gefressen. Der Hufschmied hatte sich sehr großzügig gezeigt. Galiad lächelte bei dem Gedanken, dass es in Galatia doch noch Menschen guten Willens gab. Dann inspizierte er die Gegend. Er errichtete Fallen um das Lager und bat Mjolln, kein Feuer zu machen.

Lange Stunden verbrachten die fünf schweigend, erschöpft und beunruhigt inmitten der Schatten, die der Mond zwischen ihnen zeichnete. Selbst die Luft war drückend. Die Bedrohung durch die Herilim und Eoghans Fahndung nach ihnen beschäftigten sie, und keinem war nach Sprechen zumute.

Phelim hockte den ganzen Abend auf seinen Knien. Alea begriff, dass er so viel Energie sammelte, wie er konnte. Er schien sich zu konzentrieren und in seinem Innern eine besondere Kraft zu suchen, und sie ahnte, welche. Gewiss bereitete er sich auf den Kampf vor.

Dann sah sie plötzlich den Saiman um ihn herum. Sie hätte es nicht erklären können, aber sie sah so etwas wie Hitzeströme, die sich um den Druiden wickelten, und sie wusste, dass nur sie sie sehen konnte. Beinahe wäre sie nach hinten gefallen, aber sie konnte sich gerade noch fangen und beobachtete fassungslos das farbige Schauspiel, das sich ihr bot. Sie spürte Mjollns überraschten Blick, der nicht begriff, was sie so zu fesseln vermochte, aber sie konnte ihren Blick nicht von den anmutigen Spiralen wenden, die den Körper des Druiden umgaben.

Phelim musste es wohl bemerkt haben, denn sofort verschwand der Saiman um ihn herum. Er sah Alea lange an und legte sich dann ohne ein Wort hin.

Alea seufzte und streckte sich ebenfalls aus, um Faith zuzuhören, die sich endlich entschlossen hatte, auf ihrer Harfe zu spielen.

Es war eine traurige und langsame Musik, die ihre Angst und ihre Beklommenheit ausdrückte. Faith verstand es, die Gefühle in den Herzen ihrer Gefährten zu erfassen und in bedeutungsschweren Tönen musikalisch umzusetzen. Ihre Akkorde drückten die Obsessionen aus, die sie teilten, aber auch Aleas Wut, Mjollns

Angst, Galiads Anspannung, Phelims Verärgerung und schließlich ihr eigenes Bedauern. Dann, in der langen Klage eines letzten Tons, am Ende jeder Phrase, so etwas wie eine Spur von Hoffnung, so etwas wie eine kindliche, der Nacht gestellte Frage.

Alea ließ sich von der Musik der Bardin wiegen und schlief trotz der Kälte ein. Sofort erkannte sie das Zauberland ihrer Träume wieder.

»*Sanft und warm. Um mich herum erstreckt sich eine sanfte Wiese. Wie ein grenzenloses Bett, in dem ich mit weit offenen Augen schlafe. Die Klänge dringen wie Wellen im Wind zu mir, getragen von einer einfachen, herrlichen Musik, in der die Töne Phrasen bilden, die sich antworten und mir die Kehle zuschnüren und Tränen in die Augen treiben. Ich habe das Gefühl, dass die Welt um mich herum im Takt dieser verschränkten Melodien vibriert. Dass sie mir vergessene Botschaften bringen, die da, in der Luft des Schlafs schwebend, warteten. Es ist, als wären diese Töne schon vorher da gewesen. Lange vorher. Sie sind immer da gewesen. Man musste sie nur spielen, nicht wahr?*

*Und jetzt wünsche ich mir so sehr, dass es Erwan wäre, seine Schritte, die auf mich zukommen. Dass ich ihm sagen könnte, wie sehr er mir fehlt. Wie sehr er zählt bei allem, was ich tue, wie sehr er mich beherrscht, wie sehr er in jedem meiner Atemzüge, in jedem meiner Pulsschläge ist. Wie sehr bedaure ich, dass ich ihm nicht zu sagen vermochte, wie sehr ich ihn liebe. Ich wünsche mir so sehr, dass er da wäre, dass unsere Hände sich über dem gelben Gras in einem einmaligen und immerwährenden Augenblick berühren könnten. Dass die Welt sich unter unseren Händen zusammenfügt, damit die Zeit uns einander annähert* und wir eins werden, von einem Ende unseres Lebens zum anderen. Ja, ich wünsche mir so sehr, dass er es wäre, er, den der Wind und die Töne zu mir treiben. Dass er käme. Und dass mit ihm das Ende unserer Qualen käme. Dass wir zusammen auf einem verlorenen Weg, auf einer vergessenen Straße lebten, dort, wohin die Augen der Menschen sich nie richten. Dass mein Leben einen Sinn hätte. Dass ich nicht gelebt hätte, um dann einfach so zu sterben, ohne die Hand eines andern in meinen Händen gehalten zu haben, und dass unsere Hände sich vereinten, um den Rest auszulöschen.

Ich erinnere mich an seine Stimme, an seine Worte, an seinen Blick, als hätte ich ihn immer schon gekannt, als wäre er schon da gewesen, bevor ich ihm begegnet bin, als folgte ich nur einer Geschichte, die für ihn und mich geschrieben wurde. So wie diese so offensichtlichen Töne da waren. Sie mussten nur gespielt werden.

Wie sehr wünschte ich, dass er es wäre.

›Es gibt hier keine Zeit. Keine Zeit, die drängt. Nicht hier.‹

Ich blicke auf und sehe einen anderen Jungen. Nicht Erwan. Einen Augenblick habe ich geglaubt, dass es seine Stimme war. Ich habe es geglaubt, oder besser, ich habe es gewollt. Aber nein, er ist es nicht. Es ist eine andere Stimme, die eines anderen Jungen, und doch im gleichen Alter.

Ich habe dieses Gesicht niemals gesehen, ich weiß nicht, wer er ist, und doch ist er da, wie Erwan es war. Sein Oberkörper ist nackt. Symbole aus blauer Farbe bedecken seinen Körper. Blau wie der lange Haarkamm, der sich über seinen Schädel zieht. Aber das *alles ist nichts. Das ist nicht, was ich sehe. Was ich sehe, sind seine Augen, die mich anstarren. Seine Augen. Das eine blau, das andere schwarz. Blau und schwarz. Das Meer und der Himmel der Nacht.*

*›Wer bist du?‹*

*Jetzt ist es meine Stimme. Außerhalb meiner, ja, aber ich erkenne sie. Ich bin von der Wiese aus goldenem Gras aufgestanden. Und wie er bin ich nackt. Und auf meinem Körper diese Farbe, ebenfalls blau.*

*›Ich bin Tagor.‹*

*Ich weiß nicht einmal mehr, ob ich träume. Die Welt um mich herum scheint mir nicht real, und doch habe ich nicht mehr das Gefühl zu träumen. Ich bekomme Angst. Das ist kein normaler Traum. Etwas geschieht mit mir.*

*›Was machst du hier, Alea?‹*

*Er dreht mir jetzt den Rücken zu. Woher kennt er meinen Namen?*

*›Ich weiß es nicht. Woher kennst du meinen Namen?‹*

*Sein Bild schwankt und mit ihm die Wiese.*

*›Es gibt hier keine Zeit, Alea. Diese Welt gehört uns.‹«*

Als er die Grenze zur Grafschaft Harcort am Ende der Gor-Draka-Bergkette passierte, fragte Aodh sich, ob er die richtige Entscheidung getroffen hatte. Er steckte in einer Falle, aus der er nicht herauskam, und hatte beschlossen, eher zu sterben, als sich geschlagen zu geben. Er hatte gehofft, dass das dem Rat und vor allem Ailin eine Lehre sein würde, fragte sich jetzt aber, ob diese Lehre den Preis seines Lebens tatsächlich wert war.

Die Worte des jungen Finghin hatten ihn zutiefst verunsichert. Der Jüngste der Druiden von Sai-Mina schien die Falle erkannt zu haben, die der Erzdruide ihm gestellt hatte. Wenn dieser junge Mann so hellsichtig gewesen war, dann bestand kein Zweifel, dass die meisten Großdruiden das Spiel des Erzdruiden ebenfalls durchschaut hatten und Aodh beschützen würden, wenn er zurückkehren würde, ohne seine Mission erfüllt zu haben. Wahrscheinlich war es so. Der Rat würde ihm dann gewiss verzeihen, aber würde er die Demütigung ertragen können? Nein. Jetzt, da er den Befehl des Erzdruiden akzeptiert hatte, musste er einen anderen Weg finden, sich aus der Affäre zu ziehen.

Er befand sich auf dem Territorium von Harcort, und jeder Schritt seines Pferdes brachte ihn dem sicheren Tod näher. Bischof Thomas Aeditus hasste die Druiden, vermutlich weil ihre Existenz letztlich das Gegenteil dessen bewies, was er predigte. Die Druiden hatten mehrere Götter und über ihnen die Moïra, die die ganze Insel verehrte. Für Thomas gab es nur einen Gott, und das war der Vater Christi. Was den Bischof aber vor allem störte, war die politische Macht der Druiden. Der Rat war eine mächtige Waffe für das Königreich Galatia und daher ein nicht zu unterschätzender Feind für den besten Freund des Bischofs, den Grafen von Harcort.

Unterwegs begegnete Aodh mehreren Einwohnern der Grafschaft, die ihn misstrauisch beäugten; das Symbol der Moïra, das der Druide auf seiner Brust trug, war hier nicht sehr geschätzt. Die meisten Harcortianer waren konvertiert und beteten jetzt zu dem einzigen Gott, dessen Symbol ein großes Kreuz war, dasjenige, auf dem, wie Thomas Aeditus und seine Priester lehrten, Christus, der menschgewordene Gott, gestorben war. Für die Einwohner von Harcort, vor allem aber für den Grafen und den Bischof durfte es keinen anderen göttlichen oder mystischen Glauben geben.

Aber Aodh kümmerte sich nicht um den Blick dieser Leute. In seine Gedanken versunken, ritt er nach Ria, der Hauptstadt der Grafschaft, und warf von Zeit zu Zeit bewundernde Blicke auf die spitzen Gipfel von Gor-Draka, wo die Kristalle ewigen Schnees in der Frühlingssonne glitzerten.

Es war bereits zu spät, als er vor sich eine Patrouille von Soldaten der Flamme bemerkte. Über ihrem Kettenhemd trugen sie einen langen weißen, vorne geschlossenen Umhang, auf dem deutlich sichtbar die rote Flamme, das Wappen des Grafen Al'Roeg, eingestickt war.

Aodh hielt sein Pferd an und fragte sich, ob er wenden und über den Graben fliehen sollte, aber es blieb ihm keine Zeit mehr, die Soldaten waren schon bei ihm.

»Wer seid Ihr?«, fragte derjenige, dessen geschmückter Helm anzeigte, dass er vermutlich einen höheren Rang hatte.

»Ich bin Heliod Taim, meine Brüder nennen mich Aodh, ich bin Großdruide im Rat von Sai-Mina.«

Der Soldat musterte ihn lange, die beiden Hände auf dem Knauf seines Sattels.

»Ihr befindet Euch auf dem Gebiet von Harcort, mein Herr, warum tragt Ihr das Symbol der Moïra?«

»Weil ein Druide seinen weißen Mantel ebenso wenig ablegt wie ein Soldat sein Schwert, und ich bin gekommen, um mit Graf Al'Roeg zu sprechen.«

Die sechs Soldaten brachen in Gelächter aus.

»Er ist gekommen, um mit dem Grafen zu sprechen! Hört ihr das?«, spottete der Hauptmann und drehte sich zu seinen Männern um. »Tja, Druide, du bist ganz schön dreist. Also los, kehr dorthin zurück, wo du herkommst, und ich lasse dich am Leben…«

319

»Ihr habt nicht verstanden. Ich bin gekommen, um mit Feren Al'Roeg, Graf von Harcort, zu sprechen, und ich werde erst wieder gehen, wenn ich ihn gesehen habe.«

»Und ich spaße nicht, Druide, mach augenblicklich kehrt, oder wir hängen dich gleich hier auf.«

»Mit wessen Ermächtigung?«

»Der des Grafen, armer Idiot.«

»Graf Al'Roeg sollte zulassen, dass ihr den Botschafter eines Rats hängt, der zu ihm kommt, um ihm ein Abkommen vorzuschlagen?«

»Graf Al'Roeg würde einen hohen Preis für deinen Kopf bezahlen, und ich frage mich, warum ich immer noch mit dir rede, wo ich dich doch gleich hätte hängen sollen. Soldaten, ergreift diesen Mann.«

Aodh sah, wie die Männer des Hauptmanns vom Pferd stiegen und mit erhobenen Morgensternen und Schwertern auf ihn zukamen. Er verlor keine Sekunde, ließ sich vom Saiman durchdringen und sprang vom Pferd.

Er ließ die glühende Energie in jedem Teil seines Körpers vibrieren und im letzten Augenblick herausschießen. Im nächsten Moment hatte sich sein ganzer Körper in massiven glänzenden Stahl verwandelt, und seine Arme und Beine waren lange, schmale Klingen, die er in einem eindrucksvollen martialischen Ballett herumwirbeln ließ. Er benutzte seinen Körper wie eine Armee von Schwertern und näherte sich mit wilden Sprüngen den vollkommen verblüfften Soldaten.

»Vergesst eure Schwerter!«, brüllte der Hauptmann. »Greift ihn mit euren Morgensternen an und zerreißt ihn in Stücke!«

Aber Aodh war schneller, und mit einem einzigen Satz ließ er die Schneide seines rechten Beins auf die

Schulter des Soldaten niedersausen, der ihm am nächsten war; dieser wurde bis zur Taille buchstäblich in zwei Hälften geteilt. Dann setzte Aodh seinen tödlichen Tanz fort.

Die Soldaten fingen sich und stürzten sich auf den Druiden, wobei sie ihre Morgensterne im Kreis herumwirbelten. Aodh schnitt einem zweiten Soldaten mit einem kreisförmigen Fußtritt die Kehle durch, während ihn rechts der erste Schlag eines Morgensterns traf. Der heftige Aufprall brachte die Flamme des Saiman in seinem Geist zum Flackern, aber er gewann sehr schnell die Kontrolle zurück und drehte sich abrupt um, wobei er sich bückte, seinen Gegner niedermähte und ihm die Beine abschnitt. Dann richtete er sich wieder auf und spießte den vierten mit einem heftigen Faustschlag auf.

Als der Hauptmann sah, dass der Druide innerhalb so kurzer Zeit vier seiner Männer getötet hatte, griff er seinerseits zu Pferde an.

»Beim Kreuz Christi!«, brüllte er, als er über Aodh war.

Der Druide duckte sich gerade noch rechtzeitig, um dem Schlag von oben auszuweichen. Der letzte Soldat nutzte die Gelegenheit, um mit aller Kraft zuzuschlagen, und traf Aodhs Metallhüfte. Der Zusammenprall, Stahl gegen Stahl, war so furchtbar, dass die Funken nur so sprühten. Der Druide verlor das Gleichgewicht und stürzte zu Boden. Er ließ sich zum Pferd des Hauptmanns rollen und rammte die Klinge seines Arms in die Eingeweide des Tiers, das ein paar Meter weiter zusammenbrach und seinen Reiter in seinem Sturz mit sich riss.

Aodh sprang auf und stürzte sich auf den letzten Soldaten, während der Hauptmann sich hinter ihm aufrappelte. Der Soldat hob schützend seinen Schild, aber Aodh setzte zu einem furchtbaren Angriff an: Mit einem einzigen Sprung in die Höhe fand er genügend Kraft, um ihm zwei Fußtritte zu versetzen, einen rechts und einen links. Der erste schlug dem Soldaten seinen Schild aus der Hand, der zweite köpfte ihn.

Mitgerissen von seinem Schwung, fiel Aodh zu Boden. Er drehte sich um und sah, wie der Hauptmann sich auf ein anderes Pferd schwang und in die entgegengesetzte Richtung floh. Fünf verstümmelte Leichen lagen am Boden, und als Aodh wieder seine menschliche Gestalt angenommen hatte, wateten seine Füße in einer Blutlache.

Er holte tief Luft und ging dann zu seinem Pferd, das sich etwas weiter entfernt in Sicherheit gebracht hatte. Er zögerte einen Augenblick, während er einen angeekelten Blick auf die zerstückelten Leichen zu Füßen seines Pferds warf, schwang sich aufs Pferd und galoppierte, ohne weiter nachzudenken, in Richtung Ria.

Im Süden hatte das Gebirge dem Meer Platz gemacht. Die westliche Landschaft Gaelias flog wie im Traum an seinen Augen vorbei. Als es Abend wurde, wusste er nicht, wie lange er im Wind, der vom Meer her blies, geritten war. Sein Rücken tat ihm weh, und seine Augen tränten unaufhörlich. Er fand eine geschützte Stelle für die Nacht und machte ein Feuer.

Er war erschöpft und verwirrt und fühlte sich vor allem unglaublich allein. Wie gern hätte er Adrian, seinen Magistel, bei sich gehabt! Er verscheuchte diese Gedanken und begann etwas zu essen.

Der Kampf war überaus anstrengend gewesen und hatte ihn zutiefst verunsichert. Er wusste nicht mehr, was er tun sollte. Die Worte des jungen Finghin, der Angriff der Soldaten der Flamme, die Erschöpfung, alles mahnte ihn, dass es besser sei aufzugeben. Aber er war ein Druide und konnte sich keine Feigheit erlauben.

Aodh nahm sein Gesicht zwischen die Hände und versuchte sich wieder zu fangen. Das Feuer verbrannte fast seine Finger. Er fühlte sich hilflos. Wie in den ersten Tagen seiner Lehrzeit.

Plötzlich hörte er seitlich, hinter einem eindrucksvollen grauen Felsen, ein Geräusch. Er stand abrupt auf, um nachzusehen, wer von dort kam, und erblickte eine große Gestalt, einen Mann, der sich beim Gehen auf einen Stock stützte.

»Habt keine Angst! Ich bin nur ein alter Mann.«

Der Mann kam hinkend näher. Er war prächtig gekleidet, schien aber im Nirgendwo verloren. Sein Aussehen war nicht gerade Vertrauen erweckend.

»Ich habe Euer Feuer gesehen und komme als Freund.«

Aodh wartete, bis er das Gesicht des Unbekannten sehen konnte, und machte ihm dann, noch immer misstrauisch, ein Zeichen, sich zu setzen.

»Guten Abend. Wer seid Ihr?«, fragte er den alten Mann, während er sich seinerseits niederließ.

»Na, ich bin sicher, dass Ihr mich wiedererkennt, Großdruide …«

Aodh schreckte unwillkürlich zurück.

*Und doch ist es wahr*, dachte er. *Sein Gesicht sagt mir was. Aber es ist ein Gesicht, das ich schon lange nicht mehr gesehen habe, denn ich kann mich nicht mehr erinnern. Seltsam. Wenn ich ihn kenne, dann würde es mich wundern, wenn dieses Treffen zufällig wäre. Sollte ich in eine neue Falle geraten sein?*

»Sollte ich?«, fragte er einfach nur.

»Ihr wart sehr jung, mein Bruder, als ich den Rat verlassen habe.«

Aodh runzelte die Stirn. Dann erinnerte er sich.

*Unmöglich. Wieso treffe ich ausgerechnet ihn hier? Was macht er hier? Ich kann es nicht glauben!*

»Ihr seid… Samael?«

Der alte Mann schien erleichtert und lächelte breit.

»Ah! Wie lange habe ich meinen Druidennamen nicht mehr gehört, aber es ist schön zu sehen, dass man mich nicht ganz vergessen hat… Und Ihr seid Heliod Taim, nicht wahr?«

»Meine Brüder nennen mich jetzt Aodh. Ihr seid aus dem Rat am Tag meiner Initiation desertiert.«

Der alte Mann brach in Gelächter aus.

»Desertiert? So bezeichnet Ihr meinen Weggang?«

»Das sagt man in der Tat von einem Druiden, wenn er aus freien Stücken den Rat verlässt.«

»Zwischen *aus freien Stücken verlassen* und *gezwungen werden zu gehen* besteht ein Unterschied, lieber Druide. Aber reden wir lieber von Euch… Was macht Ihr hier, so weit weg von Sai-Mina und ohne Euren Magistel?«

»Ich will mich mit Feren Al'Roeg treffen, dem Grafen von Harcort, um mit ihm zu sprechen.«

»Ah. Schade, dass sie nicht Kiaran geschickt haben, wir waren uns einst nahe, und ich hätte ihn gern wiedergesehen, um über die Welt der Träume zu sprechen… Und Ihr, worüber wollt Ihr mit dem Grafen sprechen?«

Aodh wurde sich plötzlich der Merkwürdigkeit dieses Dialogs bewusst.

»Samael, Ihr taucht hier plötzlich auf, einfach so, mitten in Harcort, nach mehreren Jahren der Abwesenheit, während Ihr vom Rat gesucht werdet, der Euren

Tod will, und setzt Euch hier neben mich, um Euch mit mir zu unterhalten, als wäre nichts geschehen! Ich könnte Euch zwingen, zum Rat zurückzukehren, damit er über Euch richtet…«

»Erst einmal müsstet Ihr mich überhaupt zu was auch immer zwingen können… Ich bin nicht mehr im Rat, aber ich habe noch immer den Saiman, junger Mann, und ich weiß mich seiner nach wie vor zu bedienen. Aber wie auch immer, irgendetwas sagt mir, dass Ihr das nicht tun werdet… Man hat Euch ebenfalls zu dieser Reise gezwungen, nicht wahr?«

Aodh antwortete nicht. Er hatte den spöttischen Ton des alten Mannes bemerkt und war verärgert.

»Was habt Ihr gemacht, Samael, seit Ihr den Rat verlassen habt?«

Der alte Mann lächelte über das ganze Gesicht.

»Ich habe zunächst ein paar Jahre damit verbracht, meinen Hass auf Eloi, den Erzdruiden, der an meinem Weggang schuld ist, zu vergessen.«

»Eloi ist tot, Samael, an seine Stelle ist Ailin getreten.«

»Ja, das habe ich gehört. Ailin ist ein intelligenter Mann, ich bin sicher, dass er seine Rolle als Erzdruide sehr gut erfüllt, nicht wahr?«

*Er provoziert mich*, dachte Aodh. *Er weiß, dass ich wegen Ailin hier bin, und will, dass ich es ausspreche. Aber warum? Will er sich trösten, indem er mir das Geständnis entlockt, dass ich wie er bin? Sollte ihn das in der Meinung bestärken, dass der Rat ihn loswerden wollte? Oder will er meine Wut auf Ailin zu anderen Zwecken benutzen? Ich muss ihn zum Sprechen bringen, ohne etwas von mir preiszugeben.*

»Und was habt Ihr nach diesen Jahren gemacht?«

»Ich kann Euch mein Leben erzählen, wenn Ihr darauf besteht, aber dann müsstet Ihr auch aufhören, meinen Fragen auszuweichen. Beleidigt meine Intelligenz nicht, Aodh, ich bin hier, weil ich es will, und könnte wieder gehen, ohne Euch noch irgendetwas zu sagen. Ich glaube, ich habe ein bisschen Vertrauen oder zumindest Respekt verdient.«

*Er hat erkannt, dass ich sein Spiel durchschaut habe. Ich muss ihn beruhigen. Ich will ihn besser kennen lernen, bevor ich aufrichtig zu ihm bin. Schließlich interessiert mich seine Wahrheit.*

»Ihr habt all meinen Respekt, Samael, aber Ihr müsst verstehen, dass ich überrascht und auf der Hut bin. Ihr habt Euch gegen den Orden gestellt, dem ich angehöre.«

»Ich habe mich gegen niemanden gestellt, Aodh. Aber ich bin nicht hier, um mich zu rechtfertigen. Eloi ist tot – und mit ihm mein Verlangen nach Rache. Dass die anderen Großdruiden ihn damals nicht daran zu hindern vermochten, die Ungerechtigkeit zu begehen, die mich zur Flucht gezwungen hat, ist bedauerlich, aber das ist Schnee von gestern. Die meisten von ihnen sind mittlerweile ja ebenfalls tot. Aodh, ich will weder Euer Mitleid noch will ich Euch überzeugen.«

»Dann erzählt mir doch, was ein Großdruide macht, wenn er den Rat verlässt.«

*So, dieser Satz wird in ihm vielleicht die Hoffnung wecken, dass auch ich im Begriff bin, den Rat verlassen zu wollen. Ich bin sicher, dass er genau das sucht.*

»Ich habe versucht, die Welt mit einem neuen, reinen Blick zu sehen, der nicht von der Kultur des Rats pervertiert ist. In der Gesellschaft der Druiden fängt man irgendwann an, die Welt zu sehen, wie sie nicht ist. Irgendwann vertraut man nur noch dem Rat und deutet alles nur noch mit seinen Augen. Man vergisst, dass man die Welt und die Dinge mit dem Herzen sehen muss. Nach ein paar Jahren habe ich entdeckt, dass ich eine vollkommen falsche Sicht der Welt hatte und dass der Rat sich folglich im Irrtum befindet.«

»Das heißt?«, fragte Aodh, für den die Sache jetzt wirklich interessant wurde.

»Die Moïra«, erwiderte der alte Mann einfach.

»Ja und?«

»Sie ist eine gigantische Lüge, Aodh.«

Aodh riss die Augen weit auf. Das hatte er nicht erwartet.

*Der Alte ist vollkommen verrückt geworden. Ich darf ihn nicht beleidigen, das würde er mir übel nehmen. Aber ich kann ihn auch nicht mehr ignorieren. Er wird argumentieren wollen.*

»Die Moïra existiert nicht, Aodh, das ist eine blödsinnige Deutung dessen, was die Welt wirklich lenkt. Wo bleibt der Wille, wo bleibt die Logik, wo bleibt der Zweck im Gang der Moïra? Und wie könnte sie irgendetwas erklären?«

»Was gibt es denn zu erklären?«

»Die Existenz des Menschen, das Leben. Warum sind wir da? Bitte antwortet mir nicht: ›Weil die Moïra es gewollt hat‹. Das ist keine Antwort, das ist eine Katastrophe! Das ist zu einfach.«

»Und wie lautet Eure Antwort?«

»Ich suche. Im Augenblick interessiere ich mich für den Gott der Christen. Sie halten mich übrigens für einen der Ihren, und stellt Euch vor, sie haben mich zum Bischof ernannt! Ist das nicht komisch? Bischof Natalis nennen sie mich. Wenn sie wüssten, dass ich einmal Druide gewesen bin!«

327

»Was ist denn nun der eigentliche Unterschied zwischen ihrem so genannten Gott und der Moïra?«, bohrte Aodh nach.

»Oh, der Unterschied ist nicht sehr groß, da habt Ihr Recht. Aber wenigstens akzeptieren die Christen das geschriebene Wort, darin liegt der ganze Unterschied. Ihr macht Euch keinen Begriff, Aodh, was man alles in den Büchern finden kann! Darin liegt mein wahres Glück.«

Aodh war vollkommen perplex.

»Schwer zu begreifen bei einem ehemaligen Großdruiden, nicht wahr? Und doch stimmt es, Aodh. Aber um das zu verstehen, muss man fähig sein, die Welt unbelastet von dem blödsinnigen Unterricht zu betrachten, den der Rat seit so vielen Generationen erteilt. Alle nehmen ihn letzten Endes blind an.«

»Habt… habt Ihr Kontakt zu Thomas Aeditus?«, stammelte Aodh, der sich noch immer nicht an den Wahnsinn gewöhnen konnte, der aus den Äußerungen des alten Mannes sprach.

»Ich pfeife auf Aeditus. Was mich interessiert, ist, zu erfahren, was diese Bücher verbergen, denn das Wissen… ist die Macht. Und Harcort scheint mir die ideale Grafschaft für meine Ambitionen zu sein. Mons-Tumba befindet sich hier, Aodh, alle Bücher von Mons-Tumba stehen mir zur Verfügung! Und jedes von ihnen öffnet mir eine neue Tür. Schon bald werde ich auf dem Thron sitzen, der mir zusteht.«

*Er will den Platz von Al'Roeg einnehmen! Bei der Moïra, ich muss den Rat informieren. Dieser Wahnsinnige will mit Hilfe des Saiman die Macht übernehmen, und der Rat weiß nicht einmal, dass er hier ist! Ich muss sofort nach Sai-Mina zurückkehren! Ich muss meinen Groll vergessen, Ailin verzeihen und diese Katastrophe verhindern.*

»Samael, ich weiß nicht, was ich sagen soll...«

»Sagt mir nur die Wahrheit: Der Rat hat Euch auf Selbstmordmission hierher geschickt, um Euch loszuwerden, nicht wahr? Und das öffnet Euch nicht die Augen? Begreift Ihr denn nicht, dass sie Euch belügen?«

*Er ist wahnsinnig, ich muss weg von hier...*

»Was werdet Ihr tun?«, fuhr der alte Mann fort. »Zurückkehren und warten, dass sie eine andere Möglichkeit finden, sich Euch vom Hals zu schaffen? Habt Ihr Euch wenigstens gefragt, warum sie Euch loswerden wollen?«

Aodh antwortete nicht.

»Vielleicht haben sie Angst, dass Ihr die Wahrheit entdeckt! Wie in mir haben sie auch in Euch den Scharfblick erkannt, der Euch eines Tages vielleicht erlauben wird zu begreifen, dass die Moïra eine gigantische Lüge ist! Aodh, denkt nach!«

»Das brauche ich nicht, Samael, und jetzt muss ich Euch verlassen. Guten Abend.«

Aodh erhob sich abrupt und ging zu seinem Pferd.

»Schade, Heliod Taim, Ihr macht den schlimmsten Fehler Eures Lebens, Ihr hättet endlich frei sein können!«

»Mein Name ist Aodh. Guten Abend!«, wiederholte der Druide und schwang sich in den Sattel.

Nach ein paar Schritten, als sein Pferd gerade in den Galopp wechseln wollte, spürte Aodh einen furchtbaren Schmerz in der Mitte seines Rückens. Er senkte den Blick und sah mit Entsetzen die Spitze eines Pfeils, der aus seiner Brust ragte. Er hatte sein Herz durchbohrt. Auf dem Metall der Spitze wiesen ein paar grüne Spuren noch auf das Gift hin.

Er hatte gerade noch Zeit, sich umzudrehen und den Bogen und den ausgestreckten Arm des alten Mannes zu sehen; dann starb er.

Als die drei Magisteln nach Sai-Mina zurückkehrten, um dem Rat zu berichten, dass sie Aleas Spur verloren hatten, kochte Ailin vor Wut und befahl, dass die Großdruiden sich in der Kammer versammeln sollten; auch der junge Finghin sollte dabei sein, der seine Rolle als Botschafter gespielt hatte und daher am Rat teilnehmen konnte, obwohl er noch kein Großdruide war. Finghin und Kiaran waren am selben Tag von ihrer Mission zurückgekehrt, und so nahmen zehn Personen in der hohen Ratskammer Platz.

Alle bemerkten schnell, dass Ailin wütend war, und eine bedrückende Atmosphäre lastete auf der Versammlung.

Der junge Finghin hatte noch nie an einem Rat der Großdruiden teilgenommen und war überrascht von der angespannten Atmosphäre, aber das hinderte ihn nicht daran, seine Lehren aus den Reaktionen der einzelnen Mitglieder zu ziehen. Er vollendete seine Lehrzeit mit bemerkenswerter Hartnäckigkeit und nutzte jeden Augenblick, um aus dem Gespräch der anderen zu lernen.

»Beginnen wir diesmal mit den guten Nachrichten«, bat der Erzdruide, »es sind wenig genug. Finghin, wie hat König Eoghan reagiert?«

Es war bereits sehr ungewöhnlich, dass man einen einfachen Druiden zum Rat zuließ, noch ungewöhnlicher aber, dass man ihm das Wort erteilte. Finghin spürte, dass sich die Blicke aller auf ihn richteten. Aber er erstattete konzentriert Bericht.

»Eoghan hat unseren Vorschlag akzeptiert. Aber dafür verlangt er, dass wir uns um die diplomatischen Fragen kümmern, und vermutlich müssen wir ihm auch helfen, sein Volk zu beruhigen, das diese Abtretung mit Sicherheit nicht gut aufnehmen wird. Aber wenigstens ist der König überzeugt, dass der Friedensschluss mit den Tuathann seine Position Harcort gegenüber stärken wird, dessen Bedrohung immer spürbarer wird. Was Albath Ruad, Graf von Sarrland, betrifft, so hat er sich der Entscheidung des Königs natürlich angeschlossen.«

»Danke, Finghin«, erwiderte der Erzdruide mit einem leichten Lächeln. »Und du, Kiaran, wie ist es in Bisania und Braunland gelaufen?«

»Bisania wird sich den gemeinsamen Wünschen des Rats und Galatias beugen. Alvaro ist ein Opportunist, er wird alles tun, was wir ihm sagen. Aber Meriander ist stolz, und seine Eifersucht auf den König, seinen Bruder, trübt sein Urteilsvermögen. Er hat unser Angebot abgelehnt und, wie Ihr wisst, die Ausweisung der Druiden aus Braunland angeordnet.«

»Sei's drum. Unsere Brüder können sich nach Galatia begeben und warten, bis dieser Narr vom Thron gejagt sein wird, denn dazu wird es kommen. Es ist nur eine Frage der Zeit. Aber die wirklich schlechte Nachricht haben wir heute Morgen von den Barden bekommen: Aodh, unser Bruder, ist in Harcort getötet worden.«

Ein Murmeln ging durch die Versammlung.

*Ernan oder Tiernan werden bestimmt eine Bemerkung machen*, dachte Finghin, aber der Erzdruide ließ ihnen keine Gelegenheit dazu.

»Wir wussten, dass wir ein Risiko eingegangen sind«, fuhr Ailin fort, »und wir wissen jetzt, dass, wenn es einen Pakt mit den Tuathann geben wird, dies ein Pakt gegen Harcort sein wird. In gewisser Weise bleibt der Feind also derselbe.«

*Man muss Erzdruide sein, um die Stirn zu haben, so etwas unter solchen Umständen zu sagen, nehme ich an...*

»Wer wird Aodh im Rat ersetzen?«, fragte Ernan und öffnete die große Chronik des Rats auf seinen Knien.

»Es ist vielleicht noch zu früh für Finghin, obwohl er sich als würdig erwiesen hat. Jedenfalls hatte Aodh mir von seiner Absicht erzählt, Otelian als Patensohn anzunehmen. Der Druide Otelian wird daher in den Rang des Großdruiden erhoben werden, sobald wir die Zeit haben, die Zeremonie vorzubereiten. Aber in der Zwischenzeit muss ich euch eine zweite schlechte Nachricht mitteilen«, fuhr der Erzdruide fort, »wir haben auch vom Tod Alderos erfahren.«

Erneut ging ein erschüttertes Murmeln durch die Versammlung.

Der Erzdruide sah Finghin an. Er schien zu zögern, vor dem jungen Druiden zu sprechen. Dann fuhr er ernst fort: »Er ist von Maolmòrdha getötet worden, den er seit fast einem Jahr suchte. Er war gewiss einer der tapfersten Druiden, die ich gekannt habe, und sein Tod ist ein großer Verlust für den Rat...«

*Man könnte meinen, er sagt das nur wegen Aodhs Tod. Sie müssen sich noch tiefer gehasst haben, als ich dachte.*

»Sein Patensohn Kalan wird gleichzeitig mit Otelian in den Rang des Großdruiden erhoben werden. Meine Brüder, ich teile euren Kummer, aber ihr sollt wissen, dass dieser Tod doch zu etwas gut gewesen ist: Wir kennen jetzt den Ort, an den Maolmòrdha sich zurückgezogen hat.«

Erneut begann Ernan in die Chronik des Rats zu schreiben.

»Er ist im Palast von Shankha. Ja, diesem sagenhaften Palast. Ich habe selbst nicht geglaubt, dass er existiert, weil es laut unseren Archiven niemandem gelungen ist, ihn zu finden.«

Ernan nickte neben dem Erzdruiden.

»Maolmòrdha scheint fest entschlossen, den Rat zu stürzen, was gewiss das schlimmste Ereignis in der ganzen Geschichte unseres Ordens ist, denn die Fähigkeiten dieses Abtrünnigen werden mit jedem Tag größer. Wir erleben schlimme Augenblicke, die zum Untergang unserer Gesellschaft führen könnten. Auf der einen Seite scheint Maolmòrdha aus dem Schatten zu treten, und auf der anderen ist da dieses junge Mädchen, Alea.«

*Da haben wir ja, was ihn in Wahrheit am meisten beunruhigt, er lenkt die Aufmerksamkeit auf Maolmòrdha, aber Sorgen macht ihm Alea. Vielleicht hat ja das sogar zu diesem Wutausbruch geführt, wie ich ihn so bei ihm noch nie erlebt habe. Es ist unglaublich, dass ein so junges Mädchen einen Druiden in seinem Alter und mit seiner Erfahrung und Weisheit so in Rage bringen kann. Man könnte glauben, dass sie tatsächlich eine Macht besitzt, möglicherweise sogar die des Samildanach.*

»Ihr wisst alle, dass sie an dem Abend geflohen ist, an dem wir beschlossen haben, sie dem Man'ith von Gabha zu unterziehen. Man könnte glauben, jemand habe sie gewarnt. Da tags darauf auch Phelim und sein Magistel verschwunden sind, kann es keinen Zweifel mehr daran geben, dass Phelim dem Mädchen geholfen hat zu fliehen, unter merkwürdigen Umständen… auf die ich lieber nicht zurückkommen möchte.«

*Dabei wäre es sehr interessant. Denn ich verstehe nicht, wie ein junges Mädchen zu dem imstande gewesen sein soll, was, wie man mir erzählt hat, an jenem Abend geschehen ist…*

»Ich möchte daher die Verbannung Phelims zur Abstimmung bringen, da er die Gesetze des Rats auf vielfache Weise ins Lächerliche gezogen und gegen das gehandelt hat, was wir an jenem Tag beschlossen hatten. Meine Brüder, und auch du, junger Finghin, hebt die Hand, wenn Ihr für die Verbannung Phelims seid.«

Die Hände erhoben sich langsam, eine nach der anderen, zaghaft. Die meisten Brüder wurden zum ersten Mal mit einer solchen Abstimmung konfrontiert, was ihnen verständlicherweise ein gewisses Unbehagen verursachte. Schließlich hatten nur Kiaran und Finghin die Hand noch nicht erhoben. Dass Kiaran sie nicht gehoben hatte, schien die Druiden nicht zu überraschen. Aber alle Blicke richteten sich auf Finghin, der sofort errötete.

*Diese Abstimmungsweise ist unerträglich. Das ist mit Sicherheit gewollt. Was kann man tun, um sich nicht dieser erdrückenden Mehrheit zu beugen? Wenn ich die Hand nicht hebe, werde ich mir Feinde machen. Aber wenn ich sie jetzt, nachdem ich gewartet habe, hebe, werden sie mich für einen Feigling halten, der nicht den Mut hat, zu seiner gegenteiligen Meinung zu stehen… Ich bin in einer Sackgasse. Die einzige Lösung, um mich aus der Affäre zu ziehen, ist, dass ich das Wort ergreife. Aber dazu bin ich nicht aufgefordert worden, und angesichts meines Grades wäre es unangebracht. Bei der Moïra, sie sehen mich alle an, hört die Folter denn überhaupt nicht auf? Ich muss sprechen, ich habe keine Wahl mehr.*

»Meine Brüder, wenn Phelim ein Verräter wäre, hätte er dieses junge Mädchen gar nicht erst zu uns gebracht. Er hat nicht eure Entscheidung in Frage gestellt, sondern die Vorgehensweise, und...«

»Es reicht!«, schnitt Ailin ihm das Wort ab. »Ein Druide spricht nicht im Rat, ohne dazu aufgefordert worden zu sein! Und erst recht nicht während einer Abstimmung, denn das könnte die Stimmberechtigten beeinflussen.«

*Aber ich und Kiaran sind die Einzigen, die nicht abgestimmt haben! Ich kann niemanden mehr beeinflussen, ich rechtfertige mich nur! Noch einmal, Ailin ist zu allem bereit, um seine Ziele zu erreichen. Was soll's. Wenigstens habe ich den Mut gehabt, zu meiner Meinung zu stehen.*

»Phelims Verbannung wurde mehrheitlich beschlossen, bei zwei Gegenstimmen, die in der Chronik festgehalten seien«, erklärte Ailin feierlich, während er dem jungen Druiden einen eisigen Blick zuwarf. »Wie unser Gesetz vorsieht, bedeutet dies, dass der Rat über ihn zu Gericht sitzen wird und dass er die Todesstrafe oder bestenfalls die Vernichtung seiner Macht im Man'ith von Saaran riskiert. Wir müssen ihn daher wiederfinden. Und da es sehr wahrscheinlich ist, dass der Verräter bei dem jungen Mädchen ist, das wir suchen, schlage ich vor, dass wir drei Druiden und drei Magisteln losschicken, damit wir sie diesmal auch wirklich wiederfinden und hierher zurückbringen können. Ich schlage Shehan, Tiernan und Aengus vor. Meine Brüder, hebt die Hand...«

Der Vorschlag wurde, mit Ausnahme von Finghin natürlich, von allen angenommen.

»Schön. Was nun die Tuathann betrifft, jetzt, da Bisania, Sarrland und Galatia sich unserer Entscheidung angeschlossen haben, werde ich mich schon bald nach Filiden begeben, um mit Sarkan, dem Chef der Tuathann-Stämme, zu verhandeln. Die Sitzung ist geschlossen. Unsere drei Brüder sollen noch heute Abend mit ihren drei Magisteln aufbrechen.«

Alle Druiden erhoben sich und verließen den Saal mit ernster Miene. Zum ersten Mal hatten sie das Gefühl, dass der Rat nicht imstande war, Herr der Geschichte zu bleiben. Es war da so etwas wie eine bösartige Energie spürbar, die an allen Fronten wirkte und den Rat jeden Tag mehr schwächte. Die plötzliche Beschleunigung der Ereignisse war ebenso außergewöhnlich wie erschreckend; sie kündigte Veränderungen an, mit allem, was das an Überraschung und Zerstörung mit sich brachte.

Ailin verließ den Saal als Letzter. Den Blick gesenkt, war er ganz in seine Gedanken versunken und sah nicht einmal seine Brüder, die ihm einen guten Abend wünschten. Den Kopf tief zwischen den Schultern, ging er zu seinem Arbeitszimmer, wo er den Archivar antraf, der wie jeden Abend auf ihn wartete.

»Ernan, dieser junge Finghin hat etwas Meisterliches, findet Ihr nicht? Er ist schlichtweg brillant.«

Der Archivar antwortete nicht und beobachtete wortlos den Erzdruiden, der, ganz mit seinen Gedanken beschäftigt, durch den Raum wanderte. Das war eine Gewohnheit geworden. Die beiden Männer trafen sich jeden Abend hier, der Erzdruide redete, redete ohne Pause, wobei er dem Archivar von Zeit zu Zeit rhetorische Fragen stellte, auf die dieser niemals antwortete. Er wartete geduldig, bis der Erzdruide das Fazit seiner Gedanken zog und sich vor allem beruhigte; dann erst sagte er ihm, unmittelbar, bevor er ging, einen kleinen vernichtenden Satz, über den der alte Erzdruide bis zum nächsten Tag nachdenken konnte. Das war zu einem freundschaftlichen Ritual und ganz sicher zu einer Art Therapie für den alten Mann geworden, der von der Verantwortung seines Amtes schier erdrückt wurde.

»Wisst Ihr, ich finde, dass er sehr dem jungen Mann ähnelt, der ich in seinem Alter gewesen bin. Ebenso eigensinnig, aber auch ebenso mutig. In diesem Alter denkt man natürlich mit dem Herzen, ganz gleich, wie herausragend man ist. Und herausragend ist er, das ist nicht zu leugnen. Habt Ihr bemerkt, wie aufmerksam er jede unserer Äußerungen studiert? Er ist erst sieben Jahre bei uns und beherrscht jetzt schon besser als all diese Idioten die wahre Kunst des Druiden. Die der Wahrheit und all ihrer Schattierungen. Denn worauf es ankommt, wenn man seine Zuhörer überzeugen will, ist nicht die Wahrheit, sie ist sowieso obligatorisch für die Argumentation, nein, worauf es ankommt, das ist die Art und Weise, wie man sie sagt! Und seht Ihr, man kann ihn nicht täuschen, diesen jungen Mann. In welchem Licht man sie auch darstellt, er erkennt sofort die Natur der Wahrheit. Er wird ein außergewöhnlicher Erzdruide sein, glaubt mir. Leider kann man, wenn man Erzdruide ist, und das ist wirklich traurig, nicht miterleben, wenn ein anderer es wird. Ich würde gern dabei sein, wenn dieser Finghin eines Tages Erzdruide wird … Mit was für einem Mut hat er seine Gegenmeinung erklärt! Ich habe wirklich geglaubt, dieser Lausekerl würde es so weit treiben, dass ich das Gesicht verliere! Das ist mir schon sehr lange nicht mehr passiert, mein lieber Ernan, und ich muss gestehen, dass mir das ein gewisses Vergnügen bereitet. Ja, dieser Finghin ist ein ausgezeichneter Druide. Jetzt, da Phelim fort ist und Aodh tot, ist er der letzte Druide dieses Rats, der meinen Respekt verdient, mit Euch natürlich. Ja, ich weiß, was Ihr denkt. Dass ich an Aodhs Tod schuld bin und dass ich Phelim in die denkbar schlechteste Lage gebracht habe. Aber Ihr kennt die Wahrheit nicht, mein guter Freund. Noch einmal, es ist eine Frage der Schattierung.«

Zum ersten Mal schien der Archivar wirklich irritiert durch Ailins Monolog. Er hob leicht den Kopf.

»Aodh ist gestorben, weil er zu anmaßend gewesen ist und mich scheitern lassen wollte, Ernan. Und ich muss gestehen, dass ich in der Tat gescheitert bin. Ich habe nicht geglaubt, dass er so weit gehen würde. Wie sehr bedaure ich seinen Tod, ich, der ihn zum Schuldigen gestempelt habe, um ihn zu beschützen. Ach, er war einfach zu stolz! Ich mache mir selbst die größten Vorwürfe, ich hoffe nur, dass ich mit Phelim nicht den gleichen Fehler mache. Auch er ist ein außergewöhnlicher Druide. Vielleicht der beste von uns allen.«

Der Archivar konnte nicht mehr an sich halten. Während er viele Jahre stets die letzte Minute abgewartet hatte, um zu sprechen, gab er an diesem Tag der Versuchung nach und unterbrach den Monolog des Erzdruiden: »Warum habt Ihr ihn dann verbannt und zum Schuldigen gemacht?«

Ailin blieb augenblicklich stehen. Er schien geschockt. Einen Augenblick stand er schweigend da und starrte den Archivar an, dann rief er empört: »Versteht Ihr denn nicht? Ernan! Ihr habt mich also die ganze Zeit für einen Henker gehalten, ist es so?«

»Erzdruide, ich ... ich weiß nicht. Ich verstehe nicht, warum Ihr einen Mann habt verbannen lassen, den Ihr so sehr bewundert ...«

»Aber denkt doch an die Zukunft, Ernan, denkt an die Zukunft! Der Unterschied zwischen einem Großdruiden und einem einfachen Mann ist, dass der Mann reagiert, während der Druide weiterdenkt! Das habe ich Euch doch immer gelehrt, bei der Moïra! Es geht nicht darum, Phelim für das zu bestrafen, was er getan hat, sondern die beste Lösung zu finden, um ihm in der Zukunft zu helfen!«

»Ihr müsst zugeben, dass man aufgrund Aodhs Tod an Eurer Methode zweifeln kann...«

Der Archivar bedauerte diese spitze Bemerkung in dem Augenblick, in dem er sie gemacht hatte, aber der Erzdruide schien sich nicht daran zu stoßen. Er war zu sehr mit dem beschäftigt, was er zu sagen hatte.

»Das ist eine Lektion, aus der ich eine Lehre ziehe, lieber Archivar, denn selbst in meinem Alter lernt man noch!«

»Und inwiefern könnte die Verbannung Phelim helfen?«

»Nicht die Verbannung, sondern die Tatsache, dass ich ihn in eine Situation gebracht habe, in der er gezwungen war, mit diesem jungen Mädchen zu fliehen, Ernan. Die Verbannung ist nur eine Formalität, die das Ganze offiziell macht.«

»Und warum habt Ihr ihn gezwungen, mit dem jungen Mädchen zu fliehen?«

»Aber Ernan, weil sie der Samildanach ist!«, rief der Erzdruide und setzte sich an seinen Schreibtisch.

Der Archivar konnte seine Überraschung nicht unterdrücken.

»Wie bitte?«

»Ihr habt also gar nichts begriffen, mein Freund. So lange schon spreche ich jeden Abend mit Euch, in dem

339

Glauben, dass Ihr die Gründe für meine Entscheidungen erraten habt... Alea ist der Samildanach, daran besteht kein Zweifel, und das ist natürlich die schlimmste Nachricht in der Geschichte des Rats. Denn das bedeutet unser Ende. Nach ihr wird es keine Druiden mehr geben, Ernan. Keine Druiden, keinen Rat, und übrigens auch keinen Samildanach mehr.«

»Ich dachte, eine Frau kann nicht Samildanach sein!«

»Eben doch. *Und ihre Ankunft wird das Ende des Saiman bedeuten*, sagt die Legende!«

»Ich... ich verstehe noch immer nicht, warum Ihr Phelim in diese Lage gebracht habt, Erzdruide, selbst wenn die Kleine der Samildanach ist.«

»Damit er frei ist, Ernan. Frei, befreit vom Rat und den anderen Druiden, befreit von Euch und von mir. Es war nötig, dass er dieses Mädchen in der Erfüllung seines Schicksals begleiten konnte. Für mich war das eigentlich mehr als offensichtlich...«

»Dann wollt Ihr also gar nicht Phelims Tod?«

»Ganz im Gegenteil, mein Freund, ganz im Gegenteil. Phelim ist einer meiner teuersten Freunde.«

»Ich bin nicht sicher, ob ich das alles verstehe, Erzdruide, ich...«

»Lasst mich jetzt allein, Ernan, lasst mich allein, diese ganze Aufregung hat mich erschöpft. Ich muss mich ausruhen, lieber Archivar. Wir werden morgen weitersprechen.«

Ernan zog sich höflich zurück und ging, völlig durcheinander, zu seinem Zimmer. Er machte sich die größten Vorwürfe, dass er die Motive des Erzdruiden nicht früher verstanden hatte. Er bewunderte diesen Mann schon so lange, dass er gleich hätte begreifen müssen, dass er nur das Beste wollte. Stattdessen hatte er an ihm zu zweifeln begonnen und ihn für senil gehalten. Der Archivar war zutiefst verwirrt und hatte große Mühe einzuschlafen.

Am nächsten Morgen war Ailin tot.

Niemand wusste, ob eine geheime Krankheit ihn am Schluss dahingerafft hatte oder ob er aus freien Stücken gestorben war, aber man fand neben seinem Körper ein paar Zeilen, in denen er lediglich erklärte, dass Ernan seinen Platz als Erzdruide einnehmen solle und dass Finghin in den Rang des Großdruiden erhoben werde, um Ernans Platz einzunehmen. Der letzte Wille des Verstorbenen schockierte die meisten Großdruiden. Finghin hatte gerade erst seine Initiation hinter sich, und noch nie in der ganzen Geschichte des Rats war ein so junger Druide aufgenommen worden. Aber man hatte sich auch noch nie dem Willen eines Erzdruiden widersetzt.

Den Wünschen des Verstorbenen wurde also entsprochen, noch am selben Abend wurden Finghin, Otelian und Kalan in ihren neuen Rang erhoben, und Ernan wurde zum Erzdruiden ernannt.

Ernan weinte während der gesamten Begräbnisfeierlichkeiten, tief in seinem Innern aber dankte er der Moïra, dass sie den Erzdruiden all das hatte sagen lassen, was er am Abend vor seinem Tode enthüllt hatte. Er schwor sich, dass er versuchen würde, den Mut und die zurückhaltende Güte des alten Mannes fortzusetzen. Ganz tief in seinem Innern fragte er sich allerdings, ob er dessen auch fähig war.

Wie jeden Tag trainierte Erwan im Hof von Sai-Mina mit den anderen Magistel-Lehrlingen und investierte seine ganze Energie in dieses Training, als wollte er vergessen. Alea vergessen und die frische Brise, die sie in sein Leben gebracht hatte. Das junge Mädchen fehlte ihm. Ihr Blick, ihr dunkles Haar, ihr ungekünsteltes Lachen. Immer wenn er seinen Gegner mit seiner Klinge traf, stellte er sich vor, dass er damit die Erinnerung an Alea ein Stückchen weiter zurückdrängen könnte. Und doch kehrte das Gesicht des jungen Mädchens unablässig zurück, unauslöschlich.

Er sagte sich, dass er sie hätte begleiten oder zumindest davon abhalten sollen, zu fliehen. Jede Sekunde fragte er sich, wo sie wohl war. Ob Phelim und Galiad, sein Vater, sie wiedergefunden hatten und ob sie sie zur Rückkehr bewegen oder wenigstens beschützen würden. Dann machte er sich Vorwürfe, dass er sich nicht disziplinieren konnte, um an etwas anderes zu denken. Er, der es immer so gut verstanden hatte, sich zu konzentrieren, sich auf den Kampf vorzubereiten oder seinen Lehrern seine ganze Aufmerksamkeit zu schenken, konnte jetzt an nichts anderes mehr denken als an dieses Mädchen.

Sein Geist war vom Schmerz des verlassenen Liebhabers so abgelenkt, dass ihn sogar mehrere Schwerthiebe trafen, denen er früher mühelos ausgewichen wäre. Seine Partner wunderten sich über seine Unaufmerksamkeit.

Als Erwan gerade sein Training abbrechen wollte, um sich in die Stille seines Zimmers zurückzuziehen, kam Finghin zu ihm. Der junge Mann, der vorzeitig in den Rang des Großdruiden erhoben worden war, war ohne Zweifel Erwans bester Freund. Während der eine sich auf das Amt des Druiden vorbereitet hatte, trainierte der andere, um Magistel zu werden. Sie hatten gemeinsam gelernt, waren zusammen aufgewachsen, hatten gemeinsam gelitten und mehr als einmal die Freuden und den Kummer ihres Alters geteilt.

Erwan freute sich sehr, Finghin wiederzusehen. Seine Besuche waren, je näher das Ende seiner Lehrzeit rückte, immer seltener geworden, und am Abend zuvor war es Erwan natürlich nicht erlaubt gewesen, der Zeremonie beizuwohnen, mit der sein Freund zum Großdruiden gemacht worden war, ebenso wenig wie er zuvor seine Initiation hatte miterleben dürfen.

Erwan sagte sich, dass Finghin ihn sicher verstehen würde. Seit sein Vater fort war, hatte er sich niemandem mehr anvertrauen können, und nichts machte ihm größere Freude als dieser Überraschungsbesuch.

»Erwan, ich komme zu dir, um dich zu bitten, mein Magistel zu werden«, erklärte Finghin in einem Atemzug.

Galiads Sohn war sprachlos. Darauf war er nicht gefasst gewesen. Er war so mit seinem Kummer beschäftigt, dass er am Abend zuvor keinen Gedanken daran verschwendet hatte, dass Finghin sich als Großdruide ja auch einen Magistel nehmen musste.

Erwan ließ seine Waffe zu Boden fallen. Er war überglücklich. Niemals hätte er geglaubt, dass die Gelegenheit sich so schnell bieten würde; und dass ausgerechnet ein Freund ihm die Stellung als Magistel anbieten würde, das war erst recht eine Überraschung. Es war die Belohnung für so viele Jahre harter Arbeit, und es war auch das einzige Ziel, das er sich seit frühester Kindheit gesteckt hatte. Magistel zu werden, war der Wunsch, den er schon immer in seinem Herzen, in seinem Körper und in seiner Seele getragen hatte. Es war sein täglicher Traum, eine Hoffnung, die sich jeden Abend erneuerte, eine durch nichts zu erschütternde Berufung.

343

Aber der Magistel seines besten Freundes zu werden, damit hatte er am allerwenigsten gerechnet!

»Mein Freund, ich... ich weiß nicht, was ich sagen soll«, stammelte Erwan und nahm Finghins Hand zwischen seine Handflächen. »Das ist eine so große Ehre.

»Sag einfach ja, Dummkopf!«, sagte Finghin spöttisch und packte den angehenden Magistel bei den Schultern. »Lass uns was trinken, um diesen Augenblick zu feiern.«

Sie lachten, aber Finghin merkte schnell, dass sein Freund verlegen war.

»Was hast du denn?«

»Ich wünschte mir so sehr, mein Vater wäre hier. Ich kann nicht in seiner Abwesenheit Magistel werden«, erwiderte Erwan.

Finghin blieb stehen.

»Dein Vater? Weißt du denn nicht Bescheid?«

»Was ist los?«, fragte Erwan beunruhigt.

»Bei der Moïra, wenn du nicht Bescheid weißt, dann solltest du wahrscheinlich nichts erfahren. Da habe ich wohl den Rat verraten! Mist! Mein erster Fehler als junger Druide: Ich hätte schweigen sollen. Aber ich bin doch gezwungen, dir davon zu erzählen, Erwan, du bist schließlich mein Freund... Ich hatte gehofft, als ich zu dir kam, dass mein Vorschlag dich über das Schicksal deines Vaters hinwegtrösten würde, aber ich habe nicht einen Augenblick gedacht, dass du nicht Bescheid wissen könntest...«

»Worüber denn?«, fragte Erwan ungeduldig, und sein Blick wurde immer beunruhigter. »Was ist mit meinem Vater passiert?«

»Nichts, es ist ihm nichts passiert. Aber er ist kein Magistel mehr, mein guter Erwan, denn sein Herr, Phelim, ist verbannt worden.«

»Verbannt? Das ist ein Scherz! Phelim ist über jeden Verdacht erhaben!«

»Psst! Ich bitte dich, sprich leiser, ich darf dir das gar nicht sagen! Willst du, dass ich ebenfalls verbannt werde?«

»Aber das ist unmöglich!«, sagte Erwan empört, und er spürte, wie er zitterte. »Was soll aus ihnen werden?«

»Phelim wird gerichtet werden, und dein Vater wird sich nach etwas anderem umsehen müssen. Ich nehme an, dass kein Druide ihn nach dieser Geschichte noch als Magistel nehmen will. Shehan, Tiernan und Aengus sind mit ihren Magisteln aufgebrochen, um Phelim zu verhaften. Sie sollen auch das junge Mädchen, das mit ihm geflohen ist, zurückbringen, um es dem Man'ith von Gabha zu unterziehen. Der Rat würde gern beweisen, dass sie nicht der Samildanach ist... Aber ich sage dir schon wieder zu viel, Erwan. Diese Geschichte ist ziemlich kompliziert, und ich bin selbst ganz durcheinander. Ich habe alles getan, um zu verhindern, dass Phelim verbannt wird, aber meine Stimme hat im Rat nichts ausrichten können. Bei der Moïra, vergiss das alles, ich bin sicher, dass dein Vater sehr gut zurechtkommen wird. Er war einer der besten Magisteln.«

»Das ist er noch immer«, protestierte Erwan.

»Na komm, mein Freund. Nimm mein Angebot an, nichts würde deinem Vater mehr Freude machen. Und gemeinsam werden wir, wenn Phelim dessen, was man ihm vorwirft, nicht schuldig ist, alles unternehmen, um diese Ungerechtigkeit zu verhindern.«

»Unmöglich, Finghin, dein Angebot rührt mich zutiefst, und ich werde es niemals vergessen, aber ich muss fort, um... meinen Vater zu warnen«, beendete er seinen Satz, aber er dachte vor allem an Alea.

»Ihn warnen? Bist du verrückt geworden? Willst du es dir etwa ebenfalls mit dem Rat verderben?«

»Finghin, ich kann nicht zulassen, dass Phelim und mein Vater von den drei Druiden verhaftet werden, ohne dass sie die Chance gehabt haben, ihre Unschuld zu beweisen. Ich muss sie warnen, damit sie sich vorbereiten können. Wenn du mein Freund bist, dann akzeptiere, dass ich gehe, und verrate mich nicht. Und wenn du während meiner Abwesenheit einen anderen Magistel wählst, dann nehme ich dir das nicht übel. Ich verstehe vollkommen, dass du nicht warten kannst. Finghin, auf Wiedersehen.«

Er grüßte seinen Freund und begab sich unverzüglich auf sein Zimmer. Er hätte gern mehr Zeit für Finghin gehabt, aber er konnte den Gedanken nicht ertragen, dass Alea und sein Vater in Gefahr waren.

Hastig packte er seine Sachen zusammen, unterließ es bewusst, den Fechtmeister zu informieren, der ihn bestimmt zurückgehalten hätte, und sobald es dunkel geworden war, ging er die lange Treppe hinunter, die zum Meer führte.

Unten angekommen, bückte er sich, um das Boot loszubinden. Im selben Augenblick legte sich eine Hand auf seine Schulter. Erwan schreckte zusammen und wäre beinahe ins Wasser gefallen. Er drehte sich um und erkannte trotz der Dunkelheit Finghin, der jetzt den weißen Mantel der Druiden trug.

»Bevor du aufbrichst, Erwan, möchte ich, dass du einwilligst, mein Magistel zu werden.«

Erwan stieß einen verzweifelten Seufzer aus.

»Warum beharrst du so darauf?«

»Weil ich, wenn du mein Magistel bist, immer wissen werde, wenn dir etwas passiert, so weit weg du auch sein magst. Das ist eines der Privilegien der Bindung, die zwischen uns bestehen wird.«

»Ich habe keine Zeit mehr, Finghin. Ich verstehe deine Sorge und bin dir dankbar. Aber ich habe keine Zeit mehr.«

Aber der junge Druide ließ sich nicht so einfach abwimmeln.

»Du musst nur einwilligen und zulassen, dass ich mich an dich binde. Vergessen wir die Zeremonie. Der Rat wird mir deswegen gewiss Vorwürfe machen, aber meine Freundschaft zu dir ist mir diese Rüge wert! Ich flehe dich an, akzeptiere!«

»Wir können das nicht machen. Ohne die Zustimmung des Rats. Mein Vater würde mich umbringen.«

»Einen besseren Augenblick gibt es nicht. Wenn dir etwas passiert, werde ich mir niemals verzeihen können, dass ich nicht imstande gewesen bin, dich zu überzeugen. Und dann werde ich mich umbringen. Gib mir deine Hand, Erwan.«

Langsam streckte der Sohn des Magistels seine Hand seinem Freund entgegen.

»Warum machst du das für mich?«, murmelte er.

»Du bist mein einziger Freund, und das Leben, das ich gewählt habe, wird mir nicht erlauben, einen anderen zu finden. Ich habe meine Familie seit zehn Jahren nicht mehr gesehen. Du bist alles, was mir bleibt, Erwan, und ich will dich nicht verlieren. Ich verstehe, dass du fort willst, und ich akzeptiere es, aber was du vorhast, ist gefährlich, und ich will dir helfen können, wenn du meine Hilfe brauchst. Und außerdem habe ich immer gewusst, dass du mein Magistel sein würdest. Es war nur eine Frage der Zeit…«

Der Druide nahm die Hand seines Freundes zwischen

seine Handflächen. Man lehrte die Lehrlinge nicht, was sie in diesem Augenblick zu tun hatten. Es war eine instinktive Geste. Finghin ließ sich von seiner Macht leiten. Er schloss die Augen und öffnete sich dem Saiman. Der Energiestrom drang in ihn ein, und als er ihn unter seine Kontrolle gebracht hatte, lenkte er ihn mental zu Erwans Hand. Er musste den Kontakt herstellen. Das Schloss zur Seele des Kandidaten öffnen. Er musste in seinen Geist eindringen. Ihn verstehen und etwas von sich darin zurücklassen. Es war eine verwirrende Erfahrung. Noch nie zuvor hatte er sich so sehr mit einem Menschen in Übereinstimmung befunden. Die Tatsache, dass es sein bester Freund war, machte die Erfahrung noch außergewöhnlicher. Für eine Sekunde, die ihm wie eine Ewigkeit vorkam, waren sie eins. Finghin prägte Erwans Seele das Zeichen seines Besuchs ein, das den jungen Mann für immer zu seinem Magistel machen würde.

Als dann plötzlich alles vorbei war, bemerkte Erwan, dass er vor seinem Freund auf die Knie gefallen war, in der Position des Ritterschlags. Tief in seinem Innern konnte er die neue Kraft spüren, die seine Stellung ihm schenkte. Er war jetzt ein Magistel.

Das, wovon er immer geträumt hatte.

»Finghin, ich verspreche dir, dass ich mich beeilen werde. Sobald ich meinen Vater gefunden habe, werde ich zu dir zurückkehren, um mein Amt zu erfüllen. Mein Leben gehört dir.«

Finghin half seinem Freund aufzustehen.

»Finde Alea«, flüsterte er ihm mit einem Augenzwinkern zu. »Finde sie und tu, was du tun musst. Sie zählt für dich mehr als alles andere auf der Welt. Ich habe es in deinem Geist gesehen. Finde sie, Erwan.«

»Wir könnten Borcelia in zwei oder drei Tagen erreichen«, sagte Phelim zu der Gruppe, als sie gemeinsam um ein kleines Feuer am Rand des Waldes von Velian aßen. »Aber die Reiter, die uns verfolgen, sind schneller als wir, und wir müssen eine Möglichkeit finden, ihnen anders als durch Schnelligkeit zu entkommen.«

»Wir könnten kämpfen«, schlug Mjolln vor.

»Mein lieber Zwerg, ich weiß, wie tapfer Ihr seid und dass Ihr Euch nicht vor dem Kampf fürchtet«, erwiderte Phelim. »Ich habe Euch kämpfen sehen, und wenn Euch damals auch noch ein wenig Technik fehlte, so bin ich sicher, dass es Euch mit all dem, was Galiad und sein Sohn Euch beigebracht haben, nicht schwerfallen würde, heute doppelt so viele Gorgunen zu besiegen. Aber diese Feinde, die Herilim, sind sehr viel gefährlicher. Selbst Galiad würde sich hüten, sie zu provozieren, nicht wahr, Magistel?«

»Gewiss. Ich lebe nur, um Phelim zu schützen«, erklärte Galiad dem Zwerg, »wogegen diese Männer nur fürs Töten leben. Sie sind voller Hass und richtige Todesmaschinen. Jede ihrer Bewegungen ist todbringend. Und auch ihre Schwerter sind vom Tod verzaubert. Man erzählt, dass ein einziger Treffer ihrer Klinge das Opfer mehrere Jahre altern lässt. Nein, der Kampf ist wirklich keine gute Lösung.«

»Wir könnten unsere Spuren verwischen und sie an uns vorbeilassen«, schlug Faith vor.

»So leicht lassen sie sich nicht abhängen«, erwiderte Phelim. »Wenn sie uns bis hierher folgen konnten, werden sie uns überall finden.«

»Was machen wir also?«, fragte Mjolln ungeduldig.

»Wir müssen auf andere Weise zum Wald von Borcelia gelangen, auf einem Weg, auf dem sie uns nicht folgen können«, sagte Alea, die den ganzen Abend geschwiegen hatte.

Niemand sagte etwas. Aleas Einwürfe wurden immer erstaunlicher. Sie war ernst geworden, viel zu sehr für ihr Alter, und was sie sagte, hatte immer Hand und Fuß. Ihr neues Schicksal lag ihr auf der Seele und schien sie vorzeitig altern zu lassen. Sie schien mit unglaublicher Schnelligkeit zu lernen, mit einem Mal die Welt zu begreifen und ein merkwürdiges Wissen geerbt zu haben, das sie noch nicht beherrschte, das ihr aber half weiterzukommen. Man konnte es an ihrem Gesicht erkennen. Und in ihrem Schweigen hören. Nach und nach begriff sie etwas, das so wichtig für sie war, dass sie nicht einmal mit ihren engsten Freunden darüber zu sprechen wagte.

»Was für einen Weg?«, fragte der Zwerg. »Wir werden doch nicht etwa hinfliegen, oder? Kui-kui! Ähm. Allerdings bin ich bei dir mittlerweile auf alles gefasst!«

»Phelim«, sagte das junge Mädchen, »gibt es nicht eine Möglichkeit, dorthin zu gelangen, die die Menschen nicht kennen? Wie gelangen die Sylphen von einem Wald zum andern, ohne dass man sie sieht? Sie müssen doch einen Weg kennen?«

Phelim schien überrascht.

»Ich weiß nicht…«

»Es gibt zahlreiche Legenden«, warf die Bardin ein. »Ich kenne sie gewiss nicht alle, aber eine erzählt in der Tat, dass die Sylphen auf magische Weise von einem Wald zum andern gelangen können, ohne gesehen zu werden. Man erzählt, dass sie in den Stamm eines Baumes gehen und aus einem anderen, weit entfernt, wieder herauskommen.«

350

»Das Beste wäre, die Sylphen zu fragen«, schlug Alea vor.

Die Bardin wirkte verlegen.

»Dazu müsste ich sie mit meinen Gesängen rufen, und ich bin nicht sicher, ob sie bereit wären zu kommen, da ich nicht allein bin.«

»Ein Versuch kostet ja nichts«, meinte Alea.

»Jetzt?«, fragte die Bardin überrascht.

»Hast du einen besseren Vorschlag?«

Faith sah ihre vier Gefährten einen nach dem anderen an. Dann nahm sie ihre Harfe, stand auf, ging ein paar Meter in den Wald hinein, setzte sich auf einen abgestorbenen Stamm und begann zu singen.

Ihr Stimme war herrlich, und auch diesmal war Alea wieder von den Liedern der Bardin in Bann geschlagen. Der Eindruck, den sie am ersten Tag auf sie gemacht hatte, war in ihrer Erinnerung lebendig geblieben und bewegte sie noch immer.

Aber nach dem dritten Lied stand die Bardin auf und kehrte zu der Gruppe zurück.

»Sie hätten bereits gekommen sein müssen. Aber eure Gegenwart muss ihnen Angst machen. Tut mir leid, Alea.«

»Oder sie mögen Eure Stimme nicht... Immerhin könnt Ihr Euch glücklich schätzen: Ich hatte Euch Tomaten prophezeit!«, spottete Galiad.

»Wenn nicht Euer Geruch sie in die Flucht getrieben hat«, entgegnete Faith. »Ich verstehe gar nicht, warum Ihr Euch Gedanken macht, so wie Ihr riecht, würden selbst die Herilim sich nicht trauen, näher zu kommen...«

»Na, na!«, warf Phelim ein. »Ein bisschen mehr Ernst. Es ist schon spät, und wir haben noch ein wenig Vorsprung. Wir werden es morgen früh noch einmal versuchen und eine andere Fluchtmöglichkeit finden, wenn es nicht funktionieren sollte. Die Nähe der Herilim erfordert eure ganze Aufmerksamkeit, solche Kindereien können wir uns nicht leisten. Schlafen wir jetzt, wir haben alle Ruhe nötig.«

Sie wünschten sich eine gute Nacht und schlüpften schweigend unter ihre Decken. Unwillkürlich musste allerdings jeder von ihnen an die Gefahr denken, die ihnen von den vier Herilim Maolmòrdhas drohte, schwarze Schatten auf Kriegsrössern, Schatten, die sich vor dem blauen Hintergrund einer Sommernacht abhoben. Sie hatten alle Mühe einzuschlafen.

Mitten in der Nacht stand Alea, nachdem sie sich tausendmal unter ihrer Decke von einer Seite auf die andere gedreht hatte, verzweifelt, weil der Schlaf einfach nicht kommen wollte, abrupt auf, um bei einem Spaziergang im Nachtwind ein wenig Ruhe zu finden.

Erneut verlor sie sich in ihren Gedanken, die sie seit ein paar Tagen unablässig beschäftigten.

*Ich bin eine Gefahr für meine Freunde. Die Reiter suchen mich, es gibt keinen Grund, warum Mjolln, Faith, Phelim oder Galiad sich für mich opfern sollten. Bei der Moïra, ich schäme mich so, dass ich sie da hineingezogen habe. Ich, die ich das Abenteuer gesucht habe, ich, die ich mir ein außergewöhnliches Schicksal gewünscht habe, sehne mich jetzt fast nach dem Leben in Saratea zurück. Dort war ich wenigstens für niemanden eine Gefahr.*

*Ich muss einen Weg finden, sie da herauszubringen. Es ist nicht Faiths Sache, uns zu retten, sondern meine. Wenn ich nur diese Macht verstehen würde, die in mir ist, wenn ich mich ihrer nur bedienen könnte. Vielleicht*

*sollte ich mich ihrer aber auch gar nicht bedienen, son-*
*dern eins werden mit ihr? Doch wie? Die wenigen Male,*
*da ich sie in mir gespürt habe, war meine Wut so groß*
*oder die Gefahr so drohend, dass ich nicht mehr ganz*
*ich selbst war. Wie kann ich diese Augenblicke wieder-*
*finden? Die Wut gegen Almar, die Angst vor dem Blick*
*des Reiters, die Flucht aus Sai-Mina? In diesen Augen-*
*blicken hatte ich das Gefühl, alles zu sehen, alles zu*
*kennen, alles zu verstehen, als hätte die Welt sich vor*
*mir geöffnet. Wenn ich diese Vision nur wiederfinden*
*könnte, dann könnte ich meine Freunde retten.*

*Vielleicht, aber um welchen Preis? Den, niemals mehr*
*die einfachen Freuden des Lebens genießen zu können?*
*Nie mehr die Männer und Frauen so sehen zu können,*
*wie sie sich zeigen, sondern jedes Mal in ihr Inneres, in*
*ihre Vergangenheit einzutauchen und in einer allzu*
*sinnerfüllten Welt zu leben. Mir in jedem Augenblick*
*die Frage der Pflicht zu stellen. Was soll ich mit meiner*
*Macht anstellen? Wem helfen und wie? Warum hat die*
*Moïra ausgerechnet mich auserwählt? Und vor allem*
*werde ich nie mehr Ruhe haben. Es wird immer einen*
*Maolmòrdha geben.*

Dieser Gedanke ließ sie erzittern, und sie sank mitten im Wald auf die Knie. Sie war mehr als eine Stunde
gegangen, ohne es zu bemerken.

*Ich muss meine Freunde retten. Diese verfluchten*
*Sylphen, die uns nicht zu Hilfe kommen! Ich muss*
*allein diesen geheimnisvollen Weg finden, von dem die*
*Legende spricht. Ich bin sicher, dass es ihn gibt. Ich*
*weiß, dass es ihn gibt.*

*Ich muss der Wald werden.*

Sie tauchte ihre Hände in die feuchte, mit Blättern
bedeckte Erde.

353

*Ich muss den Geist des Waldes in mich aufnehmen.
Ich muss die Bäume werden und jeder Ast und jedes
Blatt.*

Und endlich spürte sie das Licht mitten auf ihrer Stirn.
Der Saiman, so leicht, so ungreifbar. Sie wusste, dass sie
ihn verlieren konnte, dass sie ihn zähmen musste, aber
er war da, bereit, sich zu öffnen. Sie versuchte sich dem
Licht in ihrem Geist zu nähern. Wie am Fuß des Felsens
von Sai-Mina. Sie erinnerte sich vage an den mentalen
Weg, den sie zurückgelegt hatte. Sie durfte das Licht
nicht loslassen.

Doch plötzlich ließ ein Ruf hinter ihr sie zusammenschrecken, und sie verlor den Kontakt zum Saiman.

»Ho! Sie wird noch alle aufwecken!«

Alea drehte sich jäh um, um zu sehen, wer da sprach.
Sie konnte niemanden entdecken.

»Wer ist da?«

Sie hörte leise Geräusche in den Blättern und glaubte
einen Schatten sich bewegen zu sehen, konnte aber niemanden erkennen. Dann hörte sie Lachen, mehrmaliges
leises Lachen, das echohaft aufeinander antwortete.

»Warum lacht Ihr?«, fragte sie streng.

»Psst! Ich sage ihr, dass sie alle aufwecken wird!
Kann sie nicht schlafen wie alle kultivierten Personen?
Sie sieht doch, dass es Nacht ist!«

Und erneut hörte sie vielfaches schrilles Lachen um
sich herum.

»Es ist ärgerlich, mit jemandem zu sprechen, der sich
nicht zeigen will. Tretet endlich aus dem Schatten!«

»Hat sie es verdient?«, fragte eine der Stimmen spöttisch.

»Sie ist ein kleiner Mensch«, erwiderte eine andere
Stimme.

»Sie würde uns nicht sehen, selbst wenn wir direkt vor ihrer Nase stünden!«

Ein neuer Sturm des Gelächters ging durch den Wald. Es schien, als würden sie immer mehr.

»Seid ihr Sylphen?«, fragte Alea zaghaft.

»Sylphen? Ha, ha, ha, ha! Sie ist ganz schön dumm!«

»Sagte ich doch! Sie würde uns nicht sehen. Sie hält uns für Sylphen, wirklich unglaublich!«

»Und warum nicht für Trolle, wo sie schon mal dabei ist? Ha!«

Alea stand abrupt auf, diese leisen Stimmen begannen sie zu nerven. Und warum sprachen sie in der dritten Person mit ihr? Sie hatte das Gefühl, verrückt zu werden.

»Es reicht. Tretet jetzt aus dem Schatten, oder ich… oder ich… ich zerstöre den Wald!«

Diesmal antwortete ihr kein Gelächter. Tiefes Schweigen. Alea spitzte die Ohren. Kein Laut mehr. Kein Blatt bewegte sich.

»Und?«

»Sie kann uns nicht sehen«, sagte plötzlich eine leise Stimme, ohne Ironie diesmal. »Es ist unmöglich. Sie wird sich daran gewöhnen müssen. So ist das nun mal.«

»Warum?«, bohrte das junge Mädchen nach.

»Weil es eben so ist! Warum ist sie so groß? Weil es eben so ist. Warum haben die Bäume Blätter? Weil es eben so ist. Warum sieht man die Kobolde des Waldes nicht? Weil es eben so ist!«

»Ihr seid Kobolde?«

»Sie begreift schnell…«, spottete eine neue Stimme.

Und wieder Gelächter, aber diesmal war Alea nicht mehr verärgert, offen gestanden amüsierte es sie fast.

»Warum hat sie den Wald aufgestört, Fräulein?«

355

»Den Wald aufgestört?«, fragte das Mädchen erstaunt.

»Ja, sie ist in alles eingedrungen, in die Bäume, in die Erde… Sie hat uns geweckt!«

Der Saiman. Sie hatten den Saiman gespürt.

»Ich suche etwas in diesem Wald.«

»In *unserem* Wald!«

»In *eurem* Wald…«

»Und was sucht sie?«

Alea zögerte einen Augenblick. Sie kam sich idiotisch vor, wie sie da mitten im Wald stand und mit unsichtbaren Kobolden sprach. Sie fragte sich, ob es nicht ein Traum war.

Sie fasste sich, um sich weniger blöd vorzukommen.

»Ich suche einen Weg, um nach Borcelia zu gelangen, ohne die Ebene durchqueren zu müssen.«

Die Kobolde schwiegen.

»Kennt ihr diesen Weg?«, bohrte Alea nach.

»Sie sollte die Sylphen fragen. Wir gehen nicht in den Baum.«

»Aber die Sylphen… Ich kann sie nicht finden.«

Erneut lachten die Kobolde.

»Sie kann sie nicht finden? Vermutlich wollen sie sie nicht sehen! Bei dem Krach, den sie macht, haben die Sylphen sie schon seit langem entdeckt.«

»Warum sollten sie mich nicht sehen wollen, ich will ihnen schließlich nichts Böses. Ich bin gekommen, um sie um Hilfe zu bitten…«

»Sie ist gekommen…«

Plötzlich brach die Stimme des Kobolds ab. Nach einem kurzen Augenblick der Stille hörte Alea, dass die Kobolde davonliefen. Gleich darauf war kein Laut mehr zu vernehmen. Sie waren mit einem Mal alle verschwunden.

Alea war beunruhigt. Irgendetwas hatte sie in die Flucht getrieben.

»Was ist los?«, fragte sie und blickte forschend in die Dunkelheit. »Ist da jemand?«

Aber es war nichts zu hören. Das Mädchen bekam es mit der Angst zu tun. Es war stockfinster, und sie war weit weg vom Lager. Sie hatte das Gefühl, dass der Wald sich über ihr schloss. Sie fühlte, dass da etwas war, konnte aber nicht erkennen, was es war.

Plötzlich hörte sie, wie ein Zweig hinter ihr knackte. Sie drehte sich um und sah Galiad, der, die Waffe in der Hand, ein paar Meter hinter ihr stand.

»Habt Ihr sie in die Flucht getrieben?«, fragte Alea, gleichwohl erleichtert.

»Nein, ich denke nicht. Ich bin schon eine Weile da und habe mich nicht bewegt. Sie müssen etwas anderes gesehen oder gehört haben.«

»Ihr wart da?«, fragte Alea überrascht.

»Ich bin Euch gefolgt, junge Dame. Es ist nicht meine Gewohnheit, eine meiner Schülerinnen in einem dunklen Wald allein zu lassen.«

»Ich konnte nicht schlafen und…«

»Ich verstehe. Aber kehren wir jetzt ins Lager zurück. Diesmal werdet Ihr schlafen können, da bin ich sicher.«

Alea nickte, und sie machten sich gemeinsam auf den Rückweg.

»Habt Ihr schon einmal Kobolde gehört?«, fragte das Mädchen den Magistel.

»Ich habe sie schon einmal lachen gehört, ja.«

»Bei welcher Gelegenheit?«

»Während der Feldzüge, die ich früher geführt habe und die mich manchmal gezwungen haben, mich allein in einem Wald zu verstecken. Irgendwann hört man sie schließlich immer, wisst Ihr, aber zu Gesicht bekommt man sie fast nie.«

»Dabei seid Ihr der beste Fährtenleser der Welt, wenn man Phelim glaubt!«

Der Magistel lächelte.

»Er übertreibt natürlich, und ich habe keinen Grund, die Kobolde zu vertreiben. Glaubt Ihr nicht, dass sie ihren Platz in diesem Wald haben?«

»Ach ja, böse scheinen sie tatsächlich nicht zu sein«, gab das Mädchen zu und lächelte ebenfalls.

»Jedenfalls habe ich noch nie eine Unterhaltung wie diese erlebt. Auf die eine oder andere Weise habt Ihr sie überrascht. Leichtsinnig war es aber trotzdem.«

»Könntet Ihr mich nicht endlich duzen, Galiad?«

Der Magistel legte eine Hand auf die Schulter des Mädchens.

»Ihr seid in den letzten Tagen so ernst und erwachsen geworden, dass ich nicht weiß, ob ich mich traue…«

Alea verzog das Gesicht.

»Na gut, Alea, ich duze dich, aber keine plötzlichen nächtlichen Spaziergänge mehr, abgemacht?«

Das Mädchen nickte zufrieden.

Sie kamen zum Lager zurück, und Alea legte sich ohne ein weiteres Wort schlafen. Endlich zur Ruhe gekommen, schlief sie sofort ein.

## 10

## Der Lebensbaum

Nur wenige Tage nach Ailins Tod verließ Ernan, obwohl er gerade Erzdruide geworden war, zusammen mit dem jungen Finghin Sai-Mina. Gemäß den Wünschen des vorigen Erzdruiden wollten sie Sarkan, dem Chef der Tuathann-Stämme, der gegenwärtig in Filiden residierte, ein Friedensangebot machen.

Dank der Schnelligkeit ihrer Pferde brauchten sie nur drei Tage für die Reise. Unterwegs behandelte Ernan den jungen Finghin mit großer Liebenswürdigkeit.

»Ailin mochte dich sehr, weißt du.«

»Er hat es mir niemals gezeigt«, erwiderte Finghin.

»Das stimmt. So war er eben. Immer geheimnisvoll. Ich bin ihm selbst mehrfach auf den Leim gegangen: Man konnte nie ganz sicher sein, was seine wahren Absichten waren. Manchmal ließ sein Verhalten das Gegenteil dessen vermuten, was er wirklich dachte. Also glaub mir, er bewunderte dich sehr.«

»Manche seiner Entscheidungen konnte ich nicht nachvollziehen«, gestand Finghin.

»Er sagte, dass du ein guter Erzdruide sein würdest. Ich glaube, er hätte dich gern zu den Verhandlungen mit den Tuathann mitgenommen. Deswegen habe ich dich auch gebeten, mich zu begleiten.«

»Danke, Erzdruide.«

Ernan hatte sich noch nicht daran gewöhnt, dass er jetzt Erzdruide genannt wurde, und der junge Finghin hatte diesen Titel gewiss bewusst benutzt. Ein Zeichen des Respekts, zugleich ging er damit auch ein wenig auf Distanz. Als wollte der junge Druide eine allzu große Vertraulichkeit mit Ernan vermeiden.

Am Abend des zweiten Tages schwieg der Erzdruide, während sie aßen, und beobachtete den jungen Druiden, als versuche er, in ihm zu lesen.

Erst nachdem sie fertig waren, entschloss er sich zu sprechen.

»Ich sehe, dass du dir einen Magistel genommen hast …«

Finghin war fassunglos.

»Wo … woher wisst Ihr das?«

Der Erzdruide brach in Gelächter aus.

»Hast du geglaubt, du könntest das verbergen?«

»Nein«, stammelte der junge Mann. »Ich wollte es Euch nach unserer Rückkehr sagen.«

»Und warum hast du ohne unsere Zustimmung einen Magistel gewählt?«

»Die Situation verlangte es.«

»Sollte es sich um den jungen Erwan handeln?«

»So ist es.«

Der Erzdruide starrte den jungen Druiden erneut an, während er sich am Kinn kratzte.

»Man kann nicht gerade behaupten, dass das ein guter Einstieg in dein neues Amt ist … Hast du das getan, um ihn zu schützen?«

»Ich habe mir immer gewünscht, dass er mein Magistel wird. Erwan ist mein bester Freund. Als er mir gestand, dass er nach seinem Vater suchen wollte, wollte ich sicher sein, dass ich ihn finden könnte, falls ihm irgendetwas zustoßen sollte.«

»Das ist großmütig. Dumm, aber großmütig.«

»Wieso dumm?«, fragte Finghin empört.

»Weil er verliebt ist und es nichts Dümmeres gibt, als sich einen verliebten Magistel zu wählen.«

Finghin konnte sich ein Lächeln nicht verkneifen.

»Erzdruide, Ihr habt Recht. Und ich war mir dessen bewusst, als ich ihn an mich gebunden habe. Ich habe nicht einen Augenblick an unsere künftige Stellung gedacht. Ich habe nur an eines gedacht: die Gefahr, in die er sich begibt.«

»Das sage ich ja. Dumm, aber großmütig. Darin ähnelst du Phelim mehr als Ailin! Doch ganz ehrlich, ich glaube, dass du richtig gehandelt hast. Deine Strafe wirst du dennoch bekommen. Nicht, weil ich dich maßregeln will, sondern weil ich dir die Vorwürfe ersparen will, die einige der Älteren dir machen würden, wenn ich dir das durchgehen ließe.«

»Ich verstehe.«

»Umso besser. Aber wenn Erwan das Mädchen wiedergefunden hat, das er liebt, wirst du dir einen neuen Magistel suchen müssen.«

»Die Zukunft wird vielleicht nicht ganz so einfach sein, Erzdruide.«

Ernan schlug dem jungen Mann auf die Schulter. Sie hatten soeben ein neues Stadium in ihrer Beziehung erreicht. Nach drei Tagen empfanden sie aufrichtigen Respekt füreinander.

Als sie vor den Toren von Filiden ankamen, wurden sie von den Lanzen der Tuathann-Wachen empfangen. Diese begannen ihnen Fragen in ihrer Sprache zu stellen, und Finghin wandte sich achselzuckend zu dem alten Druiden um. Zu seiner großen Überraschung antwortete Ernan ihnen in ihrer Sprache.

Man öffnete ihnen das Tor und führte sie wie Gefangene zu Sarkans Residenz.

Sarkan, der auf einem mit roten und goldenen Stoffen bedeckten steinernen Thron saß, empfing sie sofort in der Halle des Gebäudes mit seinem Dolmetscher. Kundschafter oder Spione hatten ihm ihre Ankunft sicher schon viel früher gemeldet. Das gehörte zur Logik des Krieges.

Der Chef der Tuathann trug die Kriegsbemalung seines Volks: nackter, mit blauer Farbe bemalter Oberkörper und das Haar als Kamm auf dem beidseitig rasierten Schädel. Er war eine eindrucksvolle Erscheinung, wie er da inmitten der besten Krieger seines Klans auf dem Thron saß.

Ernan sprach als Erster, diesmal allerdings auf Gaelisch, denn er beherrschte die Sprache der Tuathann nicht gut genug, um das, was er sagen wollte, nuanciert genug ausdrücken zu können.

»Ich bin Math Malduin«, sagte Ernan, »Erzdruide des Rats von Sai-Mina. Ich bin gekommen, um ein Friedensabkommen auszuhandeln.«

Der Dolmetscher übersetzte dem Klanchef die Worte des Erzdruiden.

»Sarkan ist bereit, Euch anzuhören«, erwiderte der Dolmetscher.

»Wir wollen den Tuathann unsere Dienste anbieten, um eine friedliche Lösung mit den Einwohnern von Gaelia zu finden.«

Sarkan antwortete in strengem Ton auf die Übersetzung, die sein Dolmetscher ihm gab.

»Die Tuathann suchen keine friedliche Lösung.«

»Verfügt Ihr über genügend Schlagkraft, um zugleich Galatia, Braunland, Sarrland, Harcort und Bisania niederzuzwingen? Ich bezweifle das. Wir bewegen uns auf eine Sackgasse zu. Wenn Ihr in den nächsten Tagen nicht zu einer Einigung kommt, werdet Ihr den Armeen der Nationen, die Ihr angreift und die sich gegen Euch verbünden, keinen Widerstand leisten können. Ohne die Hilfe des Rats werdet Ihr morgen den Krieg verlieren. Mit unserer Hilfe werdet Ihr vielleicht ein Land zurückerlangen, das Euch gehört. Eine andere Alternative gibt es nicht.«

Sarkan schlug mit der Faust auf die Lehne seines Throns.

»Wir brauchen Eure Ratschläge nicht!«, übersetzte der Dolmetscher. »Ihr dagegen... braucht die Man'ith, die in unserem Besitz sind, und das ist der einzige Grund für Euer Hiersein. Sarkan ist bereit, sie Euch zu geben, wenn Ihr ihm helft, die ganze Insel zurückzuerobern.«

»Das ist inakzeptabel«, erwiderte Ernan und versuchte die Wut zu unterdrücken, die in ihm hochstieg.

»Dann kehrt dorthin zurück, wo Ihr hergekommen seid.«

Finghin zögerte einen Augenblick, bevor er seinerseits das Wort ergriff; er blickte den Erzdruiden an, sah, dass dieser nachdachte, und beschloss, dass er Ernans Zögern überspielen musste, indem er an seiner Stelle sprach.

»Ihr werdet ohne den Rat nichts ausrichten können. Wir sind die Kinder der Moïra, und wenn Ihr unseren Vorschlag ablehnt, handelt Ihr gegen ihren Willen. Wir wollen Euch unsere Entscheidung nicht aufzwingen, wir wollen Euch helfen, dem Weg der Moïra zu folgen.

Und dieser Weg wird Euch nicht erlauben, Gaelia so zurückzubekommen, wie es vor der Invasion der Galatier war.«

Sarkan hob, während sein Dolmetscher ihm ins Ohr flüsterte, eine Augenbraue, um sein Interesse zu bekunden.

»Aber gemeinsam«, fuhr Finghin fort, »können wir das Land zu Eurem Vorteil umgestalten. Euer schlimmster Feind wäre nicht Galatia, wenn Ihr Euren Angriff fortsetzt, sondern Harcort. Wenn Ihr mit Galatia und Bisania ein Friedensabkommen schließt, werdet Ihr Euch Harcort vom Hals schaffen und Euch auf dieses Territorium beschränken können…«

»Wenn Harcort ein so gefährlicher Feind ist, warum sollten wir dann nicht mit ihm paktieren statt mit den Waschlappen von Galatia?«

»Weil die Druiden in Galatia sind, und weil Ihr, wenn Ihr Euch mit Harcort verbündet, den Druiden und damit der Moïra den Krieg erklärt.«

Sarkan schwieg eine Weile. Er hatte diesen Augenblick vermutlich vorausgesehen, aber nicht so schnell erwartet.

»Wie können wir sicher sein, dass Ihr uns helfen werdet, Harcort niederzuzwingen?«, fragte der Dolmetscher.

»Galatia, Sarrland und Bisania warten nur darauf«, kam Ernan Finghin zuvor, »Braunland ist neutral, und Harcort hat das Friedensangebot abgelehnt, das wir ihm unterbreiten wollten. Und wenn Ihr die Man'ith, über die Ihr verfügt, dem Rat der Druiden anvertraut, dann können wir Euch den Sieg garantieren. Die Man'ith sind mächtige Waffen, die Ihr ohne uns nicht einsetzen könnt. Nehmt dieses Abkommen an, und wir werden die Man'ith in Euren Dienst stellen.«

Sarkan diskutierte daraufhin lange mit seinem Dolmetscher und zwei anderen Klanchefs, die neben ihm standen. Finghin und Ernan warfen sich einen verschwörerischen Blick zu, und der Erzdruide schenkte Finghin sogar ein Lächeln.

»Sarkan wird über Euer Angebot nachdenken, wenn Ihr ihm die Anerkennung des Territoriums, das wir bereits erobert haben, unterzeichnet vom König von Galatia und dem Rat der Druiden, gebracht habt. Kommt also nach Filiden zurück, und wir werden verhandeln.«

Ernan grüßte den Chef der Klans. Er wusste, dass er seine Chance nutzen musste.

»Eure Entscheidung ist die richtige, Sarkan, wir werden so schnell wie möglich zurückkommen.«

Eine Stunde später ritten die beiden Druiden in Richtung Sai-Mina.

Alea wachte als Letzte auf. Als sie zu ihren vier Gefährten kam, die nebeneinander vor dem Feuer saßen, kamen sie ihr komisch vor. Sie blickten alle in die gleiche Richtung, in den Wald hinein, und sagten ihr nicht einmal guten Morgen. Sie drehte sich um, um zu sehen, was sie so in Bann schlug.

Ein paar Meter entfernt saß ein wunderschönes Wesen auf dem Boden, das jener geheimnisvollen Erscheinung ähnelte, die sie im Traum gesehen hatte. Es war schlank, groß, muskulös, hatte lange Haare, lange, spitze Ohren, und, vor allem, seine Haut schien aus Holz zu bestehen. Es ähnelte ihm, aber Alea wusste, dass es nicht Oberon war.

»Das ist…«

»Ein Sylph, ja«, bestätigte Phelim. »Seit fast einer Stunde sitzt er da und beobachtet uns, aber immer wenn einer von uns aufsteht und sich ihm nähern will, läuft er weg und kommt erst zurück, wenn wir wieder am Feuer sitzen.«

»Er ist wunderschön«, sagte Alea nur.

»Ja, aber er nervt«, erwiderte Mjolln.

Galiad musste über die Bemerkung lachen, doch Alea ließ den Sylphen nicht aus den Augen. Sie zögerte einen Augenblick, dann erklärte sie: »Ich werde zu ihm gehen.«

Sie begann auf den Sylphen zuzugehen, langsam, aber selbstsicher, ohne sich umzudrehen. Der Waldbewohner erhob sich sofort. Aber anstatt wegzulaufen, wartete er. Er wirkte nervös, bereit, beim ersten falschen Schritt des jungen Mädchens fortzulaufen, aber Alea blickte ihm starr in die Augen. Tief in ihrem Innern wusste sie, dass er zu ihr gekommen war. Er war gekommen, um sie zu holen, und würde nicht fliehen. Sie wusste es. Er glich dem, den sie im Traum gesehen hatte. Dem, den sie in Borcelia aufsuchen sollte. Und es bestand kein Zweifel: Er war gekommen, um sie zu führen.

Als sie ihn fast erreicht hatte, setzte sich der Sylph hin. Er übertrieb seine Bewegungen, und Alea begriff, dass er sie aufforderte, es ihm gleichzutun. Sie setzte sich ihm gegenüber, und die Entfernung, die sie voneinander trennte, betrug gerade mal die Länge eines Schwerts. Für den Sylphen war das vermutlich ein Sicherheitsabstand. Sie lächelte.

»Ihr habt uns heute Nacht gerufen«, sagte der Sylph mit hörbarer Anstrengung.

Seine Stimme war sanft und hell, aber man hörte, dass er nicht gewohnt war, Gaelisch zu sprechen.

»Sagen wir, dass ich Euch gesucht habe«, erklärte Alea. »Ihr sprecht unsere Sprache?«

»Jetzt ja. Manche von uns. Was sucht Ihr?«

»Wir wollen nach Borcelia… ohne die Ebene durchqueren zu müssen.«

»Warum?«, fragte der Sylph nur, der nicht überrascht schien.

Alea hatte das Gefühl, dass er die Antwort bereits kannte.

»Weil ich gesucht werde und unbemerkt fliehen muss.«

»Warum?«, fragte der Sylph noch einmal.

»Weil ich etwas besitze, das man mir stehlen will.«

»Warum?«, fragte der Sylph ein drittes Mal mit monotoner Stimme, wie ein dickköpfiges Kind.

Alea wusste nicht, wie sie sich verhalten sollte. Sie wollte dieses Fragespiel beenden und fragte sich, was der Sylph wirklich von ihr erwartete. Er suchte irgendetwas.

»Weil die Menschen böse sind«, sagte sie probeweise.

Der Sylph musste lachen, und da sah Alea, wie schön er war. Achselzuckend stimmte sie in sein Lachen ein.

»Aber warum Borcelia?«, fragte der Sylph jetzt.

»Ich… Einer von Euch erwartet mich dort. Oberon.«

Der Sylph schwieg. Alea sagte sich, dass er endlich seine Anwort bekommen hatte und jetzt keine weiteren Fragen mehr stellen würde.

Er stand auf und sagte nur: »Ihr und Eure Freunde, folgt mir.«

Eine Handbewegung genügte, und Aleas vier Gefährten kamen zu ihnen.

»Eure Pferde müsst ihr hier lassen«, erklärte der Sylph.

Galiad band die Pferde unter dem betrübten Blick des Zwergs, der Alragan lieb gewonnen hatte, los und jagte sie mit einem einzigen Schlag mit der flachen Hand auf die Kruppe fort. Die fünf Tiere galoppierten auf die Ebene zu.

»Und jetzt müsst ihr mir folgen, immer.«

Ohne ein weiteres Wort ging der Sylph voraus, in den Wald hinein, und die fünf Gefährten folgten ihm wortlos.

Imala hatte sich seit gestern Abend nicht bewegt. Ihre Seite tat ihr noch immer weh, und es fiel ihr schwer, sich von ihrer Angst und der Überraschung zu erholen. Warum hatten die Vertikalen sie nur so plötzlich angegriffen? Ihr Verhalten war irgendwie merkwürdig. Es kam ihr so vor, als hätten sie sie angegriffen, ohne sie fressen zu wollen, und sie konnten auch nicht so gehandelt haben, um sich zu verteidigen, sagte sie sich, da sie sich nicht aggressiv verhalten hatte. Warum also waren sie auf sie losgegangen? Sie hatte eine Mordlust gespürt, die sie in der Natur noch nie erlebt hatte. Die Tiere töten, um zu fressen, aber die Vertikalen... Sie verstand es nicht.

Mittags bekam sie allmählich Hunger und entschloss sich aufzustehen und in den Wald zurückzukehren. Und da bemerkte sie in der Ferne die seltsame Truppe, die näher kam.

Zehn Vertikale kamen da auf sie zugeritten. Sie waren mit Stöcken, Mistgabeln und Bögen bewaffnet und schienen die Heide mit ihren Blicken nach irgendetwas abzusuchen.

Instinktiv begriff Imala, dass sie nach ihr suchten.

Die Vertikalen wollten sie töten.

Sie begann sofort so schnell sie nur konnte in Richtung Wald zu laufen, aber gleich darauf hörte sie die Rufe der Vertikalen und das Geräusch der Hufe ihrer

Pferde, die sich jetzt mit erstaunlicher Geschwindigkeit zu nähern schienen. Sie war entdeckt worden. Die Jagd hatte begonnen.

Die Reiter schwärmten nach rechts und links aus, um die Wölfin im Rücken anzugreifen, sobald sie dieses Tempo nicht mehr würde durchhalten können. Sie brüllten hysterische Worte und schrien ihre Lust hinaus, sie zu töten.

Imala hatte Todesangst.

Sie sagte sich, dass sie nicht lange so würde rennen können, und fragte sich, ob sie wenigstens Schutz zwischen den Bäumen des Waldes finden könnte. Aber der Waldrand war noch fern, und die Pferde kamen immer näher.

Plötzlich streifte sie ein Pfeil und bohrte sich neben ihr in den Boden. Imala machte einen Satz zur Seite und änderte abrupt die Richtung. Ein weiterer Pfeil verfehlte sie knapp. Die Wölfin versuchte noch schneller zu laufen, aber sie war bereits am Ende ihrer Kräfte, und ihre Seite schmerzte jedes Mal, wenn ihre Pfoten gegen den Boden schlugen.

Und da sah sie die Pferde, die auf beiden Seiten ihres Wegs zu ihr aufschlossen. Bald würden sie überall um sie herum sein, und sie würde ihnen nicht mehr entkommen können.

Langsam kam der Waldrand näher.

Schon bald regnete es erneut Pfeile, aber der Galopp der Pferde hinderte die Jäger daran, richtig zu zielen, so dass Imala ihnen ausweichen konnte. Sie lief weiter unter dem Hagel der Pfeile. Links, rechts und hinter ihr kamen die Pferde gefährlich näher.

Als sie endlich die ersten Bäume des Waldes erreichte, waren die Jäger nur noch ein paar Meter entfernt. Kaum hatte sie das erste Dickicht hinter sich, traf sie ein Pfeil im Rücken. Er drang ins Fleisch ein und prallte gegen ihre Wirbelsäule. Mit einer heftigen Bewegung befreite sie sich von ihm, aber die Wunde war tief, und der Schmerz verlangsamte ihren Lauf.

Zum Glück wurde der Wald immer dichter und behinderte die Pferde. Die Wölfin wusste, wenn sie ihnen entkommen wollte, musste sie ins Dickicht eindringen, wo sie ihre Spur verlieren würden. Aber der Schmerz wurde unerträglich. Geschickt änderte sie mehrmals die Richtung und versuchte ihre Verfolger abzuhängen, doch plötzlich tauchte einer von ihnen vor ihr auf.

Er hatte vor ihr angehalten, hatte sich in seinen Steigbügeln erhoben und richtete den Pfeil seines gespannten Bogens auf sie. Die Wölfin versuchte kehrtzumachen, aber sie verlor das Gleichgewicht und rollte auf den Boden. Das Pferd kam langsam näher, und bald sah Imala den Jäger direkt über ihr. Sie sah die Pfeilspitze, bereit, sie zu durchbohren, den bis zum äußersten gespannten Bogen und darüber die Augen des Jägers, in denen sie nichts als Mordlust las. Der Jäger lächelte. Gleich würde er sie töten.

Mit einer letzten Kraftanstrengung warf die Wölfin sich zur Seite, als der Jäger die Sehne seines Bogens losließ. Der Pfeil bohrte sich mit voller Wucht in den Boden, genau an der Stelle, wo sich noch eine Sekunde zuvor die Kehle der Wölfin befunden hatte. Aber diese hatte sich auf die Beine des Pferdes gestürzt, in die sie voller Wut biss. Das Pferd bäumte sich auf, der Jäger verlor das Gleichgewicht und fiel nach hinten.

Während das Pferd hinkend weglief, sah die Wölfin den Vertikalen am Boden liegen. Sie nahm sich nicht einmal die Zeit nachzudenken. Niemals hätte sie einen

370

aufrechten Vertikalen angegriffen, aber wie er da so auf dem Boden lag, hatte er für sie seine ganze Außergewöhnlichkeit und Bedrohlichkeit verloren. Sie sprang ihm an die Kehle und schlug ihre Zähne hinein.

Der Jäger wehrte sich heftig, aber der Sturz hatte ihm das Rückgrat gebrochen, und so konnte er der wütenden Wölfin nicht lange Widerstand leisten.

Er starb durch die Fangzähne des Tieres, das er gejagt hatte.

Als Imala endlich von ihrer Beute abließ, sah sie die anderen Jäger näher kommen. Sie hatten die Schreie ihres Kameraden gehört und sahen ihn reglos mit blutiger Kehle am Boden liegen. Einige stiegen brüllend von ihren Pferden, und andere begannen ihre Pfeile auf die Wölfin abzuschießen, die erneut losrannte. Der Geschmack des Bluts auf ihren Lefzen hatte sie erregt, und das Töten dieses Jägers hatte ihr neue Energie verliehen. Sie lief zwischen zwei Pferden hindurch und hielt sich möglichst nah über dem Boden, ohne an Geschwindigkeit zu verlieren. Im Vorbeilaufen traf sie ein Stockhieb, der sie aus dem Gleichgewicht brachte, aber sie rappelte sich sofort wieder hoch und verschwand im hohen Gras eines Dickichts.

Sie lief und lief, bis ihre Beine sie nicht mehr zu tragen vermochten. In der Ferne hörte sie die Stimmen der Jäger und sagte sich, dass es ihr gelungen war, sie abzuhängen. Völlig erschöpft ließ sie sich zu Boden fallen. Nachdem sie wieder zu Atem gekommen war, kroch sie zu einem ausgehöhlten toten Stamm und verbarg sich in seinem Innern.

Alea hätte nicht sagen können, wie lange sie durch den Wald gelaufen waren, als sie plötzlich bemerkte, wie herrlich die Umgebung war, in der sie sich befanden.

Die Bäume waren sehr viel breiter geworden. Sie waren ungewöhnlich massiv, und ihre dicke Rinde strotzte geradezu vor Saft, als würde sie jeden Augenblick platzen. Grüne und braune Lianen hingen um die Bäume. Der Boden war mit moosigem Torf bedeckt, das bei jedem Schritt leicht nachgab. Und überall schossen wasserdurchtränkte Pflanzen nach oben.

Kein Laut war mehr zu vernehmen, nicht einmal das Zwitschern der Vögel. Es war eine ganz besondere Lichtung, gleichsam eine andere Welt mitten im Wald.

Hingerissen von dieser jähen Veränderung der Umgebung, folgte die Gruppe weiterhin schweigend dem Sylphen. Sie gingen jetzt auf einen Baum zu, der ungeheuer beeindruckend war. Die dunklen Hohlräume unter den Wurzeln waren so hoch, dass Menschen mit Sicherheit hineingehen konnten. Und genau dorthin führte sie der Sylph.

Als sie den Baum erreicht hatten, standen sie vor einem dunklen Tunnel, der in die Erde hineinführte.

»Das ist einer der Eingänge nach Borcelia«, erklärte der Sylph.

»Hier? Einfach so?«, fragte Alea überrascht. »Den könnte ja jeder finden, wenn er in diesem Wald sucht!«

»Nein«, widersprach der Sylph amüsiert. »Nicht jeder. Wir sind nicht mehr im Wald.«

Alea zuckte überrascht zusammen. Was meinte er damit? War dieser merkwürdige Teil des Waldes den Menschen also ohne die Hilfe eines Sylphen unzugänglich? Dabei hatte sie das Gefühl gehabt, dass sie immer nur geradeaus gegangen waren.

»Tahin, taha! Werden wir da hinuntergehen?«, fragte

Mjolln und deutete auf den Schlund unter den Wurzeln des Baums.

»Ihr, ich nicht«, präzisierte der Sylph. »Ich bleibe hier.«

»Und wie viel Zeit brauchen wir, um nach Borcelia zu kommen? Seid Ihr sicher, dass wir uns nicht verirren werden?«

»Ihr wolltet doch einen Geheimweg? Das ist der beste. Wenn ihr es aufrichtig meint und Mut habt, dann werdet ihr den Ausgang finden. Die Sylphen finden immer lebendig hinaus. Fast immer.«

»Wartet!«, rief Mjolln, aber es war bereits zu spät, der Sylph war lachend verschwunden.

Galiad ging ein paar Schritte in den Schlund unter den Wurzeln hinein, das Schwert in der Faust.

»Wir werden doch nicht etwa in dieses Loch hineingehen!«, rief Mjolln beunruhigt. »Wir wissen doch gar nicht, was uns da drin erwartet. O nein, nicht ins Loch, nicht doch!«

»Wir müssen den Sylphen vertrauen, Mjolln, und die Herilim sind uns sicher schon auf den Fersen.«

Der Druide hatte den Eingang schweigend inspiziert und ergriff endlich das Wort.

»Alea hat Recht, lieber Zwerg, das ist die beste Lösung, die sich uns bietet. Und wovor habt Ihr denn Angst? Ihr seid in Begleitung eines der besten Krieger des Landes, eines Druiden und eines überaus mutigen jungen Mädchens, nicht wahr?«

Der Magistel stellte seinen schweren Rucksack auf den Boden.

»Bevor wir da hineingehen, wollen wir überprüfen, ob wir genug zu essen haben.«

Er holte ein paar Nahrungsmittel aus seinem Sack, die er gerecht verteilte, und danach ein paar Fackeln.

373

»Hier sind Fackeln. Ihr solltet sie unter euren Decken vor Feuchtigkeit schützen.«

Anschließend half er Alea und Mjolln, ihre Rucksäcke richtig zu packen, indem er die Dinge, die er in einem unterirdischen Gang für besonders nützlich hielt, obenauf legte, und dann überprüfte er die Waffen von jedem einzelnen.

Als der Magistel endlich zufrieden schien, reichte Alea dem Zwerg die Hand und ging mutig in den Schlund zwischen den Wurzeln, wobei sie Mjolln hinter sich herzog. Der Zwerg schien überrascht, wagte aber nicht, sich zu wehren. Die drei anderen folgten Alea nacheinander in die Finsternis des Tunnels.

»Verfluchter Sylph«, brummte der Zwerg in seinen Bart. »Was ist das für eine Höhle! Ah, meine Steinewerferin, ein Zwerg muss wirklich verrückt sein, um dir da hinein zu folgen. Ähm. Vollkommen verrückt.«

Nach ein paar Metern ging Galiad vor und zündete eine Fackel an, als das Tageslicht hinter ihnen vollständig verschwunden war.

Während des Gehens versuchte Alea Kontakt zum Saiman zu finden. Auch wenn sie den Zwerg hinter sich hergezogen hatte, war sie nicht weniger beunruhigt als er.

Der Tunnel führte immer tiefer ins Innere der Erde, und die Luft wurde immer feuchter. Mjolln, der ganz am Ende der Reihe ging, stieß einen Schrei aus, als er Ratten sah, die den Gang entlangliefen.

»Mistviecher! Los, verschwindet!«

Nach einer Stunde hörte der Tunnel auf, nach unten zu führen, und verlief jetzt endlich horizontal. Niemand wagte zu sprechen. Die Atmosphäre war so bedrückend, dass alle, einschließlich Phelim und Galiad, angespannt wirkten. Faith zündete ebenfalls eine Fackel an und begann zu singen, da sie ahnte, dass ihre Gefährten ein bisschen Aufmunterung gebrauchen konnten.

Vorn ging Alea unerschütterlich weiter und fand endlich das Licht in ihrer Stirn, eine kleine tröstende Flamme, auf die sie sich konzentrierte. Sie hörte die Schritte der anderen nicht mehr, sie hörte nur noch das Schlagen ihres Herzens. Und sie spürte auch nicht mehr die Kälte, die ihre Gefährten frösteln ließ.

Plötzlich standen sie vor einer Mauer, an der der Tunnel vor drei schweren Steintüren endete.

»Der Ärger beginnt«, knurrte der Zwerg.

Galiad versuchte die mittlere Tür aufzudrücken, vergeblich.

»Gibt es keine Schlösser oder Griffe?«, fragte Faith.

»Überhaupt nichts«, erwiderte Galiad, während er mit aller Kraft eine andere Tür aufzudrücken versuchte.

»Keinen Hebel oder irgendeinen Mechanismus?«, fragte Mjolln.

»Nein.«

»Gibt es an den Wänden keine Inschrift, die uns helfen könnte?«, fragte Phelim. »Eine Karte, irgendwelche Symbole?«

Faith und Galiad ließen ihre Fackeln über die Wände wandern.

»Ich sehe nichts«, seufzte der Magistel.

»Wartet!«, rief Faith. »Wartet. Seht dort, unter der Erdschicht…«

Sie kratzte vorsichtig die Erde ab, die die Wand bedeckte, dort, wo das Licht ihrer Fackel flackerte. Ein in die Wand eingelassener polierter Stein kam nach und nach zum Vorschein. Irgendetwas war darauf eingraviert.

375

»Ich kann es nicht lesen … Das ist kein Gaelisch.«

Phelim näherte sich hinter ihr.

»Sylphensprache ist es auch nicht«, sagte er überrascht. »Das ist Tuathann. Wirklich interessant!«

»Und was bedeutet das?«, fragte Alea ungeduldig.

»Es bedeutet vielleicht, dass dieser Tunnel vor sehr langer Zeit von den Tuathann angelegt worden ist.«

»Den Tuathann?«, fragte Alea erstaunt. »Merkwürdig!«

»So merkwürdig nicht«, entgegnete die Bardin.

»Warum?«

»Weil der Legende zufolge die Tuathann unter der Erde leben.«

»Und was bedeuten die Inschriften?«, fragte der Zwerg ungeduldig. »Ihr könnt doch Tuathann lesen, Phelim, nicht wahr?«

»Ja, aber die Buchstaben sind beschädigt. Ich brauche mehr Licht.«

Galiad und Faith näherten ihre Fackeln. Im selben Augenblick stieß Mjolln hinter ihnen einen Schrei aus.

»Dort!«, rief er und ließ alle zusammenschrecken.

»Was?«

»Inschriften! Neben jeder Tür, seht nur, da ist etwas eingraviert!«

Der Druide entzifferte die Inschriften. Es waren Zahlen.

»*0* vor der ersten, *4* vor der zweiten, *8* vor der dritten.«

»Eigenartig«, murmelte Alea.

»Das ist ein Rätsel«, erklärte Phelim.

»Oh! Nein, ich träume wohl! Ähm. Was für eine Idee, Rätsel neben den Türen einzugravieren. Taha. Konnten diese Tuathann nicht Schlösser anbringen wie alle anderen?«

»*048*«, sagte der Druide. »Erinnert das irgendwen an etwas?«

»Ja, das ist das Alter meines kleinen Bruders!«, rief Mjolln lachend.

»Phelim, habt Ihr die Inschrift auf dem Stein entziffert?«, fragte der Magistel.

»Wartet. Ich bin nicht sicher. Es ist eine alte Form des Tuathann. Ich bin ein bisschen aus der Übung. Es ist so lange her... Wisst ihr, ein Druide muss lesen können, aber er hat nur sehr selten mit Texten zu tun; also mit dem Tuathann, ihr könnt euch vorstellen, dass ich da Mühe habe... *Kar*... Ah, ich seh nichts! *Kar ando ja*... und dann, ja, ich glaube, das heißt *min to ram'atah*. Ja, genau, das ist es. *Kar ando ja min to ram'atah*. Das bedeutet *Der Schlüssel ist dort, wo sich die beiden anderen teilen* oder etwas in der Art.«

»Das ist wirklich ein Rätsel«, bestätigte Faith.

»Ihr dürftet keine Mühe haben, es zu lösen, Phelim, wo Ihr doch so gern in Rätseln sprecht«, spottete Alea.

Phelim trat zurück und kratzte sich am Kinn. Galiad inspizierte noch immer die Türen. Hinter ihm wurde der Zwerg ungeduldig.

»Das ergibt doch keinen Sinn. Das ist ein schlechter Scherz der Tuathann! Ich sage euch, dass wir die mittlere Tür eindrücken müssen und unsere Zeit nicht mit idiotischen Rätseln vergeuden dürfen.«

»*Dort, wo sich die beiden anderen teilen*«, wiederholte Alea nachdenklich. »Sind die Türen nicht an einer Stelle gespalten? Könnte das eine Erklärung sein?«

»Nein«, erwiderte Faith. »Da wir einen Schlüssel finden müssen, müssen wir auch ein Schloss finden, glaubt ihr nicht?«

»Ich sehe nichts, was wie ein Schloss aussieht«, versicherte Galiad.

»Vielleicht könnt ihr nur nicht richtig suchen…«

Plötzlich klatschte Phelim hinter ihnen in die Hände. Mit entschiedenem Schritt ging er wieder zu den Türen.

»Es handelt sich nicht um einen Schlüssel im eigentlichen Sinn, sondern eher um die Lösung. Da es in dem Rätsel einen *Schlüssel* und *zwei andere* gibt, braucht man für die Lösung des Problems drei Elemente. Ich nehme an, dass das die drei Türen sind oder die drei Zahlen, die sie schmücken. *Dort, wo sich die beiden anderen teilen*, man muss also vielleicht zwei dieser Zahlen durcheinander teilen, und wenn man die dritte erhält, muss die Tür, die ihr entspricht, die richtige sein… Das ist ein Kinderspiel!«, rief der alte Mann stolz.

»Ich habe nichts verstanden«, prustete der Zwerg.

»Das wäre eine gute Erklärung«, sagte die Bardin, »aber ich kann keine Lösung erkennen: Vier geteilt durch acht ist nicht null, acht geteilt durch vier ist nicht null, null geteilt durch acht ist nicht vier, und so weiter. Es gibt keine Kombination, die funktioniert…«

»In der Tat, aber…«

Phelim ging langsam zu der Tür, die die Zahl 8 trug. Er betrachtete das Symbol aus der Nähe und drehte es dann vorsichtig mit der linken Hand. Der kleine Stein bewegte sich in die Horizontale.

»…vier geteilt durch null ist unendlich. Und das Symbol für unendlich in der Tuathann-Algebra ist eine liegende Acht!«

Die schwere Steintür hob sich langsam und geräuschvoll. Der Boden bebte. Alle traten einen Schritt zurück.

»Phelim, Ihr seid ein Genie!«, rief die Bardin.

»Und die Tuathann waren verdammt gute Konstrukteure!«, fügte Mjolln bewundernd hinzu.

»Gewitzte Mathematiker«, schloss Phelim.

Ein Luftzug kam durch die Tür und ließ die Flammen der beiden Fackeln flackern. Auf der anderen Seite war es noch kälter. Als die große Steinplatte vollständig in der Decke verschwunden war, zog Galiad erneut sein Schwert.

»Gehen wir, ich kann es kaum erwarten, aus diesem Tunnel herauszukommen.«

Er reckte seine Fackel so weit er konnte nach vorn und machte sich unverzüglich auf den Weg. Die anderen folgten ihm, ohne sich Fragen zu stellen. Sie mussten weiterkommen.

Sie waren eine Stunde gegangen, als der Tunnel sich allmählich in einen unterirdischen Fluss verwandelte. Als sie weitergingen, versanken sie immer tiefer in ein schmieriges schwarzes Wasser, das in ihre Kleider und Stiefel drang. Das schmatzende Geräusch ihrer Schritte unter Wasser wurde von den feuchten Wänden des Gangs zurückgeworfen.

»Sag, Steinewerferin, sollten wir nicht vielleicht umkehren?«, schlug der Zwerg vor, dem das Wasser bereits bis zur Taille ging.

Das Echo des Tunnels verlieh seiner Stimme einen merkwürdig metallischen Klang. Galiad blieb stehen und ließ Alea und Faith vorausgehen. Er wollte den Zwerg auf seine Schultern nehmen.

Aber in dem Augenblick, da der Magistel die Arme ausstreckte, um den Zwerg zu tragen, wurde dieser plötzlich ruckartig unter Wasser gezogen.

Alea stieß einen Schrei des Entsetzens aus. Eine längliche Kreatur mit grünen Schuppen hatte den Zwerg an

den Beinen gepackt und zog ihn unter die Wasseroberfläche. Galiad zögerte nicht einen Augenblick und machte sich an die Verfolgung des Ungeheuers.

Im selben Augenblick streckte eine zweite Kreatur
unmittelbar vor Alea den Kopf aus dem Wasser. Ihr
Maul glich dem einer riesigen Schlange; Spucke lief
zwischen ihren scharfen Zähnen heraus, und ihre gelben Augen spiegelten die Flamme von Faiths Fackel.

Noch bevor Alea nach dem Schwert an ihrer Taille
greifen konnte, stürzte sich das Reptil bereits mit
einem schrillen Pfeifen auf sie. Das Mädchen machte
einen Satz nach hinten, wodurch es dem Maul des Ungeheuers, das sich dicht vor seinem Gesicht schloss,
knapp entging, und fiel vor Faiths Füßen ins Wasser.
Mit einer Hand packte die Bardin Alea, und mit der anderen ließ sie ihren Dolch kreisen. Das Ungeheuer
wich zurück und richtete sich dann mit aufgerissenem
Maul erneut auf. Ein schrilles Pfeifen drang aus seiner
Kehle.

Auf der anderen Seite hatte Galiad Mühe, das Ungeheuer einzuholen. Der Zwerg kämpfte, um seinen Kopf
über Wasser zu halten, und brüllte, wenn es ihm gelang.
Die Zähne der Kreatur drangen in das Fleisch seiner Beine und bissen immer fester zu, wobei sie die Muskeln
zerfetzten.

Als Galiad meinte, nah genug herangekommen zu
sein, tauchte er unter und bewegte sich auf das Ungeheuer zu, wobei er mit seinem Schwert möglichst weit
entfernt von Mjollns Beinen auf es einschlug und seine
linke Hand außerhalb des Wassers hielt, um die Fackel
nicht zu löschen. Seine Klinge drang kaum in die Schuppen des Ungeheuers ein, das sich ohne Mühe freimach-
te und flink zurückwich, ohne seine Beute loszulassen.

Galiad richtete sich triefend wieder auf. Das schlammige Wasser verlangsamte seine Bewegungen. Er wollte wieder loslaufen, aber das Ungeheuer tauchte plötzlich unter und verschwand vollständig mit Mjolln unter Wasser.

Der Magistel näherte sich langsam. Eine große Wasserblase stieg an die Oberfläche. Galiad machte einen Schritt nach hinten. Er wartete und ließ die Flamme seiner Fackel über das Wasser wandern. Aber kein Laut war auf dieser Seite zu vernehmen.

Nichts mehr.

»Mjolln!«, rief er vergeblich.

Der Zwerg und das Ungeheuer waren nicht mehr da.

Galiad machte kehrt, um zu sehen, wie seine Gefährten zurechtkamen. Im selben Augenblick begann Phelims Schwert blau zu schimmern, aber Galiad konnte Alea und Faith nicht erkennen. Er begann in ihre Richtung zu laufen, um ihnen zu Hilfe zu kommen.

Als der Magistel sie erreichte, hob Phelim seine Hände über den Kopf. Der Druide stieß einen Schrei aus, der wie ein Schmerzensschrei klang, und plötzlich entwich eine hell strahlende blaue Kugel seinen Händen und sauste wie ein Pfeil auf das Ungeheuer zu. Die glühende Kugel explodierte mit einem ohrenbetäubenden Knall am Kopf des Ungeheuers. Der Magistel drehte den Kopf, um sich zu schützen. Als er erneut in Richtung Tunnel blickte, trieb der Körper des Tiers schlaff auf der Wasseroberfläche. Alea und Faith lehnten an der Wand. Das Mädchen zitterte.

»Was sind das denn für grauenhafte Monster?«, fragte die Bardin.

»Hydren, glaube ich«, erwiderte Phelim.

»Wo ist Mjolln?«, fragte Alea, der bewusst wurde, dass der Magistel allein zurückgekommen war.

Galiad war außer Atem.

»Er… er ist mit der ersten Hydra unter Wasser verschwunden. Ich bin ihnen gefolgt, und dann plötzlich nichts mehr. Das Ungeheuer muss ihn in seine Höhle mitgenommen haben. Es muss einen unterirdischen Durchgang geben.«

»Wir müssen nach ihm suchen!«, rief das junge Mädchen voller Panik.

»Kehren wir zu der Stelle zurück, wo er verschwunden ist«, schlug Phelim vor und legte Alea eine Hand auf die Schulter.

Galiad entzündete eine neue Fackel und reichte sie Phelim. Hintereinander gingen sie den Tunnel zurück. Alea hatte panische Angst. Sie konnte das Geräusch des Wassers unter ihren Füßen nicht mehr ertragen. Sie wünschte sich hinauszukommen, die Sonne wiederzusehen, den Wind zu spüren. Aber sie mussten unbedingt Mjolln retten. Sie hoffte, dass das Ungeheuer ihn nicht getötet hatte. Nein, das war unmöglich. Nicht hier. Nicht so. Sie nahm die Hand von Faith, die neben ihr ging, und konnte ihre Tränen nicht länger zurückhalten. Sie wollte nicht, dass Phelim sie hörte.

»Hier sind sie verschwunden«, erklärte Galiad und deutete auf eine Stelle im Wasser.

»Es muss da einen kleinen Tunnel unter der Wasseroberfläche geben«, vermutete Phelim. »Wir müssen die Wände untersuchen.«

Galiad ließ sich das nicht zweimal sagen. Er gab Alea, die sich zuerst die Tränen mit dem Ärmel abwischte, seine Fackel, bückte sich und tastete mit der Hand an der felsigen Oberfläche der Wand entlang. Fast sein ganzer Körper befand sich im kalten Wasser des Tunnels, aber der Magistel zitterte nicht. Langsam untersuchte er den Boden und die Wände. Da er nichts fand, richtete er sich wieder auf und begann auf der anderen Wand erneut. Plötzlich hielt seine Hand dicht über dem Boden an.

»Hier! Da ist ein Durchgang!«

»Oh! Ich würde mich niemals da hineintrauen«, rief Alea voller Angst.

»Ich werde gehen«, bot Galiad sich an. »Eine andere Möglichkeit gibt es nicht.«

»Ich begleite Euch«, sagte Phelim.

»Nein, bleibt hier bei Alea und Faith. Sie brauchen Euch mehr. Ich weiß sowieso nicht, ob ich sehr weit komme.«

Der Druide nickte.

»Faith«, fuhr der Magistel fort, »würdet Ihr mir Euren Dolch leihen? Wenn ich unter Wasser kämpfen muss, wird mir mein Schwert, glaube ich, nicht so gute Dienste leisten.«

»Natürlich«, erwiderte die Bardin und reichte ihm ihre Waffe. »Seid vorsichtig.«

»Macht Euch keine Sorgen, ich werde die Klinge nicht beschädigen …«

»Ich meinte Euch, Dummkopf!«

Der Magistel lächelte.

Er legte seinen Harnisch und die Metallplatten ab, die seine Beine schützten, atmete tief ein und tauchte unter.


Imala war in dem Baumstamm eingeschlafen. Das Geräusch von Pferden schreckte sie aus dem Schlaf.

Die Jäger waren erneut auf ihrer Spur.

Sie hörte ihre Stimmen und den Atem der Pferde, die näher kamen. Die Vertikalen durchkämmten die Dickichte und den Wald mit ihren Stöcken. Imala drückte sich tief in den Baumstamm. Fliehen konnte sie nicht mehr. Sie war zu erschöpft, und ihre beiden Wunden schmerzten furchtbar.

Plötzlich hörte sie die Stimme eines der Jäger unmittelbar über sich. Mit dem Fuß bewegte er den Stamm. Die Wölfin krallte sich ins Holz, um nicht das Gleichgewicht zu verlieren.

Der Baum hörte auf, sich zu bewegen. Sie sah jetzt den Kopf des Vertikalen in der Öffnung am Eingang ihres Verstecks erscheinen.

»Man kann nichts sehen da drin!«

Imala wusste nicht, ob ihr Verfolger sie gesehen hatte. Sie drückte sich noch mehr gegen den abgestorbenen Baum. Der Jäger verschwand und kehrte dann mit einem langen Holzstück zurück, das er langsam in den Stamm schob.

»Wir werden sehen, ob der Wolf sich darin versteckt, bei der Moïra!«

Imala sah den Stock immer näher kommen; der Vertikale bewegte ihn auf der Suche nach der Wölfin von einer Wand des Stamms zur anderen. Bald würde der Ast sie berühren, und der Jäger würde wissen, dass sie da drin war.

»Hast du den Wolf gefunden?«, rief eine Stimme draußen.

»Noch nicht…«

Der Stock näherte sich ihr immer mehr, und als er nicht mehr weiterkam, steckte der Jäger seinen Arm ins Innere, um ihn noch weiter vorzuschieben. Nur wenige Zentimeter vor der Schnauze der Wölfin machte der

Ast Halt. Sie zog die Schnauze so weit wie möglich zurück. Und als die Wölfin sich schon verloren glaubte, ließ der Vertikale den Stock fallen und gab seine Suche auf.

»Der Wolf ist nicht da, suchen wir weiter.«

Imala hörte, wie die Schritte der Pferde sich entfernten, aber sie wartete bis zum nächsten Morgen, bevor sie sich hinaustraute.

Galiad fragte sich, wie lange er würde durchhalten können. Es gab nicht den geringsten Lichtstrahl. Er hatte das Gefühl, in einem Traum zu schweben. Zu schnell zu schwimmen, traute er sich nicht, denn er wollte einen eventuellen Ausgang nicht verpassen. Aber er war noch immer unter Wasser in dem engen Tunnel eingeschlossen. Er konnte die glitschigen Wände überall um sich herum spüren. Die Dunkelheit wurde beklemmend, und die Luft begann ihm zu fehlen. Wie lange noch, bis er sich entschließen müsste umzukehren, bevor es zu spät war?

Er durfte nicht in Panik geraten. Er versuchte sich auf die diskrete Anwesenheit des Saiman in seinem Kopf zu konzentrieren. Seine Verbindung mit Phelim. Eine kleine beruhigende Flamme. Die immer gegenwärtig war.

Der Tunnel war endlos. Er musste umkehren, die Sache wurde zu gefährlich. Aber er konnte Mjolln nicht im Stich lassen. Er hatte nicht das Recht dazu. Er konzentrierte sich auf die Flamme des Saiman, die in seinem Kopf schwebte, und schwamm weiter.

Seine Schläfen taten ihm jetzt weh. Seine Aufmerksamkeit ließ nach, als sein Kopf plötzlich gegen die Wand stieß. Der Schmerz überfiel ihn sofort. Er hätte schreien mögen. Panik stieg in ihm hoch. Er musste atmen. Er brauchte Luft. Er konnte es nicht mehr aushalten. Er merkte, wie ihm die Sinne schwanden.

Er glaubte jeden Augenblick ohnmächtig zu werden, als er endlich etwas weiter vorn einen Lichtstrahl sah. Eine letzte Anstrengung. Er legte seine ganze Kraft in seine Beine und seine Arme. Endlich trug sein Schwung ihn an die Oberfläche.

Er schoss aus dem Wasser und atmete geräuschvoll, um seine Lungen mit der ganzen Luft zu füllen, die ihm fehlte. Er atmete so stark ein, dass er fast erstickt wäre. Er drehte sich um und ließ sich auf dem Rücken treiben, bis er wieder zu Atem gekommen war. Und da bemerkte er, dass der unterirdische See, in den er gekommen war, in einer gewaltigen Höhle lag, deren Wände einen eigenartigen Schimmer hatten.

Als es ihm wieder etwas besser ging, schwamm er ans Ufer des Sees. Und da bot sich ihm ein erstaunlicher Anblick.

Eine gewaltige Menge glänzender Gegenstände war hier oben aufgehäuft worden, Goldmünzen in verschiedenen Größen, Schwerter mit eingekerbten Klingen, geschmückt mit roten, blauen und grünen Steinen, Schmuck, Gemmen, alte gravierte Rüstungen, Helme, Silberwaren, goldene Pokale, ein riesiger Haufen kostbarer Dinge, der einen fast blendete. Galiad fragte sich, ob er träumte.

Er hievte sich mühsam aufs Ufer, triefnass. Blut tropfte ihm vom Schädel, von dort, wo er gegen die Wand gestoßen war. Er war immer noch außer Atem, aber viel zu verblüfft, um darauf zu achten.

Plötzlich hörte er auf der anderen Seite des goldenen Hügels ein fiebriges Röcheln. Er näherte sich langsam und sah Mjollns Körper reglos auf der Erde liegen. Er stürzte zu ihm und schüttelte den Zwerg.

»Mjolln!«, rief er. »Wacht auf!«

Das rechte Bein des Zwergs war zerfetzt. Blut lief auf den Felsboden. Der Magistel gab ihm einen leichten Klaps, und Mjolln kam langsam zu sich.

»Ähm!«, stammelte er und spuckte eine Menge schwärzliches Wasser aus.

»Mjolln!«, flüsterte der Magistel erleichtert. »Ihr lebt!«

»Mmm«, brummte der Zwerg. »Wo sind wir?«

Galiad hob den Nacken seines Gefährten an und legte ihm eine Hand auf die Schulter. Er blickte sich um. Auf dem Boden lagen überall Knochen herum.

»Ich bin nicht sicher, aber wir müssen schnellstens von hier weg. Ich denke, dass diese Kreatur Euch hier gelassen hat, um Euch später mitzunehmen.«

»Ich kann nicht mehr gehen. Meine Beine tun mir weh. Ich spüre meinen rechten Oberschenkel nicht mehr. Er ist in einem fürchterlichen Zustand, seht nur...«

»Ich werde Euch tragen. Ich fürchte, wir müssen wieder tauchen. Ich werde Mühe haben, den Tunnel wiederzufinden. Es muss mehrere geben. Es sei denn...«

Auf der anderen Seite des Sees glaubte er eine Öffnung zu erkennen. Er stand auf und hob den Zwerg auf seine Schultern.

»Alragan!«, rief der Magistel und drückte die Hand des Zwergs auf seiner Schulter.

Er war noch nicht wieder wirklich bei Kräften, aber er wusste, dass er keine Zeit verlieren durfte. Jeden Augenblick konnte die Hydra zurückkommen. Er vergewisserte sich, dass Mjolln sicher hinter seinem Nacken saß, und begann zum anderen Ufer zu laufen.

»All diese Reichtümer!«, jammerte der Zwerg. »Wir können sie doch nicht hier lassen! Ähm. Das ist zu idiotisch, damit könnte man das ganze Land kaufen! Galiad, wir müssen mitnehmen, so viel wir können!«

»Keine Zeit«, erwiderte der Magistel nur.

»Das ist ein Albtraum! Ha! Alle Zwerge der Welt haben davon geträumt, eines Tages einen solchen Schatz zu finden, und ich kann nicht einmal ein Stück mitnehmen?«

Galiad antwortete nicht. Er wollte seinen Atem sparen. Der Zwerg wog schwer auf seinen Schultern. Er umrundete den See am Rand, wo er Boden unter den Füßen hatte. Als er vor der Höhlenöffnung angekommen war, sah er, dass dort ein neuer schmaler Tunnel war, der in den Fels hinaufführte. Im selben Augenblick hörte er Geräusche in der Mitte des Sees. Die Hydra kehrte aus ihrer Höhle zurück.

Galiad bückte sich, damit der Zwerg sich nicht den Kopf anstieß, und lief so schnell er konnte durch den Gang. Das Wasser reichte nicht bis dorthin, und es war nicht sehr wahrscheinlich, dass die Hydra sich so weit vorwagen würde. Aber das war kein Grund, langsamer zu laufen. Er hatte nur noch einen Gedanken: diesen Albtraum zu beenden.

Lange Minuten lief er so. Mit jedem Schritt wurde der Zwerg schwerer auf seinen Schultern. Aber Galiad war so glücklich darüber, dass sein Freund am Leben war, dass er den Mut nicht verlor. Dafür war jetzt nicht der richtige Zeitpunkt.

Allmählich wurde das Licht, das aus der Höhle kam, immer schwächer, und bald waren sie erneut von völliger Dunkelheit umgeben.

»Habt Ihr noch Fackeln?«, fragte der Zwerg.

»Ja, aber es würde mich wundern, wenn sie nach dem Bad, das sie genommen haben, noch brennen würden.«

Der Magistel ging jetzt langsamer, hielt aber nicht an. Er orientierte sich, indem er sich dicht an die Wand hielt. Er ertrug diese Dunkelheit immer weniger und ertappte sich dabei, dass er die Geduld verlor.

Plötzlich hörte Galiad in der Ferne Gemurmel. Er blieb stehen und ließ den Zwerg von seinen Schultern. Mjolln hatte Mühe, sich auf den Beinen zu halten. Er hatte solche Schmerzen, dass er geräuschvoll atmete.

»Hört Ihr?«, fragte Galiad ihn flüsternd und hielt den Atem an.

Auch der Zwerg versuchte den Atem anzuhalten. Das ferne Echo mehrerer Stimmen mischte sich in ein unverständliches Brummen.

»Ja. Ich höre. Ähm. Glaubt Ihr, dass sie es sind?«

Galiad atmete wieder und rief: »Alea?«

Die Stimmen verstummten sofort. Nach einem kurzen Augenblick des Schweigens antwortete eine Stimme echohaft: »Galiad?«

Der Zwerg schrie auf vor Freude.

»Wir sind hier!«, brüllte er. »Wir sind hier! Eho! Steinewerferin, hörst du mich?«

»Hier entlang!«

Galiad hob den Zwerg wieder auf seine Schultern und setzte seinen Weg fort. Nach ein paar Schritten bemerkte er weiter unten den Schein zweier Fackeln. Er ging vorsichtig weiter und blieb schließlich dort stehen, wo der Gang in der Mitte der Wand, an der seine drei Gefährten weiter unten lehnten, endete.

Er kniete sich hin und beugte sich vor, um ihnen ein Zeichen zu geben.

»Wir sind hier oben!«

Phelim, Alea und Faith hoben gleichzeitig den Kopf und stießen einen lauten Schrei der Erleichterung aus.

»Bei der Moïra! Ich hatte gar nicht bemerkt, dass es hier einen Tunnel gibt!«, rief Phelim. »Ihr seid so hoch oben!«

»Wie geht es Mjolln?«, rief Alea mit erstickter Stimme.

»Es könnte besser gehen…«, gestand der Zwerg. »Aber ich lebe! Ich bin am Bein verletzt, aber ich bin sicher, dass Phelim mich wieder hinkriegen wird!«

Galiad holte ein Seil, ein dickes Spitzeisen und einen Hammer aus seinem Rucksack. Er schlug das Eisen fest in den Felsen und befestigte das Seil daran. Das andere Ende warf er ins Leere.

»Mjolln, habt Ihr noch genug Kraft in den Armen, um Euch allein hinunterzulassen?«

»Natürlich, mein Freund.«

Der Zwerg ließ seine Beine ins Leere gleiten und umklammerte fest das Seil. Bevor er sich hinunterließ, schenkte er dem Magistel ein Lächeln.

»Danke, Galiad. Ich stehe in Eurer Schuld.«

»Schon gut, Mjolln, hinunter mit Euch, Eure Steinewerferin wartet schon auf Euch!«

Der Zwerg ließ sich langsam hinabgleiten, und kaum hatte er einen Fuß auf den Boden gesetzt, warf sich Alea ihm schon in die Arme.

»Da oben gibt es einen unglaublichen Schatz«, sprudelte der Zwerg los. »Einen so schönen habe ich noch nie gesehen! Ähm. O ja, ein Wahnsinnsschatz. Wir müssen dorthin zurück, Alea, sobald wir können!«

Galiad kam herunter und reichte Faith den Dolch, den sie ihm geliehen hatte: »Nicht ein Kratzer«, beruhigte er sie.

Ayn'Sulthor und seine drei Reiter näherten sich den Resten des Feuers, das Alea und ihre Gefährten im Norden des Waldes von Velian zurückgelassen hatten.

Der Fürst der Herilim stieg von seinem Pferd. Sein langer schwarzer Umhang knallte bei jeder seiner Bewegungen. Er rammte sein Schwert mitten in die Glut. Funken liefen über die Klinge.

»Was haben sie in diesem Wald gesucht?«, knurrte er mit seiner finsteren Stimme.

Die drei Herilim saßen regungslos auf ihren Pferden. Schweigend warteten sie auf die Befehle ihres Herrn. Die Tiere des Waldes waren verstummt, als der Fürst der Herilim den Fuß auf den Boden gesetzt hatte. Kein Laut war zu vernehmen mit Ausnahme des leisen Raschelns der Äste, die im Wind hin und her schaukelten.

Selbst die Sonne schien sich hinter dicken Wolken verstecken zu wollen, die sich am Himmel zusammenballten. Das Tageslicht wurde zusehends schwächer.

»Hassim!«, rief der Fürst und drehte sich zu einem der drei Herilim um. »Finde mir einen dieser verfluchten Kobolde! Die Kobolde sehen alles, hören alles, sie werden wissen, wo sie hin sind. Finde einen und bring ihn mir!«

Der Reiter zog an seinen Zügeln, wendete seinen großen Rappen und drang in die Dunkelheit des Waldes ein. Ein paar Augenblicke später kam er mit einem Kobold zurück, den er an den Beinen festhielt.

Das kleine Geschöpf brüllte und wehrte sich. Es war ein kleines, zartes Wesen, kleiner noch als ein Kind, in einen grün-roten Stoff gekleidet, mit weißem Kraushaar und einem unauffälligen Bart. Der Reiter stieg vom Pferd und warf den Kobold Ayn'Sulthor vor die Füße. Der Fürst der Herilim richtete sein Schwert auf die Kehle des Kobolds. Seine Augen glänzten wie schwarze Feuersteine.

»Das junge Mädchen und ihre Gefährten, wo wollten sie hin?«

Der Kobold traute sich nicht zu antworten. Er zitterte am ganzen Körper. Sulthor hob sein Schwert und rammte es diesmal mit voller Wucht in den Boden, direkt neben dem Kopf des kleinen Waldgeschöpfs.

»Antworte oder ich schlag dich in Stücke!«

»Nach Borcelia!«, stammelte der Kobold. »Sie wollten nach Borcelia!«

Ein zufriedenes Lächeln erschien unter der Kapuze des Fürsten der Herilim.

»Weißt du, was sie dort wollen?«, fuhr er fort und hob seine Klinge langsam über den Kobold.

»Sie suchen den Lebensbaum!«, schrie das Geschöpf in seiner Todesangst.

Sofort sauste das Schwert in einer weiten kreisförmigen Bewegung zu Boden und schlug unterwegs dem Kobold den Kopf ab, der in einer Fontäne hellen Bluts ein paar Meter über den Boden rollte.

Der Fürst der Herilim hob langsam sein Schwert zum Himmel empor und drehte sich um sich selbst. Spöttisch zeigte er seine Klinge den Dutzenden von Kobolden, die – wie er vermutete – die Szene in den Bäumen beobachtet hatten. Dann brach er in Gelächter aus und schwang sich wieder aufs Pferd.

Mit einer Handbewegung befahl er den drei anderen loszugaloppieren, und als sein Pferd sich in Bewegung setzte, zerquetschte es den Kopf des Kobolds, der in einer scharlachroten Lache auf dem Boden lag.

Phelim gab seinen Gefährten ein paar Trockenfrüchte, die er noch in seinem Rucksack gehabt hatte.

»Das wird euch neue Kraft geben.«

Er hatte sich um Mjolln gekümmert, der, obwohl er noch Mühe beim Gehen hatte, keine allzu großen Schmerzen mehr zu haben schien. Und Galiad hatte seine Wunde an der Stirn selbst verbunden.

Alea ging zu dem Zwerg, um ihn erneut in ihre Arme zu nehmen. Sie hatte solche Angst um ihn gehabt, dass sie ihre Stimme nicht unter Kontrolle hatte. Aber unmittelbar bevor sie ihn umarmen wollte, blieb sie abrupt stehen.

»Mjolln!«, rief sie. »Dein Haar! Dein Bart!«

»Was?«, fragte der Zwerg, zu Tode erschrocken.

»Sie sind weiß! Schlohweiß!«

Die drei anderen näherten sich dem Zwerg und versuchten trotz der Dunkelheit des Tunnels zu erkennen, wovon Alea gesprochen hatte. Faith riss die Augen weit auf, so verblüfft war sie. Bart und Haar des Zwergs waren weiß geworden.

»Und?«, bohrte Mjolln.

»Äh…«, sagte die Bardin zögernd. »Tatsächlich, bei der Moïra. Alea sagt die Wahrheit.«

Der Zwerg senkte den Kopf und zog an der Spitze seines Barts.

»Bei der Familie Abbac!«, rief er entsetzt. »Wie ist das möglich?«

Der Druide näherte sich lächelnd.

»Ich denke nicht, dass das sehr schlimm ist«, beruhigte er ihn. »Das ist vermutlich auf das Trauma zurückzuführen, das Ihr durchgemacht habt.«

»Was heißt, das ist nicht schlimm? Wollt Ihr sagen, dass ich meine rötliche Farbe zurückbekomme?«

393

Der Druide verzog das Gesicht.

»Äh… Nein, ich denke nicht. Ich glaube, das ist endgültig! Aber es ist nicht schlimm, nur eine Farbveränderung, in gewisser Weise!«

Die Bardin konnte ein höhnisches Lachen nicht unterdrücken.

»Das ist nicht komisch!«, sagte der Zwerg gekränkt.

»Entschuldigt. Tut mir leid, wirklich. Aber eigentlich steht Euch diese neue Farbe sehr gut.«

»Das stimmt«, warf Alea ein und begann ebenfalls zu lachen. »Sie verleiht dir mehr Charme. Den Charme der Weisheit…«

»Den Charme eines Greises, ja!«, jammerte Mjolln.

»Nein, wirklich, es steht Euch sehr gut«, beruhigte ihn auch Galiad.

»Findet Ihr?«, knurrte der Zwerg. »Na gut, dann hört auf, mich so anzusehen! Und was machen wir jetzt?«

Faith und Alea prusteten vor Lachen. Es tat ihnen leid für den Zwerg, aber es tat ihnen gut, ein bisschen durchzuschnaufen nach all dem, was sie gerade erlebt hatten…

»Nach dem Weg, den wir schon zurückgelegt haben, werden wir doch jetzt nicht aufgeben«, gab der Magistel zu bedenken. »Wir müssen diesen Fluss durchqueren. Nur seien wir diesmal auf der Hut.«

Niemand war sehr begeistert, aber alle wussten, dass er Recht hatte. Sie konnten jetzt nicht mehr umkehren.

»Phelim, Ihr müsst mich lehren, meine Macht zu beherrschen«, erklärte Alea plötzlich.

Alle waren überrascht. Alea hatte die letzten Minuten geschwiegen, und ihre Bitte kam sehr unerwartet.

»Wie könnte ich?«, erwiderte Phelim verlegen. »Ich bin kein… Samildanach.«

»Das nicht, aber ich denke, wenn Ihr mir zumindest beibringt, wie Ihr Eure eigene Macht beherrscht, dann könnte ich meine vielleicht verstehen.«

»Ja, vielleicht, aber du bist… ein Mädchen, ich wüsste nicht, wie ich das machen sollte…«

»Das ist lächerlich, Phelim. Die Moïra hat Euch bewiesen, dass ein Mädchen den Samildanach empfangen kann, bezweifelt Ihr jetzt, dass ein Mädchen von Euch unterwiesen werden kann? Oder habt Ihr davor Angst?«

»Wir werden sehen. Ich werde tun, was ich kann, um dir zu helfen, Alea, das verspreche ich dir. Aber verlassen wir erst einmal diesen grässlichen Ort.«

Alea nickte, schien jedoch nicht zufrieden. Sie hätte sich gewünscht, dass der Druide ihr mehr vertraute. Aber jetzt war nicht der richtige Augenblick, einen Streit vom Zaum zu brechen.

»Ich werde diesmal vorausgehen«, verkündete der Druide. »Galiad, Ihr geht als Letzter. Und seid wachsam, die erste Hydra hat uns von hinten angegriffen.«

Faith schlug dem Zwerg auf die Schulter.

»Gehen wir, Weißbart!«, rief sie und lächelte über das ganze Gesicht.

Sie machten sich unverzüglich auf den Weg. Alea ging direkt hinter Phelim. Sie beobachtete ihn aufmerksam. Der Druide schien besorgt. Plötzlich sah sie, wie die Energieströme in den Körper des alten Mannes eindrangen. Es waren rötliche Wolken, die so leicht waren, dass man sie fast nicht sah, aber Alea konnte sie mühelos erkennen. Das war der Saiman. Er schwebte um Phelim und verschwand dann ein paar Meter weiter im Wasser.

Alea versuchte zu verstehen. Phelim verlagerte den Saiman nach vorn. Als wollte er den Boden vor seinen

Füßen fegen oder die Umgebung inspizieren. Das schien nicht sehr kompliziert zu sein. Es war ihr bereits gelungen, ihre Energie mit dem Boot von Sai-Mina zu kontrollieren, und sie konnte es sicher heute wieder tun. Sie musste es nur versuchen.

Während sie weiterging, suchte sie das Licht mitten auf ihrer Stirn. Sie fand es fast sofort. Es war einfacher geworden. Sie wusste, wie sie es innerhalb eines Augenblicks entzünden konnte. Oder eher wieder anfachen konnte, denn die Flamme war immer da, bereit aufzuflackern.

Alea vergrößerte das Licht in ihrem Geist und ließ sich von dem Saiman durchdringen. Zugleich versuchte sie auf ihrem Körper die gleichen Energieströme wahrzunehmen, die Phelim umgaben. Sie hatte Mühe, ihre Aufmerksamkeit auf ihre unmittelbare Umgebung zu konzentrieren. Sie war zu sehr mit dem Saiman beschäftigt. Fast hätte sie ihn verloren, aber sie verstärkte ihre Konzentration, und die Flamme gewann ihre ganze Kraft zurück. Erneut versuchte sie ihren Blick langsam von ihr zu lösen. Ganz allmählich gelang es ihr, den Saiman in ihrem Geist zu behalten und trotzdem deutlich ihre Umgebung wahrzunehmen. Und da bemerkte sie, dass die Energie, die in sie eindrang, nicht die gleiche Farbe wie diejenige Phelims hatte. Bedeutete das, dass die männliche Energie rot und die weibliche Energie blau war? War es wirklich so einfach? Und hatte das irgendeine Bedeutung?

Sie musste Phelim nachahmen. Ihre Macht kontrollieren und sie nach vorn lenken, direkt auf den Boden vor sich. Sie wusste nicht wirklich, wie er das anstellte, aber nach und nach gelang es ihr. Der Saiman war da, an ihre Brust gedrückt. Und plötzlich schob sie ihn nach vorn. Durch die Kraft ihrer Gedanken befahl sie ihm, sich nach vorn zu bewegen. Und sie spürte erneut die Empfindungen, die sie am Fuß von Sai-Mina gehabt hatte, als sie – instinktiv – den Saiman losgeschickt hatte, das Boot zu holen.

Plötzlich stieß Phelim einen Schrei aus. Alea fuhr zusammen und verlor die Kontrolle über den Saiman. Die Flamme erlosch sofort in ihrem Geist.

»Hast du das gemacht?«, rief Phelim und packte das Mädchen bei den Schultern.

Alea wusste nicht, was sie antworten sollte. Phelim schien wütend.

»Was ist los?«, erkundigte sich Galiad besorgt.

Phelim blickte Alea in die Augen und starrte sie stumm an, bevor er sie seufzend losließ.

»Du hast mir Angst gemacht, Alea. Ich habe geglaubt, dass… Nun ja… Du könntest Bescheid sagen, wenn du versuchst…«

»Wovon sprecht Ihr denn?«, fragte Faith ungeduldig.

»Nichts, entschuldigt«, erwiderte Phelim. »Es ist meine Schuld… Gehen wir, wir sind fast am Ziel, ich meine das Ende des Tunnels zu erkennen.«

Er setzte sich wieder in Bewegung, dicht gefolgt von Alea. Die drei anderen sahen sich verblüfft an, aber Mjolln zuckte die Achseln und bedeutete ihnen weiterzugehen.

»Zauberergeschichten, vergesst es«, flüsterte er, bevor er hinkend weiterging.

Vorne machte Alea zögernd ein paar Schritte neben Phelim, dann entschloss sie sich zu sprechen.

»Habt Ihr meinen Saiman gespürt?«, fragte sie leise.

»Ganz und gar nicht, ich habe geträumt, das ist alles«, erwiderte Phelim, ohne sie anzusehen.

»Nein! Ihr habt meinen Saiman gespürt. Ich wollte Euch nachahmen. Ich wollte genau das Gleiche machen wie Ihr. Ich habe versucht, den Saiman nach vorn zu lenken.«

Phelim drehte den Kopf zu ihr und hob eine Augenbraue.

»Woher weißt du, was ich gemacht habe?«

»Ich sehe den Saiman. Ich sehe ihn um Euch herum, wenn Ihr Euch seiner bedient…«

»Du spielst mit Kräften, die du nicht beherrschst!«

Alea seufzte.

»Ihr seid der schlechteste Lehrer der Welt, Phelim!«

»Du bist nicht meine Schülerin! Du solltest das alles vergessen…«

»Vorhin habt Ihr gesagt…«

»Das war vorhin. Jetzt sehen wir zu, dass wir hier herauskommen, und damit basta.«

Alea ließ den Druiden wieder vorausgehen. Sie konnte ihn einfach nicht verstehen. Manchmal schien er bereit zu sein, ihr zu helfen, und dann wies er sie plötzlich wieder zurück. Er musste Angst haben, aber sie hätte sich gewünscht, dass er versuchen würde, sie zu verstehen. Diese Macht, über die sie nichts wusste, machte ihr mit Sicherheit noch viel mehr Angst als ihm.

Sie marschierten noch eine ganze Weile, bevor sie endlich etwas höher vor sich das Ende des Gangs sahen. Das bleiche Licht des Mondes drang schwach in den Tunnel. Sie gingen schneller, erleichtert, endlich wieder frische Luft atmen zu können.

Schließlich stürzten sie gemeinsam auf den Ausgang zu und freuten sich, wieder den Himmel über sich zu sehen. Sie befanden sich mitten auf einer Lichtung, die in allem der glich, von der sie in den Tunnel hineinge-

gangen waren, und als ihre Augen sich an das Mondlicht gewöhnt hatten, entdeckten sie, dass sie von Sylphen umringt waren.

Verblüfft sahen sie sich an.

»Ich... ich hoffe, dass wir sie nicht stören«, murmelte Mjolln.

Die Sylphen rührten sich nicht. Ihre Haut war kaum
von den Bäumen zu unterscheiden. Man konnte etwa
fünfzig erkennen, aber vermutlich waren hinter den Ästen noch mehr versteckt.

»Faith, ist das auch wirklich der Wald von Borcelia?«

»Ohne jeden Zweifel«, erwiderte die Bardin und
schenkte den Sylphen ein strahlendes Lächeln.

Alea machte ein paar Schritte und rief, wobei sie ihre
Stimme so selbstsicher klingen zu lassen versuchte,
wie sie nur konnte: »Wir sind gekommen, um Oberon
zu sehen.«

Ein Sylph näherte sich, um mit dem Mädchen zu
sprechen. Die anderen hinter ihm rührten sich nicht.

»Ihr habt den Weg gefunden. Mmm. Eigenartig.«

»Einer von euch hat uns den Weg gezeigt«, erklärte
Alea.

»Und ihr habt den Ausgang gefunden. Mmm. Ihr seid
mutig.«

Plötzlich erschien ein Sylph zwischen den Bäumen.
Die anderen traten beiseite, um ihn durchzulassen.
Alea erkannte sogleich Oberon. Die Sylphen waren alle
schön und anmutig, aber er war es in noch viel höherem
Maße. Sein Gang hatte etwas Majestätisches. Er ging
auf Alea zu, während er zu seinen Gefährten ein paar
Worte in Sylphensprache sagte.

»*Eth a yan eln Alea, Shan wal emmana an bor alian.*«

Er blieb vor dem jungen Mädchen stehen und grüßte

es. Sofort setzten alle Sylphen des Waldes ein Knie auf den Boden und flüsterten ein Wort, das Alea nicht hören konnte, aber sie verstand, dass es Respekt ausdrückte. Sie spürte, dass sie errötete. Sie war es nicht gewöhnt, dass so viele Blicke sich auf sie richteten.

»Wir haben Euch erwartet, Kailiana.«

Faith legte ihre Hand auf die Schulter des Mädchens und flüsterte ihr ins Ohr: »Das ist der Name, den sie ihrem... Sagen wir, der Entsprechung des Samildanach bei den Sylphen geben.«

»Und was bedeutet es?«

»Ich weiß es nicht, man müsste sie fragen«, murmelte die Bardin.

Alea grüßte ihrerseits den Sylphen, so demütig sie nur konnte.

»Guten Tag, Oberon. Das sind meine Freunde.«

Der Sylph lächelte der Gruppe zu.

»Ihr müsst sehr hungrig sein. Wir werden etwas für euch vorbereiten.«

Oberon drehte sich um und hob die Arme. Die anderen standen auf. Und nun erlebten die fünf Freunde ein wunderbares Schauspiel. Die ganze Lichtung setzte sich plötzlich zwischen den Sylphen in Bewegung. Die Lianen, die Bäume, die Blätter, alles begann zu gleiten, sich aufzurichten, sich ineinander zu verschlingen, und nach und nach bildeten sich inmitten des Waldes ein Garten, eine zwanzig Meter lange Festtafel, Bänke und Säulen, die langsam in die Höhe wuchsen und sich dann zu einem Gewölbe zusammenschlossen, um schließlich ein grünes Dach über der Tafel zu bilden... Eine Art organischer Palast errichtete sich da voller Eleganz von selbst, es war wie ein Ballett von Ästen und Lianen, geschmeidig, fließend.

»Bei der Moïra!«, rief Mjolln, der seinen Augen nicht traute.

Dann kamen weitere Sylphen auf die Lichtung, die sich den letzten Schliff gab, und brachten große Schalen voller Früchte und Beeren, die sie auf dem Tisch verteilten. Etwa vierzig Sylphen bereiteten in weniger als zehn Minuten vor den fassungslosen Blicken der fünf sprachlosen Menschen ein Festbankett vor.

»Jetzt könnt ihr euch zu Tisch setzen«, lud Oberon sie ein.

Die fünf Gefährten nahmen an der großen Tafel Platz. Sie setzten sich zwischen die Sylphen. Die meisten von ihnen sprachen kein Gaelisch, wussten sich aber mit anmutigen Gesten verständlich zu machen.

Oberon bedeutete dem jungen Mädchen, sich neben ihn zu setzen.

»Wie viele seid ihr in diesem Wald?«, fragte Alea, noch immer ganz hingerissen.

»Wir sind einer.«

Das Mädchen schien erstaunt, fragte aber nicht weiter nach. Die Sylphen hatten ihre Sprache, ihre Art, sich auszudrücken, und das musste sie akzeptieren. Sie blickte zu ihren Gefährten, die über die große Tafel verteilt saßen. Voller Freude stürzten sie sich auf das Festmahl, das ihnen bereitet worden war.

Sie schlugen sich den Bauch voll und ließen sich von der guten Laune der Sylphen anstecken, in deren Gesellschaft sie sich sehr wohl fühlten. Für sie war es nach der Angst, die sie während der Durchquerung des Tunnels empfunden hatten, und der Beklemmung der letzten Tage ein Moment echten Glücks und großer Erleichterung.

Mjolln stopfte sich mit Essen voll, was die Sylphen,

die ihm immer noch mehr brachten, zu amüsieren schien. Faith wurde schon bald von ihren Gastgebern bestürmt zu singen. Sie entsprach gern ihrem Wunsch und unterhielt die Versammlung mir ihren schönsten Liedern.

Phelim und Galiad saßen nebeneinander, verweigerten sich aber nicht der Freundschaft der Sylphen, denen sie das Abenteuer, das sie gerade erlebten, erzählten und den Grund für ihr Hiersein erklärten. Phelim fiel immer wieder in die Sylphensprache, und man konnte eine besondere Zuneigung zwischen ihm und den Bewohnern des Waldes spüren.

Mit der Zeit fiel es den Sylphen immer weniger schwer, Gaelisch zu sprechen, sie schienen diese Sprache im Verlauf der Unterhaltungen sehr schnell zu lernen.

Alea dagegen sagte den ganzen Abend kein Wort, verfolgte aber mit großer Aufmerksamkeit so viele Gespräche, wie sie konnte. Die Sylphen schenkten ihr regelmäßig ein herzliches Lächeln und respektierten ihre Schweigsamkeit. Allmählich verstand sie, was Oberon sagen wollte, als er ihr erwidert hatte: »Wir sind einer.« Sie schienen ihre Gedanken und ihr Wissen miteinander zu teilen, und ebendas befähigte sie gewiss, so rasch Gaelisch zu lernen. Sie lernten gemeinsam so viele Wörter und Sätze, dass sie auf einen Schlag die Fortschritte von fünfzig Personen machten. Alea sagte sich, dass sie ein ganz ungewöhnliches Glück hatten.

Spät in der Nacht begannen die Unterhaltungen allmählich zu verstummen, und schließlich sprach niemand mehr. Nur Faiths Musik ertönte noch.

Nach ein paar Liedern wandte Oberon sich endlich an Alea.

»Wir können dir zeigen, was du suchst.«

»Ihr wisst, was ich suche?«

»Dein Traum hat es uns gesagt.«

»Aber ich bin doch selbst gar nicht sicher, ob ich es weiß!«

»Was du suchst, ist das, was ihr Menschen den Lebensbaum nennt. Deswegen haben wir dich gerufen, denn es muss so sein. Aber du musst uns etwas dafür geben, kleines Menschenkind.«

Auf der anderen Seite der Tafel hörte Faith zu spielen auf. Alle Blicke hatten sich auf Oberon und Alea gerichtet.

»Sag mir, was du willst«, erwiderte das Mädchen.

Und mit dem Duzen wandte sie sich an alle Sylphen. Sie tat es so, dass alle begriffen, dass sie sie damit ehrte. Sie wollte ihnen zeigen, dass sie sie verstand und bewunderte.

»Du musst uns das Leben geben.«

Phelim drehte abrupt den Kopf zu Oberon. Alea sah Besorgnis in seinen Augen, aber sie lächelte ihm zu, um ihn zu beruhigen. Dann wandte sie sich erneut an den Sylphen.

»Wie das?«

»Du wirst es verstehen, wenn du gesehen hast, was du suchst. Und eines Tages, in ferner Zukunft vermutlich, werden wir uns wiedersehen, und an dem Tag wirst du die Gelegenheit haben... uns das Leben zu geben. Versprich, dass du es tun wirst, und wir zeigen dir, was du suchst.«

»Es fällt mir schwer, etwas zu versprechen, das ich nicht verstehe, Sylph, aber ich vertraue dir, und wenn ich dir eines Tages das Leben geben kann, ob du mir den Baum, den ich suche, nun zeigst oder nicht, dann werde ich es tun.«

Alle Sylphen begannen zu tuscheln, und Alea begriff, dass sie damit ihre Zufriedenheit ausdrückten.

»Deine Freunde müssen jetzt schlafen gehen. Wir haben ihnen ein Haus für die Nacht vorbereitet.«

»Ich ziehe es vor, Alea zu begleiten«, mischte Galiad sich ein, während er aufstand.

»Unmöglich«, entgegnete der Sylph.

»Macht Euch keine Sorgen, Galiad, wir sind hier in Sicherheit«, flüsterte Alea ihm zu.

Der Magistel suchte in Phelims Blick eine Antwort. Der Druide nickte und schloss die Augen. Er wusste, dass dies geschrieben stand. Dass man sich dem Sinn der Moïra nicht widersetzen konnte. Er schenkte Alea ein Lächeln, das freundschaftliche Sorge ausdrückte.

Alea stand ebenfalls auf und grüßte ihre vier Gefährten, die mit den Sylphen zu einer riesigen Hütte aus Bäumen und Lianen gingen. Es gab ihr einen Stich ins Herz, als sie sie darin verschwinden sah. Tief in ihrem Innern bedauerte sie, dass sie den Lebensbaum ganz allein sehen sollte, aber sie wusste, dass sie keine Wahl hatte.

Allmählich nahm die Lichtung um sie herum wieder ihre vorherige Gestalt an, die Tafel löste sich auf, das Dach zog sich zurück, und alle Äste und Lianen kehrten in die Position zurück, in der sie sich befunden hatten, bevor sie sich in Bewegung gesetzt hatten.

»Ist der Baum hier?«, fragte Alea.

»Pssst… Sprich nicht mehr, Kailiana.«

»Oberon, warte. Noch etwas. Ihr nennt mich Kailiana… Was bedeutet das?«

»Kailiana bedeutet in der Sylphensprache ›Tochter der Erde‹.«

Alea war verblüfft. Diesen Ausdruck hatte sie bereits

lange, bevor sie den Ring in der Heide gefunden hatte, in ihrem Gedächtnis gehabt... Was für eine Bedeutung mochte das haben?

Einer nach dem anderen setzten die Sylphen sich um Alea herum. Da waren die fünfzig des Festessens und viele andere, die unablässig dazukamen. Bald verlor Alea die Übersicht, wie viele es waren, so zahlreich schienen sie. Schweigend setzten sie sich in einem riesigen Kreis, der bald die ganze Lichtung ausfüllte, um sie herum. Alea bekam immer mehr Angst, aber plötzlich bemerkte sie, dass der Saiman in ihr hochstieg. Er war stärker denn je. Als würde die Anwesenheit all dieser Sylphen die Flamme in ihrem Geist neu auflodern lassen. Obwohl sie ihn nicht gesucht hatte, breitete er sich in ihr aus und ergriff vollständig von ihr Besitz.

Und dann sah sie, wie die holzfarbenen Körper der Sylphen miteinander verschmolzen. Zuerst vereinigten sich ihre Arme und Beine und dann ihre ganzen Körper in einer merkwürdigen Verflechtung. Nach und nach verwandelte sich die Versammlung der Sylphen in eine einzige gigantische Form, die wie der Wald vorhin zu einer wundervollen Struktur emporwuchs. Schließlich erhob sich die riesige Form zu eindrucksvoller Höhe, und Alea sah, dass ein gewaltiger Baum um sie herum entstand. Ein Baum aus Sylphen, der sich zum Himmel erhob und sich immer fester um ihren Körper schloss, je höher er wuchs.

Erfüllt vom Saiman, spürte sie ihre Angst nicht mehr und ließ sich von dem Baum durchdringen, dessen Herz sie wurde.

Plötzlich fiel sie in das Gedächtnis der Sylphen.

Und es war wie ein Traum.

Sie hatte das Gefühl, dass sie das Bewusstsein verlor

und ihr Geist in der Geschichte schwebte, in der Vergangenheit der Sylphen, in ihrer Zukunft, in den Tausenden von Legenden. Und sie verstand.

Der Saiman, der Samildanach, die Sylphen, der Lebensbaum, all das war eins, war das Herz der Erde, die Seele der Welt, der Saft des Lebens. Sie sah die Sylphen, die einer waren. Sie sah, dass sie der Lebensbaum waren. Seine Blätter, seine Äste, sein Stamm und seine Wurzeln. Sie sah den Sylphen, der im Frühjahr geboren wurde und im Winter starb, ein Leben, das drei Jahreszeiten dauerte und unablässig von vorn begann. Immer dasselbe Leben, derselbe Sylph, dasselbe Gedächtnis, das der Welt. Das Gedächtnis der Erde. Sie sah die Ewigkeit der Blätter des Baums. Derjenigen, die man den Königen schenkte, um ihnen ein Jahr Leben zu geben. Sie sah Maolmòrdha in der Ratskammer. Und einen anderen Druiden, Samael, der ebenfalls verschwunden war. Sie sah, dass sie die beiden dunklen Kräfte waren, die sich gegen sie verbünden würden. All das sah sie und verstand die Legende, die die Menschen sich erzählten. Es war keine Legende, es war ganz einfach das Leben. Und ganz am Ende dieses Lebens sah sie endlich sich selbst. Sie verstand das Bild nicht sofort. Doch dann sah sie, dass sie ein Kind in den Armen hielt. Sie war Mutter. Und im nächsten Augenblick war sie alt.

Plötzlich sah sie, dass mit ihr der Baum, die Sylphen, die Druiden starben. Es war eine entsetzliche Vision. Umfassend. Alles war mit einem Schlag erloschen. Das gesamte Nichts hatte sie geschluckt. Es blieb nichts übrig. Nicht einmal ein Herzschlag.

Und das konnte sie nicht verstehen.

Im selben Augenblick schreckte sie inmitten aller Sylphen aus dem Schlaf.

Sie schienen um sie herum zu schlafen.

Hatte sie geträumt?

Einer nach dem anderen erhoben sie sich und verschwanden im Wald, bis nur noch einer übrig war. Oberon.

Alea war völlig durcheinander. Verwirrt. Verloren. Allein. Mit zugeschnürter Kehle stand sie auf und ging zu dem Sylphen.

»Ich bin… Euer Tod?«, fragte sie.

»Kailiana, du wirst uns das Leben geben können, und vielen anderen Dingen. Vergiss das niemals, und stirb nicht, solange du nicht alles getan hast, was du zu tun hast«, erwiderte der Sylph und legte seine Hand auf die Wange des Mädchens. »Du hast es versprochen.«

»Aber… ich weiß nicht, was ich zu tun habe. Woher soll ich es wissen? Wer wird mich führen?«

Der Sylph lächelte, gab aber keine Antwort. Er drückte einen Kuss auf die Wange des Mädchens und ließ es mitten auf der Lichtung allein. Als er die Grenze des Schattens erreicht hatte, wo der Wald sich verlor, drehte er sich ein letztes Mal um und sagte nur: »Schlaf jetzt, und morgen tu, was du musst. Du wirst drei Prophezeiungen erfüllen müssen.« Damit verschwand er.

## 11

### Alragan

Die fünf Gefährten wachten gleichzeitig auf und entdeckten, als sie die große, von den Sylphen errichtete Hütte verließen, dass sie nicht mehr auf der Lichtung waren.

»Ähm. Habe ich das alles geträumt, oder habt auch ihr gestern eine vollkommen andere Umgebung gesehen?«, fragte Mjolln fassungslos, als er die letzte Stufe hinunterging.

Alea, die in die Hütte gekommen war, nachdem die Sylphen die Lichtung verlassen hatten, lächelte dem Zwerg zu und beruhigte ihn.

»Nein, mein guter Mjolln. Du hast nicht geträumt. Die Sylphen sind fort, das ist alles. Aber wir sind immer noch im Wald von Borcelia.«

Mjolln zog an seinem Bart und runzelte die Stirn.

»Ah. Aber mein Bart ist immer noch weiß!«

Alea hakte sich bei dem Zwerg unter. Die Sylphen hatten ein paar Früchte, Brot, Milch und Honig auf einem runden Stein zurückgelassen, der von drei Stämmen umgeben war. Sie setzten sich alle fünf um den Stein, wobei die einen sich reckten und die anderen sich die Augen rieben. So gut hatten sie schon lange nicht mehr geschlafen.

»Das ist nicht zu verstehen!«, rief der Zwerg. »Aber dich scheint das nicht zu überraschen. Wirklich, ich fange an, mir Sorgen um dich zu machen, Mädchen! Ähm. Und der Lebensbaum, hast du ihn gesehen?«

»Das werde ich euch später erzählen, genießen wir erst einmal dieses Frühstück«, schlug Alea vor.

Doch plötzlich sprang Galiad auf, noch bevor einer von ihnen Zeit gehabt hatte, das Frühstück der Sylphen zu kosten.

Auf der anderen Seite der Lichtung erschienen die vier Herilim auf ihren großen Rappen. Langsam zogen sie ihre Schwerter aus der Scheide. Ihre dunklen Augen waren unter der dicken Kapuze ihrer Umhänge kaum zu erkennen. Aber es gab keinen Zweifel: Sie waren auf Alea gerichtet.

»Ich fürchte, dass wir unser Frühstück verschieben müssen«, erklärte Galiad und zückte ebenfalls sein Schwert.

Dann erteilte er mit tiefer und schneidender Stimme einfache Befehle: »Alea, versteck dich, und Ihr auch, Faith. Mjolln, nimm dein Schwert.«

Aber weder Faith noch Alea gehorchten.

Kurz darauf hatten die vier Reiter die Hütte erreicht. Galiad ließ ihnen nicht die Zeit, noch näher zu kommen, mit erhobenem Schwert stürzte er sich auf sie. Mjolln tat es ihm sofort gleich und stürmte an seiner Seite zum Angriff. Gemeinsam ließen sie den Kriegsruf der Vorfahren des Zwergs erschallen: »Alragan!«

Faith holte ihren Bogen und ihre Pfeile hervor, und Phelim nahm Aleas Hand.

»Verteidige dich, Kleine, und kümmere dich nicht um uns.« Er sah ihr tief in die Augen und fügte leise hinzu: »Nur dein Leben zählt, Alea.«

Im nächsten Augenblick verwandelte sich sein Körper in eine Flamme, wie Alea es bereits im Kampf gegen die Gorgunen gesehen hatte. Erschrocken wich das Mädchen zurück. Dann sagte sie sich, dass auch sie etwas unternehmen musste.

Sie ließ sich auf die Knie fallen, auf der Suche nach dem Saiman. Sie brauchte den Kontakt mit der Erde und musste ihr Gleichgewicht finden, um seiner Macht habhaft zu werden. Hätte Phelim ihr doch nur mehr beigebracht!

Die vier Herilim stiegen von ihren Pferden, und die ersten drei empfingen Galiad und Mjolln mit ihren Schwertern, während der größte, Sulthor, sich im Hintergrund hielt. Die Klingen der drei dunklen Männer wurden von kleinen blauen Blitzen durchzuckt, die den Zwerg zunächst zurückweichen ließen.

Galiad führte einen ersten Stoß gegen sie und trieb sie dann mit einem heftigen Hieb zurück. Ein Pfeil von Faith bohrte sich in einen Baum hinter ihnen. Der Kampf artete in ein wildes Durcheinander aus. Der Lärm der gegeneinander schlagenden Schwerter mischte sich mit den Schreien der Kämpfenden. Aber Sulthor rührte sich nicht. Er wartete.

Phelim verlor keine Sekunde und stürzte sich auf ihn, aber Sulthor wich ihm aus und verwandelte sich seinerseits in eine riesige Flamme.

*Maolmòrdha hat ihm viel Macht verliehen*, dachte Phelim, während er einen neuen Angriff vorbereitete. Er stürzte sich erneut auf Sulthor, der wiederum auswich. Dann ein drittes Mal. Mit jedem neuerlichen Angriff näherte Sulthor sich Alea, die noch immer vor der Hütte kniete.

*Ich muss den Saiman finden*, dachte das Mädchen

und ballte die Fäuste. *Er ist da, in der Erde. Ich bin Kai-liana. Ich bin die Tochter der Erde.*

Neben ihr schoss Faith einen zweiten Pfeil ab, der diesmal einen der Reiter mitten ins Herz traf. Er stürzte zu Boden, während die beiden anderen mit Galiad kämpften. Der Magistel legte all seine Kraft in jeden seiner Stöße. Er wusste, dass seine Gegner über eine mächtige Waffe verfügten und dass er sich selbst übertreffen musste, um sie zu besiegen. Er musste zwei Feinde gleichzeitig angreifen und ihnen gleichzeitig ausweichen, bis Mjolln, nachdem er denjenigen, der den Pfeil ins Herz bekommen hatte, am Boden getötet hatte, endlich in den Kampf würde eintreten können. Der Zwerg hatte Mühe, Stöße mit seinem Schwert zu führen, weil seine Klinge viel kürzer als die der beiden Reiter war. Er war sehr schnell überfordert und erhielt trotz Erwans Lektionen einen heftigen Schlag mit der Klinge in den Nacken, der ihn bewusstlos zu Boden schleuderte.

Sofort wurde Alea fuchsteufelswild und verlor vollständig den Kontakt zum Saiman. Sie stand auf, nahm das Schwert, mit dem zu kämpfen Erwan sie gelehrt hatte, und stürzte sich brüllend auf die beiden Reiter. Galiad nutzte ihren Angriff, um seine Anstrengungen auf einen der Reiter zu konzentrieren, und es gelang ihm, ihn zurückzudrängen. Alea kämpfte währenddessen mit aller Wut gegen den zweiten Reiter. Sie erinnerte sich an Erwans Finten und bemühte sich, ihre Angriffe zu variieren, um den Gegner zu überraschen. Eine Kontraparade, eine Einladung, ein Todesstoß, ein Sprung zur Seite, sie ließ ihr Gedächtnis und ihre Wut ihr Schwert, ihre Beine und ihre Arme in dem Kampf führen. Aber der Reiter war stärker und gewann an Boden. Wenn sie keine Möglichkeit fand, ihn zurückzudrängen, würde sie schließlich böse getroffen werden. Zwischen zwei Gängen holte sie Luft und machte einen Seitenausfall, um Erwans geheimen Stoß zu probieren. Sie erinnerte sich an seine Worte. *Es siegt immer das geschmeidigere und stärkere der beiden Handgelenke, Alea. Man muss nachgeben, aber fest bleiben.* Ihre Klinge glitt an dem schwarzen Lederhandschuh des Herilim entlang, und mit einer plötzlichen scharfen Bewegung ihres Handgelenks schlug sie ihm die Waffe aus der Hand.

Das Schwert wurde ein paar Meter nach hinten geschleudert. Alea hätte das ausnutzen können, um ihren Gegner zu spalten, aber sie war selbst so überrascht, dass sie eine Sekunde zu lang wartete. Der Herilim nutzte das, um nach hinten zu springen und sich sein Schwert wiederzuholen, das sich in den Boden gebohrt hatte. Dann lief er auf das junge Mädchen zu, wobei er einen furchtbaren Schrei des Hasses ausstieß. Alea stellte sich breitbeinig hin, und während sie im letzten Moment ein Ausweichmanöver versuchte, traf die Klinge ihres Gegners sie voll an der Hüfte. Sie brüllte vor Schmerz und stürzte zu Boden.

Etwas weiter entfernt hielt Phelim noch immer Sulthor in Schach. Ihre Flammen trafen in Lichtexplosionen aufeinander und brannten überall um sie herum. Phelim sah nicht, wie Alea zu Boden stürzte, denn der Kampf mit Sulthor nahm seine ganze Aufmerksamkeit in Anspruch.

Der schwarze Reiter näherte sich Alea, sein Schwert über den Kopf erhoben, aber im selben Augenblick sah er Faith, die ein paar Meter entfernt einen Pfeil anlegte. Daraufhin wandte er sich von Aleas auf dem Boden liegenden Körper ab, stürmte auf die Bardin zu und ließ seine Waffe auf Faith niedersausen, wobei er der Spitze ihres Pfeils auswich. Der Bardin blieb nicht genug Zeit zum Ausweichen, und das Schwert traf sie an der Schulter. Sie brach ebenfalls zusammen und verlor das Bewusstsein. Der Reiter drehte sich langsam wieder zu Alea um. Seine Befehle waren unmissverständlich: Die kleine Hexe töten.

Doch als er sich anschickte, sein Schwert auf das junge Mädchen niedersausen zu lassen, traf ihn ein heftiger Schwerthieb am Nacken, und sein abgeschlagener Kopf flog durch die Luft. Der Körper des Reiters sackte langsam zusammen und gab den Blick auf Erwan frei, der hinter ihm ebenfalls einen Wutschrei ausstieß.

Während Alea sich mühsam und ungläubig aufrappelte, stürzte Erwan zu seinem Vater und kämpfte mit ihm gegen den dritten Ritter.

»Was machst du hier, mein Sohn?«, rief Galiad unwillkürlich, während er einem Angriff auswich.

Als Antwort startete Erwan einen Gegenangriff und rammte sein Schwert in den Bauch des Herilim, der seine Waffe fallen ließ und auf die Knie sank, wobei er in einem letzten Aufzucken die Klinge umklammerte, die ihn tötete.

Aber Galiad und Erwan hatten kaum Zeit, sich umzudrehen. Sie wurden von der Explosion hinter ihnen zu Boden geschleudert.

Als sie sich erhoben hatten, brauchten sie eine Weile, um zu begreifen, was geschehen war. Überall um sie herum war Rauch. Plötzlich sahen sie durch die Rauchschwaden hindurch den langen schwarzen Umhang des Fürsten der Herilim auftauchen. Die Kapuze war auf seine Schultern gefallen, und man konnte sein Gesicht aus lebendigem Fleisch und anthrazitfarbenem Metall sehen. Im Schwarz seiner Augen war ein arrogantes Lächeln zu erkennen.

Zu seinen Füßen wurde allmählich eine dunkle, reglose Gestalt sichtbar. Galiad ballte die Fäuste. Er hoffte, dass er sich irrte. Das war völlig unmöglich.

Und doch, als der Rauch sich vollständig verzogen hatte, war kein Zweifel mehr möglich: Dort auf der Erde lag Phelims lebloser Körper.

Die Flamme in Galiads Geist erlosch wie eine Kerze, die der Wind ausbläst. Plötzlich war da nichts mehr. Das Band war zerrissen. Phelim war tot.

Getötet vom Fürsten der Herilim.

Imala irrte den ganzen Vormittag durch den Wald; sie war erschöpft, verletzt und hatte Hunger. Aber sie war den Vertikalen entkommen. Sie hatte etwas Neues über die Gesetze der Natur gelernt. Nachdem sie aus ihrem Rudel vertrieben worden war, war sie von den Vertikalen gejagt worden. Dem einen wie den anderen hatte sie zu Unrecht vertraut. Sie wusste jetzt, dass sie allein war. Sie war verzweifelt, schöpfte aber eine neue Kraft daraus. Die Kraft des Wissens. Imala lernte.

Als es Abend wurde, spürte sie plötzlich, dass sie in das Territorium eines Rudels eindrang. Sie zögerte einen Augenblick und drehte sich um sich selbst, dann erkannte sie den Geruch, der sich in ihr Gedächtnis eingeprägt hatte. Sie war auf das Territorium ihres ursprünglichen Rudels zurückgekehrt. Der Geruch Ahenas stieg ihr in die Nase.

Ihr Wolfsinstinkt trieb sie weiter. Sie begann dorthin zu laufen, wo sie, wie sie genau wusste, das Rudel finden würde. Mit erhobenem Kopf trabte sie durch die

Nacht, getragen von einem inneren Schwung, der nicht erlahmen würde, bevor sie ihr Ziel erreicht hatte.

Und schließlich stand sie vor der Höhle der Wölfe. Die Rüden spürten sie kommen und stellten sich vor sie hin. Sie knurrten und fletschten die Zähne.

Aber Imala hatte keine Angst mehr.

Sie hatte bereits einen Vertikalen getötet.

Sie ging ohne zu zögern zwischen den Wölfen hindurch, die an ihrem Gang und ihrem Geruch spürten, dass es besser war, sie vorbeizulassen. Sie hatten sie gewiss wiedererkannt und machten ihr friedlich Platz.

Imala wusste, wohin sie wollte. Sie knurrte, und Ahena erhob sich sofort und erkannte sie.

Die beiden Wölfinnen standen einander gegenüber und blickten sich herausfordernd an.


Mjolln erlangte langsam sein Bewusstsein wieder, und was er jetzt sah, überstieg sein Fassungsvermögen.

Die Zeit schien stillzustehen. Die Geräusche und Bewegungen verlangsamten sich nach und nach, bis sie schließlich erloschen. Zuerst glaubte Mjolln, er würde erneut das Bewusstsein verlieren. Und doch sah er, dass Galiad, Erwan und Alea wie durch Zauber vor ihm in ihrem Lauf angehalten wurden. Ihre Körper waren erstarrt, als sie auf den Herilim zustürzten. Und auch Mjolln konnte sich nicht mehr bewegen.

Und dann sah er, wie die Gestalten seiner drei Gefährten langsam mit der des Reiters verschwanden.

Als die Zeit endlich wieder weiterzulaufen schien, sprang der Zwerg auf. Blut rann von seinem Hals, und die tiefe Schnittwunde bereitete ihm entsetzliche Schmerzen. Seine Beine zitterten. Aber er wollte sicher sein, dass er keine Halluzination gehabt hatte.

415

Er machte ein paar Schritte vorwärts, rieb sich die Augen und musste sich dann den Tatsachen beugen. Alea, Galiad und Erwan waren verschwunden, ebenso wie Sulthor.

Mjolln presste seine Hand auf seinen Hals, um das Blut zu stoppen, das immer heftiger floss. Benommen und hinkend ging er weiter. Ein paar Meter entfernt lag Faith in tiefem Koma. Er ging zu ihr und nahm ihre Hand. Als er spürte, dass der Puls der Bardin noch schlug, seufzte er erleichtert. Noch etwas weiter entfernt sah er Phelims leblosen Körper, und seine Augen füllten sich mit Tränen.

*Sie sind im Nichts.*

*Sulthor hat sich des Man'ith von Djar bedient, um sie dorthin zu führen, wo sie, wie er genau weiß, geschwächt sein werden. Durch die Angst, das Unbekannte und das Gewicht des Nichts von Djar überall um sie herum. Sie kennen diesen Ort nicht. Sie kennen die Regeln nicht. Er wird sie alle drei töten. Den Magistel, seinen Sohn und das Mädchen. Er wird sie tot seinem Herrn bringen.*

*Alea ist abrupt stehen geblieben. Um sich herum sieht sie nur noch Galiad, Erwan und den Reiter. Sulthor. Er hat sie hierher gebracht. Sie weiß es. Aber was ist das für ein Ort? Er hat nichts, keine Materie, kein Licht, keine Entfernung, keine Kraft. Und doch ist sie sich sicher, dass sie diesen Ort kennt. Der einzige Unterschied ist die Umgebung. Aber ja, sie weiß, wo sie ist: in der Welt der Träume, wo Oberon sie gerufen hatte. Jetzt begreift sie.*

*Sulthor kommt näher.*

*Sie muss ihn daran hindern.*

*Der Saiman in ihr ist noch immer erloschen. Sulthor kommt immer näher. Er ist da. Er wird ihren Tod denken. Ja, so tötet man hier. Durch die Gedanken. Es gibt keine Handlungen mehr, nur noch Gedanken. Sie muss ihn daran hindern. Aber Galiad und Erwan verstehen nicht. Sie sind nicht wie sie. Sie haben den Lebensbaum nicht gesehen, sie haben keinen ihrer Träume geträumt.*

*Sie versuchen sich zu wehren, aber ihre Körper gehorchen nicht. Sie versuchen zu schreien, aber kein Laut dringt aus ihrer Kehle. Tief in ihrem Innern sträuben sie sich gegen die Realität dieses Ortes, und das macht sie zu Gefangenen. Sie muss ihnen helfen. Ihre Aufmerksamkeit ausschließlich auf sich lenken.*

*Ich liebe dich.*

*Erwan hat ihren Gedanken gehört. Verblüfft sieht er sie an. Er hat es gehört, aber er versteht nicht.*

*Ich liebe dich, Erwan. Danke, dass du gekommen bist. Jetzt beweg dich nicht mehr und denke. Denke die Welt um dich herum. Denke deinen Vater. Denke ihn bei dir.*

*Erwan schließt die Augen. Er versucht zu verstehen.*

*Die Regeln sind nicht mehr dieselben. Es gibt keine Worte mehr. Die Gedanken verschmelzen.*

*Ich bin bei dir, Alea.*

*Dann denke deinen Vater. Denke ihn bei dir. Und geht weit weg von hier. Ich kümmere mich um den Reiter.*

*Erwan konzentriert sich. Auch Galiad versucht zu verstehen.*

*Sind wir wirklich hier?*

*Alea beruhigt ihn. Aber die Zeit drängt. Sulthor beginnt, ihren Raum mit seinen Gedanken zu überfluten.*

*Ihr müsst mit Eurem Sohn fliehen, Galiad. Hier könnt Ihr nichts ausrichten. Nur ich kann noch etwas tun. Bitte, um der Liebe willen, die ich für Euren Sohn empfinde, bei der Moïra, denkt euch weit von hier fort, flieht durch die Gedanken. Ich werde euch schon wiederfinden.*

*Alea, ich bin gekommen, um dich zu warnen. Der Rat hat Phelim verbannt und drei Druiden mit ihren Magisteln hinter euch hergeschickt. Ich bin vor ihnen da gewesen, aber sie sind hier. Deswegen bin ich gekommen, Alea. Um dich zu beschützen…*

*Leb wohl, Erwan, und danke. Ich werde euch wiederfinden, flieht!*

*Sulthor stürzt sich auf Alea. Dringt in sie ein.*

*Stirb!, brüllt er.*

*Aber Alea hat den Weg des Saiman wiedergefunden. Selbst hier. Und sie wehrt den tödlichen Gedanken ihres Angreifers ab.*

*Sulthor scheint überrascht. Die Kleine scheint den Djar zu verstehen. Er muss das Nichts formen. Gegen sie. Er ist dazu in der Lage.*

*Er errichtet Mauern um sie herum. Auf den Mauern denkt er spitze Klingen. Dann schließt er das mörderische Gefängnis über ihr. Langsam. Unter ihr entfacht er Feuer.*

*Alea sieht, wie die Mauern sich schließen.*

*Er versteht es, das Nichts zu denken. Er gestaltet meinen Raum um. Hier kann ich keinen Gegenangriff starten. Ich muss meinen Angriff auf andere Weise führen. Ich muss seinen Angriff durch meine Gedanken leugnen. Nein. Ich werde ihn wie einen Handschuh*

*umwenden. Erneut das Nichts um mich herum schaf-*
*fen.*

*Sulthor sieht, wie der Raum sich umkehrt. Sein Angriff*
*ist gescheitert. Er unterbricht seinen Gedanken, bevor*
*er ihn tötet.*

*Alea öffnet erneut ihren Geist. Der Saiman ist da. Sie*
*verlässt ihren Körper und sieht sich an. Sie weiß, dass*
*Sulthor hinter ihr ist, aber sie sieht sich an. Sie ver-*
*sucht den Saiman zu verstehen, der in ihr brennt. Ich*
*muss aufhören, den Saiman als etwas zu denken, das*
*man kontrolliert. Ich bin der Saiman. Er ist ich. Auf*
*diese Weise muss ich mit ihm umgehen, so wie ich mit*
*mir selbst umgehe. Er ist nicht in mir, er ist ich.*

*Sulthor sieht, wie das Mädchen erlischt. Ihre Seele hat*
*ihren Körper verlassen. Was tut sie? Sie ist dumm! Ich*
*werde kurzen Prozess mit ihr machen. Er katapultiert*
*sich auf Alea zu.*

*Ich bin Saiman. Alea ist Saiman. Ich brauche nur die*
*Augen zu öffnen. Ich brauche nur die Dinge zu be-*
*trachten. Ja. Ich kenne die Welt. Hier kenne ich das*
*Nichts. Ich weiß, wer der Reiter ist. Er ist Ayn'Sulthor,*
*Fürst der Herilim, Fürst der Seelenräuber; der Schat-*
*tenwerfer. Er will mich töten, um mich zu Maolmòrdha*
*zu bringen.*
   *Er ist kein Gegner für mich. Nur ein Hindernis. Ich*
*werde ihn durch sich selbst töten. Ich werde den*
*Schmerzensschrei seines Dieners in Maolmòrdhas Ge-*
*danken dringen lassen, damit er lernt, mich zu fürchten.*
*Damit er weiß, dass ich nach Sulthor ihn töten werde.*

*Ich bin Sulthor.*

*Alea stürzt sich in den Körper Sulthors, der sie angreift.*

*Sie dringt in jede seiner Adern ein. In seinen Geist. In sein Gehirn. In seinen Bauch. In seine Gedanken. Sie weidet sich an ihm. Sie ist Sulthor. Und so wie sie vorhin ihren Gedanken umgekehrt hat, treibt sie sich mit ihrer ganzen Seele an, um durch ihn hindurchzugehen. Um jede Ader, jedes Stückchen Fleisch des Feindes, in den sie gekleidet ist, explodieren zu lassen. Sulthor brüllt. Sein Kopf wird gleich explodieren. Die kleine Hexe ist in ihm.*

*Alea schreit. Sie befreit ihren ganzen Hass. Der Saiman explodiert in ihren Adern. Sie katapultiert sich aus Sulthor heraus und zerfetzt ihn auf einen Schlag.*

Ahena stürzte zuerst los. Mit weit aufgerissenem Maul erhob sie sich über Imala, die sich ebenfalls aufrichtete. Die beiden Wölfinnen prallten frontal aufeinander und versuchten die Vorderpfoten auf die Schultern der jeweiligen Gegnerin zu legen. Wütendes und einschüchterndes Knurren drang aus beider Kehlen, und die Kiefer schlugen zusammen, bereit zuzubeißen.

Mit einem Pfotenhieb brachte Ahena Imala aus dem Gleichgewicht. Das dominante Weibchen nutzte sofort seine Chance, um seine Gegnerin in den Hals zu beißen. Aber Imala krümmte ihren Körper, wodurch sie Ahenas Zähnen entging. Diese sprang auf Imalas Körper, um sie von der anderen Seite anzugreifen.

Die anderen Mitglieder des Rudels wagten nicht einzugreifen. Nicht einmal Ehano, der dominante Rüde. Beunruhigt sahen sie dem Kampf am Boden zu, wo die beiden Wölfinnen laut knurrend in einer Wolke aus Sand und Staub miteinander rangen.

Imala gelang es, Ahenas Angriff mit einem Tritt ihrer Hinterbeine abzuwehren, und sie erhob sich mit einem Satz. Erneut standen die beiden Wölfinnen sich gegenüber, Schnauze an Schnauze, auf ihre Hinterbeine erhoben, wodurch sie ein anmutiges Gewölbe bildeten, das mit jeder Kopfbewegung zusammenzubrechen drohte.

Imalas noch immer sichtbare Verletzungen machten ihr zu schaffen, und sie wusste, dass sie der Kraft ihrer Gegnerin nicht lange würde standhalten können. Einen Augenblick sagte sie sich, dass sie den Kampf verlieren und Ahena sie erneut verjagen oder vielleicht sogar vor den anderen Wölfen töten würde, um ihre Überlegenheit noch mehr unter Beweis zu stellen.

Dann sah Imala plötzlich die Bilder all dessen wieder, was sie erlebt hatte, seit sie das Rudel verlassen hatte. Die Tiere, die sie besiegt hatte, die Vertikalen, die sie freundlich aufgenommen hatten, diejenigen, die sie gejagt hatten, und denjenigen, der schließlich zwischen ihren Fangzähnen gestorben war. Und diese Welle plötzlicher Erinnerungen fachte ihren Überlebensinstinkt neu an. Sie konnte nicht sterben. Sie wollte nichts mehr hinnehmen. Sie wollte bestimmen, wenigstens ihr eigenes Leben.

Mit einer einzigen Bewegung riss sie Ahena zu Boden und packte sie unter wütendem Knurren an der Kehle. Dem dominanten Weibchen blieb keine Zeit zu heulen, denn Imala schloss ihr blutiges Maul über ihr. Sie hätte in dieser Stellung verharren können, bis Ahena sterben würde, aber plötzlich spürte sie, dass die Muskeln des dominanten Weibchens sich entspannten und ihre Beine sich zum Zeichen der Unterwerfung hoben. Imala biss ein letztes Mal zu und ließ dann von ihrer Gegnerin ab; sie stand jetzt über Ahena, die mühsam atmete und viel Blut verlor.

Eine ganze Weile stand sie so da, den Blick auf das Rudel um sie herum gerichtet, dann zog sie sich zurück und verschwand im Wald. Sie hätte Ahenas Platz, den des dominanten Weibchens, im Rudel einnehmen können, aber der Wald rief sie, und sie fühlte sich zu anders, um in ein Rudel zurückkehren zu können. Seit dem Tag, an dem sie es verlassen hatte, wusste sie, dass sie nie mehr mit ihm würde leben können.

Sie trabte durch den Wald und berauschte sich an der Abendluft. Als sie an einen Bach kam, beschloss sie, die Nacht dort zu verbringen. Bevor sie sich schlafen legte, ließ sie ein wunderschönes Heulen ertönen, das von der Meute echohaft beantwortet wurde. Sie schickten ihr ein letztes Lebewohl, und Imala legte sich friedlich schlafen.

Sie war allein, aber wenigstens frei.


Alea legte sich mitten auf der Lichtung auf den Boden. Ihr Körper war erschöpft, aber der Saiman brannte noch immer in ihr. Innerhalb eines Augenblicks begriff sie, dass er nie mehr erlöschen würde.

Sie öffnete die Augen und blickte um sich.

Mjolln war da, er weinte neben dem reglosen Körper der Bardin.

*Sie war nicht tot.*

Weiter entfernt die drei toten Reiter.

Und vor der Hütte Phelim.

Das Mädchen erhob sich mühsam und ging zu Mjolln. Der Zwerg hob den Kopf und zuckte zusammen, als er sie erblickte. Dann wischte er sich mit dem Ärmel ein paar Tränen weg.

»Du… du lebst?«, rief er ungläubig.

»Ja«, erwiderte Alea nur und beugte sich über den Zwerg. »Hat jemand Phelims Körper angerührt?«

Mjolln schien überrascht und schüttelte verständnislos den Kopf. Alea richtete sich auf und ging zu dem leblosen Körper des Druiden. Sie kniete sich neben ihn und legte eine Hand auf Phelims Körper. Sie spürte, wie ihr die Tränen kamen.

*Niemand wird Euren Platz einnehmen, Phelim. Niemand kann Euch ersetzen.*

Und instinktiv befreite sie die Macht des Saiman. Phelims Körper bäumte sich auf und fiel dann lautlos zurück. Die Energieströme verschwanden um ihn herum in alle Richtungen.

*Lebt wohl und danke.*

Der Zwerg stammelte ein paar unverständliche Worte. Alea erschreckte ihn. Er weigerte sich zu verstehen und wich langsam zurück.

»Und… der… der Reiter?«, fragte er mit weit aufgerissenen Augen. »Er… er hat euch nicht…?«

»Er ist tot.«

»Galiad und Erwan?«

»Ich weiß nicht. Sie… O Mjolln, was habe ich getan?«

Sie fiel vor ihm auf die Knie und brach in den Armen des Zwergs in Tränen aus.

# Epilog

## Tochter der Erde

Sie blieben zwei Tage in der Hütte der Sylphen. Am ersten Abend erlangte Faith endlich das Bewusstsein wieder. Alea und Mjolln weinten vor Freude und zwangen sich dann, sich in der Nacht auszuruhen.

Am nächsten Morgen erzählten sie ihr von dem Kampf tags zuvor. Mit Tränen in den Augen gestand Alea ihr Phelims Tod. Das Verschwinden von Galiad und Erwan. Am Abend war die Bardin wieder kräftig genug, um die Tränen des Mädchens mit ein paar Liedern zum Versiegen zu bringen.

Am Morgen des dritten Tags kam Mjolln von einer Expedition in den Wald zurückgelaufen.

»Die drei Druiden und ihre Magisteln haben unsere Spur gefunden!«, rief er, als er in die Hütte stürmte. »Was sollen wir tun, Alea? Uns ergeben?«

»Nicht, bevor wir Galiad und Erwan wiedergefunden haben. Danach werden wir sehen. Brechen wir auf, wir haben einen langen Weg vor uns.«

»Wohin gehen wir denn?«

»Dorthin, wo Maolmòrdha sich versteckt.«

Der Zwerg riss die Augen auf.

»Bist du verrückt?«

»Du bist nicht gezwungen, mir zu folgen, aber ich

werde dorthin gehen, denn das ist meine einzige Chance, Erwan und seinen Vater wiederzufinden. Ich will nicht mein ganzes Leben auf der Flucht sein.«

»Und doch fliehen wir vor den Druiden.«

»Um sie werde ich mich später kümmern«, erwiderte Alea nur und suchte ihre Sachen zusammen. »Faith, wirst du gehen können?«

»Ich habe den Tod von Tara und Kerry noch nicht gerächt. Ich folge dir.«

»Mjolln?«

»Ich komme, Steinewerferin. Du glaubst doch wohl nicht, dass ich die Hände in die Hosentaschen stecke und ins Land der Zwerge zurückkehre?«

Die drei machten sich so schnell sie konnten auf den Weg, bevor die Druiden sie finden würden, und weinten eine letzte Träne am Grab von Phelim, den sie zurückließen. Alea berührte die Brosche, die der Druide ihr geschenkt hatte und die sie immer trug. Sie schwor, diesen Tod zu rächen.

Sie marschierten den ganzen Tag und einen Teil des Abends, und als sie ihr Lager aufschlugen, waren sie nicht mehr sehr weit vom Waldrand entfernt.

Alea ließ ihre zwei Gefährten einschlafen und ging dann tief in den Wald von Borcelia hinein, um auf einem nächtlichen Spaziergang Ruhe für ihre Seele zu finden. Tief in ihrem Innern hoffte sie vermutlich, dass sie die Sylphen sehen würde, um ihnen ein letztes Mal Lebewohl zu sagen. Aber kein Sylph ließ sich blicken. Sie ging zwischen den Bäumen und ließ ihre Gedanken schweifen. Dabei spürte sie etwas Neues in ihrem Innern. Ein Band. Der Saiman hatte ein Band geschaffen. Eine Brücke zwischen ihr und der Welt. Er hatte ihrem Beinamen einen Sinn gegeben. Die Tochter der Erde.

Plötzlich erblickte sie eine Wölfin, nur ein paar Meter vor ihr. Und sofort verstand sie. Das war die Wölfin, die sie im Traum gesehen hatte. Dasselbe weiße Fell, dieselben Augen.

Das Tier war ebenso überrascht wie sie und blieb stehen, ihren Blick tief in den des jungen Mädchens getaucht. Einen Augenblick starrten beide sich an, ohne sich zu bewegen.

Alea hockte sich hin, ohne die Wölfin aus den Augen zu lassen. Der Saiman war in ihr, und sie war der Saiman: Sie war die Welt ringsum und die Bäume und die Wölfin. Sie streckte die Hand nach dem Tier aus.

Und sie sah in ihren Augen die ganze Geschichte der Wölfin.

»Komm her«, sagte sie, »ich bin wie du.«

Die Wölfin jaulte leise. Sie machte einen Schritt nach hinten und neigte den Kopf zur Seite. Dann ging sie langsam auf das Mädchen zu, wobei sie nach jedem Schritt stehen blieb.

Alea lächelte ihr zu.

»Ich bin deine Schwester, Imala.«

Die Wölfin kam so nah an Alea heran, dass sie ihre Hand berühren konnte. Sie zögerte einen Augenblick und leckte dann die Handfläche des Mädchens.

Endlich fühlten sie sich nicht mehr allein.

# Anmerkungen und Danksagung

Die Druiden und *Die Moïra* haben natürlich nicht sehr viel mit den wirklichen Druiden der keltischen Welt zu tun, und auch was das Wesen der Wölfe angeht, habe ich ein bisschen gemogelt. Ich bitte daher die Historiker und Zoologen, mir zu verzeihen, dass ich mir so große Freiheiten genommen habe, um meine Phantasie spielen zu lassen.

Ich möchte Anne Ménatory, der Leiterin des Parc des Loups du Gévaudan, für ihre Hilfsbereitschaft und ihre Großzügigkeit danken. Sollte der Leser einmal ins Département Lozère kommen, sollte er nicht versäumen, dort Imalas Cousinen zu besuchen!

Herzlichen Dank auch meinem ersten Verleger, Stéphane Marsan, für sein einzigartiges Wissen; meiner zweiten Verlegerin Marion Mazauric dafür, dass sie mich in einem entscheidenden Moment unterstützt hat; meinem Führer Bernard Werber, dessen Ratschläge mir sehr geholfen haben und dessen Disziplin ein Vorbild ist; meinen Freunden und Eltern Emmanuel Baldenberger, Alain Névant, David Oghia, Sophie und Jean-Christophe Delpierre, Christine und Jean-Pierre Lœvenbruck für ihr unerschütterliches Vertrauen.

Ich habe diesen ersten Band von *Die Moïra* zwischen Januar 1999 und November 2000 auf dem Gestüt der Familie Wharmby in der Normandie geschrieben, wo die Ruhe und die Landschaft die besten Freunde des Schriftstellers sind. Ich danke ihnen und hoffe, dass sie mich auch beim Schreiben der nächsten Bände werden unterstützen können…

Der größte Dank gebührt schließlich meiner Frau Delphine, der ich Ermutigung und Inspiration verdanke… und das schönste Geschenk der Welt!

## blanvalet

Trudi Canavan
# Die Gilde der Schwarzen Magier

Die hinreißende „All-Age"-Fantasy-Trilogie um
die Zauberschülerin Sonea:

»Ein wahrhaft magisches Debüt!«

*Jennifer Fallon*

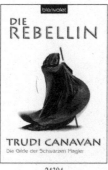

24394

24395

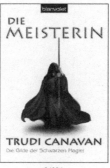

24396

www.blanvalet-verlag.de

**blanvalet**

# Eragon

„Christopher Paolinis Erstling blitzt aus den Schwert- und Zauberei-Büchern hervor wie Eragons Schwert Zar'roc aus einem Berg gewöhnlicher Waffen."
*Die Zeit*

"Es ist nicht ungewöhnlich, dass Autoren, die zauberhafte Welten schaffen, sofort das werbewirksame Prädikat ‚Der neue Tolkien' verpasst bekommen. Aber wenn es einer verdient hat, dann ist es dieser 20-jährige Christopher Paolini ...‚‚
*Brigitte*

36291

www.blanvalet-verlag.de